教育部人文社会科学研究规划基金项目成果（项目批准号：10YJA751087）

"广西优势特色学科·中国语言文学"经费资助成果

"广西2011协同创新中心·桂学研究"经费资助成果

汉魏六朝诗歌
传播研究

吴大顺◎著

中国社会科学出版社

图书在版编目（CIP）数据

汉魏六朝诗歌传播研究/吴大顺著 . —北京：
中国社会科学出版社，2017. 8
ISBN 978 - 7 - 5203 - 0540 - 2

Ⅰ. 汉…　Ⅱ. ①吴…　Ⅲ. ①古典诗歌—传播—研究—中国—汉代—魏晋南北朝时代　Ⅳ. ①I207. 22

中国版本图书馆 CIP 数据核字（2017）第 134118 号

出 版 人	赵剑英
责任编辑	郭晓鸿
特约编辑	席建海
责任校对	刘　娟
责任印制	戴　宽

出　　版	中国社会科学出版社
社　　址	北京鼓楼西大街甲 158 号
邮　　编	100720
网　　址	http://www. csspw. cn
发 行 部	010 - 84083685
门 市 部	010 - 84029450
经　　销	新华书店及其他书店

印刷装订	北京君升印刷有限公司
版　　次	2017 年 8 月第 1 版
印　　次	2017 年 8 月第 1 次印刷

开　　本	710×1000　1/16
印　　张	26. 25
插　　页	2
字　　数	319 千字
定　　价	116. 00 元

目　录

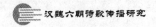

绪论 古代文学传播研究现状及文学传播学构建

　　从学理上说，传播媒介和传播方式是文学生成与发展的物质载体。但是历史对某种精神思想的选择总是受其传播媒介等物质性条件的制约，新的传播媒介和传播方式也必然对其所传播的内容进行新的选择。因此，可以说传播是文学生成、变化、发展的重要动力机制。多种传播媒介与传播方式的交叉、并存及相互转化，必然带来诗歌文化功能的分化、转移，从而导致诗歌内容和形式的变化，促使诗歌创作观念的变革。汉魏六朝时期诗歌题材的拓展、语言体式和结构形式的变化、诗歌观念的形成等诗歌领域的变革均与汉魏六朝诗歌传播媒介和传播方式有内在的联系，如建安风骨的形成离不开曹氏父子"宰割辞调"，尤其是曹植诗歌"事谢丝管"等传播媒介的变化；梁武帝对吴歌西曲的接受、改造以及吴歌西曲在宫廷的传播助推了齐梁宫体诗的兴盛；等等。因此，近几十年来的古代文学传播研究日益受到学术界重视，并取得了丰硕的成果。

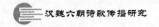

一 近二十年古代文学传播研究概貌

近二十年来的古代文学传播研究取得了丰硕成果。如尚永亮《庄骚传播接受史综论》《中唐元和诗歌传播接受史的文化学考察》（上、下）①、王兆鹏《宋代文学传播探原》②、宋莉华《明清时期的小说传播》③、李玉莲《中国古代白话小说戏曲传播论》④、王玫《建安文学接受史论》⑤、柯卓英《唐代的文学传播研究》⑥、王金寿《中国古代文学传播概论》⑦、钱锡生《唐宋词传播方式研究》⑧、陈水云《唐宋词在明末清初的传播接受》⑨、马银琴《周秦时代诗的传播史》⑩、吴淑玲《唐诗传播与唐诗发展之关系》⑪、蔡亚平《读者与明清时期通俗小说创作、传播的关系研究》⑫、马丽娅《文化传播视野下的先唐说唱文学》⑬、陈景周《苏东坡词历代传播与接受专题研究论稿》⑭ 等专著都是古代文学传播研究的重要成果。关于古代文学传播的研究论文数量更多，其内容涉及先秦至元明清各阶段，诗歌、词曲、小说、戏剧、散文等各种文体均有论及。可以说，古代文学的传播研究几乎涵盖了

---

① 尚永亮：《庄骚传播接受史综论》，文化艺术出版社 2000 年版；《中唐元和诗歌传播接受史的文化学考察》（上、下），武汉大学出版社 2010 年版。
② 王兆鹏：《宋代文学传播探原》，武汉大学出版社 2013 年版。
③ 宋莉华：《明清时期的小说传播》，中国社会科学出版社 2004 年版。
④ 李玉莲：《中国古代白话小说戏曲传播论》，山西教育出版社 2005 年版。
⑤ 王玫：《建安文学接受史论》，上海古籍出版社 2005 年版。
⑥ 柯卓英：《唐代的文学传播研究》，中国社会科学出版社 2009 年版。
⑦ 王金寿：《中国古代文学传播概论》，甘肃教育出版社 2009 年版。
⑧ 钱锡生：《唐宋词传播方式研究》，复旦大学出版社 2009 年版。
⑨ 陈水云：《唐宋词在明末清初的传播接受》，中国社会科学出版社 2010 年版。
⑩ 马银琴：《周秦时代诗的传播史》，社会科学文献出版社 2011 年版。
⑪ 吴淑玲：《唐诗传播与唐诗发展之关系》，中华书局 2013 年版。
⑫ 蔡亚平：《读者与明清时期通俗小说创作、传播的关系研究》，暨南大学出版社 2013 年版。
⑬ 马丽娅：《文化传播视野下的先唐说唱文学》，山东大学出版社 2014 年版。
⑭ 陈景周：《苏东坡词历代传播与接受专题研究论稿》，苏州大学出版社 2014 年版。

从上古到近古的各体文学。此外，还有对古代文学传播研究的理论探索，如王兆鹏《中国古代文学传播方式研究的思考》《中国古代文学传播研究的六个层面》①，曹萌《中国古代文学传播的主体》《中国古代文学传播的目的与功能》《论中国古代的文学传播思想》② 等。特别值得一提的是，武汉大学成立了"中国文学传播与接受研究中心"，并出版了《文学传播与接受论丛》③，组织召开了多次中国文学传播与接受国际研讨会，出版了会议论文集，如《中国文学传播与接受研究——2010 年中国文学传播与接受国际学术研讨会论文集》④《2014 年中国文学传播与接受国际学术研讨会论文集》⑤ 等，有力推进了中国文学传播与接受研究的进程。⑥ 从研究对象而言，元明清小说、戏曲的传播研究显得比较突出，无论在研究广度还是研究深度上都超过了其他文体，其次是唐宋诗词研究比较深入，先秦汉魏六朝的诗歌传播研究则显得有些薄弱。

在古代诗歌的传播研究方面，唐宋诗歌的成果比较丰富，研究的广度和深度都远远超过了先唐。吴淑玲《唐诗传播与唐诗发展之关系》从唐诗传播条件、唐诗写本传播版式、唐诗传播渠道、传播意识、

① 王兆鹏：《中国古代文学传播方式研究的思考》、《文学遗产》2006 年第 2 期；《中国古代文学传播研究的六个层面》，《江汉论坛》2006 年第 5 期。

② 曹萌：《中国古代文学传播的主体》，《沈阳师范大学学报》2008 年第 6 期；《中国古代文学传播的目的与功能》，《甘肃理论学刊》2009 年第 6 期；《论中国古代的文学传播思想》，《郑州大学学报》2012 年第 5 期。

③ 王兆鹏、尚永亮：《文学传播与接受论丛》，中华书局 2006 年版；於可训、陈国恩：《文学传播与接受论丛》，中华书局 2007 年版。

④ 王友胜等主编：《中国文学传播与接受研究——2010 年中国文学传播与接受国际学术研讨会论文集》，岳麓书社 2013 年版。

⑤ 谭新红等：《2014 年中国文学传播与接受国际学术研讨会论文集》（上、下），马来亚大学马来西亚华人研究中心 2014 年版。

⑥ 因撰文的时限，本书所据资料截至 2015 年初，近两年的相关研究成果未能及时补充，甚为遗憾，特此说明。

传播趣尚、传播范围等角度对唐诗传播问题进行了较全面系统的梳理和论述，最后还论及了唐诗传播与唐诗发展之关系。柯卓英《唐代的文学传播研究》第三章"唐代诗歌的音声传播"，对唐诗的音声传播方式、传播主体及接受内容进行了分析。从研究论文看，吴承学《论题壁诗——兼及相关的诗歌制作与传播形式》①、徐明《杜甫题画诗的传播学观照》②、马承五《唐诗传播的文字形态与功能》③、王运熙《白居易诗歌的分类与传播》④、胡振龙《唐代的诗歌传播方式与传播特点》⑤、刘磊《从历代选本看韩孟诗派之传播与接受》⑥ 等论文是比较有代表性的。王兆鹏《宋代的"互联网"——从题壁诗词看宋代题壁传播的特点》《宋代诗文别集的编辑与出版——宋代文学的书册传播研究之一》⑦ 等论文则是宋诗传播研究的代表。

先秦诗歌传播研究主要集中在对《诗经》《楚辞》的传播研究上。马银琴《周秦时代诗的传播史》对周代礼乐制度下诗歌的传播系统、春秋赋引风气下《诗》的传播、战国时代《诗》的流传及特点、战国时代《诗》在各诸侯国的传播以及儒家诗教与《诗》的儒学传统等问题进行了探讨，力图揭示周代官学之《诗》演变为儒家经典《诗经》的历史过程。王金寿《中国古代文学传播概论》也从传播动因、传播媒介、传播方式与途径等方面分析了《诗经》《楚辞》的传播问题。

---

① 吴承学：《论题壁诗——兼及相关的诗歌制作与传播形式》，《文学遗产》1994年第4期。

② 徐明：《杜甫题画诗的传播学观照》，《河北大学学报》2002年第4期。

③ 马承五：《唐诗传播的文字形态与功能》，《华中师范大学学报》1998年第1期。

④ 王运熙：《白居易诗歌的分类与传播》，《铁道师范学院学报》1998年第6期。

⑤ 胡振龙：《唐代的诗歌传播方式与传播特点》，《解放军外国语学院学报》1999年第6期。

⑥ 刘磊：《从历代选本看韩孟诗派之传播与接受》，《东南大学学报》2005年第2期。

⑦ 王兆鹏：《宋代的"互联网"——从题壁诗词看宋代题壁传播的特点》，《文学遗产》2010年第1期；《宋代诗文别集的编辑与出版——宋代文学的书册传播研究之一》，《华中科技大学学报》2004年第1期。

主要论文有王小盾《中国韵文的传播方式及其体制变迁》①、陈水云《先秦时期诗歌的传播》②、崔富章《十世纪以前的楚辞传播》③、周建忠《楚辞在韩国的传播与接受》④ 等。

　　汉魏六朝诗歌传播研究是相对薄弱的环节。尚永亮《庄骚传播接受史综论》有两章分别论述《楚辞》在两汉的传播与接受情况。王金寿《中国古代文学传播概论》有"乐府的传播"章节。代表性的研究论文，大致有如下一些：张可礼《建安文学在当时的传播》⑤ 分析了建安文学传播途径、传播范围、传播效果等问题。王玫《建安时期文学的接受与传播》⑥ 在分析互赠诗文、相互品评、配乐歌唱及编撰文集等几种建安时期文学接受与传播形式的基础上，进一步分析了建安时期重文轻笔等"期待视界"所导致的诗歌题材、体裁及创作手法的更替。李正春《论六朝诗歌的传播与接受》⑦ 认为，六朝逐渐发达的造纸术为诗歌传播创造了有利的条件，酬唱赠答、歌伎乐工传唱、题壁与编选诗文集等活动为诗歌的传播起了积极的推动作用。徐习文《南朝诗歌的传播方式与特点》⑧ 分析了南朝相互赠诗、借助评论、书面抄写、口头传播等诗歌传播方式，认为南朝诗歌传播既有文化传播的共性，又有南朝文化圈层的时代特点。并在《传播过程对南朝诗歌创作形态的影响》《传播方式的演变对南朝诗风的影响》⑨ 等论文中分

① 王小盾：《中国韵文的传播方式及其体制变迁》，《中国社会科学》1996 年第 1 期。
② 陈水云：《先秦时期诗歌的传播》，《社会科学辑刊》1999 年第 1 期。
③ 崔富章：《十世纪以前的楚辞传播》，《浙江大学学报》2012 年第 6 期。
④ 周建忠：《楚辞在韩国的传播与接受》，《文学遗产》2014 年第 6 期。
⑤ 张可礼：《建安文学在当时的传播》，《文史哲》1984 年第 5 期。
⑥ 王玫：《建安时期文学的接受与传播》，《厦门大学学报》2000 年第 3 期。
⑦ 李正春：《论六朝诗歌的传播与接受》，《苏州铁道师范学院学报》2001 年第 4 期。
⑧ 徐习文：《南朝诗歌的传播方式与特点》，《韩山师范学院学报》2004 年第 1 期。
⑨ 徐习文：《传播过程对南朝诗歌创作形态的影响》，《韩山师范学院学报》2004 年第 4 期；《传播方式的演变对南朝诗风的影响》，《菏泽师专学报》2003 年第 1 期。

析了南朝诗歌在传播过程中对诗歌再创作的影响，以及传播方式演变对诗风的影响问题。查屏球《纸简替代与汉魏晋初文学新变》① 讨论了书写载体变革对文学的影响问题，认为汉魏晋初文学文本载体的简纸并用与相互转换，及纸写文本正宗地位的确立、文本传播方式的革新，提升了文学的价值，增强了文学的抒情性，而文本形式的转换也导致了传统文本流传的失序。此外，蒋方、张忠智《论楚辞文体在魏晋六朝的传播与接受》②，李传军《魏晋南北朝时期歌谣的传播》③ 分别讨论楚辞体与歌谣在魏晋六朝的传播情况。

从音乐传播的角度研究汉魏六朝乐府诗也一直受到学术界的关注。"五四"以来出现了许多重要学术成果，萧涤非《汉魏六朝乐府文学史》④ 是新中国成立前的代表，王运熙《乐府诗述论》⑤ 是新中国成立后的代表。近年来有钱志熙《汉魏乐府的音乐与诗》⑥，赵敏俐等《中国古代歌诗研究——从〈诗经〉到元曲的艺术生产史》《汉代乐府制度与歌诗研究》⑦，吴大顺《魏晋南北朝乐府歌辞研究》⑧ 等成果均不同程度涉及乐府诗的表演及音乐传播问题。下面是几篇关于乐府诗传播研究的代表性论文：廖群《厅堂说唱与汉乐府艺术特质探析——兼论古代文学传播方式对文本的制约和影响》⑨，赵敏俐《汉乐

---

① 查屏球：《纸简替代与汉魏晋初文学新变》，《中国社会科学》2005 年第 5 期。
② 蒋方、张忠智：《论楚辞文体在魏晋六朝的传播与接受》，《湖南师范大学学报》（社会科学版）2002 年第 4 期。
③ 李传军：《魏晋南北朝时期歌谣的传播》，《石油大学学报》2004 年第 3 期。
④ 萧涤非：《汉魏六朝乐府文学史》，人民文学出版社 1984 年版。
⑤ 王运熙：《乐府诗述论》，上海古籍出版社 1996 年版。
⑥ 钱志熙：《汉魏乐府的音乐与诗》，大象出版社 2000 年版。
⑦ 赵敏俐等：《中国古代歌诗研究——从〈诗经〉到元曲的艺术生产史》，北京大学出版社 2005 年版；《汉代乐府制度与歌诗研究》，商务印书馆 2009 年版。
⑧ 吴大顺：《魏晋南北朝乐府歌辞研究》，上海古籍出版社 2009 年版。
⑨ 廖群：《厅堂说唱与汉乐府艺术特质探析——兼论古代文学传播方式对文本的制约和影响》，《文史哲》2005 年第 3 期。

府歌诗演唱与语言形式之关系》《歌诗与诵诗：汉代诗歌的文体流变及功能分化》①，吴大顺《魏晋南北朝文人歌辞传播与诗歌史意义》《魏晋南北朝文人歌辞的演唱及其文化功能》②，曾晓峰、彭卫鸿《试析汉乐府文事相依的传播特点》③ 等。截至目前，尚无汉魏六朝诗歌传播研究的专著问世。

二 古代文学传播研究的三种类型

上述研究成果，若从研究思路和研究重点来看，大致有古代文学传播史论、古代文学的传播学解读和古代文学传播学建构论等几种类型。

如尚永亮《庄骚传播接受史综论》主要梳理了《庄子》《楚辞》在秦汉、魏晋、六朝及中唐的传播与接受情况，王玫《建安文学接受史论》也是从传播接受史的角度分析了建安文学从建安到宋元时期的传播接受情况，属于古代文学传播史论范畴。王兆鹏《宋代文学传播探原》主要探讨了宋代诗文的单篇传播、书册传播、诗词的题壁传播和词的歌伎传播等传播方式与传播效应，以及"润笔"与文学商品化、名流印刻、图画传播等特殊传播方式的传播效应问题，既有明确的传播学视野，又立足于宋代文学的具体生态，拓展了宋代文学研究领域和视野；宋莉华《明清时期的小说传播》则主要运用传播学理论和视角分析明清小说研究中的一些具体问题，如《方言与明清小说及

---

① 赵敏俐：《汉乐府歌诗演唱与语言形式之关系》，《文学评论》2005 年第 5 期；《歌诗与诵诗：汉代诗歌的文体流变及功能分化》，《首都师范大学学报》2007 年第 6 期。

② 吴大顺：《魏晋南北朝文人歌辞传播与诗歌史意义》，《山东大学学报》2006 年第 1 期；《魏晋南北朝文人歌辞的演唱及其文化功能》，《船山学刊》2007 年第 3 期。

③ 曾晓峰、彭卫鸿：《试析汉乐府文事相依的传播特点》，《中南民族大学学报》2004 年第 2 期。

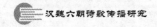

其传播》分析小说的方言形态及方言对小说传播的影响,《插图与明清小说的阅读及传播》分析小说插图对文本阅读的引导及插图对小说文本传播的促进作用等;吴淑玲《唐诗传播与唐诗发展之关系》主要从唐诗发展与唐诗传播关系角度梳理了唐诗的传播生态。这些成果则属于古代文学的传播学解读范畴。李玉莲《中国古代白话小说戏曲传播论》、柯卓英《唐代的文学传播研究》、王金寿《中国古代文学传播概论》等著作更多的是以传播学概念和理论,从传播媒介、动因、主体、方式、类型、效果等角度分别梳理《诗经》《楚辞》《汉乐府》及唐代文学、明清戏曲小说的传播,试图建立古代文学的传播学框架,属于古代文学传播学建构论范畴。古代文学传播研究的论文也大致可以分为这三种研究类型。

这三种类型在研究内容上各有侧重,对推进古代文学传播学研究均具有重要意义。若从最终归宿来看,第一、第二种类型,应用传播学的理论和视角,最终解决的是古代文学问题,其学术旨趣和归宿在古代文学。而第三种类型,更多的是运用传播学理论和概念对古代文学发生、发展、演变的历史过程及其活动细节进行传播学观照,其学术的归宿更多地属于传播学,所谓的古代文学传播学,对于古代文学需要重点关注的问题往往被忽略。

三 交叉与借鉴:传播学与文学传播学的关系

传播学是一门研究社会信息系统及其运行规律的科学。主要通过对信息系统及其各部分的结构、功能、过程以及互动关系的考察,探索、发现克服传播障碍和传播隔阂的科学方法,找到社会信息系统良性运行的机制,推动社会的健全发展。如何提高信息的传播效果是其根本立足点,西方主流传播学的理论构架也主要是围绕传播效果而建构的，其社会科学的性质十分鲜明。① 信息传播是人类社会的普遍现象，凡有生命存在就有传播，文学活动作为信息传播活动之一，自然属于传播学研究的范畴。

美国著名文艺理论家艾布拉姆斯（M. H. Abrams）在其《镜与灯——浪漫主义文论及批评传统》中，提出了文学艺术活动的四要素：艺术家、作品、世界和欣赏者，并将其中的关系排列成一个三角形模式坐标（见图1）。

图1　　　　　　　　　　图2

艾布拉姆斯据此将所有解释艺术作品的理论分成四类，其中有三类主要是用作品与另一要素（世界、欣赏者或艺术家）的关系来解释作品，第四类是把作品视为一个自足体孤立起来加以研究。②

刘若愚《中国文学理论》将文学四个要素的构成系统做了重新排列（见图2），以更清晰地呈现四个要素之间的交往、互动关系，以及构成整个艺术过程的四个阶段："在第一阶段，宇宙影响作家，作家反映宇宙。由于这种反映，作家创造作品，这是第二阶段。当作品触及读者，它随即影响读者，这是第三阶段。在最后一个阶段，读者对宇

---

① 西方主流传播学主要是指以美国学者为代表的经验学派，他们主张运用可观察、可测定、可量化的经验材料来对社会现象或社会行为进行实证考察，其着眼点在于考察传播过程的结构与功能，传播对人的心理、态度和行为的影响，以及如何通过传播达成个人或群体目标，具有鲜明的实用主义立场。参见郭庆光《传播学教程》，中国人民大学出版社2011年版，第253—254页。

② ［美］M. H. 艾布拉姆斯：《镜与灯——浪漫主义文论及批评传统》，郦稚牛等译，北京大学出版社1989年版，第5—34页。

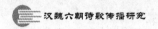

宙的反映，因他阅读作品的经验而改变。如此，整个过程形成一个圆圈。同时，由于读者对作品的反映，受到宇宙影响他的方式所左右，而且由于反映作品，读者与作家的心灵发生接触，而再度捕捉作家对宇宙的反映，因此这个过程也能以相反的方向进行。"①

艾布拉姆斯有关文学活动要素的三角形模式和刘若愚的环形模式，都说明文学活动是一个系统，人类的生活世界是文学活动产生、形成和发展的客观基础，既是作品反映的对象，也是作者和读者的基本生存环境，是他们产生对话的基础；作者是文学生产的主体，不仅是写作品的人，更是创作文学规范并把自己的审美体验通过作品传达给读者的主体；读者是文学接受的主体，不仅是阅读作品的人，也是与作者生活于同一世界的主体，双方通过作品进行潜在的精神沟通。作品作为作者的创造对象和读者的阅读对象，是使上述一切环节成为可能的中介。"文学活动系统是由世界、作者、作品、读者构成的一个交往结构。"②

文学的上述活动系统是如何运行的？在我看来，传播是文学活动系统得以运行的主要机制，也是文学发生、发展的内在动力之一。在此意义上可以说，一切文学史都是传播史。但文学传播作为一种精神交往活动，有自身的独特性，与其他信息传播活动相比，文学传播活动有两点显著差别：

其一，文学传播行为是一种以理解为导向和目的的交流行为。法兰克福学派主要成员、德国著名文学传播学家络文塔尔认为，文学传播是人与人之间的相互交流、理解和对内在经验的分享。③"理解"和

---

① 刘若愚：《中国文学理论》，江苏教育出版社 2006 年版，第 13—14 页。
② 童庆炳：《文学理论教程》，高等教育出版社 2004 年版，第 41 页。
③ 参见甘锋《络文塔尔文学传播理论研究》，东南大学出版社 2014 年版，第 156 页。

"分享"是文学传播的重要特点。文学传播通过"作品"沟通作家与读者之间的交流、理解，建立起作家、读者对世界的理解。

其二，文学传播活动是以作为文学信息的作品传播为主的。文学作品是文学传播活动的基础和前提，有了文学作品，文学传播活动才得以产生。艾布拉姆斯构建的"艺术家、作品、世界和欣赏者"四要素的关系模式，作品是处于中心地位的，其由此归纳的四类艺术阐释理论，无一不是以作品为中心：模仿理论，基于作品和世界之间的关系；实用理论，基于作品和受众之间的关系；表现理论，基于作品和作者之间的关系；客观理论，则基于文本的细读。刘若愚构建的文学系统"环形模式"虽难以从图中直观"作品"中心，但从其对艺术过程四个阶段的描述中，能看出"作品"的中心地位。

在此，我们可以对文学传播学做这样的定义：文学传播学是研究文学传播活动系统运行及其规律的科学。包括有关文学传播活动的知识体系、历史发展和理论范畴的研究。传播也是文学生存和存在的基本方式，文学传播现象自有文学以来就存在，并伴随文学活动的始终，是文学活动的有机组成部分，也是文学活动系统的主要运行机制和文学功能得以实现的关键环节。

但传播学的产生及其理论建构目标与文学传播学是存在较大差异的。如何提高信息的传播效果是传播学的根本立足点，作为传播学主流的美国经验学派，其理论构架主要是围绕如何提高传播效果而建构的，是一门社会科学，还是一门应用科学。作为一门社会科学，传播学主要研究人在社会信息系统中的主体活动，信息技术发展对社会政治、经济和文化的推动及与人的观念、价值、生活方式变化之间的关系等；作为应用科学，传播学为发现和解决社会传播实践中的问题提供科学合理的方法。① 文学传播活动的特点决定了文学传播学研究的重点是，围绕"传播"这一行为，探讨文学运行系统中"世界、作者、作品、读者"之间的互动关系，以及这些关系引起的"文学作品"题材、形式、风格等方面的变化。其出发点和落脚点都在文学作品，而不是传播效果。

文学传播学研究因文学而产生，人类对文学传播活动的研究有着悠久的历史。如中国"诗经学"关于《诗经》编纂、诗的讽赋与诗言志传统的形成、周代"诗教"与"乐教"研究；又如古代文学的"选本"研究等，都属于文学传播学研究范畴，只是没有从现代"学科"建构和学科视野的高度研究文学传播现象而已。而传播学则产生于20世纪40年代的美国，是在社会学、政治学、心理学、新闻学、文化人类学、信息技术科学等相关理论的基础上建立起来的一门交叉性学科，既是自然科学与社会科学、社会科学（行为科学）与人文科学的交叉，又是理论性与应用性的交叉。

如此看来，现代传播学的理论体系与文学传播学并非从属关系，而更多地体现了一种交叉和互相借鉴的关系。

四　对构建文学传播学的思考

近年来，有部分学者提出建构文学传播学的构想，这是一种值得肯定的学术创新的勇气，但其基本思路是将文学传播学纳入现代传播学理论系统，将文学传播学作为现代传播学的一个分支。② 这种思路似乎不符合各自学科的发展历史和学术目标。从研究实际看，一些研

---

① 参见郭庆光《传播学教程》，中国人民大学出版社2011年版，第10页。

② 参见文言《文学传播学引论》，辽宁人民出版社2006年版；曹萌《文学传播学的创建与中国古代文学传播研究》，《沈阳师范大学学报》2004年第5期；柯卓英《文学传播学的理论建构》，《新闻知识》2008年第1期。

究成果因受西方传播学理论框架的制约，往往借用传播学的理论概念和学术框架观照文学，其研究内容和基本观点，仍是传统文学研究中的一些既有命题和结论，没有在研究领域和观点建树方面提供新思想、新结论，导致文学传播学研究一定程度上的空泛化、表层化倾向，这也是近年文学传播学研究遭到学术界质疑的原因。相反，有一些成果则从传播学视角关注文学传播现象，而不是简单搬用传播学的理论概念，对以往文学研究中忽视的一些问题进行有益的探索，对文学研究起到了有益的推进作用。

鉴于以上对传播学与文学传播学产生历史、发展背景和学术旨趣的梳理，在此有必要强调，文学传播学的学术目标应是作为文学研究的分支学科，立足文学本位，借鉴传播学相关理论和研究方法，拓展和深化文学研究领域。而不是将之作为传播学分支学科，来丰富传播学学科体系。若从文学分支学科的学术目标出发，文学传播学大有可为的研究领域至少有如下几方面：

第一，文学传播学理论研究：构建文学传播学理论体系。第二，文学传播历史研究：梳理和总结文学传播学发展历史。第三，文学传播过程研究：描述文学活动行为，还原文学现场。第四，文学传播方式研究：传播媒介、传播方式及功能与效果、文学的跨文化传播等。第五，文学传播内容研究：文学母题的流变、新旧文学的渗透与转化、新媒体与新的文学形式、文学的文化、旅游资源转化与产业化发展模式等。第六，文学传播效果研究：文学接受与受众分析。第七，文学传播控制研究：文学生产与传播的政治文化制度、文学批评等。第八，文学研究的传播学方法研究：调查与实验方法及统计法在文学研究中的运用等。

当然，这些研究都是在以"传播"为中心的作家、作品、世界和

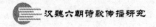

读者互动关系中进行的，将文学活动系统放在"传播力场"①中审视，考察文学"传播力场"中各种"力"此消彼长的变化以及这些变化引起的其他"力"的相应变化。

文学传播研究伴随着文学研究的产生而出现，有着悠久的历史，但将之作为一门独立的学问进行自觉研究的历史并不长。20世纪40年代传播学成为一门独立学问后，部分传播学理论家开始关注文学传播问题，如法兰克福学派核心成员之一，德国著名文学理论家和传播理论家奥利·络文塔尔。他从20世纪30年代开始关注文学的传播问题，随着《德国对陀思妥耶夫斯基作品的接受：1880—1920》（1934）、《通俗杂志中的传记——作为一种通俗文学类型的传记的兴起》（1944）、《文学社会学》（1948）等一系列论文的发表，揭开了西方文学研究的传播学转向的序幕；他将批判理论、文学理论和传播理论有效地综合起来，扭转了当时的研究立场，"在文化社会学领域发动了一场哥白尼式的革命"②。我国的文学传播研究是20世纪80年代传播学传入国内后逐渐兴起的，近二十年来得到迅速发展。因其受到西方主流传播学理论体系的制约，有相当一部分成果简单借用传播学理论概念描述中国文学现象，空泛化、表层化倾向明显。针对这种现状，构建文学传播学就显得十分必要了。

---

① "传播力场"是德国著名文学理论家和传播理论家奥利·络文塔尔提出的一个阐释某一时期文学传播活动的基本范畴。认为文学传播活动是一个处于不断变化之中的各种"力"之间既冲突又融合的场域。文学"传播力场"至少应包括对两个层面的活动要素的分析：一是把文学传播活动视为一个独立、完整的系统进行研究，即对传者、信息、媒介、受者、效果等基本要素的分析；二是将文学传播系统置于社会系统中进行考察，即文化制度、社会制度以及政治制度模式的批判性分析。参见甘锋《络文塔尔文学传播理论研究》，东南大学出版社2014年版，第23—24页。

② 参见甘锋《络文塔尔文学传播理论研究》，东南大学出版社2014年版，第1页。

五　本课题学术目标

汉魏六朝是中国诗歌史上一个十分特殊的时期。该时期既是文学自觉的起点，也是古代文人诗歌范式和流派产生的起始期，对诗歌创作的理论思考逐渐成熟，诗歌创作题材和内容得到极大的拓展，诗歌语言、结构等艺术形式也在频繁地变化，各种诗体纷纷出现。对汉魏六朝诗歌产生的这些深刻变革，学术界大多从文人摆脱汉代经学传统的束缚而日渐自觉、以诗言情受到社会广泛关注和认同、统治集团对诗歌创作的积极倡导、社会风气的变化等方面进行了剖析。若从诗歌传播形态及历史进程看，汉魏六朝又是口头传播与文本传播交叉渗透、并行发展，并逐渐由口头传播为主向文本传播为主的过渡时期。汉魏六朝诗风的嬗变与诗歌传播媒介和传播方式的变化是否有内在的联系？如果有联系，究竟是怎样的联系？这些问题都需要学术界做出回答。

鉴于学术界目前的研究现状，本书的研究目标是对汉魏六朝诗歌发展、嬗变的历史过程及演进的细节进行传播学解读。即探讨汉魏六朝时期诗歌传播媒介、传播方式的变革与诗歌风格演变的关系，重点研究乐府歌辞诗乐共生与诗乐分离的历史环节、诗乐共生向诗乐分离演进中所导致的诗歌文化功能的分化、转移，以及这种分化、转移是怎样影响诗歌观念、创作题材、诗歌形式、审美风尚的。或者说，拟解决的主要问题是，诗歌传播作为诗歌的物质中介是通过怎样的方式对诗歌观念、题材、形式及审美风尚等精神领域产生影响的。这一目标，要求本书既要对汉魏六朝诗歌传播过程和传播方式进行传播学观照，更要对该时期诗歌领域发生的重大事件如诗体观念、诗歌内容、形式、审美风尚等嬗变问题进行传播学解读。为达此目的，确立如下研究内容：

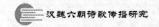

第一，魏晋南北朝诗歌传播形态及其历史变迁研究。梳理魏晋南北朝时期配乐歌唱、徒歌、吟诵等几种诗歌主要的口头传播方式及其变化历史，厘清魏晋南北朝时期石刻、题壁、传抄、结集等几种主要诗歌文本传播方式的早期形态及其发展历史，为讨论以下问题做史实准备。

第二，魏晋南北朝诗歌传播与文化制度的关系研究。一是讨论魏晋南北朝纸张的发明使用与诗歌文本传播的关系，以及诗歌文本传播的普及对魏晋六朝徒诗观形成、文体批评兴起的作用；二是讨论魏晋南北朝邮驿制度的发展变化与诗歌异地传播的关系。

第三，魏晋南北朝诗歌传播与诗风嬗变的关系研究。一是讨论魏晋南北朝音乐、文本交叉传播与乐府、古诗混同现象；二是讨论"建安风骨"、齐梁"宫体诗"形成与演变的传播学背景；三是讨论魏晋南北朝乐府诗的文本传播方式与汉魏五言诗体式形成的关系。

第一章　汉魏六朝诗歌口头传播

文化传播手段和传播媒介的进步不仅贯穿于人类社会发展的整个历史进程，而且与人类社会文化的积累和变化密切相关。"文化发展的每一个阶段，都受到特定媒介的支配，而每一种新的传播方式和技术的兴起，都毫无例外地引起文化的变革。"① 文学作为文化的形态之一，自不例外。从接受美学与传播学角度看，完整意义上的文学则包含着创作、传播、接受三个基本环节。文学作品内容、形式的发展变迁及功能的变化，在一定程度上由三者之间的相互作用及其作用方式所决定。因此，对文学作品的传播媒介及与之相关的传播方式进行探讨应当是文学研究的重要内容。从传播媒介与传播方式的综合情况看，汉魏六朝时期的诗歌大致有口头传播和文本传播两种基本形态。本章主要梳理汉魏六朝诗歌的口头传播。

所谓口头传播是指以语言、声音等作为传播媒介的诗歌传播形态。从声音的组织特点和技巧角度，又可以将口头传播分为配乐歌唱、徒歌、吟诵等几种方式。配乐歌唱是诗歌借助音乐形式进行的传播，是诗歌口头传播的重要形态之一。徒歌指没有乐器的歌唱，是古代最原

---

① 庄晓东：《文化传播：历史、理论与现实》，人民出版社 2003 年版，第 13 页。

始的诗歌传播方式，如远古的《弹歌》《击壤歌》《涂山歌》等。吟诵则是伴随西周乐教而产生的一种诗歌传播方式，是大司乐中的乐师教授国子的六种乐语之一。《墨子》曾有"诵诗三百，弦诗三百，歌诗三百，舞诗三百"的记载。① 可见，这三种主要的诗歌口头传播形态具有悠久的历史。在汉魏六朝时期，三种方式均继续流传并得到发展，如汉魏六朝的乐府诗主要是通过配乐歌唱的形态传播，歌谣则主要通过徒歌的方式传播，吟诵则主要传播文人徒诗，并且在文人中特别流行。

据郭茂倩《乐府诗集》分类，汉魏六朝的乐府诗有郊庙歌辞、燕射歌辞、鼓吹曲辞、横吹曲辞、相和歌辞、清商曲辞、舞曲歌辞、琴曲歌辞、杂曲歌辞、杂歌谣辞十类，内容十分丰富，传播形态也复杂多样。但若从这些歌辞的使用场合与社会文化功能看，大略可以分为仪式音乐歌辞、娱乐音乐歌辞两类：郊庙歌辞、燕射歌辞、鼓吹曲辞、横吹曲辞、舞曲歌辞主要是仪式音乐歌辞；相和歌辞、清商曲辞、琴曲歌辞、杂曲歌辞等主要是娱乐音乐歌辞。② 为了论述的方便，下文将从仪式音乐歌辞与娱乐音乐歌辞、徒歌、吟诵四个方面对汉魏六朝时期诗歌的口头传播形态进行梳理和分析。

第一节　汉魏六朝仪式歌辞的传播

所谓仪式歌辞是指在各种仪式活动中演唱的歌辞，汉魏六朝乐府诗中的郊庙歌辞、燕射歌辞、鼓吹曲辞、雅舞歌辞等主要就是为了满

---

① 孙诒让：《墨子间诂》，《诸子集成》本，第275页。
② 在具体用乐中，也有将娱乐音乐引入仪式活动和将仪式音乐用于娱乐表演的情形，如娱乐性较强的鞞舞、铎舞、巾舞、拂舞四杂舞及相和五引等就被逐渐用于宴会仪式。

足王朝各种仪式活动需要而创制的歌辞。

一 汉魏六朝仪式歌辞的创制与演唱

（一）郊庙歌辞

郊庙歌辞是封建帝王在郊庙仪式活动中颂扬天地、赞美祖宗时使用的歌辞，主要有郊祀与宗庙两类。中国祭祀歌辞有着悠久的传统，至少可以追溯到西周时代。《乐府诗集·郊庙歌辞》解题曰："《周颂·昊天有成命》，郊祀天地之乐歌也，《清庙》，祀太庙之乐歌也，《我将》，祀明堂之乐歌也，《载芟》《良耜》，籍田社稷之乐歌也。然则祭乐之有歌，其来尚矣。"①

1. 郊祀歌辞

汉代有《郊祀歌》十九章，撰制于武帝时代。《汉书·礼乐志》曰："至武帝定郊祀之礼，祠太一于甘泉，就乾位也；祭后土于汾阴，泽中方丘也。乃立乐府，采诗夜诵，有赵、代、秦、楚之讴。以李延年为协律都尉，多举司马相如等数十人造为诗赋，略论律吕，以合八音之调，作十九章之歌。以正月上辛用事甘泉圆丘，使童男女七十人俱歌，昏祠至明。"② 其《青阳》《朱明》《西颢》《玄冥》分别歌咏春、夏、秋、冬四季，是迎时气的乐章，《天地》《惟泰元》《五神》是祀太一及五帝神的乐章，《日出入》祀日，《天门》祀泰山等，歌辞作者有汉武帝、司马相如、邹子等数十人。③ 曹魏郊祀歌辞不见载籍，

---

① 郭茂倩：《乐府诗集》，中华书局 1979 年标点本，第 1 页。
② 班固：《汉书·礼乐志》，中华书局 1962 年标点本，第 1045 页。
③ 龙文玲：《汉〈郊祀歌〉作者辨证》，《学术论坛》2005 年第 4 期。

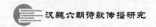

郭茂倩以为"疑用汉辞"。西晋郊祀明堂礼乐权用魏仪，"使傅玄为之词"①；刘宋元嘉二十二年，南郊始设登歌，"诏御史中丞颜延之造歌诗"②；齐有谢超宗、王俭、谢朓、江淹等人所作《南郊》《北郊》《明堂》《雩祭》《籍田》等乐歌辞，梁有沈约所作《南郊》《北郊》《明堂》等乐歌辞。

2. 宗庙歌辞

汉有《安世房中歌》，高祖唐山夫人作。《汉书·礼乐志》载："又有房中祠乐，高祖唐山夫人所作也。周有房中乐，至秦名曰寿人。凡乐，乐其所生，礼不忘本。高祖乐楚声，故房中乐楚声也。孝惠二年，使乐府令夏侯宽备其箫管，更名曰安世乐。"③萧涤非分析说："周房中乐用之宾燕时，但有弦而无钟磬，用之祭祀时则加钟磬，而汉房中乐适与此相合。……汉高既乐楚声，此歌当亦不专用之祭祀，四时宾燕，亦复施用，既兼燕祠之二义，故沿袭周名而曰'房中祠乐'，班固或言'房中乐'者，'房中祠乐'之简称耳。至孝惠时，此歌或专用之祭祀，燕飨之义既失，自无取乎《房中》之名。又从而增加箫管，丝竹合奏，音制亦异于旧，故更名《安世乐》。班固以《安世》既出自《房中》，故录此歌时，乃合前后二名题曰《安世房中歌》。"④萧氏从《安世房中歌》名称的辨析中，肯定了汉代《安世房中歌》的祭祀性质。曹魏的宗庙歌辞多沿袭汉代。魏文帝黄初二年，改汉《巴渝舞》为《昭武舞》，《安世乐》为《正世乐》，《嘉至乐》为《迎灵乐》，《武德乐》为《武颂乐》，《昭容乐》为《昭业乐》，《云翘舞》

---

① 房玄龄：《晋书·乐志》，中华书局 1974 年标点本，第 679 页。

② 沈约：《宋书·乐志》，中华书局 1974 年标点本，第 541 页。

③ 班固：《汉书·礼乐志》，中华书局 1962 年标点本，第 1043 页。

④ 萧涤非：《汉魏六朝乐府文学史》，人民文学出版社 1984 年版，第 35 页。

为《凤翔舞》，《育命舞》为《灵应舞》，《武德舞》为《武颂舞》，《文始舞》为《大韶舞》，《五行舞》为《大武舞》。而"其众歌诗，多即前代之旧；唯魏国初建，使王粲改作登歌及《安世》《巴渝》诗而已"。① 晋宗庙歌有傅玄《晋宗庙歌》、曹毗《江左宗庙歌》，宋有王韶之《宋宗庙登歌》、谢庄《宋世祖庙歌》、宋明帝、殷淡《宋章庙乐舞歌》等；齐有谢超宗、王俭等《齐太庙乐歌》，梁有沈约《梁宗庙登歌》，陈有《陈太庙舞辞》等。

以上所列郊庙歌辞均是朝廷在重大的祭祀仪式活动中的音乐歌辞，除西晋王肃"私造宗庙诗颂十二篇，不被歌"② 外，其余歌辞皆为皇上敕命重臣拟写、配合朝廷仪式音乐演唱，达到"以接人神之欢"③ 和"歌先人之功烈德泽"④ 的目的。

（二）燕射歌辞

燕射歌辞指朝廷在元会等重大节日或天子宴乐群臣时所用的音乐歌辞，也称食举乐辞。《乐府诗集·燕射歌辞》解题曰：

> 汉有殿中御饭食举七曲，太乐食举十三曲，魏有雅乐四曲，皆取周诗《鹿鸣》。晋荀勖以《鹿鸣》燕嘉宾，无取于朝。乃除《鹿鸣》旧歌，更作行礼诗四篇，先陈三朝朝宗之义。又为王公上寿酒、食举乐歌诗十三篇。司律陈颀以为三元肇发，群后奉璧，趋步拜起，莫非行礼，岂容别设一乐，谓之行礼。荀讥《鹿鸣》

---

① 沈约：《宋书·乐志》，中华书局 1974 年标点本，第 534 页。王粲所改登歌、《安世》歌辞不见载籍，唯《巴渝》诗四篇载于《宋书·乐志》，题名曰《魏俞儿舞歌》，题下有"魏国初建所用，后于太祖庙并作之"的注文。见《宋书》第 571 页。

② 同上书，第 538 页。

③ 郭茂倩：《乐府诗集·郊庙歌辞》，中华书局 1979 年标点本，第 1 页。

④ 同上书，第 33 页。

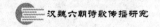

之失，似悟昔缪，还制四篇，复袭前轨，亦未为得也。终宋、齐已来，相承用之。梁、陈三朝，乐有四十九等，其曲有《相和》五引及《俊雅》等七曲。后魏道武初，正月上日飨群臣，备列宫悬正乐，奏燕、赵、秦、吴之音，五方殊俗之曲，四时飨会亦用之。隋炀帝初，诏秘书省学士定殿前乐工歌十四曲，终大业之世，每举用焉。其后又因高祖七部乐，乃定以为九部。①

郭氏所言已明燕射歌辞之大概。曹魏时期的元会仪式不见文献记载，曹植《元会诗》对太和六年正月元日的曹魏正旦仪式有具体描述：

初岁元祚，吉日惟良。乃为佳会，谦此高堂。尊卑列叙，典而有章。衣裳鲜洁，黼黻玄黄。清酤盈爵，中坐腾光。珍膳杂遝，充溢圆方。笙磬既设，筝瑟俱张。悲歌厉响，咀嚼清商。俯视文轩，仰瞻华梁。愿保兹善，千载为常。欢笑尽娱，乐哉未央。皇室荣贵，寿考无疆。②

曹植《鼙舞歌·大魏篇》曰：

黄鹄游殿前，神鼎周四阿。玉马充乘舆，芝盖树九华。白虎戏西除，舍利从辟邪。骐骥蹑足舞，凤皇拊翼歌。丰年大置酒，玉樽列广庭。乐饮过三爵，朱颜暴已形。式宴不违礼，君臣歌《鹿鸣》。乐人舞鼙鼓，百官雷抃赞若惊。储礼如江海，积善若陵山。皇嗣繁且炽，孙子列曾玄。群臣咸称万岁，陛下长寿乐年。御酒停未饮，贵戚跪东厢。侍人承颜色，奉进金玉觞。此酒亦真酒，福禄当圣皇。陛下临轩笑，左右咸欢康。杯来一何迟，群僚

---

① 郭茂倩：《乐府诗集·燕射歌辞》，中华书局 1979 年标点本，第 182 页。
② 赵幼文：《曹植集校注》，人民文学出版社 1984 年版，第 491—492 页。

以次行。赏赐累千亿，百官并富昌。

其中"白虎戏西除，舍利从辟邪。骐骥蹑足舞，凤皇拊翼歌"四句是魏国承袭汉代正月朔日朝贺之仪式，故亦有技人装饰舍利、辟邪、麒麟、凤凰形象，于殿前舞蹈歌唱。"篇中极意地歌颂时和年丰、宴乐群臣之盛事。"①

梁普通年间的三朝仪注载：

三朝，第一，奏《相和五引》；第二，众官入，奏《俊雅》；第三，皇帝入阁，奏《皇雅》；第四，皇太子发西中华门，奏《胤雅》；第五，皇帝进，王公发足；第六，王公降殿，同奏《寅雅》；第七，皇帝入储变服；第八，皇帝变服出储，同奏《皇雅》；第九，公卿上寿酒，奏《介雅》；第十，太子入预会，奏《胤雅》；十一，皇帝食举，奏《需雅》；十二，撤食，奏《雍雅》；十三，设《大壮》武舞；十四，设《大观》文舞；十五，设《雅歌》五曲，十六，设俳伎；十七，设《鞞舞》；十八，设《铎舞》；十九，设《拂舞》；二十，设《巾舞》并《白纻》；二十一，设舞盘伎；二十二，设舞轮伎；二十三，设刺长追花幢伎；二十四，设受猾伎；二十五，设车轮折胵伎；二十六，设长蹻伎；二十七，设须弥山、黄山、三峡等伎；二十八，设跳铃伎；二十九，设跳剑伎；三十，设掷倒伎；三十一，设掷倒案伎；三十二，设青丝幢伎；三十三，设一伞花幢伎；三十四，设雷幢伎；三十五，设金轮幢伎；三十六，设白兽幢伎；三十七，设掷蹻伎；三十八，设猕猴幢伎；三十九，设啄木幢伎；四十，设五案幢咒愿

_____

① 赵幼文：《曹植集校注》，人民文学出版社 1984 年版，第 329—331 页。

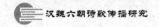

伎；四十一，设辟邪伎；四十二，设青紫鹿伎；四十三，设白武伎；四十四，设寺子导安息孔雀、凤凰、文鹿胡舞登连《上云乐》歌舞伎；四十五，设缘高𬱖伎；四十六，设变黄龙弄龟伎；四十七，皇太子起，奏《胤雅》；四十八，众官出，奏《俊雅》；四十九，皇帝兴，奏《皇雅》。①

《隋书·乐志》：

> 汉明帝时，乐有四品。……二曰雅颂乐，辟雍飨射之所用焉。则《孝经》所谓"移风易俗，莫善于乐"者也。三曰黄门鼓吹乐，天子宴群臣之所用焉。则《诗》所谓"坎坎鼓我，蹲蹲舞我"者也。②

从上列文献可见，燕射乐歌也具有明显的仪式功能。如汉代鲍业所言："古者天子食饮，必顺四时五味，故有食举之乐，所以顺天地、养神明、求福应也。"③"顺天地、养神明、求福应"是燕射仪式的主要功能，其乐歌就是为此而作的，歌辞只有在这种音乐活动中才能体现其仪式内容和蕴涵其中的文化意义。当然，三朝宴会上，各种乐舞按照规定的程序登台表演，其中不乏娱乐性和观赏性，但乐舞自身的娱乐性和观赏性往往要在仪式中才得以实现。现存燕乐歌辞有晋傅玄、荀勖、张华、成公绥《晋四厢乐歌》，张华《晋冬至初岁小会歌》《晋宴会歌》《晋中宫所歌》《晋宗亲会歌》，宋王韶之《宋四厢乐歌》，梁沈约、萧子云《梁三朝雅乐歌》等。

---

① 魏徵：《隋书·音乐上》，中华书局1973年标点本，第302—303页。
② 同上书，第286页。
③ 郭茂倩：《乐府诗集》卷一三，中华书局1979年标点本，第181页。

（三）舞曲歌辞

早期舞蹈的仪式性特征已经成为共识，如西周的六舞就是配合仪式表演的舞蹈。《周礼·地官·舞师》曰："掌教兵舞，帅而舞山川之祭祀。教帗舞，帅而舞社稷之祭祀。教羽舞，帅而舞四方之祭祀。教皇舞，帅而舞旱暵之事。"① 伴随这些舞蹈而歌的舞曲歌辞自当有其仪式性特征。汉魏六朝的仪式舞蹈大致分为雅舞、杂舞两类，雅舞中又分武舞、文舞两种。

1. 雅舞歌辞

《乐府诗集》解题曰："雅舞者，郊庙朝飨所奏文武二舞是也。古之王者，乐有先后，以揖让得天下，则先奏文舞，以征伐得天下，则先奏武舞，各尚其德也。……汉魏已后，咸有改革。然其所用，文武二舞而已，名虽不同，不变其舞。故《古今乐录》曰：'自周以来，唯改其辞，示不相袭，未有变其舞者也。'……自汉已后，又有庙舞，各用于其庙，凡此皆雅舞也。"②

汉代仪式舞曲歌辞的创制情况，《汉书·礼乐志》有比较翔实的记载：

> 高祖庙奏《武德》《文始》《五行》之舞；孝文庙奏《昭德》《文始》《四时》《五行》之舞；孝武庙奏《盛德》《文始》《四时》《五行》之舞。……孝景采《武德舞》以为《昭德》，以尊大宗庙。至孝宣，采《昭德舞》为《盛德》，以尊世宗庙。诸帝庙

---

① 贾公彦：《周礼注疏》卷一二，《十三经注疏》本，上海古籍出版社1997年影印本，第721页。

② 郭茂倩：《乐府诗集》卷五二，中华书局1979年标点本，第753—754页。

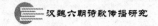

皆常奏《文始》《四时》《五行》舞云。高祖六年又作《昭容乐》《礼容乐》。①

现存的汉代雅舞歌辞有东平王苍《后汉武德舞歌诗》一首，主要颂扬光武皇帝的生平功业。晋有傅玄、荀勖、张华《晋正德大豫舞歌》，宋有王韶之《宋前后舞歌》，齐有《前舞阶步歌》《前舞凯容歌》《后舞阶步歌》《后舞凯容歌》，沈约《梁大壮大观舞歌》等。汉魏六朝，郊庙、朝飨所奏舞蹈主要是文武二舞，在各代名称虽有不同，但舞曲未变，只是各代改作了歌辞而已。

2. 杂舞歌辞

《乐府诗集》曰："杂舞者，《公莫》《巴渝》《盘舞》《鞞舞》《铎舞》《拂舞》《白纻》之类是也。始皆出自方俗，后浸陈于殿庭。盖自周有缦乐散乐，秦汉因之增广，宴会所奏，率非雅舞。汉、魏已后，并以鞞、铎、巾、拂四舞，用之宴飨。宋武帝大明中，亦以鞞拂杂舞合之。钟石施于庙庭，朝会用乐，则兼奏之。明帝时，又有西伧羌胡杂舞，后魏、北齐，亦皆参以胡戎伎，自此诸舞弥盛矣。"② 这段文献对杂舞的来源、表演场合、发展历史做了简明介绍。

现存杂舞歌辞有王粲《魏俞儿舞歌》、傅玄《晋宣武舞歌》《晋宣文舞歌》等《巴渝》舞辞，曹植、傅玄、沈约等《鞞舞》辞，还有《铎舞》《巾舞》《拂舞》古辞及部分文人辞。

汉魏六朝时期舞曲歌辞的创制情况已如上述。据《咸宁注》载，西晋朝廷正旦元会的仪式程序大致是这样的：

正月一日前一天晚上，太乐鼓吹设四厢乐及牛马帷阁于殿前。从

---

① 班固：《汉书·礼乐志》，中华书局 1962 年标点本，第 1044 页。
② 郭茂倩：《乐府诗集》卷五三，中华书局 1979 年标点本，第 766 页。

夜漏未尽十刻起到五刻止，群臣百官有序就位。漏尽之时，皇帝出，钟鼓鸣响，百官皆拜伏，仪式正式开始。太常导皇帝升御座，钟鼓停止，百官起立。接着由大鸿胪、治礼郎、太常等礼官主持群臣百官对皇上的"朝贺"礼仪，先蕃王、次太尉、中二千石等，依次献挚贺拜。礼毕，太乐令跪请奏雅乐，以次作乐。皇帝休息三刻后，再次到御座前，钟鼓第二次鸣响。群臣百官奉觞上"寿酒"，先是王公至二千石上殿上寿酒，四厢乐作，接着侍中、中书令、尚书令上寿酒。登歌乐升，太官令开始行御酒。太乐令跪奏："奏登歌。"登歌演奏三次停止。登歌之后，君臣共食，太乐令跪奏："食。举乐！"食毕，太乐令跪奏："请进舞。"舞以次作。鼓吹令又前跪奏："请以次进众伎。"宴乐礼毕，钟鼓第三次鸣响，群臣北面再拜出，仪式结束。①其中"食毕，太乐令跪奏：'请进舞。'舞以次作"是舞蹈表演的环节。可见，元会礼中的舞蹈是在朝贺、饮食完毕以后的观乐仪式中表演的。梁代的三朝仪注将乐分为四十九种，前面十多种为入场、朝贺、上寿酒、食举等程序中表演的乐曲，舞蹈节目在第十二撤食以后，从十三到四十六，分别是《大壮》武舞、《大观》文舞、雅舞和《鼙舞》《铎舞》《拂舞》《巾舞》、舞盘伎等杂舞，还有很多地方民间乐舞形式。四十七以后是仪式结束时《胤雅》《俊雅》《皇雅》等仪式雅乐演奏。

　　总体上，雅舞是专为国家郊庙、朝飨制作的舞曲，其仪式性更强。而杂舞，其源头虽然是民间方俗之舞，但已经逐渐地被朝廷吸收、改造，成为朝廷仪式舞蹈。具体而言，雅舞用于郊庙、朝飨等很庄重严肃的仪式场合，而杂舞则多用于比较轻松、愉悦的宴会，其娱乐性与观赏性在仪式过程中也得以体现。

---

① 沈约：《宋书》卷一四，中华书局 1974 年标点本，第 343—344 页。

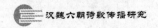

（四）鼓吹曲辞

汉鼓吹铙歌十八曲是汉代现存的鼓吹曲辞，其歌辞大概都是西汉的作品。这十八首歌辞内容十分驳杂，有咏战争者如《战城南》，有叙朝会者如《朱鹭》《上陵》《将进酒》等，有叙道路者如《上之回》《圣人出》《君马黄》等，有游子思归与儿女情歌如《巫山高》《有所思》《上邪》等，这些歌辞有很多是源自民间的。汉短箫铙歌与汉黄门鼓吹分别是汉乐四品之一：黄门鼓吹是天子宴乐群臣之乐，短箫铙歌是军乐。汉短箫铙歌十二曲本是军乐，但在汉代使用很广泛，朝会、道路、赏赐、宴享、殡葬等都使用，具有很强的仪式性质。

从曹魏、东吴、西晋，直到宋、齐、梁、陈、北齐、北周，均将鼓吹曲用来叙述开国功德，基本用途则为朝会仪式、道路出行或赏赐功臣，歌辞则由重臣拟写，正如《乐府诗集·鼓吹曲辞》解题所云：

> 汉有《朱鹭》等二十二曲，列于鼓吹，谓之铙歌。及魏受命，使缪袭改其十二曲，而《君马黄》《雉子斑》《圣人出》《临高台》《远如期》《石留》《务成》《玄云》《黄爵》《钓竿》十曲，并仍旧名。是时吴亦使韦昭改制十二曲，其十曲亦因之。而魏、吴歌辞，存者唯十二曲，余皆不传。晋武帝受禅，命傅玄制二十二曲，而《玄云》《钓竿》之名不改汉旧。宋、齐并用汉曲。又充庭十六曲，梁高祖乃去其四，留其十二，更制新歌，合四时也。北齐二十曲，皆改古名。其《黄爵》《钓竿》，略而不用。后周宣帝革前代鼓吹，制为十五曲，并述功德受命以相代，大抵多言战阵之事。

又：

> 周武帝每元正大会，以梁案架列于悬间，与正乐合奏。①

以上所举四类歌辞，就其主要的演唱场合与社会文化功能看，本属于仪式音乐歌辞，但并不排除其中的部分音乐歌辞在仪式以外的娱乐场合演唱。如宴射歌辞、杂舞歌辞等，在元会仪式表演之余也有表演于帝王后宫的记载，汉代的短箫铙歌曾是军乐，除在出征、庆功等军队仪式活动中演唱外，也有武将用来欣赏娱乐的。

二 汉魏六朝仪式歌辞的文化功能与传播特点

第一，仪式歌辞传播的程序性。在本质上，"礼"是从自我约束的层面让人们去自觉遵守社会道德，以从制度层面来维护社会等级的一种社会规范。而礼的这种目的是通过各种仪式行为和过程来实现的，仪式是社会秩序的表征性符号和文化事项的联结点，其具体表现为：其一，仪式使生产生活的各方面有秩序地开展。《说文》曰："仪，度也。从人，义声。""式，法也，从工，弋声。"可见，"仪"和"式"的本义皆是法度、准则、规矩的意思。其二，仪式还承载着如生命观、死亡观、伦理观、禁忌观等民族文化的集体意识，仪式行为者往往通过姿势、舞蹈、吟唱、演奏等表演性活动和对象、场景等实物性安排，营造一个有意的仪式情境，并从这种情境中重温和体验这些意义带给他们的心灵慰藉和精神需求。歌辞是在仪式活动过程中传播的，仪式活动的程序化、象征性特点对歌辞内容和结构提出了相应的要求，如郊庙歌辞在内容上就要满足国家郊庙祭仪"接人神之欢"与"歌先

---

① 郭茂倩：《乐府诗集》卷一六，中华书局 1979 年标点本，第 224—225 页。

人之功烈德泽"的用乐需要。魏侍中缪袭请求改汉《安世歌》为《享神歌》的理由就是从其"祭祀娱神，登堂歌先祖功德，下堂歌咏燕享"①的仪式内容和其社会文化功能考虑的。应该说，改名以后乐名与内容更加匹配，名副其实。仪式歌辞的程序化特点在西晋《咸宁注》和梁代三朝仪注中得到充分体现。

《咸宁注》所载"正旦元会"仪式的音乐是严格按照仪程内容设置的。从皇帝出到升御座，"钟鼓作"；群臣百官献挚贺拜之礼结束，"以次作"雅乐；皇帝再次出，"钟鼓作"；群臣百官上寿酒，"四厢乐作"；皇上行御酒，"奏登歌"；君臣共食，"举乐"；食毕，"舞以次作"，其后"请以次进众伎"；宴乐礼毕，"钟鼓作"。②《乐府诗集》引《仲尼燕居》曰："入门而金作，示情也；升歌《清庙》，示德也；下而管象，示事也。"③歌辞中还存在大量的诸如"神祇降假，享福无疆""神祇来格，福禄是臻""祖考来格，佑我邦家""于穆武皇，允龚钦明"等祝颂、教训之语。《乐府诗集》解释曰："于者，叹之也。穆者，敬之也。"显示了仪式音乐突出的程序化特点和浓厚的象征意味。

第二，仪式歌辞传播的依附性。仪式歌辞总是依附于仪式活动传播的，这种依附性特征与礼乐仪式对歌辞的要求密切相关。

《汉书·礼乐志》曰："乐以治内而为同，礼以修外而为异；同则和亲，异则畏敬；和亲则无怨，畏敬则不争。揖让而天下治者，礼乐之谓也。二者并行，合为一体。畏敬之意难见，则著之于享献、辞受，登降、跪拜；和亲之说难形，则发之于诗歌咏言，钟石、管弦。盖嘉

---

① 沈约：《宋书》卷一九，中华书局 1974 年标点本，第 537 页。
② 同上书，第 343—344 页。
③ 郭茂倩：《乐府诗集》卷三，中华书局 1979 年标点本，第 33 页。

其敬意而不及其财贿，美其欢心而不流其声音。故孔子曰：'礼云礼云，玉帛云乎哉？乐云乐云，钟鼓云乎哉？'此礼乐之本也。"① 简言之，礼的畏敬之意要通过书之玉帛的享献、辞受、登降、跪拜等礼仪规则体现，而音乐的和亲之悦则要通过歌辞、旋律、乐器等直观的形式再现。可见，仪式歌辞的创制目的就是为配合仪式活动，突出歌辞中所蕴藏的仪式象征意味：郊庙歌辞表现神人之欢、祖宗之德，燕射歌辞突出王化之德，鼓吹曲辞则赞颂开国之功。所以，歌辞总是要在仪式过程中才得以传播，一次仪式活动的完结就意味着歌辞传播的结束，下一次仪式活动开始则歌辞又得以传播。这种对仪式活动的依附性使得这些仪式歌辞本身的审美意义、娱乐性质、抒情特点被淡化了，或者说歌辞创制者首先考虑的是歌辞的仪式象征意义，其娱乐性、审美性要服从仪式象征的需要。因此，这类歌辞的仪式功能十分突出。如在体式上，仪式歌辞多用四言正格等。西晋张华、荀勖制作燕射歌辞时对体式的取舍，最能说明歌辞体式格调所承载的仪式功能：

> 晋武泰始五年，尚书奏使太仆傅玄、中书监荀勖、黄门侍郎张华各造正旦行礼及王公上寿酒食举乐歌诗。诏又使中书郎成公绥亦作。张华表曰："按魏上寿食举诗及汉氏所施用，其文句长短不齐，未皆合古。盖以依咏弦节，本有因循，而识乐知音，足以制声，度曲法用，率非凡近所能改。二代三京，袭而不变，虽诗章词异，兴废随时，至其韵逗曲折，皆系于旧，有由然也。是以一皆因就，不敢有所改易。"荀勖则曰："魏氏歌诗，或二言，或三言，或四言，或五言，与古诗不类。"以问司律中郎将陈颀，颀曰："被之金石，未必皆当。"故勖造晋歌，皆为四言，唯王公上

---

① 班固：《汉书》卷二二，中华书局 1962 年标点本，第 1029 页。

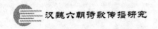

寿酒一篇为三言五言，此则华、勖所明异旨也。①

张华、荀勖皆看到了汉魏所用歌辞语言体式与《诗经》雅颂之体的差异，即所谓"未皆合古""与古诗不类"等。张华考虑到辞乐配合的原因而"一皆因就，不敢有所改易"，荀勖则咨询乐律专家陈颀。当陈颀将辞乐配合的具体情形告诉他后，他便舍弃了音乐的考虑，重点考虑歌辞的体式格调，于是"皆为四言，唯王公上寿酒一篇为三言五言"。这则材料至少说明两点：其一，仪式音乐歌辞从辞乐配合说，是否协律不是重点，其文本意义以及形式体制上的意义才是关键。陈颀对汉魏歌辞"被之金石，未必皆当"的评价就是很好的说明。其二，为适应仪式音乐活动的主题，仪式歌辞在内容体制上要求典重古雅，往往以《诗经》雅颂之体为标范。《梁书·萧子显传》中也有对郊庙歌辞的类似要求：

> 敕曰："郊庙歌辞，应须典诰大语，不得杂用子史文章浅言；而沈约所撰，亦多舛谬。"子云答敕曰："殷荐朝飨，乐以雅名，理应正采《五经》，圣人成教。而汉来此制，不全用经典；约之所撰，弥复浅杂。……臣夙本庸滞，昭然忽朗，谨依成旨，悉改约制。唯用《五经》为本，其次《尔雅》《周易》《尚书》《大戴礼》，即是经诰之流，愚意亦取兼用。臣又寻唐、虞诸书，殷《颂》周《雅》，称美是一，而复各述时事。"②

《易》曰："先王以作乐崇德，殷荐之上帝，以配祖考。"《汉书·礼乐志》曰："象天地而制礼乐，所以通神明，立人伦，正情性，节

---

① 沈约：《宋书》卷一三，中华书局 1974 年标点本，第 539 页。
② 姚思廉：《梁书》卷三五，中华书局 1973 年标点本，第 514 页。

万事者也。"① 这是对礼乐的仪式功能的精准概括。而仪式音乐歌辞又是礼乐制度下的产物，要求其内容与仪式活动主题保持一致，要么突出人神之欢，要么体现王化之德，要么歌颂开国之功，从而服务于"通神明，立人伦，正情性，节万事"的总体目标。因此仪式歌辞强调的是其与仪式活动相吻合的伦理道德意义，强调庄严、肃穆、威慑的仪式功能与古典雅正、陶冶净化的文学功能的统一、和谐，而并不以是否美听的音乐效果作为追求目标。

第三，仪式歌辞传播的组织性。"组织传播，就是组织为实现目标而自主进行的内部和外部的传播活动，其传播功能是为实现组织目标而发生的。"② 仪式歌辞是封建王朝在郊庙、朝会、燕享、接待宾客、军队征伐、哀悯吊唁等吉、凶、军、宾、嘉五礼活动中使用的歌辞，集中体现了封建王朝的国家意志，具有比较明显的组织传播特征：从歌辞的创制情况看，郊庙歌辞、燕射歌辞均属于封建王朝直接授意朝廷重臣创作，一般文人是不能随便制作这些歌辞的；在演唱方式上，这些歌辞依附于仪式活动；表演空间则主要限于郊庙、朝会、燕享、吊唁、征伐等固定的仪式场合，不能随便在一般的娱乐场合表演；歌辞内容则大多属于赞颂训诫；等等。关于仪式音乐表演的严格规定从杜夔对刘表的进谏中可见一斑。《三国志·杜夔传》载："荆州牧刘表令与孟曜为汉主合雅乐，乐备，表欲庭观之，夔谏曰：'今将军号为天子合乐，而庭作之，无乃不可乎！'表纳其言而止。"③ 虽然有些仪式歌辞来源于民间，具有民间新声的某些特点，如《汉郊祀歌》《鼓吹铙歌》等，但是，当这些歌辞在仪式活动中演唱后，其中就附加了很

---

① 班固：《汉书》卷二二，中华书局 1962 年标点本，第 1027 页。
② 黄晓钟等：《传播学关键术语释读》，四川大学出版社 2005 年版，第 7 页。
③ 陈寿：《三国志》卷二九，中华书局 1982 年标点本，第 806 页。

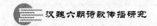

多仪式的象征意义，这些象征意义大多是封建王朝强加上去的。可以说，仪式歌辞的传播是比较典型的组织传播形式。

第四，仪式歌辞传播的共时性。在我国历史上，各国在立国之初，最重要的大事就是构建自己的礼乐制度，并且根据本国礼乐需要重新制作歌辞，正所谓"王者功成作乐，治定制礼……五帝殊时，不相沿乐，三王异世，不相袭礼"①。一旦改朝换代，其相应的礼乐歌辞也要重新制作，而前代礼乐歌辞大多废弃不用。整个魏晋南北朝时期，只有少数歌辞使用于下一朝代，绝大多数歌辞都是根据本朝特点而更作的。雅舞、杂舞歌曲虽然大多是相沿前代而来，但歌辞是更作的新辞。这样，就使得仪式歌辞的音乐传播表现出共时性特点。这些歌辞在后来各王朝及今天之所以还能见到，是因为它们大多数是通过歌辞集、史书、乐书等文本形式流传下来的。

总之，仪式歌辞是为满足封建王朝各种仪式活动需要而创作的，因其满足仪式活动之需的特殊文化功能，内容上自然强调其与仪式活动符号象征的一致性，也要求歌辞与仪式活动庄严、肃穆的气氛相统一，形式上一般使用四言正格，风格典雅。这种特殊的文化功能和传播特点决定了其传播效果的局限性，在传播范围的拓展性、传播时间的延续性方面均不能与娱乐歌辞相比，人们对仪式歌辞的接受，也主要是从其内容的"象征图式"和"意象结构"出发的，至于仪式音乐是否美听悦耳则不是接受的重点。

---

① 孔颖达：《礼记正义》卷三七，《十三经注疏》本，上海古籍出版社 1997 年影印本，第 1530 页。

第二节　汉魏六朝娱乐歌辞的传播

娱乐歌辞是指娱乐音乐中的歌辞。从文化空间上说，娱乐音乐活动包括宫廷、士大夫文人和民间三个空间。从音乐品类上说，魏晋南北朝时期的娱乐歌辞主要有相和三调、吴歌西曲、琴曲、杂曲等。琴曲歌辞的真伪问题一直存在争议，杂曲歌辞在音乐属性上主要归属于相和三调和吴歌西曲两大系统，郭茂倩编《乐府诗集》时因不能确知其音乐归属而另列"杂曲"类。在这些歌辞中，对中国诗歌发展演进影响最大的是相和三调歌辞和吴歌西曲歌辞。在此主要对相和三调歌辞和吴歌西曲歌辞的演唱和传播情况略做梳理。

一　汉魏六朝娱乐歌辞的来源与演唱

（一）相和三调歌辞

"相和三调歌辞"是指《乐府诗集》收录的八类相和歌辞，主要有来源于汉世街陌谣讴的"相和十三曲"清商曲辞和魏晋六朝的清商三调歌辞两部分。

1. 相和歌在汉魏的演唱与传播

汉代文献中的"相和"是指"丝竹更相和，执节者歌"的演唱方式，其歌曲在汉代皆称"清商"或"清商曲"。如张衡《西京赋》"嚼

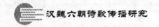

清商而却转，增婵娟以此豸"。薛综注曰："清商，郑音。"① 《后汉书·仲长统传》"弹《南风》之雅操，发清商之妙曲"②；《古诗十九首·西北有高楼》"清商随风发"；《李苏诗》"欲展清商曲，念子不得归"；曹丕《燕歌行》"援琴鸣弦发清商，短歌微吟不能长"；等等。这些诗句以清商称曲，指音乐属类，同时又与"弦歌""丝竹"对举，可知这些曲子是用丝竹伴奏、以弦歌相和的歌曲。将相和歌由演唱方式变为音乐属类，是从刘宋时期的张永、王僧虔等人开始的，他们将清商三调及以前的"十三曲"旧歌章皆称相和歌，以别于新声"清商曲"。其实，相和歌是清商曲的一部分，魏晋时期的清商三调是在相和歌基础上进一步发展的结果，二者在音乐渊源上是一致的，皆出于清商曲。③

沈约《宋书·乐志》曰："相和，汉旧歌也。丝竹更相和，执节者歌。本一部，魏明帝分为二，更递夜宿。本十七曲，朱生、宋识、列和等复合之为十三曲。"④《宋书·乐志》共著录"相和歌辞"十七首，十三曲；《乐府诗集》有"魏乐所奏""魏晋乐所奏"的注语。其中《江南》《东光》《鸡鸣》《乌生》《平陵东》《陌上桑》有古辞，余为曹操、曹丕所作。在汉代，有以歌和歌、以击打乐器相和、以管乐器相和、弦乐器相和等多种相和而歌的方式。"丝竹更相和"就是把徒吹的"和"与一弹三叹的"弹"结合起来，构成一种更高级的"和"。但是，从"更相和"看，依然还是丝竹与乐歌间作，歌的部分仍为清唱。这反映了相和歌在汉魏时期的演唱情况。魏晋时期的"相

① 六臣注：《文选》，浙江古籍出版社 1999 年据《四部丛刊》本缩印，第 42 页。
② 范晔：《后汉书》卷四九，中华书局 1965 年标点本，第 1644 页。
③ 参见拙著《魏晋南北朝乐府歌辞研究》，上海古籍出版社 2009 年版，第 29—33 页。
④ 沈约：《宋书》卷二一，中华书局 1974 年标点本，第 603 页。

和歌"十三曲亦当是"丝竹更相和"的。[1] 刘宋张永《元嘉正声技录》载"相和有十五曲",也许刘宋的元嘉时期此十五曲尚可歌。

2. 清商三调在魏晋六朝的演唱与传播

汉魏的清商乐从相和歌到清商三调,发展了近三百年时间。就演唱方式与技巧而言,从相和歌到清商三调的过程是乐曲与歌辞配合日益加强的过程。清商三调的演唱方式和技巧较相和歌进一步复杂化,从智匠《古今乐录》所收录的刘宋张永《元嘉正声技录》、王僧虔《大明三年宴乐技录》文献对清商三调表演形态的记载可见一斑。

《古今乐录》曰:

> 王僧虔《大明三年宴乐技录》,平调有七曲:……其器有笙、笛、筑、瑟、琴、筝、琵琶七种,歌弦六部。张永《录》曰:未歌之前,有八部弦,四器俱作,在高下游弄之后。凡三调,歌弦一部竟,辄作送,歌弦今用器。又有《大歌弦》一曲,歌"大妇织绮罗",不在歌数,唯平调有之,即清调"相逢狭路间,道隘不容车"篇,后章有"大妇织绮罗,中妇织流黄"是也。张《录》云:"非管弦音声所寄,似是命笛理弦之余。"王《录》所无也,亦谓之《三妇艳》诗。[2]

> 王僧虔《技录》,清调有六曲:……其器有笙、笛(下声弄、高弄、游弄),篪、节、琴、瑟、筝、琵琶八种。歌弦四弦。张永《录》云:未歌之前,有五部弦,又在弄后。晋、宋、齐,止四器也。[3]

> 王僧虔《技录》,瑟调曲有……其器有笙、笛、节、琴、瑟、

---

[1]　参见逯钦立《"相和歌"曲调考》,《文史》第十四辑,1982 年。
[2]　郭茂倩:《乐府诗集》卷三十,中华书局 1979 年标点本,第 441 页。
[3]　同上书,第 495 页。

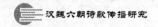

筝、琵琶七种，歌弦六部。张永《录》云：未歌之前，有七部弦，又在弄后。晋、宋、齐止四器也。①

逯钦立根据这些文献记录，对清商三调的演奏形式分别用图示表示如下：

平调：▯▯ ⋙⋙⋙⋙⋙⋙⋙ ⊖—⊖—⊖—⊖—⊖—⊖—

清调：▯▯ ⋙⋙⋙⋙⋙⊖—⊖—⊖—⊖—

瑟调：▯▯ ⋙⋙⋙⋙⋙⋙⊖—⊖—⊖—⊖—⊖——⊖—②

这个图示清晰地呈现了清商三调音乐表演的程式结构，即三调均由弄、弦、歌弦、送歌弦四部分构成。其中的弄、弦两部分只有乐器表演，相当于相和歌歌段前的"引和"，即所谓"丝竹更相和"。歌弦、送歌弦两部分则是乐器与人声合奏，由四段或者六段歌曲组成。歌唱时以笙、笛、筑、瑟、琴、筝、琵琶等乐器伴奏，并加节鼓，每段歌曲表演结束时就加入"送歌弦"。

可见，清商三调在保留了相和歌"相和"部分的同时有了新的发展。其一，出现了"歌弦"。所谓"歌弦"，是指歌辞配上弦乐。"歌弦"的出现是清商三调与相和歌的最大区别。其二，"调"在清商三调中已成为重要内容。三调曲对调的要求取决于"歌弦"，因为歌辞演唱要配以弦管乐器，所以是否入调成了首要条件和关键问题。其三，歌辞语面形式的变化。相和歌辞语言句式以杂言为主，清商三调则以

---

① 郭茂倩：《乐府诗集》卷三十，中华书局 1979 年标点本，第 535 页。
② 逯钦立：《"相和歌"曲调考》，《文史》第十四辑，1982 年。"▯▯""⋙""⊖""—"四个符号分别代表"弄""弦""歌弦""送歌弦"。

齐言为主，如《陌上桑》，相和歌辞三首皆杂言，而大曲中的《艳歌罗敷行》则为完整的五言。此外，凡相和歌，曲调皆不称"行"，而三调皆称"行"，如相和歌《东门》《陌上桑》二曲，在瑟调曲中称《东门行》《艳歌罗敷行》。歌辞曲调名称的变化暗示了相和歌与清商三调在音乐上的区别：清商三调在音乐结构上，从开头的弄、弦到中间的歌弦，再到结尾的送歌弦，皆有弦乐，"三调"称"行"则意味着徒弦在其音乐结构中占据了主体地位。其四，清商三调开始分"解"。《乐府诗集》"相和歌辞"解题引王僧虔启云："古曰章，今曰解，解有多少。当时先诗而后声，诗叙事，声成文，必使志尽于诗，音尽于曲。是以作诗有丰约，制解有多少，犹诗《君子阳阳》两解，《南山有台》五解之类也。"[1] 解在歌辞上相当于章，表示一个段落单位，在演唱形态上，"解"具有音乐上的含义。相和歌的歌辞部分为清唱，所以歌辞称章，清商三调歌辞开始和乐演唱，所以称"解"。清商三调的最终完成当在曹魏西晋时期，沈约《宋书·乐志》曰："又有因管弦金石，造歌以被之，魏世三调歌辞之类是也。"[2] 并于"清商三调歌诗"下有"荀勖撰旧词施用者"的字样。《乐府诗集》曰："其后晋荀勖又采旧辞施用于世，谓之清商三调歌诗。"[3]

根据《元嘉正声技录》《大明三年宴乐技录》《古今乐录》等书的记载，其曲调有如下一些：

《平调曲》7 曲：《长歌行》《短歌行》《猛虎行》《君子行》《燕歌行》《从军行》《鞠歌行》，其中《短歌行》《燕歌行》《鞠歌行》3 曲于刘宋大明年间尚可歌。

① 郭茂倩：《乐府诗集》卷二六，中华书局 1979 年标点本，第 376 页。
② 沈约：《宋书》卷十九，中华书局 1974 年标点本，第 550 页。
③ 郭茂倩：《乐府诗集》卷二六，中华书局 1979 年标点本，第 376 页。

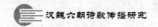

《清调曲》：有《苦寒行》《豫章行》《董逃行》《相逢狭路间行》《塘上行》《秋胡行》6曲，其中《苦寒行》《董逃行》《塘上行》《秋胡行》4曲于晋、宋、齐三代皆可歌。

《瑟调曲》38曲：其中《善哉行》《艳歌罗敷行》《折杨柳行》《西门行》《东门行》《棹歌行》《陇西行》《雁门太守行》《艳歌何尝行》《煌煌京洛行》《门有车马客行》等约18曲在刘宋尚可歌。

《楚调曲》5曲：其中《白头吟行》《怨诗行》2曲刘宋时可歌，《怨诗行》陈时尚可歌。

3. 其他相和歌辞的演唱

除相和歌与清商三调歌辞外，还有相和六引、吟叹曲、四弦曲等歌辞。

相和六引6曲：刘宋《箜篌引》有辞，余三引有歌声，而辞不传。梁具5引，有歌有辞。

吟叹曲4曲：刘宋《大雅吟》《王明君》《楚妃叹》《王子乔》4曲皆可歌，梁陈仅《王明君》1曲能歌。

四弦曲1曲：刘宋有《蜀国四弦》五解，能歌，陈已不可歌。

以上所录相和三调歌曲计82曲，其中绝大部分在曹魏西晋可以歌唱，刘宋时期尚有近40曲可歌①。由于梁武帝大力提升吴歌西曲的地位，相和三调发展到梁陈时期可歌者已经很少了。除部分古辞外，相和三调歌辞绝大部分是曹氏三祖和曹植所作。虽然在刘宋时期尚有近40曲可歌，但是多歌唱魏晋旧辞，刘宋文人拟辞均不见入相和三调歌唱的记载。

---

① 关于相和三调歌曲在南朝演唱的情况，详见拙著《魏晋南北朝乐府歌辞研究》第六章第二节"南朝文人歌辞创作用调分析"的具体考证，上海古籍出版社2009年版，第326—342页。

（二）吴歌西曲歌辞

吴歌西曲歌辞是指《乐府诗集》"清商曲辞"收录的吴声歌辞、西曲歌辞和梁武帝改创的"江南上云乐"歌辞三部分。《乐府诗集》曰："江南吴歌、荆楚西声，总谓之清商乐。"[1]

1. 吴歌在南朝的兴起与传播

吴歌是建业及周边地区的民歌俗曲。《宋书·乐志》曰："吴歌杂曲，并出江东，晋宋以来，稍有增广。"[2]《宋书》对《子夜歌》《凤将雏歌》《前溪歌》《阿子》《欢闻歌》《团扇歌》《督护歌》《懊侬歌》《长史变》《六变》《读曲歌》等11曲吴歌的产生时间、作者、本事等有记载。

前8曲在东晋中后期广泛流传，穆帝升平年间（公元357—361年）开始在文人、贵族中演唱，孝武帝太元（公元376—396年）、安帝隆安、元兴年间（公元397—404年）最为活跃，后3曲在刘宋时期开始流传。[3]刘宋以后，这些曲调逐渐进入宫廷，宋少帝更作《懊侬歌》36曲，开始了帝王对吴歌接受的先声，此后吴歌在齐梁宫廷、文人中广泛传播，并产生了诸多变曲。《古今乐录》载：

> 吴声十曲：一曰《子夜》，二曰《上柱》，三曰《凤将雏》，四曰《上声》，五曰《欢闻》，六曰《欢闻变》，七曰《前溪》，八曰《阿子》，九曰《丁督护》，十曰《团扇郎》，并梁所用曲。……又有《七日夜》《女歌》《长史变》《黄鹄》《碧玉》《桃

---

[1] 郭茂倩：《乐府诗集》卷四四，中华书局1979年标点本，第638页。
[2] 沈约：《宋书》卷十九，中华书局1974年标点本，第549页。
[3] 参见拙著《魏晋南北朝乐府歌辞研究》对前8曲的具体考证，上海古籍出版社2009年版，第85—99页。

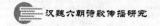
叶》《长乐佳》《欢好》《懊恼》《读曲》，亦皆吴声歌曲也。①

陈代后主陈叔宝又创制《春江花月夜》《玉树后庭花》《堂堂》3曲，并与宫中女学士及朝臣相和为诗，采其尤艳丽者入曲演唱。

现存于《乐府诗集》的六朝吴歌曲辞有 370 余首，涉及 25 个曲调，有民间旧辞，如《乐府诗集》称为"晋宋齐辞"的《子夜歌》《子夜四时歌》《上声歌》等，更多的是无名氏作品，如无名氏《子夜变歌》3 首、无名氏《欢闻变歌》6 首、无名氏《前溪歌》7 首等，在大量主名歌辞中，作者有宋武帝、梁武帝、隋炀帝等帝王，有鲍照等著名文人，也有王金珠、包明月等内人，可见其传播接受的广泛性和普遍性。

2. 西曲在南朝的兴起与传播

西曲是在荆、郢、樊、邓一带民歌谣曲基础上，经文人修改提升而逐渐兴盛并广泛传播的歌舞曲。《宋书·乐志》载："随王诞在襄阳，造《襄阳乐》，南平穆王为豫州，造《寿阳乐》，荆州刺史沈攸之又造《西乌飞歌曲》，并列于乐官。歌词多淫哇不典正。"②据《古今乐录》记载，西曲歌有《石城乐》《乌夜啼》《莫愁乐》《估客乐》《襄阳乐》《三洲》《襄阳蹋铜蹄》《采桑度》《江陵乐》《青阳度》《青骢白马》《共戏乐》《安东平》《女儿子》《来罗》《那呵滩》《孟珠》《翳乐》《夜度娘》《长松标》《双行缠》《黄督》《黄缨》《平西乐》《攀杨枝》《寻阳乐》《白附鸠》《拔蒲》《寿阳乐》《作蚕丝》《杨叛儿》《西乌夜飞》《月节折杨柳歌》34 曲。③ 其中《石城乐》《乌夜

---

① 郭茂倩：《乐府诗集》卷四四，中华书局 1979 年标点本，第 640 页。
② 沈约：《宋书》卷一九，中华书局 1974 年标点本，第 552 页。
③ 郭茂倩：《乐府诗集》卷四七，中华书局 1979 年标点本，第 689 页。按：上云"三十四曲"，所列曲调仅"三十三曲"，漏《夜黄》一曲。

啼》《莫愁乐》《估客乐》《襄阳乐》《三洲》《襄阳蹋铜蹄》《采桑度》《江陵乐》《青骢白马》《共戏乐》《安东平》《那呵滩》《寿阳乐》等 14 曲为舞曲，《青阳度》《女儿子》《来罗》《夜黄》《夜度娘》《长松标》《双行缠》《黄督》《黄缨》《平西乐》《攀杨枝》《寻阳乐》《白附鸠》《拔蒲》《作蚕丝》15 曲为倚歌，《孟珠》《翳乐》2 曲为舞曲兼倚歌，《杨叛儿》《西乌夜飞》《月节折杨柳歌》3 曲为普通歌曲。①

从西曲产生和发展的时代看，《石城乐》《乌夜啼》《莫愁乐》《襄阳乐》《寿阳乐》《西乌夜飞》6 曲是刘宋时期的乐曲；《杨叛儿》是刘宋时期的民间谣曲，萧齐时代制作成乐曲；《估客乐》是齐武帝创制的乐曲；《三洲歌》《采桑》在齐梁时代已制作成乐曲；《襄阳蹋铜蹄》为齐末民谣，梁武帝将之制成乐曲；《江陵乐》《青骢白马》《共戏乐》《安东平》《那呵滩》《孟珠》《翳乐》7 曲是齐梁时代的舞曲；《青阳度》《女儿子》《来罗》《夜黄》《夜度娘》《长松标》《双行缠》《黄督》《黄缨》《平西乐》《攀杨枝》《寻阳乐》《白附鸠》《拔蒲》《作蚕丝》15 曲为梁代产生的倚歌。

西曲发展有两个显著特点：一是宋齐时期的曲调大多为舞曲，梁代在原舞曲基础上制作了大量的倚歌。二是大多数曲调都是王室成员或帝王镇守荆州时根据当地民歌谣曲制作的，个别曲调直接在宫廷中产生。②

现存于《乐府诗集》的六朝西曲歌辞有 176 首，涉及 33 个曲调，无名氏作品居多，其中舞曲歌辞共 16 曲 112 首，倚歌歌辞共 16 曲 36 首，普通曲辞共 3 曲 28 首。

---

① 王运熙：《乐府诗述论·吴歌西曲的产生时代》，上海古籍出版社 1996 年版，第 7 页。

② 有关吴歌西曲的具体细节，参见拙著《魏晋南北朝乐府歌辞研究》第三章第一节"南朝民歌的兴盛与繁荣"，第 131—152 页。

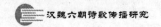

3. 《江南弄》《上云乐》的创制与演唱

《江南弄》《上云乐》，是梁武帝在西曲基础上创制而成的两组乐曲。《古今乐录》曰：

> 梁天监十一年冬，武帝改西曲，制《江南上云乐》十四曲，《江南弄》七曲：一曰《江南弄》，二曰《龙笛曲》，三曰《采莲曲》，四曰《凤笛曲》，五曰《采菱曲》，六曰《游女曲》，七曰《朝云曲》。又沈约作四曲：一曰《赵瑟曲》，二曰《秦筝曲》，三曰《阳春曲》，四曰《朝云曲》，亦谓之《江南弄》云。①

又曰：

> 《上云乐》七曲，梁武帝制，以代西曲。一曰《凤台曲》，二曰《桐柏曲》，三曰《方丈曲》，四曰《方诸曲》，五曰《玉龟曲》，六曰《金丹曲》，七曰《金陵曲》。②

现存《江南弄》歌辞有：梁武帝 7 首，梁简文帝 3 首，沈约 4 首。另有梁简文帝等人《采莲曲》五言句式的歌辞 11 首，似为文人拟乐府的"赋题"，当未曾入乐演唱。

梁武帝将西曲改造为《江南弄》《上云乐》，使得西曲更符合宫廷娱乐音乐表演的需要，从而进一步提升了西曲的地位，扩大了西曲的影响。梁代三朝仪式用乐第四十四曰："设寺子导安息孔雀、凤凰、文鹿胡舞登连《上云乐》歌舞伎。"③ 说明《上云乐》开始用于朝廷的三朝仪式活动。

---

① 郭茂倩：《乐府诗集》卷五十，中华书局 1979 年标点本，第 726 页。
② 同上书，第 744 页。
③ 魏徵等：《隋书》卷十三，中华书局 1973 年标点本，第 303 页。

二　汉魏六朝娱乐歌辞的文化功能与传播特点

从以上对相和三调歌辞、吴歌西曲歌辞演唱传播的历史文献梳理中可以看到，这些娱乐歌辞与仪式歌辞相比，其传播自有特点。

第一，娱乐歌辞的传播往往伴随着娱乐音乐活动而展开。民歌俚曲本是百姓发于歌哭的情感表达方式，所谓"饥者歌其食，劳者歌其事"，具有很强的世俗性，一旦作为一种凝固的艺术形式反复表演，其自娱自乐的成分就十分明显了。相和三调歌辞就是在宴会中侑酒娱乐而唱的歌辞，刘宋王僧虔将整理后的魏晋相和三调歌曲称为《大明三年宴乐技录》。如《文士传》载："太祖时征长安，大延宾客，怒瑀不与语，使就技人列。瑀善解音，能鼓琴，遂抚弦而歌，因造歌曲曰：'奕奕天门开，大魏应期运。青盖巡九州，在东西人怨。士为知己死，女为悦者玩。恩义苟敷畅，他人焉能乱？'为曲既捷，音声殊妙，当时冠坐，太祖大悦。"① 作为娱乐音乐，在帝王后宫中极为流行，当时魏武帝、魏文帝、魏明帝皆好相和三调俗曲，魏武帝尤好"一人唱三人和"的但歌。魏武帝建造著名的铜雀台，使其伎妾于其中习歌练舞；魏明帝常游宴在内，"及给掖庭洒扫、习伎歌者，各有千数"；曹爽则"诈作诏书，发才人五十七人送邺台，使先帝婕妤教习为伎"。由于相和三调主要是在轻松的酒宴场合表演的娱乐音乐，其社会文化功能主要在娱乐消遣、发抒感愤，因此，内容上往往多表现现世百态：或描写战乱的凋敝、表达行军艰难，或抒发人生短暂、事业难成，或写求仙得道，或写男女相悦、怨女思妇，几乎无所不及，具有很强的世俗性特点。

① 陈寿：《三国志》卷二一，中华书局 1982 年标点本，第 600 页。

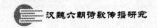

吴歌西曲歌辞也是伴随着娱乐音乐活动进行传播的歌辞，现存文献中常有其用于娱乐的记载。《南史·王俭传》载：

> 后幸华林宴集，使各效伎艺。褚彦回弹琵琶，王僧虔、柳世隆弹琴，沈文季歌《子夜来》，张敬儿舞。①

沈文季在齐高帝华林宴会上歌《子夜来》，可知《子夜歌》在齐初已经成为贵族、帝王们喜爱的曲调，并已进入宫廷宴会的娱乐节目中。

又《乐府广题》载：

> 谢尚为镇西将军，尝着紫罗襦，据胡床，在市中佛国门楼上弹琵琶，作《大道曲》。市人不知是三公也。②

齐末的东昏侯迷醉声色之乐，吴歌西曲、羌胡杂伎无不贪恋，在国破家亡之时尚在含德殿"吹笙歌作《女儿子》"③。

又《陈书·张贵妃传》载：

> 后主每引宾客对贵妃等游宴，则使诸贵人及女学士与狎客共赋新诗，互相赠答，采其尤艳丽者以为曲词，被以新声，选宫女有容色者以千百数，令习而歌之，分部迭进，持以相乐。其曲有《玉树后庭花》《临春乐》等，大指所归，皆美张贵妃、孔贵嫔之容色也。④

以上所举《子夜来》《大道曲》《女儿子》《玉树后庭花》《临春

① 李延寿：《南史》卷二二，中华书局 1975 年标点本，第 593 页。
② 郭茂倩：《乐府诗集》卷七五，中华书局 1979 年标点本，第 1061 页。
③ 李延寿：《南史》卷五，中华书局 1975 年标点本，第 157 页。
④ 姚思廉：《陈书》卷七，中华书局 1973 年标点本，第 132 页。

乐》等均是当时流行的吴歌西曲。

吴歌西曲皆起于民间谣歌俚曲，并通过自娱自乐的音乐表演传播，所以歌辞内容具有明显的娱乐性和世俗性特点。《世说新语·言语》载："桓玄问羊孚：'何以共重吴声？'羊曰：'当以其妖而浮。'"① 曾经做过太学博士的羊孚，以传统儒学的眼光，用"妖""浮"二字评价吴声，虽然带有贬抑口吻，却很准确地概括了吴声的本质特点："妖"，指其内容的情歌性质和女色情调；"浮"，指其柔婉淫靡的音乐风格。正是因为吴声的世俗性和淫靡的音乐风格，才能在南朝兴盛于朝野上下，广泛流播于社会各阶层。

相和三调歌辞、吴歌西曲歌辞都是伴随娱乐音乐活动传播的，为了满足和适应娱乐音乐活动的需要，其内容大多具有娱乐性和世俗性特点，因此能经久流传，广泛传播。

第二，从传播空间看，娱乐歌辞在民间乡邑、贵族文人家宴、宫廷游宴等娱乐场合广泛传播，影响很大。曹魏时期，因曹操喜欢相和三调等乐曲，而成立清商署掌管清商女伎俗曲，以满足帝王娱乐音乐的需要。《初学记》引曹操《遗令》："吾婢好伎人，皆著铜雀台，于台上施六尺床绣帐，朝晡上脯糒之属，月朝十五，辄向帐作乐。"② 《资治通鉴·宋纪》升明二年，胡注："魏太祖起铜爵台于邺，自作乐府，被于管弦。后遂置清商令以掌之，属光禄勋。"③ 又《三国志·魏书·武帝纪》引《曹瞒传》："太祖为人佻易无威重，好音乐，倡优在侧，常以日达夕。"④ 这些是相和三调歌辞在宫廷传播的记载。现存于

---

① 余嘉锡：《世说新语笺疏》，上海古籍出版社1993年版，第157页。

② 徐坚：《初学记》卷九，中华书局2010年重印本，第211页。

③ 司马光：《资治通鉴》卷一三四，上海古籍出版社1987年据胡刻本影印本，第898页。

④ 陈寿：《三国志·魏书》卷一，中华书局1982年标点本，第54页。

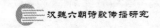

《乐府诗集》的相和三调歌辞多有"魏乐所奏""魏晋乐所奏""晋乐所奏"的注释，也能说明相和三调歌辞在宫廷中表演传播的情况。

上举沈文季歌《子夜来》、齐昏侯在含德殿作《女儿子》、陈后主在后宫表演《玉树后庭花》《临春乐》等均为吴歌西曲在宫廷中传播的记载。

又《古今乐录》曰："《三洲歌》者，商客数游巴陵三江口往还，因共作此歌。其旧辞云：'啼将别共来。'梁天监十一年，武帝于乐寿殿道义竟留十大德法师设乐，敕人人有问，引经奉答。次问法云：'闻法师善解音律，此歌何如？'法云奉答：'天乐绝妙，非肤浅所闻。愚谓古辞过质，未审可改以不？'敕云：'如法师语音。'法云曰：'应欢会而有别离，啼将别可改为欢将乐，故歌。'歌和云：'三洲断江口，水从窈窕河傍流。欢将乐，共来长相思。'"① 这则材料至少告诉我们两方面信息：其一，《三洲歌》最初是一首船歌，在往返于巴陵至三江口一带的商客中广泛流传；其二，梁天监十一年前，该曲调已经传到梁代宫廷之中，歌辞也被僧人修改、雅化。

南朝的帝王们经常将后宫女伎赏赐给幸臣、武将，这样极大地助长了娱乐音乐的传播，使南朝的蓄伎风气风靡朝野。如梁武帝赐给幸臣徐勉"后宫吴声、西曲女伎各一部"②；陈文帝因周敷卓越的战功，"给鼓吹一部，赐以女乐一部"③；周炅因收复"江北之地"而获赐"女伎一部"④；陈慧纪也因战功获赐"女伎一部"⑤ 等。梁陈的后宫女乐实为吴歌西曲。

---

① 郭茂倩：《乐府诗集》卷四八，中华书局 1979 年标点本，第 707 页。
② 李延寿：《南史·徐勉传》，中华书局 1975 年标点本，第 1485 页。
③ 姚思廉：《陈书·周敷传》，中华书局 1972 年标点本，第 201 页。
④ 姚思廉：《陈书·周炅传》，中华书局 1972 年标点本，第 205 页。
⑤ 同上书，第 220 页。

《宋书·杜骥传》：

> （第五子）幼文所莅贪横，家累千金，女伎数十人，丝竹昼夜不绝。①

《南史·循吏传》载：

> 凡百户之乡，有市之邑，歌谣舞蹈，触处成群，盖宋世之极盛也。……永明继运，垂心政术……十许年中，百姓无犬吠之惊，都邑之盛，士女昌逸，歌声舞节，袨服华妆，桃花绿水之间，秋月春风之下，无往非适。②

帝王、达官往往在酒宴中以娱乐音乐助兴，在酒酣耳热之际各施才艺以消遣。

《续晋阳秋》载：

> 袁山松善音乐。北人旧歌有《行路难曲》，辞颇疏质。山松好之，乃为文其章句，婉其节制。每因酒酣，从而歌之，听者莫不流涕。③

《陈书·章昭达传》载：

> 每饮会，必盛设女伎杂乐，备尽羌胡之声，音律姿容，并一时之妙，虽临对寇敌，旗鼓相望，弗之废也。④

---

① 沈约：《宋书》卷六五，中华书局 1974 年标点本，第 1722 页。
② 李延寿：《南史》卷七十，中华书局 1975 年标点本，第 1696—1697 页。
③ 余嘉锡：《世说新语笺疏》，上海古籍出版社 1993 年版，第 757 页。
④ 姚思廉：《陈书》卷一一，中华书局 1972 年标点本，第 184 页。

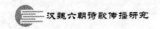

第三，从历时性看，魏晋六朝的娱乐歌辞传播呈现出由民间到宫廷的特点。娱乐歌辞从民间到宫廷的传播过程也是娱乐歌辞雅俗交流与逐渐雅化的过程。从相和三调歌辞的来源与演唱情况可知，其最初是"最先一人唱三人和"的徒歌，因逐渐被文人吸收改造，最终成为较复杂的清商三调歌曲。这一历史衍变的过程，一方面使得相和三调歌辞内容保存了较多民间成分。如相和歌的《江南可采莲》《乌生》《十五》《白头吟》等皆是民间歌辞，还有一些三调古辞就是在民间歌辞基础上加工、润饰而成。如平调曲《长歌行》"仙人骑白鹿"、瑟调曲《陌上桑》"日出东南隅"、清调曲《董逃行》"吾欲上谒从高山"等。其体式格调则保留了汉代民歌的"五言流调"形式。另一方面，使得相和三调的功能逐渐拓展、歌辞内容逐渐雅化。如晋武帝《咸宁注》记载，在太乐、鼓吹乐演奏结束后，即有女伎的表演，所谓"别置女乐三十人于黄帐外，奏房中之歌"①。又因魏晋时期的原鼓吹乐已被用于歌颂王朝功德，而鼓吹乐宴乐群臣的那部分职责被相和三调所取代。如相和歌《对酒歌太平》可能就是曹操在元会仪式上宴乐群臣时演奏的。后来被归为清调曲，称《短歌行》，歌"对酒当歌，人生几何"。该曲第三解全引《诗经·鹿鸣》，整首歌辞皆为四句，与《诗经》句式相同。《鹿鸣》是魏雅乐四曲之一，"正旦大会，太尉奉璧，群后行礼，东厢雅乐郎作者是也"②。又晋《咸宁注》"四厢乐"于王公及二千石官员在上寿酒仪式结束时所作。魏文帝《短歌行·仰瞻》与此辞字数完全相同。《古今乐录》引王僧虔《技录》云："《短歌行》仰瞻一曲，魏氏遗令，使节朔奏乐，魏文制此辞，自抚筝和歌。……

---

① 房玄龄等：《晋书》卷二一，中华书局1972年标点本，第651页。
② 沈约：《宋书·乐志》卷十九，中华书局1974年标点本，第539页。

此曲声制最美，辞不可入宴乐。"① 有人认为此曲就是汉太乐食举乐十三曲之一的《鹿鸣》古曲。因其是朝享仪式雅乐，所以不可入宴乐。这说明清商俗乐在魏晋宫廷中已逐渐雅化的事实。又曹操《碣石》篇，在瑟调曲《步出夏门行》中演奏，后来东晋将之用于《拂舞》曲中演奏，而《拂舞》"皆陈于殿庭"②。现存清商三调歌辞除部分汉代古辞外，余皆曹氏三祖的歌辞，其中一篇是曹植的。三调中有些是吸收的新曲，但更多的曲调为改造相和歌而来。其中部分歌曲已不仅在宴享等娱乐活动中表演，而且进入正规的诸如上寿、食举、正旦大会等仪式音乐场合。如梁代的三朝仪式上，开场就演奏"相和五引"。

吴歌西曲在南朝的兴盛、繁荣与相和三调有某些相似之处，也是因为南朝帝王、贵戚的积极倡导及文人的参与，使其得到迅速发展。宋齐时期宫廷对吴歌西曲的吸收，基本上是原生态的，对其音乐风格的改造不大；帝王、文人创作吴歌西曲歌辞也较少。据《古今乐录》载，宋少帝曾更制新歌三十六曲《懊侬歌》，今已不存，现存只有宋武帝《丁督护歌》五首。梁陈时期，对吴歌西曲作了大量改造，梁武帝改西曲为《江南弄》《上云乐》，并从西曲衍生出倚歌；陈后主自作吴歌曲调《春江花月夜》《玉树后庭花》。而且从梁武帝起，帝王们开始由欣赏吴歌西曲娱乐，转入创作吴歌西曲歌辞娱乐。

吴歌西曲的发展进程中也表现出十分明显的雅俗交流与融合趋势：其一，帝王、文人参与创作吴歌西曲歌辞提升了吴歌西曲的地位，完善了其艺术形式和技巧，使之在宫廷、贵戚、文人中广泛传播，从而取代了清商三调的主流地位。其二，帝王、文人参与歌辞创作，使传统的吴歌西曲爱情题材中渗透了帝王、文人的雅趣与审美追求，从而

---

① 郭茂倩：《乐府诗集》卷三十，中华书局 1979 年标点本，第 446—447 页。
② 沈约：《宋书·乐志》卷一九，中华书局 1974 年标点本，第 551 页。

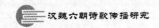

使吴歌西曲歌辞呈现出含蓄雅丽的一面。其三，因吴歌西曲多为谣歌俗曲，内容多为情歌，其世俗性、娱乐性特质也一并被帝王、文人所接受，因此，文人歌辞中也多重视女色描写和爱情内容，风格轻艳柔媚。

第三节　汉魏六朝的徒歌

歌辞的口头传播，除配乐歌唱外还有很多方式，如谣歌、吟咏、赋诵、吟啸等，与入乐歌唱比较，这些传播方式的共同特点是没有配乐。这些传播方式又可以从其内容和表演方式上分为谣歌与吟诵两类。谣歌主要在民间乡邑流传，而吟诵则在魏晋南北朝文人雅士中颇为盛行，成为当时诗歌传播的重要方式之一。

一　徒歌的歌唱特点

《尔雅》曰："徒歌谓之谣。"《尔雅·释乐》旧注曰："谣，谓无丝竹之类，独歌之。"① 《说文解字》释"谣"曰："谣，徒歌，从言肉声。"② 《诗经·魏风·园有桃》："心之忧矣，我歌且谣。"毛传曰："曲和乐曰歌，徒歌曰谣。"《诗经·大雅·行苇》毛传曰："歌者，比于琴瑟也。"③ 《初学记·乐部》引《韩诗章句》曰："有章曲曰歌，

---

① 郝懿行、王念孙、钱绎、王先谦：《尔雅·广雅·方言·释名清疏四种合刊》，上海古籍出版社 1989 年标点本，第 184 页。

② 段玉裁：《说文解字注》，上海古籍出版社 1988 年影印本，第 93 页。

③ 孔颖达：《毛诗正义》，《十三经注疏》本，上海古籍出版社 1997 年影印本，第 357、534 页。

无章曲曰谣。"朱自清对之解释说："章，乐章也；无章曲，所谓徒歌也。"① 顾颉刚解释徒歌说："徒歌是什么，是里巷间妇人女子贩夫走卒发抒情感的东西，他们在形式上所要求的只在声调的自然谐和，不像士大夫与乐工们有固定的乐律可以遵守。"② 吴同瑞等人则认为："用是否有曲调来区别歌谣是比较科学的，历史上有曲调的可唱的是歌，无曲调的只说不唱的，就是谣。"③ 以上观点是从曲调的角度对歌与谣所做的区分。谣就是没有曲调的徒歌。

徒歌还有道路行歌的意思。《说文解字》释"徒"曰："徒，步行也，贲初九，舍车而徒。引申为徒搏、徒涉、徒歌、徒击鼓。从走土声。"④ 此处的"步行"就是徒步而行，如"舍车而徒"，是不用任何工具的行走。清桂馥《说文解字义证》曰："徒歌也者，《艺文类聚》引作独歌谓之谣。……馥案：传意合乐者，谓有五声八音也。徒歌者，空歌也。徒，如《尔雅》暴虎徒搏、冯河徒涉之徒。《大射仪》：仆人正徒相太师。注云：徒，空手也。襄二十五年《左传》：齐师徒归。注云：徒，空也，谓无车空行也。又案：《晋语》辨妖祥于谣。韦注：行歌曰谣。……《汉书·序传》：考遒闵以行谣。《宋书·乐志》：周衰，有秦青者善讴。……又有韩娥者……乃鬻歌假食，既而去，余音绕梁，三日不绝。……卫人王豹，处淇川，善讴。……齐人绵驹，居高唐，善歌。若斯之类，并徒歌也。馥案：此则以道路行歌为徒歌矣。"⑤ 这里，桂馥重点阐述了"以道路行歌为徒歌"的观点，并以

---

① 朱自清：《中国歌谣》，复旦大学出版社 2004 年版，第 1 页。
② 顾颉刚：《论〈诗经〉所录全为乐歌》，《顾颉刚集》，中国社会科学出版社 2001年版，第 138 页。
③ 吴同瑞：《中国俗文学概论》，北京大学出版社 1997 年版，第 31 页。
④ 段玉裁：《说文解字注》，上海古籍出版社 1988 年影印本，第 70 页。
⑤ 桂馥：《说文解字义证》，齐鲁书社 1987 年影印本，第 198 页。

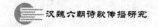

《国语·晋语》韦昭注、《汉书·序传》和《宋书·乐志》相关记载加以证明。

在桂馥看来，《尔雅》《说文解字》"徒歌曰谣"的解释实则包含两层意思：徒歌除在歌唱时无章曲外，在传播方式上还具有道路行歌的特点，又称"行谣"。还有"斗粟兴谣，踰里成咏"① 的说法。《诗友诗传录》载张笃庆答曰："非鼓非钟，徒谓之谣。始于康衢而流于俚俗者也。"② 清刘毓崧《古谣谚·序》曰："夫谣与遥同部，凡发以近地者，即可使之远方。"③ 董作宾对各地民谣分析后认为："原来歌谣的行踪，是紧跟着水陆交通的孔道。"④ 顾颉刚也曾说："歌谣是会走路的：它会从江苏浮南海而至广州，也会从广州超东海而至江苏。"⑤ 这些研究均印证了徒歌的行游性特点。关于徒歌的歌唱特点，《宋书·乐志》记载了几个事例：

> 周衰，有秦青者，善讴，而薛谈学讴于秦青，未穷青之伎而辞归。青饯之于郊，乃抚节悲歌，声震林木，响遏行云。薛谈遂留不去，以卒其业。又有韩娥者，东之齐，至雍门，匮粮，乃鬻歌假食，既而去，余响绕梁，三日不绝。左右谓其人不去也。过逆旅，逆旅人辱之，韩娥因曼声哀哭，一里老幼，悲愁垂涕相对，三日不食。遽而追之，韩娥还，复为曼声长歌，一里老幼，喜跃抃舞，不能自禁，忘向之悲也。乃厚赂遣之。故雍门之人善歌哭，效韩娥之遗声。卫人王豹处淇川，善讴，河西之民皆化之。齐人

---

① 房玄龄等：《晋书·荀勖传》，中华书局 1974 年标点本，第 1163 页。
② 王夫之等：《清诗话》，上海古籍出版社 1999 年标点本，第 131 页。
③ 杜文澜：《古谣谚·序》，周绍良整理，中华书局 2000 年版，第 2 页。
④ 朱自清：《中国歌谣》，复旦大学出版社 2004 年版，第 30 页。
⑤ 顾颉刚：《广州儿歌甲集序》，刘万章：《广州儿歌甲集》，国立中山大学语言历史研究所 1928 年版。

绵驹居高唐，善歌，齐之右地，亦传其业。前汉有虞公者，善歌，能令梁上尘起。若斯之类，并徒歌也。①

从沈约所举徒歌事例来看，其演唱的主要特点是用肉声歌唱，不配以琴瑟，相当于我们今天所说的清唱。而韩娥向东去齐国的过程中有"至雍门，匮粮，乃鬻歌假食""过逆旅，逆旅人辱之，韩娥因曼声哀哭""韩娥还，复为曼声长歌"等三个地点分别对徒歌的记载，其行游而歌的特点是比较明显的，因此桂馥说："此则以道路行歌为徒歌矣。"从"声震林木，响遏行云""余响绕梁，三日不绝""曼声长歌""能令梁上尘起"的描述看，说明徒歌也具有很强的艺术感染力。

由上分析可知，所谓徒歌曰谣，其实存在三层意义：其一，徒歌的本义是指一种歌唱方式，即指用肉声歌唱，不配以琴瑟等乐器。②如《诗经》"我歌且谣"，其"歌"与"谣"就是歌唱方式。《乐府杂录》曰："歌者，乐之声也，故丝不如竹，竹不如肉，迥居诸乐之上。古之能者，即有韩娥、李延年、莫愁。善歌者必先调其气。氤氲自脐间出，至喉乃噫其词，即分抗坠之音。既得其术，即可致遏云响谷之妙也。"③其二，在传播方式上，徒歌还有道路行歌的特点。其三，后来又将以徒歌方式演唱的韵语也称为谣，即我们通常所称的民歌、民谣，这样徒歌或谣就成了一种韵语体概念。④

---

① 沈约：《宋书·乐志》卷十九，中华书局 1974 年标点本，第 548—549 页。

② 舒大清认为，除谣有徒歌之义外，还有鼓缶而歌的意思。（《谣本义考及与歌、风谣关系辨析》，《文学前沿》2005 年第 1 期）笔者按：缶为古代盛物的器皿，《风俗通义》曰："缶者，瓦器，所以盛酒浆，秦人鼓之以节歌也。"缶在秦虽然已作为一种打击乐器，但主要用来协调歌唱的节奏，对歌唱的旋律不构成影响，与击壤而歌、踏足而歌、鼓椎而歌性质相同，与比于琴瑟的乐歌不同。

③ 段安节：《乐府杂录》，《丛书集成初编》本，第 15—16 页。

④ 参见郑小枚《歌与谣源流辨析》，《民族文学研究》2009 年第 1 期。

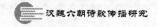

二 汉魏六朝徒歌的传播

徒歌形式多样、内容驳杂，正如《乐府诗集》曰："凡歌有因地而作者，《京兆》《邯郸歌》之类是也；有因人而作者，《孺子》《才人歌》之类是也；有伤时而作者，微子《麦秀歌》之类是也；有寓意而作者，张衡《同声歌》之类是也。宁戚以困而歌，项籍以穷而歌，屈原以愁而歌，卞和以怨而歌，虽所遇不同，至于发乎其情则一也。历世已来，歌讴杂出。"① 学术界通常将徒歌分为民歌、民谣两部分，民歌有固定曲调，而民谣则无固定的曲调，但二者均可以歌唱，只是歌唱方式有细微的差别而已。根据《乐府诗集·杂歌谣辞》收录的歌辞文本，徒歌可以分为创作主体与传播主体一致的杂歌、创作主体与传播主体不一致的民歌、民谣三种类型。即歌指杂歌与民歌，谣指民谣。统而言之，歌谣则无异，谣属于歌的范畴，因此往往歌谣连称，主要指那些广泛流行于里巷路人而未被加工改造的原生态民歌民谣。如《史记·商君列传》："五羖大夫死，秦国男女流涕，童子不歌谣，春者不相杵。"② 《汉书·艺文志》："自孝武立乐府而采歌谣，于是有代赵之讴，秦楚之风，皆感于哀乐，缘事而发，亦可以观风俗，知薄厚云。"③ 《汉书·五行志》载："成帝时歌谣又曰：邪径败良田，谗口乱善人。桂树华不实，黄爵巢其颠。故为人所羡，今为人所怜。"④ 《文心雕龙·哀吊》："又卒章五言，颇似歌谣，亦仿佛乎汉武也。"⑤ 《诗品·卷中·宋法曹参军谢惠连》："又工为绮丽歌谣，风人第一。"如

① 郭茂倩：《乐府诗集》卷八三，中华书局 1979 年标点本，第 1165 页。
② 司马迁：《史记·商君列传》，中华书局 1982 年标点本，第 2234 页。
③ 班固：《汉书·艺文志》，中华书局 1962 年标点本，第 1756 页。
④ 同上书，第 1396 页。
⑤ 范文澜：《文心雕龙注》，人民文学出版社 1958 年版，第 239 页。

此等等，都是歌谣连称的。汉魏六朝的徒歌民谣见于文献者很多，《史记》《汉书》《宋书》《晋书》"五行志"、《乐府诗集·杂歌谣辞》等多有著录。

（一）杂歌

这里"杂歌"取《文选》《乐府诗集》的分类标准，指创作主体与传播主体一致的徒歌。《文选》有"杂歌"类，选录荆轲《易水歌》、刘邦《大风歌》、刘越石《扶风歌》《中山王孺子妾歌》四首。《乐府诗集·杂歌谣辞》著录《越人歌》《徐人歌》《渔父歌》等，属汉魏六朝的有刘邦《楚歌》《大风歌》《戚夫人歌》《赵幽王歌》、李延年《北方有佳人》等十余首。[①] 如《汉书·外戚传》载：

> 后汉王得定陶戚姬，爱幸，生赵隐王如意……高祖崩，惠帝立，吕后为皇太后，乃令永巷囚戚夫人，髡钳衣赭衣，令春。戚夫人春且歌曰：子为王，母为虏。终日春薄暮，常与死为伍。相离三千里，当谁使告汝。[②]

这是戚夫人被囚以后，一边劳动一边歌唱而成的。总体而言，杂歌大都是没有琴瑟伴奏的即兴歌唱，创作主体和传播主体为同一人，创作与传播在同一时间内完成，虽然有些歌辞有击筑、击缶、鼓枻等临时乐器的伴奏，但对歌唱的音乐旋律不构成影响，主要是以肉声歌唱，因此，这类杂歌也属徒歌。至于有的杂歌后来因配乐而成乐歌，则另当别论。

---

① 逯钦立《先秦汉魏晋南北朝诗》"杂歌谣辞"收录的主要是民歌、民谣，有明确创作主体的概未收录。

② 班固：《汉书》卷九七，中华书局 1962 年标点本，第 3937 页。

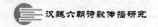

（二）民歌

汉魏六朝的民歌十分丰富，兹略举几例。

《董逃歌》曰：

> 灵帝中平中，京都歌曰："承乐世董逃，游四郭董逃，蒙天恩董逃，带金紫董逃，行谢恩董逃，整车骑董逃，垂欲发董逃，与中辞董逃，出西门董逃，瞻宫殿董逃，望京城董逃，日夜绝董逃，心摧伤董逃。"

刘昭注引《风俗通》曰："卓以董逃之歌主为己发，大禁绝之，死者数千。"①

《宋书·五行》：

> 晋愍帝建兴中，江南歌谣曰："訇如白阮破，合集持作甀。扬州破换败，吴兴覆瓿甄。"②

《晋书·五行志》：

> 海西公初生皇子，百姓歌云："凤皇生一雏，天下莫不喜。本言是马驹，今定成龙子。"③

《世说新语·忿狷》刘孝标注引《灵鬼志·谣征》曰：

> 初，桓石民为荆州，镇上时（明），民忽歌《黄昙曲》曰：

---

① 范晔：《后汉书》志第十三，中华书局1965年标点本，第3284页。
② 沈约：《宋书》卷三一，中华书局1974年标点本，第915页。
③ 房玄龄等：《晋书》卷二八，中华书局1974年标点本，第847页。

"黄昙英，扬州大佛来上朋（明）。"少时，石民死，王忱为荆州。①

民歌是在闾里巷路歌唱的徒歌，内容上往往是对社会政治、世风民情的真实记录，又称风歌，其创作主体往往不很清楚，而歌唱主体为大众百姓，因此称为民歌。如《后汉书》载，《范史云歌》"闾里歌之"；《交阯兵民为贾琮歌》"巷路为之歌"；《顺阳吏民为刘陶歌》"吏民思而歌之"；等等。还有"百姓歌之""长老歌之""父老歌之"等记载。

（三）民谣

汉魏六朝的民谣以童谣居多，因其有预见政治事件的作用，又多称为谶谣。

《后汉书·五行志》载："建安初，荆州童谣曰：'八九年间始欲衰，至十三年无孑遗。'"注引《搜神记》曰：

是时华容有女子忽啼呼云："荆州将有大丧！"言语过差，县以为妖言，系狱百余日，忽于狱中哭曰："刘荆州今日死。"华容去州数百里，即遣马吏验视，表果死，县乃出之。续又歌吟曰："不意李立为贵人。"后无几，曹公平荆州，以涿郡李立，字建贤，为荆州刺史。②

《宋书·五行》：

魏明帝景初中，童谣曰："阿公阿公驾马车，不意阿公东渡

---

① 余嘉锡：《世说新语笺疏》，上海古籍出版社1993年版，第888页。
② 范晔：《后汉书》志第十三，中华书局1965年标点本，第3285页。

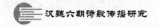

河。阿公东还当奈何！”及宣王平辽东，归至白屋，当还镇长安。会帝疾笃，急召之。乃乘追锋车东渡河，终翦魏室，如童谣之言也。

孙皓初，童谣曰：“宁饮建业水，不食武昌鱼。宁还建业死，不止武昌居。”皓寻迁都武昌，民溯流供给，咸怨毒焉。①

童谣就是儿歌，主要是儿童在道路或游戏中歌唱的，其传播主体是儿童。如《宋书·五行》：“晋明帝太宁初，童谣歌曰：‘恻力恻力，放马山侧。大马死，小马饿，高山崩，石自破。’”② 从“童谣歌曰”可见其徒歌的性质。又如《北齐后主武平中童谣》，《隋书·五行志》曰：“小儿唱讫，一时拍手，云‘杀却’。”③

三 徒歌的传唱方式及传播效果

徒歌的传唱形式多种多样，从其音乐性看，主要以肉声歌唱，从其歌唱的环境与地点看，民歌、民谣主要在交通要道上，或者行路而歌，具有游走性。如《并州歌》，《乐府广题》曰：“晋汲桑力能扛鼎，呼吸闻数里，残忍少恩。……并州大姓田兰、薄盛，斩于平原，士女庆贺，奔走道路而歌之。”④ 又如，《续齐谐记》载，东晋桓玄时“朱雀门下，忽有两小儿，通身如墨，相和作《芒笼歌》，路边小儿从而和之数十人。歌云：‘芒笼茵，绳缚腹。车无轴，倚孤木。’声甚哀楚，听者忘归。日既夕，二小儿还入建康县。……明年春而桓玄败。言车无轴，倚孤木，桓字也。荆州送玄首，用败笼茵包裹之，又以芒

---

① 沈约：《宋书》卷三一，中华书局 1974 年标点本，第 912—913 页。
② 同上书，第 916 页。
③ 魏徵等：《隋书》卷二二，中华书局 1973 年标点本，第 638 页。
④ 郭茂倩：《乐府诗集》卷八五，中华书局 1979 年标点本，第 1199 页。

绳束缚其尸，沉诸江中。悉如童谣所言尔"①。

当然，也有儿童在游戏中歌唱的，如北齐河清末年，"游童戏者好以两手持绳，拂地而却上，跳且唱曰'高末'，高末之言，盖高氏运祚之末也。然则乱亡之数盖有兆云"②。这是儿童玩跳绳游戏时边唱边跳的童谣。

从传播效果看，三种类型的徒歌各不相同。杂歌因其创作与歌唱是同时进行的即兴歌唱，在创作动机上有具体而固定的环境和情景诱导，一般而言，即兴歌唱结束也意味着传播的完成，在另一情景中往复传播的可能性不大，传播的范围和时间相对比较有限。

民歌、民谣主要是在闾里巷路歌唱，具有行游性特点，所以传播很快很广。如《咸阳王歌》，据《北史》载，后魏咸阳王禧谋逆伏诛，其宫人为之歌，"其歌遂流至江表"③。

歌谣源自民间，从中可以观察风俗民情，于是历代统治者都注重采集歌谣以观风俗。如西汉韩延寿任颍川太守时，"乃历召郡中长老为乡里所信向者数十人，设酒具食，亲与相对，接以礼意，人人问以谣俗，民所疾苦"。颜师古注曰："谣俗，谓闾里歌谣，政教善恶也。"④东汉则以"风谣"作为课考地方郡守官员的重要依据。《后汉书·循吏传》载："光武长于民间，颇达情伪……广求民瘼，观纳风谣。……然建武、永平之间，吏事刻深，亟以谣言单辞，转易守长。"⑤《后汉书·刘陶传》载："光和五年，诏公卿以谣言举刺史、二千石为民蠹害者……由是诸坐谣言征者悉拜议郎。"李贤注曰："谣

---

① 李昉等：《太平广记》卷三六八，中华书局1961年标点本，第2926页。
② 李百药：《北齐书·后主纪》，中华书局1972年标点本，第114页。
③ 李延寿：《北史》卷十九，中华书局1974年标点本，第692页。
④ 班固：《汉书·韩延寿传》，中华书局1962年标点本，第3210—3211页。
⑤ 范晔：《后汉书·循吏传》，中华书局1965年标点本，第2457页。

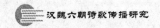

言，谓听百姓风谣善恶而黜陟之也。"① 刘宋时期，帝王也很重视"察听风谣"。《宋书·恩幸》："帝常使愿儿出入市里，察听风谣。"②

历史上，很多人利用歌谣这一特殊功能，达到其政治目的。如王莽"遣大司徒司直陈崇等八人分行天下，览观风俗"，"风俗使者八人还，言天下风俗齐同，诈为郡国造歌谣，颂功德，凡三万言"。③ 北周勋州刺史韦孝宽利用歌谣的传播特点，离间北齐丞相斛律光与皇帝之关系。

《周书·韦孝宽传》载：

> 孝宽因令岩作谣歌曰："百升飞上天，明月照长安。"百升，斛也。又言："高山不摧自崩，槲树不扶自竖。"令谍人多赍此文，遗之于邺。祖孝征既闻，更润色之，明月竟以此诛。④

《北史·斛律金传》载：

> 周将韦孝宽惧光，乃作谣言，令间谍漏之于邺曰："百升飞上天，明月照长安。"又曰："高山不摧自崩，槲树不扶自竖。"斑续之曰："盲老公背上下大斧，饶舌老母不得语。"令小儿歌之于路。提婆闻，以告其母。令萱以饶舌为斥己，盲老公谓祖斑也，遂协谋，以谣言启帝曰："斛律累世大将，明月声震关西，丰乐威行突厥，女为皇后，男尚公主，谣言可畏。"⑤

以上记载，生动地描述了这组歌谣的制作过程和传播效果。先是

---

① 范晔：《后汉书·刘陶传》，中华书局1965年标点本，第1851页。
② 沈约：《宋书》卷九四，中华书局1974年标点本，第2304页。
③ 班固：《汉书·王莽传》，中华书局1962年标点本，第4076页。
④ 令狐德棻：《周书》卷三一，中华书局1971年标点本，第540页。
⑤ 李延寿：《北史》卷五四，中华书局1974年标点本，第1969—1970页。

北周韦孝宽令人制作，并由北周间谍带到北齐邺城，然后又经过北齐朝臣祖珽的加工，再授意儿童在道路上歌唱，扩大社会影响，从而加深了北齐皇帝对斛律光的猜疑，最后达到诛杀斛律光的目的。韦孝宽是利用了歌谣预示未来的功能和行路而歌的传播特点。这组歌谣虽然不是自发形成于民间，是人为杜撰的，但它采用了"小儿歌之于路"这种歌谣特别的传播方式，使北齐后主高纬深信不疑。类似情形，历史上不在少数，如陈涉、吴广起事就是利用了歌谣的这一特点，撰制了"大楚兴，陈胜王"的谣言①；汉末黄巾起义也是事先撰制了"苍天已死，黄天当立。岁在甲子，天下大吉"②的民谣，营造社会舆论，号集民众。

歌谣其歌于路或行路而歌的歌唱方式，使之获得了广泛的传播效果，于是，很多歌谣被宫廷吸收改造，成为娱乐性乐歌。《乐府诗集》曰："汉世有相和歌，本出于街陌讴谣。而吴歌杂曲，始亦徒歌，复有但歌四曲，亦出自汉世，无弦节作伎，最先一人唱，三人和，魏武帝尤好之。"③据《宋书》《古今乐录》等文献记载，六朝广为流传的《阿子》《欢闻歌》《团扇歌》《懊侬歌》等吴歌，其始都是流传于民间的歌谣，正如《宋书·乐志》所云："凡此诸曲，始皆徒歌，既而被之弦管。"④西曲《石城乐》也是刘宋臧质做竟陵内史时"见群少年歌谣通畅，因作此曲"⑤而成的乐舞曲。

---

① 司马迁：《史记·陈涉世家》，中华书局1982年标点本，第1950页。
② 范晔：《后汉书·皇甫嵩传》，中华书局1965年标点本，第2299页。
③ 郭茂倩：《乐府诗集》卷八三，中华书局1979年标点本，第1165页。
④ 沈约：《宋书》卷一九，中华书局1974年标点本，第550页。
⑤ 刘昫：《旧唐书》卷二九，中华书局1975年标点本，第1065页。

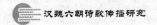

第四节　汉魏六朝诗歌的吟诵

一　吟诵的表演方式与特点

吟诵或诵咏是一种历史悠久的诗歌传播方式，先秦时期就很流行。《周礼·大司乐》云："以乐语教国子：兴道讽诵言语。"郑玄注："倍文曰讽，以声节之曰诵。"① 诵在周代即是大司乐教授国子的六大乐语之一，所以有"诵《诗》三百"之语（《论语·子路》）。《礼记·文王世子》曰："春诵夏弦，大师诏之。"郑注云："诵，谓歌乐也。"孔颖达疏云："诵谓歌乐者，谓口诵歌乐之篇章，不以琴瑟歌也。"② 也就是说，歌为按乐谱唱，而诵则按字念读，但有一定的腔调、节奏。从《周礼》《左传》《国语》《论语》《诗经》《墨子》《战国策》等先秦文献所用诵的意义看，诵虽有观书而念读，或无书而背念，或指称可歌的文体，但节奏、旋律是其最根本的意义。正如刘永济先生所说："考故书凡称诵者，以有节之声调，歌配乐之诗章，盖异于声比琴瑟之歌也。"③ 可见，吟诵是介于读与唱之间的口头传诗方式。

近现代文人的吟诵实践也许可以帮助我们进一步理解古代诗歌吟诵的基本方式和特点。中国古老的诗歌吟诵传统一直是诗歌重要的传播方式，直到五四新诗运动后才中断。现在还有一些老人能以古代方

---

① 贾公彦：《周礼注疏》，《十三经注疏》影印本，第 787 页。
② 孔颖达：《礼记正义》，《十三经注疏》影印本，第 1405 页。
③ 刘永济：《屈赋通笺·叙论》，人民文学出版社 1961 年版，第 2 页。

式吟诵古诗词。如江苏常州现在还流传着古代诗词的吟诵方式。赵元任先生专门论述过吟诵音乐。他曾多次用常州方言吟诗录音、灌制唱片，记写吟诵谱，有 22 首吟诗谱和《常州吟诗的乐调十七例》《新诗歌集·吟跟唱》等论著。他说："中国的吟诵是大致根据字的声调来即兴的创一个曲调而不是严格的照着声调来产生出一个丝毫不变的曲调来。"① 即"以字声行腔"。字的四声是安排吟诵节奏和旋律的根据。

汉语的四声在吟诵中究竟如何处理，赵元任先生遵循三条原则：第一，平声字用平音……如用变度音，当以先高后低为宜，但花音不在此例。第二，仄声字用变度音（一字先后几音）……第三，平仄相连，平低仄高。"特别是碰到入声字念短，它就不管音乐的拍子，接着念下去。"②

关于吟诵音调的调式，赵元任先生说："常州的古诗近乎大调……律诗多半落 mi 字收尾……"③ 今人秦德祥根据现存 11 位吟者吟诵音响资料的整理，总结出近体诗、词、古诗、古文吟诵中所用的宫调、商调、角调、徵调、羽调五种调式，并对今人的常州吟诵特点做了初步总结。如"音调须源于家学、师授等传承，不是作曲那样的自由创造，也不是随意哼唱"；"同一吟者吟诵同一作品，每次不一定完全相同，即兴性较强"；"旋律基于诗歌的诵读声调，大体遵循'平低仄高'或'平高仄低'的规律，主要采用乐音来吟唱，偶尔夹杂半读半唱或纯诵读的词句（夹白）"；"节奏亦基于诗歌的诵读节奏，大都遵循'平长仄短'的规律，采用'弹性拍子'"；等等。

吟诵音乐最基本的特点是"定腔不定词与谱"。所谓定腔，是指

---

① 赵元任：《中国语言里的声调、语调、唱读、吟诗、韵白、依声调作曲和不依声调作曲》，《赵元任音乐论文集》，中国文联出版公司 1994 年版，第 8 页。
② 赵元任：《赵元任音乐论文集》，中国文联出版公司 1994 年版，第 35 页。
③ 同上。

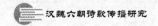

对于某一吟者，基本腔是相当固定的，在吟诵形式相同而内容不同的诸多具体作品时，不会有根本性的变更。所谓不定词，是指基本吟腔只是一个比较粗略的旋律骨架，甚至连这个"骨架"都不很清晰，可塑性极大。吟诵音乐各个实例的具体形态，都只是互相近似而并不完全相同。所谓不定谱，是指基本吟腔通常无法用乐谱固定下来。①

很难说赵元任、秦德祥等先生所论常州吟诵音乐的这些特点与南北朝时期的吟诵完全相同，但是作为以家学和师授为主要传承方式的诗歌吟诵艺术，其最基本的特点应当是一以贯之的。

从今日的常州吟诵艺术看，吟诵最根本的特点是：其一，吟诵也强调节奏和旋律等音乐成分；其二，吟诵的音乐性来自汉字自身平仄四声的搭配，即吟诵的音乐性要求是通过汉字的四声来实现的，而不是靠配合曲调来实现。吟诵的这些特点正好说明，吟诵与歌唱音乐有一定联系又有根本的区别：汉语四声是吟诵节奏、旋律的基础，也是吟诵艺术的关键。

二 汉魏六朝诗歌的吟诵

魏晋六朝时期，吟诵之风在文人中间十分流行，既推动了吟诵艺术的发展，也使其成为诗歌重要的传播方式。

（一）东汉魏晋的诗歌吟诵

班固《东都赋》曰：

今将授子以五篇之诗。宾既卒业，乃称曰："美哉乎斯诗！义

---

① 秦德祥：《常州吟诵音乐的采录与初步研究》，《中央音乐学院学报》2001 年第 2 期。

正乎扬雄，事实乎相如。匪唯主人之好学，盖乃遭遇乎斯时也。小子狂简，不知所裁。既闻正道，请终身而诵之。"①

蔡邕《答卜元嗣诗》曰：

> 斌斌硕人，贻我以文。辱此休辞，非余所希。敢不酬答，赋诵以归。②

又曹植《与吴季重书》云："其诸贤所著文章，想还所治复申咏之也。可令熹事小吏讽而诵之。"③吴质《答东阿王书》云："此邦之人，闲习辞赋，三事大夫，莫不讽诵，何但小吏之有乎！"④阮籍《咏怀》曰："何用写心，啸歌长吟。"嵇康《四言赠兄秀才入军》曰："弹琴咏诗，聊以忘忧。"

刘敬叔《异苑》载：

> 晋怀帝永嘉中，徐奭出行田，见一女子，姿色鲜白，就奭言调。女因吟曰："畴昔聆好音，日月心延伫。如何遇良人，中怀邈无绪？"奭情既谐，欣然延至一屋，女施设饮食而多鱼，遂经日不返。兄弟追觅至湖边，见与女相对坐。兄以藤杖击女，即化为白鹤，翻然高飞。奭恍惚，年余乃差。⑤

班固《东都赋》中西都宾"请终身而诵之"的是《明堂》《辟雍》《灵台》《宝鼎》《白雉》五诗，是颂扬东汉国运隆昌的赞歌；蔡

---

① 李善注：《文选》，上海古籍出版社 1986 年标点本，第 39—40 页。
② 逯钦立：《先秦汉魏晋南北朝诗》，中华书局 1983 年版，第 193 页。
③ 赵幼文：《曹植集校注》，人民文学出版社 1984 年标点本，第 143 页。
④ 李善注：《文选》卷四二，上海古籍出版社 1986 年标点本，第 1911 页。
⑤ 王根林校点：《汉魏六朝笔记小说大观》，上海古籍出版社 1999 年版，第 665—666 页。

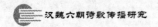

邕、曹植、吴质等人所讽诵的是一般文人的作品；刘敬叔《异苑》所载的诗歌则是男女相悦的爱情诗。可见，汉末建安以来诗歌的吟诵之风日趋盛行，不仅在文人中流行广泛，在社会上也颇为流行。

（二）东晋南朝的诗歌吟诵

东晋南朝吟诵之例，文献记载很多，此处略举几例。
《晋书·文苑传》载：

> （顾恺之）又为吟咏，自谓得先贤风制。或请其作洛生咏，答曰："何至作老婢声！"义熙初，为散骑常侍，与谢瞻连省，夜于月下长咏，瞻每遥赞之，恺之弥自力忘倦。瞻将眠，令人代己，恺之不觉有异，遂申旦而止。①

《世说新语·雅量》载：

> 桓公伏甲设馔，广延朝士，因此欲诛谢安、王坦之。……谢之宽容，愈表于貌。望阶趣席，方作洛生咏，讽"浩浩洪流"。桓惮其旷远，乃趣解兵。②

"浩浩洪流"为嵇康《赠兄秀才入军》十八章之一：

> 浩浩洪流，带我邦畿。萋萋绿林，奋荣扬晖。鱼龙瀺灂，山鸟群飞。驾言出游，日夕忘归。思我良朋，如渴如饥。愿言不获，怆矣其悲。③

---

① 房玄龄等：《晋书》卷九二，中华书局 1974 年标点本，第 2405 页。
② 余嘉锡：《世说新语笺疏》，上海古籍出版社 1993 年版，第 369—370 页。
③ 李善注：《文选》卷二四，上海古籍出版社 1986 年标点本，第 1128 页。

《世说新语·文学》载：

> 袁虎少贫，尝为人佣载运租。谢镇西经船行，其夜清风朗月，闻江渚间估客船上有咏诗声，甚有情致。所诵五言，又其所未尝闻，叹美不能已。即遣委曲讯问，乃是袁自咏其所作《咏史》诗。因此相要，大相赏得。

刘孝标注引檀道鸾《续晋阳秋》曰：

> 镇西谢尚，时镇牛渚，乘秋佳风月，率尔与左右微服泛江，会虎（袁宏）在运租船中讽咏，声既清会，辞又藻拔，非尚所曾闻，遂往听之，乃遣问讯。答曰："是袁临汝郎诵诗。即其《咏史》之作也。"尚佳其率有胜致，即遣要迎，谈话申旦。自此名誉日茂。[①]

袁宏现存《咏史》诗二首：

> 周昌梗概臣，辞达不为讷。汲黯社稷器，栋梁表天骨。陆贾厌解纷，时与酒梼杌。婉转将相门，一言和平勃。趋舍各有之，俱令道不没。

> 无名困蝼蚁，有名世所疑。中庸难为体，狂狷不及时。杨恽非忌贵，知及有余辞。躬耕南山下，芜秽不遑治。赵瑟奏哀音，秦声歌新诗。吐音非凡唱，负此欲何之。[②]

《南齐书·王俭传》载：

---

① 余嘉锡：《世说新语笺疏》，上海古籍出版社 1993 年版，第 268 页。
② 欧阳询：《艺文类聚》卷五五，上海古籍出版社 1982 年重印本，第 992—993 页。

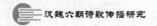
上曲宴群臣数人，各使效伎艺，褚渊弹琵琶，王僧虔弹琴，沈文季歌《子夜》，张敬儿舞，王敬则拍张。俭曰："臣无所解，唯知诵书。"因跪上前诵相如《封禅书》。①

《酉阳杂俎》曰：

梁遣黄门侍郎明少遐……兼通直散骑常侍贺文发，宴魏使李骞、崔劼、温凉毕。少遐咏骞赠其诗曰："萧萧风帘举。依依然可想。"骞曰： "未若灯花寒不洁，最拊时事。"少遐报诗中有此语。②

《魏书·夏侯道迁传》载，夏侯道迁每诵孔融诗曰："坐上客恒满，樽中酒不空。"③ 又《南史·江总传》载："但日与后主游宴后庭，多为艳诗，好事者相传讽玩，于今不绝。"④《南史·何逊传》载，沈约曾对何逊曰："吾每读卿诗，一日三复，犹不能已。"⑤

顾恺之以"自谓得先贤风制"而颇为得意，谢安因讽"浩浩洪流"的旷远之姿而幸免于难，王俭在皇帝曲宴群臣时吟诵《封禅书》博得好评，明少遐在接待来使时以吟诵对方诗歌助兴，这些均已说明南朝文人们十分看重诗歌吟诵，诗歌吟诵已经作为一门技艺在社会上广为流传。六朝大量的吟诵记载说明，诗歌吟诵已经十分普遍。正是针对这种现实，所以钟嵘《诗品·序》曰："余谓文制，本须讽读，不可蹇碍。但令清浊通流，口吻调利，斯为足矣。"⑥ 也是因为吟诵在

① 萧子显：《南齐书》卷二三，中华书局 1972 年标点本，第 435 页。
② 段成式：《酉阳杂俎》卷十二，中华书局 1981 年标点本，第 112 页。
③ 魏收：《魏书》卷七一，中华书局 1974 年标点本，第 1583 页。
④ 李延寿：《南史》卷三六，中华书局 1975 年标点本，第 946 页。
⑤ 同上书，第 871 页。
⑥ 曹旭：《诗品笺注》，人民文学出版社 2009 年版，第 208 页。

南朝的盛行，所以是否便于诵读已经成为当时诗文创作必须考虑的重要因素之一，《颜氏家训·文章》曰："沈隐侯曰：文章当从三易。易见事，一也，易识字，二也，易读诵，三也。"[①]

三　吟诵的传播效果

关于吟诵的传播效果，在上引袁宏自吟《咏史》诗的事例中可得到说明。袁宏因自吟《咏史》诗的清会之声使当时名流谢尚"叹美不能已"，并"因此相要，大相赏得"，得到谢尚的赞赏后，袁宏"自此名誉日茂"。在传播的效果上，吟诵追求时效性和直观性，在传播的内容上追求歌辞所蕴涵的字面意义。虽然也有吟诵者的音调技巧对强化文本内涵的感染力和传播效果的影响，也还有吟诵者对悦耳的声音和抑扬的节奏等吟诵技巧本身的追求等。但总体而言，吟诵传播不再像歌辞入乐那样受旋律的制约，歌辞本身的意义较歌唱传播得到进一步强化。

小　结

口头传播是一种最直接、最感人的传播方式，也最易于让人们所接受。"饥者歌其食，劳者歌其事"，就是因为歌唱能最直接、最真切地传达人们的思想情感。《毛诗序》曰："情动于中而形于言，言之不足故嗟叹之，嗟叹之不足故咏歌之，咏歌之不足不知手之舞之足之蹈

---

① 颜之推：《颜氏家训》，《诸子集成》影印本，第21页。

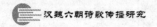

之也。"① 说明言语、咏歌、入乐歌唱等口头传播对于内心情感表达的效果。口头传播，可以根据声音的组织特点和与音乐的密切程度，分为配乐歌唱、徒歌、吟诵三种主要方式。

徒歌是没有琴瑟等乐器的肉声歌唱，是古代最原始的诗歌传播方式，传播主体以百姓为主，歌唱形式上具有行歌的特点，歌唱的地点大多在间里巷路，因此具有传播范围广泛、传播迅速的特点。所以很多歌谣被文人或宫廷吸收改造，成为娱乐性乐歌。乐歌因其不同的社会文化功能可以分为仪式、乐歌和娱乐性乐歌两大类。仪式性乐歌因其对仪式活动的依附性要求歌辞在内容上与仪式活动内容相吻合，形式上保持四言正格，风格典雅，与仪式活动庄严肃穆的气氛相统一。歌辞的创作主体为朝廷重臣，传播空间与固定于各种仪式活动，所以，在传播范围的拓展性、时间的延续性方面都受到一定限制。而相和三调、吴声西曲等娱乐乐歌，其源头是当时流传广泛的民歌、民谣，传播主体有百姓、乐伎，也有文人和帝王，演唱地点有间里巷路，也有文人雅聚、宫廷饮宴之所，因此，娱乐性乐歌一方面保留了民歌民谣重娱乐、重抒情、重现世等文化特质，内容上多反映现世享乐、女色艳情，形式上保持民歌体制；另一方面，又因文人、帝王的广泛参与而增加了文人的审美情趣和精神寄托。可以说仪式歌辞、娱乐歌辞的演唱传播特点和方式对歌辞内容、体式和风格均具有重要影响。吟诵是伴随西周乐教制度而产生的一种诗歌传播方式，汉魏六朝在文人中特别流行。

从三种传播方式与音乐的关系而言，入乐歌辞与音乐最密切，受到音乐旋律、节奏的限制也最多，相和三调歌辞的配乐中，乐工们宰

---

① 孔颖达：《毛诗正义》，《十三经注疏》影印本，第 270 页。

割辞调、拼凑成章的情形，就是歌辞服从乐调的例证。从现存《乐府诗集》"相和三调"歌辞中"本辞"与"乐奏辞"的区分以及二者的差别，能看出乐工加工改造歌辞以配乐的痕迹。徒歌虽然没有琴瑟等乐器的伴奏，但有相对的歌调和旋律，也一定程度上受到音乐的限制，而且歌辞意义也要通过演唱才得以实现。吟诵与音乐的关系最疏远，在吟诵传播方式中，不再像歌辞入乐那样受旋律的制约，歌辞本身的意义得到进一步强化。

可以说，入乐歌唱、徒歌、吟诵这三种主要的口头传播形态是从传播媒介的角度进行区分的，它们有各自的传播形式和传播特点，传播效果也各不一样。

第二章　汉魏六朝诗歌文本传播

汉代诗歌主要是以口头传播为主的歌诗，文人诗很少，其文本传播也十分少见。因此，本章重点讨论建安以后的诗歌文本传播。诗歌的文本传播主要有散传与结集两种形态。

第一节　汉魏六朝诗歌的单篇传播

散传是相对结集而言的，主要指诗歌以单篇形式分散传播，有时虽然不限于一篇作品，可能是几篇同时题壁或传抄，但其基本单位还是篇，因此称为单篇散传。诗歌的单篇散传，形态纷繁复杂，琳琅满目，汉魏六朝时期主要有石刻、题壁、传抄等几种。

一　诗歌的石刻传播

以石刻的方式传播文化信息，在我国具有悠久的历史。《墨子》曰："以其所书于竹帛，镂于金石，琢于盘盂，传遗后世。"① 据《管

---

① 孙诒让：《墨子间诂》卷四，《诸子集成》影印本，第75页。

子》记载，春秋时期的管仲曾于泰山见到七十多种封禅石刻。① 《史记》也有关于秦始皇邹峄山刻石、泰山刻石、琅邪台刻石、登之罘刻石等记载。② 可见，刻石记事之风在秦汉及以前就已经流行。现存最早的石刻文字是秦《石鼓文》。所谓石鼓文，是以石做成鼓形，于其上刻字。现存十鼓，分别刻有四言诗一首，记述了秦国国君游猎的相关内容。这些石刻多为帝王封禅的记功颂赞之语。东汉以后，刻石之风更为盛行，《文心雕龙》说："后汉以来，碑碣云起。"刻石方法有很多种，刻在山石上称为摩崖，刻在长方形石上称为碑，刻在圆形的立石上称为碣。③

汉魏六朝石刻的内容有经书、字书、方志、诗文、传状、题记等。如东汉"熹平石经"和曹魏"正始石经"就是儒家经典的石刻，北齐泰山《石经峪金刚经》、山东宁阳《水牛山文殊般若经碑》则是佛经石刻。传状之文如墓碑、墓铭、德政碑等是当时石刻的主要部分。随着石刻的兴起，部分诗歌也得以通过石刻传播。如汉末的石刻诗有《李翕析里桥郙阁颂新诗》《酸枣令刘熊碑诗》《郭辅碑歌诗》《张公神碑歌》《李翊夫人碑叹》等存世。

《武都太守李翕析里桥郙阁颂》碑云：

> 太守汉阳阿阳李君讳翕，字伯都。以建宁三年二月辛巳到官，乃俾衡官椽下辨仇审改解危殆，即便求隐，析里大桥于今乃造……臣举酒勒石示后，乃作颂曰：上帝绥□，降兹惠君。……行人夷欣，慕君靡已，乃咏新诗曰：
>
> 析里之崖兮水兑之间，高山崔巍兮水流荡荡。地既塝确兮与

---

① 戴望：《管子校正》卷十六，《诸子集成》影印本，第 273 页。
② 司马迁：《史记·秦始皇本纪》，中华书局 1982 年标点本，第 242—249 页。
③ 肖东发：《中国编辑出版史》，辽海出版社 2002 年版，第 55 页。

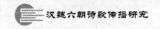

寇为邻，西陇鼎峙兮东以析分。或失绪业兮至于困贫，危危累卵兮圣朝闵怜。分符析壤兮乃命是君，扶危救倾兮全育孑遗。劬劳日稷兮惟惠勤勤，拯溺亨屯兮疮痍始起。闾阎充赢兮百姓欢欣，佥曰太平兮文翁复存。①

郙阁为汉代栈阁名，旧址在今陕西省略阳县西。汉建宁三年（公元170年），武都郡太守李翕鉴于汉水泛滥，乃凿石架木为飞阁，并于析里建桥，以济行人。人们感其功德，于建宁五年作颂勒石为《郙阁颂》。颂文为仇靖撰、仇绋书，书体以篆作隶，碑在析里桥旁，为摩崖。郙阁原在栈道中，后栈道迁徙他处，石刻残损。南宋知州田克仁据南宋开禧年间（公元1205—1207年）拓本重刻于县南灵崖寺之石壁，修广、行数亦依旧式，明代略阳县令申如埙又对田刻的剥落处进行过补刻。② 诗为骚体。

又《酸枣令刘熊碑》诗三章曰：

君讳熊。字孟□广陵海西人也。……乃相□咨度诹询。采撷谣言。刊□诗三章。其辞曰。

清和穆铄，实惟乾《《。惟岳降灵，笃生我君。服骨叡圣，允钟厥醇。诞生岐嶷，言协典坟。懿德震耀，孝行通神。动履规绳，文彰彪缤。成是正服，以道德民。

有父子然后有君臣。理财正辞，束帛戋戋。□梦刻像，鹤鸣一震。天临保汉，实生□勋。明试赋授，夷夏已亲。嘉锡来抚，潜化如神。其神伊何，灵不伤人。

---

① 逯钦立：《先秦汉魏晋南北朝诗》，中华书局1983年版，第189页。缺失文字据明申如埙重刻本、清陈奕禧《金石遗文录》等文献补齐。
② 陈显远：《〈郙阁颂〉摩崖石刻初考》，《文物》1976年第6期。

　　猗欤明哲，秉道之枢。养□之福，匪德之隅。渊乎其长，涣
乎成功。政暇民豫，新我□通。用行则达，以诱我邦。赖兹刘父，
用说其蒙。泽零年丰，黔首歌颂。①

严可均《全后汉文》卷一百六载《酸枣令刘熊碑》为"阙名"，逯钦
立录于蔡邕名下。

　　《郭辅碑》载：

　　　先生讳辅，字甫行。年五十有二，遇疾而终。邑人缙绅，刻
　　石作歌。其辞曰：

　　　实惟先生，虢仲之裔。盛德遗祀，休矣亦世。孝友贞信，
　　仁恕好惠。直己自求，不欲荣势。绰绰令人，获道之至。笃生
　　七子，钟天之祉。堂堂四俊，硕大婉敏。娥娥三妃，行追大姒。
　　叶叶昆嗣，福禄茂止。克昌厥后，身去烈在。镌石作歌，昭示
　　万祀。②

　　另有《张公神碑歌》"綦水汤汤扬清波"九章，为七言诗，《李翊
夫人碑叹》"阴阳分兮钟律滋"共二十六句，为骚体诗。

　　以上五首诗歌，其内容多是歌颂碑主功德，其形式是以碑文中掺
杂诗歌的形态存在的。可见，这些石刻诗是汉末碑铭之风盛行下的产
物，尚不是单独的诗歌石刻传播。

　　因三国、两晋、南朝有比较严格的碑禁制度，碑铭石刻不甚流行，
诗歌刻石传播亦比较少见。南北朝以后，石刻诗才逐渐多起来。目前
所知者，如刘宋谢灵运做永嘉太守时于处州（今丽水）青田县的石门

---

① 逯钦立：《先秦汉魏晋南北朝诗》，中华书局 1983 年版，第 194—195 页。
② 同上书，第 328 页。

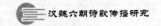
洞刻有《登石门最高顶》《石门新营所住四面高山回溪石濑茂林修竹》
两首诗歌。

《登石门最高顶》：

> 晨策寻绝壁，夕息在山栖。疏峰抗高馆，对岭临回溪。长林
> 罗户穴，积石拥阶基。连岩觉路塞，密竹使径迷。来人忘新术，
> 去子惑故蹊。活活夕流驶，噭噭夜猿啼。沈冥岂别理，守道自不
> 携。心契九秋干，目玩三春荑。居常以待终，处顺故安排。惜无
> 同怀客，共登青云梯。①

"疏峰抗高馆，对岭临回溪"之"抗"，上海图书馆善本部藏清同治六
年八月阳夏谢文靖公藏版《谢康乐集》墨笔批校云："处州石门洞谢
诗残刻作'枕'高馆，当据以订板本之讹。"②

又《石门新营所住四面高山回溪石濑茂林修竹》：

> 跻险筑幽居，披云卧石门。苔滑谁能步，葛弱岂可扪。袅袅
> 秋风过，萋萋春草繁。美人游不还，佳期何由敦。芳尘凝瑶席，
> 清醑满金樽。洞庭空波澜，桂枝徒攀翻。结念属霄汉，孤景莫与
> 谖。俯濯石下潭，俯看条上猿。早闻夕飚急，晚见朝日暾。崖倾
> 光难留，林深响易奔。感往虑有复，理来情无存。庶持乘日车，
> 得以慰营魂。匪为众人说，冀与智者论。③

---

① 逯钦立：《先秦汉魏晋南北朝诗》，中华书局 1983 年版，第 1165—1166 页。
② 该集外封署"北流陈柱珍藏"，卷首页首行下钤"小坡"阴文长方印和"文焯校
读"阳文方印，"小坡"为郑文焯字号；次行钤有"陈柱字柱尊广西北流人也少时名绳
孔"阴文大方印、"好为诗及骈散文亦喜收藏金石书画"阳文大方印、"柱尊""陈柱长
年"等印。
③ 逯钦立：《先秦汉魏晋南北朝诗》，中华书局 1983 年版，第 1166 页。

对诗歌题目"茂林修竹"四字，墨笔批云：

> 嘉兴李金澜祜《金石志》载此诗，考证精确。摩崖刻作"修竹茂林"，下有"五言"二字，又一行"宋永嘉太守谢灵运"。岩迹确合古题格。
>
> 石本作"修竹茂林"。
>
> 处州青田县石门洞有摩崖，字径寸许，即康乐所题此诗，虽半为唐宋人题名所掩，而字迹尚可识，亦足珍秘也。①

从墨批可知，以上两诗当是谢灵运亲题，并刻石摩崖的。

陈陆山才《刻吴阊门诗》：

> 田横感义士，韩王报主臣。若为留意气，持寄禹川人。

据《南史·张彪传》载，张彪为东扬州刺史，征剡，遣沈泰、吴宝真助谢岐居守。泰反与岐迎陈文帝入城。彪因其未定，逾城而入，陈文帝遂走出，彪复城守。沈泰复说陈文帝遣章昭达领兵购之，彪被劫杀。"彪友人吴中陆山才嗟泰等翻背，刊吴阊门为诗一绝云。"②

王谟《东海悬崖题诗》：

> 因巡来到此，瞩海看波流。自兹一度往，何日更回眸。

阮阅《诗话总龟》载："海州东海县临海悬崖上，有隋王谟摩崖题名并诗，字方数寸。"③

北朝著名的石刻诗有北魏郑道昭做光州刺史时于莱州的石刻诗，

---

① 转引自周兴陆《关于谢灵运诗歌的若干文献问题》，《复旦学报》2008 年第 2 期。
② 李延寿：《南史·张彪传》，中华书局 1975 年标点本，第 1566—1567 页。
③ 阮阅：《诗话总龟》，人民文学出版社 1987 年标点本，第 111 页。

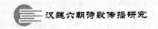

逯钦立《先秦汉魏晋南北朝诗》收录四首。

《于莱城东十里与诸门徒登青阳岭太基山上四面及中巅扫石置仙坛诗》：

> 寻日爱丘素，嗟月开靖场。东峰青烟寺，西顶白云堂。朱阳台望远，玄灵崖色光。高坛周四岭，中明起前岗。神居杳汉眇，接景拂霓裳。□微三四子，披霞度仙房。潇潇步林石，缭缭歌道章。空谷和鸣磬，风岫吐浮香。冷冷□虚唱，郁郁绕松梁。伊余茌东国，杖节牧齐疆。乘务惜暂暇，游此无事方。依岩论孝老，斟泉语经庄。长文听远义，门徒森山行。踌躇念岁述，幽衿烛扶桑。栖盘时自我，岂云蹈行藏。

《登云峰山观海岛诗》：

> 山游悦遥赏，观沧眺白沙。云路沈仙驾，灵章飞玉车。金轩接日彩，紫盖通月华。腾龙蔼星水，翻凤映烟家。往来风云道，出入朱明霞。雾帐芳宵起，蓬台植汉邪。流精丽旻部，低翠曜天葩。此瞩宁独好，斯见理如麻。秦皇非徒驾，汉武岂空嗟。

《与道俗□人出莱城东南九里登云峰山论经书诗》：

> 靖觉镜□津，浮生厌人职。辟志访□游，云峻期登涉。拂衣出州□，缓步入烟域。苔替□迳□，巃嵸星路逼。霞□□□厷，凤驾缘虚堄。披衿接九贤，合盖高顶极。峥嵘非一□，林峦迭峻巇。双阙承汉开，绝巘虹萦劲。涧岨禽迹迷，窦狭鸟过亟。层穴通月□，飞岫陵地亿。回首盼京关，连州□莱即。还济河渐□，□来尘玉食。藏名隐仙丘，希言养神直。依微姑射踪，□□朱台日。尔时春岭明，松沙若点殖。攀石坐危□，□□栖倾侧。谈对

洙嵝宾，清赏妙无色。图外表三玄，经中精十力。道音动齐泉，义风光韶棘。此会当百龄，斯观宁心识。目海浅毛流，□崖瞢鸿翼。相翔足终身，谁辩瑶与□。万象自云云，焉用挂情忆。盘桓竟何为，云峰聊可息。

《咏飞仙室诗》：

岩堂隐星霄，遥槛驾云飞。郑公乘日至，道士投霞归。①

此外，还有北齐安德王高延宗《经墓兴感诗》：

夜台长自寂，泉门无复明。独有鱼山树，郁郁向西倾。睹物令人感，目极使魂惊。望碑遥堕泪，轼墓转伤情。轩丘终见毁，千秋空建名。（揭本高肃碑）

北齐假黄钺太尉公兰陵忠武王高肃碑阴额揭本曰："王第五弟太尉公安德王经墓感兴"云云。逯按：《北齐书·兰陵王孝瓘传》，以武平四年鸩死。据此碑以武平五年四月葬于邺西。碑阴此诗则六年所镌。②

上举石刻诗均为南北朝时期的作品，相对汉末的碑铭中所附诗来说，这些诗在形式上已经是独立的诗歌作品，内容上以叙事、抒情为主，少了碑铭中的歌颂功德内容，风格上情感真实，少了碑铭中的谀辞虚语。

诗歌的石刻传播虽然在汉魏时期已经出现，但是汉魏晋时期的石刻多依附于功德碑，诗歌没有独立地位；南北朝以后的石刻诗，其内容和形式是典型的文人诗。可见，南北朝时期，诗歌的石刻传播已经

---

① 逯钦立：《先秦汉魏晋南北朝诗》，中华书局 1983 年版，第 2206—2207 页。
② 同上书，第 2274 页。

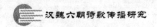

成为当时诗歌文本传播的形态之一，为唐宋时期风行的诗歌石刻传播开了风气。

二 诗歌的题壁传播

我国题壁传播也有比较悠久的历史，至少在春秋战国时期就已经存在了。《史记·晋世家》载，介子推至死不复见晋文公，"从者怜之，乃悬书宫门曰：'龙欲上天，五蛇为辅。龙已升云，四蛇各入其宇，一蛇独怨，终不见处所。'"① 这是较早的题诗记载。魏晋南北朝，题壁诗相对于石刻诗、简帛诗要多得多，已经成为当时重要的诗歌传播方式之一。

（一）魏晋时期的题壁诗

下文所列是现存文献中关于魏晋时期诗歌题壁的记载。

相传汉仙女张丽英《石鼓歌》曰：

> 石鼓石鼓，悲哉下土。自我来观，民生实苦。哀哉世事，悠悠我意。我意不可辱兮，王威不可夺余志。有鸾有凤，自歌自舞。凌云历汉，远绝尘罗。世人之子，其如我何。暂来期会，运往即乖。父兮母兮，无伤我怀。

《金精山记》载："汉时张芒女，名丽英，面有奇光，不照镜，但对白纨扇如鉴焉。马（长）沙王吴芮闻其异质，领兵来娉，女时年十五，闻芮来乃登此山，仰卧披发，覆于石鼓之下，人谓之死，芒妻及芮使

---

① 司马迁：《史记》卷九，中华书局1982年标点本，第1662页。

人往视，忽见紫云郁起，遂失女所在，石上留歌一首。"① 此诗为道教典籍《云笈七签》所载。吴芮为西汉前期人，而道教兴起于东汉，显然该诗为后人所托，可能是东汉至魏晋时期的作品。逯钦立《先秦汉魏晋南北朝诗》将之列为先唐。

《晋书·潘岳传》载："时尚书仆射山涛，领吏部王济、裴楷等并为帝所亲遇，岳内非之，乃题阁道为谣曰：阁道东，有大牛，王济鞅，裴楷鞴，和峤刺促不得休。"②《世说新语·政事》载此事曰："有署阁柱曰：阁东，有大牛，和峤鞅，裴楷鞦，王济剔嬲不得休。"③ 这是有关歌谣题壁的记载。

马岌《题宋纤石壁诗》曰：

> 丹崖百丈，青壁万寻。奇木蓊郁，蔚若邓林。
>
> 其人如玉，维国之琛。室迩人遐，实劳我心。

《晋书·宋纤传》载，宋纤为敦煌效谷人。隐居酒泉南山，传授弟子三千人，不应州郡辟命。酒泉太守马岌鸣铙击鼓去拜访他，他却高楼重阁，拒而不见。马岌叹曰："名可闻而身不可见，德可仰而形不可睹。吾而今而后知先生人中之龙也。"④于是题诗于石壁，以表景仰之情。

支遁《咏禅思道人》并序曰："孙长乐作道士坐禅之像，并而赞之，可谓因俯对以寄诚心，求参焉于衡轭。图岩林之绝势，想伊人之在兹。余精其制作，美其嘉文，不能默已。聊著诗一首，以继于左。

---

① （宋）张君房：《云笈七签》第四部卷九七"歌赞部"，中华书局 2003 年标点本，第 1304 页。
② 房玄龄：《晋书·潘岳传》，中华书局 1974 年标点本，第 1502 页。
③ 余嘉锡：《世说新语笺疏》，上海古籍出版社 1993 年版，第 167 页。
④ 房玄龄：《晋书》卷九四，中华书局 1974 年标点本，第 2453 页。

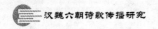

其辞曰：云岑竦太荒，落落岊英布……"①

此外，《玉台新咏》卷九有苏伯玉妻《盘中诗》一首，严羽《沧浪诗话》将"盘中诗"定为一体，并注曰："《玉台集》有此体，苏伯玉妻作，写之盘中，屈曲成文也。"②

上举诸例中，有的题诗于石鼓、阁柱、石壁，有的题诗于雕像之旁，还有题诗于杯盘之中者。虽然其传播形态琳琅满目，但很难见到有关传播效果的记载。可见，当时诗歌的题壁之风才刚刚兴起，尚未盛行。

（二）南北朝时期的题壁诗

南北朝时期，诗歌的题壁之风逐渐盛行，现存题壁诗作品和有关题壁诗的记载均较魏晋要多。

如《高僧传·宋京师杯度传》所载张奴《题槐树歌》与伎咤《题颂》曰："时有一人，姓张名奴，不知何许人。不甚见食，而常自肥悦，冬夏常着单布衣。伎咤在路行，见张奴欣然而笑。……张奴乃题槐树而歌曰：'蒙蒙大象内，照耀实显彰。'……伎咤亦题颂曰：'悠悠世事，或滋损益。'"③。

北齐陆法和有题壁《谶诗》二首之一：

> 十年天子为尚可，百日天子急如火，周年天子递代坐。
>
> 一母生三天，两天共五年。

《北齐书·陆法和传》曰："法和书其所居壁而涂之，及剥落，有文曰。"④

---

① 逯钦立：《先秦汉魏晋南北朝诗》，中华书局 1983 年版，第 1083 页。
② 严羽：《沧浪诗话》，何文焕：《历代诗话》，中华书局 1981 年标点本，第 693 页。
③ （梁）释慧皎：《高僧传》，中华书局 1992 年标点本，第 381 页。
④ 李百药：《北齐书》卷三二，中华书局 1972 年标点本，第 431 页。

邵陵王萧纶《入茅山寻桓清远乃题壁诗》曰：

> 荆门丘壑多，瓮牖风云入。自非栖遁情，谁堪霜露湿。

《广弘明集》录萧纲《被幽述志诗》曰：

> 恨忽烟霞散，飕飗松柏阴。幽山白杨古，野路黄尘深。
> 终无千月命，安用九丹金。阙里长芜没，苍天空照心。[1]

《南史·梁本纪下·简文皇》载，梁简文帝被幽絷之后，侯景派人严加看守，并在墙垣上布满枳棘。因没有纸张，简文帝"乃书壁及板鄣为文"。崩后，王伟恶其诗文辞切，使人将之刮去。有跟随王伟进入者"诵其《连珠》三首，诗四篇，绝句五篇，文并凄怆云"。[2]

柳镇《题所居斋柱诗》曰：

> 江山不久计，要适暂时心。况念洛阳士，今来归旧林。[3]

陶弘景《题所居壁》曰：

> 夷甫任散诞，平叔坐谈空。不言昭阳殿，化作单于宫。

还有，如沈约曾命王筠作《郊居十咏》书于壁，不加篇题，沈约评此诗曰："此诗指物程形，无假题署。"[4] 刘孝绰年少时就有文学盛名，其辞藻为后进所宗，"每作一篇，朝成暮遍，好事者咸诵传写，流闻河朔，亭苑柱壁莫不题之"。[5]

---

① 逯钦立：《先秦汉魏晋南北朝诗》，中华书局 1983 年版，第 1979 页。
② 李延寿：《南史》卷八，中华书局 1975 年标点本，第 234 页。
③ 李昉：《太平广记》卷四六九，中华书局 1961 年标点本，第 3868 页。
④ 阮阅：《诗话总龟》（后集），人民文学出版社 1987 年标点本，第 128 页。
⑤ 李延寿：《南史·刘孝绰传》，中华书局 1975 年标点本，第 1012 页。

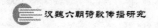

陈江总《经始兴广果寺题恺法师山房诗》曰：

息舟候香阜，怅别在寒林。竹近交枝乱，山长绝径深。

轻飞入定影，落照有疏阴。不见投云状，空留折桂心。①

《南史·鲁广达传》载："祯明三年，依例入隋。广达追怆本朝沦覆，遘疾不疗，寻以愤慨卒。尚书令江总扶柩恸哭，乃命笔题其棺头，为诗曰：黄泉虽抱恨，白日自留名。悲君感义死，不作负恩生。"② 这是一首题棺诗。

《续高僧传·昙瑗传》载："瑗每上钟阜诸寺，修造道贤，触兴赋诗，览物怀古。洪偃法师傲寄泉石，遍见朋从。把臂郊垌，同游故苑。瑗题树为诗曰：丹阳松叶少，白水黍苗多。浸淫下客泪，哀怨动民歌。春溪度短葛，秋浦没长莎。麋鹿自腾倚，车骑绝经过。萧条四野望，惆怅将如何。"③ 这是一首题树诗。

关于题壁诗传播效果和社会影响，要数梁代沈约的《八咏诗》、北周申徽《题襄州清水亭诗》和隋代孙万寿《远戍江南寄京邑亲友》。

《金华志》载：

《八咏诗》，南齐隆昌元年太守沈约所作。题于玄畅楼，时号绝唱。后人因更玄畅楼为八咏楼。④

《周书·申徽传》载：

徽性勤敏，凡所居官，案牍无大小，皆亲自省览。以是事无

---

① 徐坚：《初学记》卷二三，中华书局 2010 年重印本，第 558 页。
② 李延寿：《南史》卷六七，中华书局 1975 年标点本，第 1646 页。
③ 逯钦立：《先秦汉魏晋南北朝诗》，中华书局 1983 年版，第 2623 页。
④ 徐陵编，穆克宏点校：《玉台新咏》卷九，中华书局 1985 年标点本，第 417 页。

稽滞，吏不得为奸。后虽历公卿，此志不懈。出为襄州刺史。时南方初附，旧俗，官人皆通饷遗。徽性廉慎，乃画杨震像于寝室以自戒。及代还，人吏送者数十里不绝。徽自以无德于人，慨然怀愧，因赋诗题于清水亭。长幼闻之，竞来就读。递相谓曰："此是申使君手迹。"并写诵之。①

《隋书·孙万寿传》载：

> 高祖受禅，滕穆王引为文学，坐衣冠不整，配防江南。行军总管宇文述召典军书。万寿本自书生，从容文雅，一旦从军，郁郁不得志，为五言诗赠京邑知友曰：贾谊长沙国，屈平湘水滨。江南瘴疠地，从来多逐臣……此诗至京，盛为当时之所吟诵，天下好事者多书壁而玩之。②

从上可见，诗歌题壁之风的盛行是从南北朝时期开始的。这时期的题壁诗，其传播载体有题壁、题树、题棺、题柱、题亭等各种形式；传播主体，除诗人自己外，还有诗歌接受者的题壁把玩，进行再传播，并开始出现了对诗歌题壁传播效果的记载。这些现象说明，当时的诗歌题壁传播已经十分盛行，并为社会所广泛接受的事实。

三 诗歌的书写与传抄

从书写与传抄的载体说，汉魏六朝存在简、帛、纸三种形态。汉代，因纸张尚未广泛使用于书写领域，所以诗歌主要以简帛书写、传抄。

---

① 令狐德棻：《周书》卷三二，中华书局1971年标点本，第557页。
② 魏徵等：《隋书》卷七六，中华书局1973年标点本，第1735—1736页。

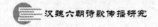

汉代诗歌简帛传播的现存资料目前仅见一例，即汉人《风雨诗》：

> 日不显目兮黑云多，月不见视兮风非沙。
>
> 从恣蒙水诚江河，州流灌注兮转扬波。
>
> 辟柱楱到忘相加，天门狭小路彭池。
>
> 无因以上如之何，兴诗教诲兮诚难过。①

这是一首写在一块长 240 毫米、宽 26 毫米木牍上的汉代歌诗。1913 年至 1915 年，斯坦因在甘肃敦煌哈喇淖尔南岸汉代烽燧遗址获得，现藏于英国伦敦大英图书馆。民国张凤选入其《汉晋西陲木简汇编》，名为"风雨诗木简"。该诗主要描写经蒙水至泰山天门途中所遭遇的种种困难：日月不明，风雨交加，蒙水泛滥，馆舍简陋，道路遥远，山势险峻，因此不能登上泰山天门，而令人愁痛难过。② 其抄写时间，在汉光武帝建武二十三年（公元 47 年）至汉明帝永平十年（公元 67 年）之间。③

汉代歌诗虽然主要以徒歌、吟诵等口头传播为主，但从《风雨诗简》可知，也存在简牍等文本传播。关于汉代歌诗的文本传播，可以从班固《汉书·艺文志》对汉代歌诗的著录情况获得一些认识。《汉书·艺文志》"诗赋略"著录汉代歌诗 28 家，314 篇，其总序曰：

> 汉兴，改秦之败，大收篇籍，广开献书之路。迄孝武世，书

---

① 逯钦立：《先秦汉魏晋南北朝诗》，中华书局 1983 年版，第 329 页。

② 董珊：《敦煌汉简风雨诗新探》，复旦大学出土文献与古文字研究中心，2009 年 9 月 6 日。

③ 据斯坦因《亚洲腹地考古图记》，这批木简发现时归于一处，都是东汉的文书，并无其他朝代的东西在内，从其著见的年代来看，最早的是汉光武帝建武二十三年（公元 47 年）十一月丁卯，最晚为汉明帝永平十年（公元 67 年）九月十二日，其间相隔差不多二十年的时间，《风雨诗》当在这二十年间抄成。参见许云和《敦煌汉简〈风雨诗〉考论》，武汉大学简帛研究中心，"简帛文库" 2009 年 8 月 15 日。

缺简脱，礼坏乐崩，圣上喟然而称曰："朕甚闵焉！"于是建藏书之策，置写书之官，下及诸子传说，皆充秘府。至成帝时，以书颇散亡，使谒者陈农求遗书于天下。诏光禄大夫刘向校经传诸子诗赋，步兵校尉任宏校兵书，太史令尹咸校数术，侍医李柱国校方技。每一书已，向辄条其篇目，撮其指意，录而奏之。会向卒，哀帝复使向子侍中奉车都尉歆卒父业。歆于是总群书而奏其《七略》，故有《辑略》，有《六艺略》，有《诸子略》，有《诗赋略》，有《兵书略》，有《术数略》，有《方技略》。①

班固《汉书·艺文志》是在刘歆、刘向父子《七略》的基础上"删其要，以备篇籍"而成的。刘歆、刘向父子的《七略》又是根据当时书籍的具体留存情况进行校勘，并编写目录的。可见，《汉书·艺文志》所著录的 300 多篇歌诗，当时均有文本依据，刘歆、刘向父子是根据当时歌诗文本进行著录的。班固《汉志》又说："孔子纯取周诗，上采殷，下取鲁，凡三百五篇，遭秦而全者，以其讽诵，不独在竹帛故也。"② 可见，自孔子删诗以来，"诗三百"存在口头讽诵与竹帛传播两种主要传诗方式。

虽然汉代歌诗因其来自民间里巷歌谣，不能与当时已经成为五经之一的"诗三百"相提并论，但是，一旦这些歌谣被乐府机关采录，其实就已经存在文本了。可见，这些赵代之讴与秦楚之风当是有文本依据的，只是这时的文本可能仅限于歌本，而非用于阅读，其传播方式主要还是配乐演唱。当然，也不排除这些歌辞被乐府文人通过吟诵或抄写的方式在乐府机关之外传播的可能。东汉时期，纸张虽然在书

---

① 班固：《汉书》卷三十，中华书局 1962 年标点本，第 1701 页。
② 同上书，第 1708 页。

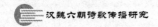

信、书籍书写中开始使用，但是尚未成为主要的书写载体，因此，简帛书写当是东汉诗歌主要的文本传播方式。三国时期，曹丕的诗歌就存在简帛传播。《三国志》注引胡冲《吴历》曰："帝以素书所著《典论》及诗赋饷孙权，又以纸写一通与张昭。"① 素书，即以白绢书写。这是诗歌以绢帛书写、传播的事例。可见，在汉末魏晋时期，诗歌的简帛传播是存在的。

随着纸张书写的使用与普及，魏晋南北朝时期的诗歌创作逐渐以纸本书写为主，其纸本传抄之风也开始盛行。特别到东晋南北朝以后，纸本书写与传抄成为诗歌单篇传播的主要方式。

（一）魏晋时期的诗歌纸本书写与传抄

在纸张发展史上，魏晋是纸张广泛使用于书写领域的时期，并在晋末完成了纸简替代的历史过程。② 伴随这一书写载体的革命，魏晋时期的诗歌纸本书写逐渐多了起来，其纸本传抄也开始兴起。如《后汉书·董祀传》载：

> 操因问曰："闻夫人家先多坟籍，犹能忆识之不？"文姬曰："昔亡父赐书四千许卷，流离涂炭，罔有存者。今所诵忆，裁四百余篇耳。"操曰："今当使十吏就夫人写之。"文姬曰："妾闻男女之别，礼不亲授。乞给纸笔，真草唯命。"于是缮书送之，文无遗误。③

荀悦《汉纪序》曰：

---

① 陈寿：《三国志·魏书·文帝纪》，中华书局1982年标点本，第89页。
② 纸张发明与使用的历史过程详见本书第六章第一节"汉魏六朝纸张发明与书写的历史过程"。
③ 范晔：《后汉书·董祀传》卷八四，中华书局1965年标点本，第2801页。

建安元年，上巡省，幸许昌，以镇万国。外命元辅征讨不庭；内齐七政，允亮圣业。综练典籍，兼览传记。其三年，诏给事中秘书监荀悦钞撰《汉书》，略举其要，假以不直。尚书给纸笔，虎贲给书吏。悦于是约集旧书，撮序表志，总为帝纪。通比其事，例系年月。①

这两则故事发生于汉末魏初，说明当时抄书已经开始使用纸张了。纸张的使用为诗歌创作提供了新的书写材料，诗歌的纸本创作也逐渐兴起。曹丕"以素书所著《典论》及诗赋饷孙权，又以纸写一通与张昭"就是诗歌纸本传抄的较早记载。

两晋时期，用纸传抄诗文作品开始盛行起来。如《晋书·左思传》载，左思构思《三都赋》时，"门庭藩溷皆著笔纸，遇得一句，即便疏之"，后经皇甫谧作序，张载、刘边、卫权先后为之作注，"于是豪贵之家竞相传写，洛阳为之纸贵"②。从中可知，左思的《三都赋》是以纸本为书写材料的，其广泛传播也是通过纸本传抄进行的。石崇《王明君辞》序曰："其造新曲，多哀怨之声，故叙之于纸云尔。"说明石崇的《王明君辞》也是纸本创作。又如张翰《诗序》曰："永康之末，疾苦痿瘵，故人颇候之。常以闲静，为著诗一首，分句改纸，各有别读。"③陶渊明《饮酒诗序》曰："余闲居寡欢，兼比夜已长，偶有名酒，无夕不饮，顾影独尽，忽焉复醉。既醉之后，辄题数句自娱，纸墨遂多，辞无诠次，聊命故人书之，以为欢笑尔。"④ 这篇

---

① 荀悦：《汉纪·序》，《四部丛刊》影印本。
② 房玄龄：《晋书》卷九二，中华书局 1974 年标点本，第 2377 页。
③ 徐坚：《初学记》卷二一，中华书局 2010 年重印本，第 517 页。
④ 逯钦立：《陶渊明集校注》卷三，中华书局 1979 年标点本，第 86 页。

序文既指明了作者是以纸本创作的，也交代了其诗由故人书写、传抄的事实。欧阳建《临终诗》结尾曰："执纸五情塞，挥泪涕汍澜。"①"临纸情塞"成为当时表示哀痛的"格式化"语言，可见当时纸张已经成为诗文抒情达意的主要载体。东晋张亢有"昔我好坟典，下帷慕董氏。吟咏仿馀风，染轴舒素纸"②的诗句。傅咸的《七经诗》也曾因著名书法家王羲之的书写而广为流传。冯惟讷《诗纪》曰："《春秋正义》曰，傅咸《七经诗》，王羲之写，今所存者六经耳。"③

陆机、陆云兄弟的往返书信中也有很多诗歌纸本传抄的信息。如陆云《与兄平原书》曰："诸诗未出，别写送。弘远诗极佳，中静作亦佳。张魏郡作急就诗，公甚笑燕王亦以不复祖道，弘远已作为存耳。兄《园葵》诗清工，然犹复非兄诗妙者。云诗亦唯为彼一语，如佳先已先得，便自委顿，欲更作之。昔如已身先此篇诗，了不复仿佛识有此语，此语于常言为佳。""寻得李宠《劝封禅》草，信自有才，颇多烦长耳。令送闲人，又有张公所作，已令写别送。临纸罔罔，不知复所言。"④ 这是陆云与其兄讨论诗歌和书法的两封书信，从"别写送"等语可知，陆云于书信外，还抄写了一些诗作与其兄，"临纸罔罔"则知书信和"《劝封禅》草"是纸本，而非别的书写载体。

两晋传抄之风的盛行，从裴启《语林》在社会上传播的情形也可见一斑。《世说新语·文学》曰："裴郎作《语林》，始出，大为远近所传。时流年少，无不传写，各有一通。"⑤ 可见，当时《语林》远近所传的主要方式是辗转传抄。

---

① 李善注：《文选》卷二三，上海古籍出版社1986年标点本，第1080页。
② 虞世南：《北堂书钞》卷一四〇，学苑出版社1998年影印本。
③ 逯钦立：《先秦汉魏晋南北朝诗》，中华书局1983年版，第603页。
④ 严可均：《全晋文》卷一〇二，中华书局1958年影印本，第2044页。
⑤ 余嘉锡：《世说新语笺疏》文学第四，上海古籍出版社1993年标点本，第269页。

（二）南北朝时期的诗歌传抄

南北朝时期是纸张在书写领域完全普及的时代。诗歌纸本书写的普及，带来了诗歌抄写传播的兴盛。兹略举数例：

《宋书·谢灵运传》载："每有一诗至都邑，贵贱莫不竞写，宿昔之间，士庶皆遍，远近钦慕，名动京师。"①

《南史·刘孝绰传》载："孝绰辞藻为后进所宗，时重其文，每作一篇，朝成暮遍，好事者咸诵传写，流闻河朔，亭苑柱壁莫不题之。"②

萧子显《自序》曰："少来所为诗赋，则《鸿序》一作，体兼众制，文备多方，颇为好事所传，故虚声易远。"③

据上文《周书·申徽传》知，申徽题诗于清水亭后，"长幼闻之，竞来就读。递谓曰：'此是申使君手迹。'并写诵之"。可见，虽然该诗是作者以题壁的方式发表的，但其获得广泛传播是靠长幼纷纷写诵的方式实现的，传抄成为该诗传播的主要方式。

诗歌的纸本书写与传抄是我国造纸技术进一步完善、纸张于书写领域广泛使用的结果。从传播的社会效果看，因传抄可以辗转进行，还可以流动传播，比题壁、石刻等信息源相对固定的传播形式效果要明显得多。

从以上三种诗歌散传形态看，书写传抄的传播形态更为普遍和流行，石刻、题壁的传播还是相当有限的。这种情况与这三种传播形态的书写载体、传播方式有很大关系。诗歌石刻传播与题壁传播，其信

---

① 沈约：《宋书》卷六七，中华书局 1974 年标点本，第 1754 页。
② 李延寿：《南史》卷三九，中华书局 1975 年标点本，第 1012 页。
③ 姚思廉：《梁书》卷三五，中华书局 1973 年标点本，第 512 页。

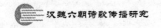

息源相对固定，传播范围和效果往往受到一定的限制。题壁传播的书写方式较石刻容易而成为后来比较流行的诗歌传播方式。石刻传播具有永久性特点，而不易刻写，采用者较少，但是随着纸张的普及，后来借助纸本拓印而以纸本形态得以广泛流传，唐宋特别盛行。就诗歌书写与传抄来说，因其信息源处于流动状态，而且可以辗转传抄，所以传播范围广，传播效果明显。简牍材料简便易寻而体积笨重、绢帛方便书写而价格昂贵，也影响了其传播效果，最终在东晋南北朝时期被纸本书写与传抄所取代。纸本传播因其书写简便、携带方便而传播范围广泛、效果显著，成为东晋南北朝诗歌单篇散传的主要方式。

第二节　汉魏六朝诗歌的书册传播

诗歌的书册传播是指将诗歌结集成册进行集中传播的形态。魏晋南北朝时期，结集成册的诗歌文本大致有别集、总集、类书等几种类型。

一　诗歌的别集传播

别集是相对总集而言的，指个人的诗文集，也称文集，往往是某个文人各种诗文作品的总汇，包括诗歌（若该文人有诗歌创作）在内。别集是诗歌书册传播的主要方式之一。

《隋书·经籍志》著录了从楚兰陵令《荀况集》到隋《薛道衡集》，共437部，4381卷，通计亡书，合886部，8126卷，并于"别集"后曰："别集之名，盖汉东京之所创也。自灵均已降，属文之士众矣，然其志尚不同，风流殊别。后之君子，欲观其体势，而见其心灵，故别聚焉，名之为集。辞人景慕，并自记载，以成书部。"① 可见，《隋志》著录的汉代及以前的别集大多为后人所集，其推断别集出现的时间为东汉，但史载不详，倒是《后汉书》关于东平王苍的诗文著录值得注意。

《后汉书·光武十王传》东平王苍载：

> （建初八年）正月薨，诏告中傅，封上苍自建武以来章奏及所作书、记、赋、颂、七言、别字、歌诗，并集览焉。②

"并集览"大概是将东平王苍生前的章奏、书、记、赋、颂、七言、别字、歌诗等结集成册，以备观览。这应是别集产生的前期情况，东汉章帝建初八年（公元83年）为东汉早期阶段。汉末曹魏时期对文人别集则开始有了较为明确的记载。曹丕、曹植都曾编辑过自己的文集。

魏文帝曹丕曾"以著述为务，自所勒成垂百篇"。"勒"是"编纂"的意思。如《梁书·孔休源传》载："聚书盈七千卷，手自校治，凡奏议弹文，勒成十五卷。"③"自所勒"即"自己编纂"。对此，《三国志》注引《魏书》可以进一步证实：

> 帝与素所敬者大理王朗书曰："生有七尺之形，死唯一棺之土，唯立德扬名，可以不朽，其次莫如著篇籍。疫疠数起，士人彫落，余独何人，能全其寿？"故论撰所著《典论》、诗赋，盖百余篇，集诸儒于肃城门内，讲论大义，侃侃无倦。④

"论撰所著《典论》、诗赋，盖百余篇"，大概是说他将自己的《典

---

① 魏徵：《隋书》卷三五，中华书局1973年标点本，第1081页。
② 范晔：《后汉书》卷四二，中华书局1965年标点本，第1441页。
③ 姚思廉：《梁书》卷三六，中华书局1973年标点本，第522页。
④ 陈寿：《三国志》卷二，中华书局1982年标点本，第88页。

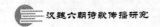

论》、诗赋等一起编纂结集，共有一百多篇。

曹植《文章序》曰：

> 余少而好赋，其所尚也，雅好慷慨，所著繁多，虽触类而作，然芜秽者众。故删定别撰，为《前录》七十八篇。①

曹植死后，魏明帝曾下诏编辑曹植文集。《三国志·魏书·陈思王传》载：

> 景初中诏曰："陈思王昔虽有过失，既克己慎行，以补前阙，且自少至终，篇籍不离于手，诚难能也。其收黄初中诸奏植罪状，公卿已下议尚书、秘书、中书三府、大鸿胪者皆削除之。撰录植前后所著赋颂诗铭杂论凡百余篇，副藏内外。"②

两晋时期的文集编撰开始兴盛起来。如陈寿为著作郎时曾奉诏"撰蜀相诸葛亮集，奏之"③。《三国志·蜀书·诸葛亮传》中有"亮言、教、书、奏多可观，别为一集"的记载，并附录了《诸葛氏集目录》④。此外，《三国志》文人传记后多有关于传主诗文作品的确切数字。如《三国志·魏书·王粲传》载"著诗、赋、论、议垂六十篇"⑤。这些确切的数字说明，当时这些作品已经都各为一集、集中传播了，否则很难对传主作品进行确切统计的。陈寿死于西晋惠帝元康七年（公元297年），《三国志》当成书于此前。陆侃如《中古文学系

---

① 欧阳询：《艺文类聚》卷五五，上海古籍出版社1999年影印本，第996页。
② 陈寿：《三国志》卷一九，中华书局1982年标点本，第576页。
③ 房玄龄：《晋书·陈寿传》，中华书局1974年标点本，第2137页。
④ 陈寿：《三国志》卷三五，中华书局1982年标点本，第927—929页。
⑤ 同上书，第599页。

年》将《三国志》成书系于西晋武帝太康元年（公元 280 年）。①

《全晋文》载陆云《与兄平原书》曰："前集兄文为二十卷，适讫一十，当黄之，书不工，纸又恶，恨不精。"② 葛洪《抱朴子》说："吾见二陆之文百许卷，似未尽也。"③ 据葛洪"自叙"，《抱朴子》于晋元帝建武年间（公元 317—318 年）成书。可见，陆机、陆云兄弟的诗文在两晋已结集传播。

《后汉书》文人传记也有传主诗文作品的确切数字。如傅毅著诗、赋等"凡二十八篇"④；班固所著典引、宾戏、应讥、诗、赋、铭、诔、颂、书、文、记、论、议、六言，"在者凡四十一篇"⑤；马融所著赋、颂、碑、诔、书、记、表、奏、七言、琴歌、对策、遗令"凡二十一篇"⑥；蔡邕所著诗、赋、碑、诔、铭、赞、连珠、箴、吊、论议、独断、劝学、释诲、叙乐、女训、篆势、祝文、章表、书记"凡百四篇"⑦ 等。范晔于宋文帝元嘉九年（公元 432 年）开始撰写《后汉书》，元嘉二十二年（公元 445 年）被杀，《后汉书》当撰成于宋文帝元嘉九年至元嘉二十二年（公元 432—445 年）。⑧ 上举传主诗文的确切数字说明，刘宋时期，这些文人的文集已经结集传播。正如清人章学诚所言："自东京以降，讫乎建安、黄初之间，文章繁矣。然范、陈二史，所次文士诸传，识其文笔，皆云所著诗、赋、碑、箴、颂、诔若干篇，而不云文集若干卷，则文集之实已具，而文集之名犹未立

①　陆侃如：《中古文学系年》，人民文学出版社 1985 年版，第 691 页。
②　严可均：《全晋文》卷一百二，中华书局 1958 年影印本，第 2045 页。
③　虞世南：《北堂书钞》卷一百，学苑出版社 1998 年影印本。
④　范晔：《后汉书》卷八十，中华书局 1965 年标点本，第 2618 页。
⑤　同上书，第 1386 页。
⑥　同上书，第 1972 页。
⑦　同上书，第 2007 页。
⑧　曹道衡、刘跃进：《南北朝文学编年史》，人民文学出版社 2000 年版，第 106 页。

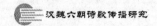

也。自挚虞创为《文章流别》，学者便之，于是别聚古人之作，标为别集；则文集之名，实仿于晋代。"①

关于晋宋期间文集流行的更为有力的证据是裴松之《三国志》注对魏晋文人别集的大量征引。如《武帝纪》注"事在超集"；《高贵乡公曹髦》注"《帝集》载帝自叙始生祯祥曰"；《董卓传》注"萌字文始，亦有才学，与王粲善，临当就国，粲作诗以赠萌，萌有答，在《粲集》中"；《荀攸传》注"祈与孔融论肉刑、愔与孔融论圣人优劣，并在《融集》"；《邴原传》注"著名《自然好学论》，在《嵇康集》"；《王朗传》注"《王朗集》载"；《苏则传》"绍有诗在《金谷集》"；《卫臻传》注"臣松之案，旧事及《傅咸集》，烈终于光禄勋"；《田豫传》注"皆见《潘岳集》"；《蜀书·先祖传》注"《诸葛亮集》载先祖遗诏敕后主曰"；《蜀书·麋竺传》注"《曹公集》载公表曰"；《吴书·陆绩传》注"《姚信集》有表称之曰"等。其中，"超集"指《张超集》、"帝集"指《曹髦集》、"粲集"指《王粲集》、"融集"指《孔融集》、"曹公集"指《曹操集》，加上《嵇康集》《王朗集》《金谷集》《傅咸集》《潘岳集》《诸葛亮集》《姚信集》等，共12种诗文集，除《金谷集》外，余11种诗文集均为别集。

《隋书·经籍志》著录《王粲集》十一卷、《孔融集》九卷、《曹操集》二十六卷、《王朗集》三十四卷、《嵇康集》十三卷、《诸葛亮集》二十五卷、《傅咸集》十七卷、《潘岳集》十卷、著录佚集《张超集》五卷、《高贵乡公集》四卷、《姚信集》二卷。② 可见，《三国志注》征引的《王粲集》等8种别集在隋代尚存，《张超集》等3种别集至少在裴松之注《三国志》时是存在的。裴松之与范晔均为刘宋

---

① 章学诚：《文史通义》，中华书局 1985 年版，第 296 页。
② 魏徵：《隋书》卷三五，中华书局 1973 年标点本，第 1058—1062 页。

人，于宋文帝元嘉六年（公元 429 年）完成《三国志注》，作《上三国志注表》①。

由上可见，晋宋时期，不仅文人别集已经广为流传，而且别集之名也已逐渐得到确立。

齐梁时期是文人别集编撰的稳定成熟期。不仅表现在文人几乎"人人有集"，而且存在一人多集，甚至人自为集的现象。如王筠有《中书集》十一卷、《临海集》十一卷、《左佐集》十一卷、《尚书集》九卷②，真是"一官一集"。南齐王俭"少撰《古今丧服集记》并文集，并行于世"③；张融曾"自名集为《玉海》"④。

又王筠《与诸儿书论家世集》曰：

> 史传称安平崔氏及汝南应氏，并累世有文才，所以范蔚宗云崔氏"世擅雕龙"。然不过父子两三世耳；非有七叶之中，名德重光，爵位相继，人人有集，如吾门世者也。⑤

《四库全书总目·别集序》曰：

> 集始于东汉，苟况诸集，后人追题也。其自制名者，则始张融《玉海集》。其区分部帙，则江淹有前集、有后集，梁武帝有诗赋集、有文集、有别集，梁元帝有集、有小集，谢朓有集、有逸集。与王筠之一官一集，沈约之正集百卷又别选集略三十卷者，

---

① 曹道衡、刘跃进：《南北朝文学编年史》，人民文学出版社 2000 年版，第 101 页。
② 魏徵：《隋书》卷三五，中华书局 1973 年标点本，第 1078 页。
③ 萧子显：《南齐书》卷二三，中华书局 1972 年标点本，第 438 页。
④ 同上书，第 730 页。
⑤ 姚思廉：《梁书》卷三三，中华书局 1973 年标点本，第 486—487 页。

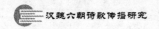

其体例均始于齐梁。盖集之盛，自是始也。①

在四库馆臣们看来，齐梁时期的文人别集是最兴盛的。章学诚《文史通义》也认为："文集虽始于建安，而实盛于齐梁之际。"②

关于魏晋南北朝别集编撰情况，朱迎平《汉魏六朝文集的演进和流传》③、徐有富《先唐别集考述》④ 论述较为详细。本书据《隋书·经籍志》别集著录情况分朝代统计如下表：

朝代	西汉	东汉	三国	两晋	宋	齐	梁	北魏	北齐	北周	陈	隋	总计
时间	230	196	60	156	60	24	56	150	28	25	33	38	824
别集	32	68	67	375	158	56	98	8	3	8	26	18	917

《隋书·经籍志》实际著录的别集有 917 部。⑤ 从各朝代统计数据可见，文人别集自曹魏到两晋、宋、齐、梁诸朝迅速增长的事实。

文人别集往往存在两种情况：一种情况是文人去世后，由同时代或者后世文人（或亲友）收集其作品而结集成书，抄写流传；另一种情况是本人在生前收罗自己单篇流传的诗文作品编纂成书而流传。前一种情形，往往作品收集得比较齐全，但结集传播是作者死后的行为；

---

① （清）永瑢等：《四库全书总目》卷一四八，中华书局 1965 年影印本，第 1271 页。

② 章学诚：《文史通义》，中华书局 1985 年标点本，第 80 页。

③ 朱迎平：《古典文学与文献论集》，上海财经大学出版社 1998 年版。

④ 南京大学《古典文献研究》总第五辑，江苏古籍出版社 2002 年版。

⑤ 本表按《隋书·经籍志》对别集的实际著录数量统计，其数字包括亡书及一人多集。《隋书·经籍志》886 部是按实际人数统计的，一人多集者，仅以 1 集计，故与其实际著录数量有一定出入。

后一种情形，因是作者亲自编纂，往往是自己部分作品的结集，一般不齐全，但在作者生前就开始以集传播了。

二　诗歌的总集传播

总集是相对个人别集而言的，指总汇多人诗文作品编纂而成的书册。总集也存在按照体裁分别编纂和综合各种体裁编纂两种形式。如梁代最有名的两部总集《文选》和《玉台新咏》就属于两种不同的形式，前者汇集各种文体综合成集，后者则是诗歌总集。总集也是诗歌书册传播的主要方式之一。

《隋书·经籍志》曰：

> 总集者，以建安之后，辞赋转繁，众家之集，日以滋广，晋代挚虞，苦览者之劳倦，于是采摘孔翠，芟剪繁芜，自诗赋下，各为条贯，合而编之，谓为《流别》。是后文集总钞，作者继轨，属辞之士，以为覃奥，而取则焉。①

《四库全书总目》曰：

> 文籍日兴，散无统纪，于是总集作焉。一则网罗放佚，使零章残什并有所归。一则删汰繁芜，使荛稗咸除，菁华毕出。是固文章之衡鉴、著作之渊薮矣。三百篇既列为经，王逸所裒又仅楚辞一家。故体例所成，以挚虞《流别》为始。②

《隋书》和《四库全书总目》都认为总集之体例始于晋代挚虞

---

① 魏徵：《隋书》卷三五，中华书局1973年标点本，第1089—1090页。
② （清）永瑢等：《四库全书总目》卷一八六，中华书局1965年影印本，第1685页。

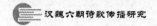

《文章流别》。但从现存文献记载看，在三国时期就有人进行过总集编纂。魏文帝曹丕可能编纂过"建安七子"的文集。《三国志·魏书》吴质传注引《魏略》曰：

> 二十三年，太子又与质书曰："岁月易得，别来行复四年。三年不见，东山犹叹其远，况乃过之，思何可支？虽书疏往反，未足解其劳结。昔年疾疫，亲故多离其灾，徐、陈、应、刘，一时俱逝，痛何可言邪！昔日游处，行则同舆，止则接席，何尝须臾相失！每至觞酌流行，丝竹并奏，酒酣耳热，仰而赋诗。当此之时，忽然不自知乐也。谓百年己分，长共相保，何图数年之间，零落略尽，言之伤心。顷撰其遗文，都为一集。观其姓名，已为鬼录，追思昔游，犹在心目，而此诸子化为粪壤，可复道哉！观古今文人，类不护细行，鲜能以名节自立。"①

在这封书信中，曹丕首先提到昔日经常与自己有诗酒唱酬的"徐、陈、应、刘，一时俱逝"而倍感悲痛。"徐、陈、应、刘"即建安七子中的徐干、陈琳、应玚、刘桢四人。接着提及将这些文人的遗文编纂成集的事，所谓"顷撰其遗文，都为一集"。其《典论·论文》也提到："斯七子者，于学无所遗，于辞无所假，咸以自骋骥騄于千里，仰齐足而并驰。"② 据此，姚振宗《三国艺文志》以《建安七子集》列于三国著述总集类之首。又有学者根据《与吴质书》仅提及六人以及谢灵运《拟魏太子邺中集诗序》，认为曹丕编纂的这个总集应为《邺

---

① 陈寿：《三国志》卷二一，中华书局 1982 年标点本，第 608 页。
② 李善注：《文选》卷五二，上海古籍出版社 1986 年标点本，第 2270 页。

下六人集》或《邺中集》。① 因资料缺失，目前难以确定曹丕所编文集的确切名称和具体收录了哪些人的作品，但曹丕曾编纂过建安文人总集的事实当是没有疑义的。②

《隋书·经籍志》著录总集共 107 部，2213 卷，通计亡书，合 249部，5224 卷，其中，著录的第一部总集是挚虞《文章流别集》。这些总集有诗文评、诗文集、赋集、诗集、歌辞集、文集、诏令集、书表、碑集等内容，颇为总杂，其中涉及诗歌者大概有诗文评、诗文集、诗集、歌辞集几种。现将《隋书·经籍志》移录如下。

（一）诗文评

挚虞《文章流别集》四十一卷（梁六十卷，志二卷，论二卷）；

挚虞《文章流别志论》二卷；

谢混《文章流别本》十二卷；

孔宁《续文章流别》三卷；

李充《翰林论》三卷（梁五十四卷）；

姚察《文章始》一卷；

任昉《文章始》一卷（亡）；

吴郡公曹张防《四代文章记》一卷（亡）；

钟嵘《诗评》三卷（或曰《诗品》）。③

---

① 孟昭晋：《曹丕与图书》，《北京大学百年国学文萃·语言文献卷》，北京大学出版社 1998 年版，第 498 页；陈传万：《魏晋南北朝图书业与文学》，合肥工业大学出版社 2008 年版，第 43 页。

② 周少川：《中国出版通史·魏晋南北朝卷》，中国书籍出版社 2008 年版，第 285 页。

③ 魏徵：《隋书》卷三五，中华书局 1973 年标点本，第 1081—1084 页。

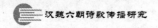

从对挚虞《文章流别集》及《文章流别志论》的著录说明：其一，自梁到隋，《文章流别集》至少有六十卷本和四十一卷本两种文本在流传；其二，梁代《文章流别集》是文章、志、论放在一起的合集，隋代文章始与志、论分开。李充的《翰林论》在隋代为三卷，梁代有五十四卷，说明该集在梁代也是文与论合为一集的，隋代仅存三卷《翰林论》了。谢混《文章流别本》、孔宁《续文章流别》是沿袭挚虞《文章流别集》体例编纂的，当亦有文集、有志论。两部《文章始》及《四代文章记》可能是没有收录诗文文本的评论。作为诗歌传播载体的诗文评类，大概只有挚虞《文章流别集》、谢混《文章流别本》、孔宁《续文章流别》、李充《翰林论》、钟嵘《诗评》等五部，现存仅有钟嵘的《诗评》了。

（二）诗文集

《集苑》四十五卷（梁六十卷）；

刘义庆《集林》一百八十一卷（梁二百卷）；

《集林钞》十一卷；

沈约《集钞》十卷；

丘迟《集钞》四十卷（亡）；

《集略》二十卷；

《撰遗》六卷；

《零集》三十六卷（亡）；

孔逭《文苑》一百卷；

《文苑钞》三十卷；

昭明太子《文选》三十卷；

《词林》五十八卷；

《文海》五十卷；

《吴朝士文集》十卷（梁十三卷）；

《汉书文府》三卷（亡）；

《巾箱集》七卷；

谢沈《文章志录杂文》八卷（亡）；

《名士杂文》八卷（亡）；

《妇人集》二十卷；

殷淳《妇人集》三十卷（亡）；

《妇人集》十一卷（亡）；

《妇人集钞》二卷；

《杂文》十六卷（为妇人作）；

昭明太子《文章英华》三十卷（亡）；

萧淑《西府新文》十一卷，并录。①

以上共有总集 25 部，隋代尚存 17 部，其中多以"文集"命名，当是诗文等各种文体的合集。如《文选》就选录了诗、赋、表、启等 37 种文体的 700 余篇作品。此外，还有一部分是一些总集的钞撰本，如刘义庆《集林》一百三十一卷，有《集林钞》十一卷；孔逭《文苑》一百卷，有《文苑钞》三十卷；《妇人集》二十卷，有《妇人集钞》二卷等。说明南北朝时期，总集有原本与钞撰本等多种传播形态，这是南北朝文人传抄之风盛行的产物。

（三）诗集

谢灵运《诗集》五十卷（梁五十一卷）；

---

① 魏徵：《隋书》卷三五，中华书局 1973 年标点本，第 1082—1084 页。

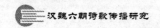

宋侍中张敷、袁淑补《谢灵运诗集》一百卷（亡）；

颜峻《诗集》一百卷，并例、录二卷（亡）；

宋明帝《诗集》四十卷（亡）；

江邃《杂诗》七十九卷（亡）；

宋太子洗马刘和注《杂诗》二十卷（亡）；

《二晋杂诗》二十卷（亡）；

荀绰《古今五言诗美文》五卷（亡）；

《诗钞》十卷（亡）；

谢灵运《诗集钞》十卷；

谢灵运《杂诗钞》十卷，录一卷（亡）；

《古诗集》九卷；

《六代诗集钞》四卷；

谢朓《杂言诗钞》五卷（亡）；

谢灵运集《诗英》九卷（梁十卷）；

《今诗英》八卷；

昭明太子《古今诗苑英华》十九卷；

《诗缵》十三卷；

《众诗英华》一卷；

《诗类》六卷；

徐陵《玉台新咏》十卷；

干宝《百志诗》九卷（梁五卷）；

《古游仙诗》一卷（亡）；

应贞注应璩《百一诗》八卷（亡）；

晋蜀郡太守李彪《百一诗》二卷（亡）；

《齐释奠会诗》十卷；

《齐燕会诗》十七卷；

《青溪诗》三十卷（齐燕会作）；

梁有魏、晋、宋《杂祖饯燕会诗集》二十一部，一百四十三卷（亡）；

《百国诗》四十三卷；

《文林馆诗府》八卷（后齐文林馆作）；

陈仁威记室徐伯阳《文会诗》三卷；

《五岳七星回文诗》一卷；

梁有《杂诗图》一卷（亡）；

《毛伯成诗》一卷；

张胐《春秋宝藏诗》四卷；

罗潜注《江淹拟古》一卷。①

以上所列从晋到隋共 37 部诗歌总集，隋代尚存 22 部。在体裁上有杂诗、五言、回文，文本形态上有原本、钞本、注本、选本（英华类）、补本，内容上有古诗、新咏、拟作，题材上更是丰富多彩。由此可见，两晋南北朝时期诗歌的总集传播是十分兴盛的。

（四）歌辞集

魏晋南北朝时期的歌辞结集情况可从《隋书·经籍志》知其大概：

《古乐府》八卷；

《乐府歌辞钞》一卷；

---

① 魏徵：《隋书》卷三五，中华书局 1973 年标点本，第 1084—1085 页。

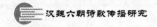

《歌录》十卷；

《古歌录钞》二卷；

《晋歌章》八卷（梁十卷）；

《吴声歌辞曲》一卷（梁二卷）。

此下一段小字著录曰：

又有《乐府歌诗》二十卷，秦伯文撰；《乐府歌诗》十二卷，《乐府三校歌诗》十卷，《乐府歌辞》九卷；《太乐歌诗》八卷，《歌辞》四卷，张永记；《魏燕乐歌辞》七卷，《晋歌章》十卷；又《晋歌诗》十八卷，《晋燕乐歌辞》十卷，荀勖撰；《宋太始祭高禖歌辞》十一卷，《齐三调雅辞》五卷；《古今九代歌诗》七卷，张湛撰；《三调相和歌辞》五卷，《三调诗吟录》六卷，《奏鞞铎舞曲》二卷，《管弦录》一卷，《伎录》一卷；《太乐备问钟铎律奏舞歌》四卷，郝生撰；《回文集》十卷，谢灵运撰；又《回文诗》八卷；《织锦回文诗》一卷，符坚秦州刺史窦氏妻苏氏作；《颂集》二十卷，王僧绰撰；《木连理颂》二卷，晋太元十九年群臣上；又有鼓吹、清商、乐府、燕乐、高禖、鞞、铎等歌辞舞录，凡十部。①

接着著录了陈隋时期的歌辞集：

徐陵《陈郊庙歌辞》三卷（并录）；

秦王记室崔子发《乐府新歌》十卷；

秦王司马殷僧首《乐府新歌》二卷。

---

① 魏徵：《隋书》卷三五，中华书局 1973 年标点本，第 1085 页。

这里共著录了 9 部尚存的歌辞集。小字著录了具名歌辞集 24 部，未具名歌辞集 10 部，均未注明是否亡佚。据《隋书·经籍志》体例可知，这些歌辞集均为亡书。《隋书·周易系辞义疏》校勘记云："这些书当时未列入存书目录，当已亡佚。以下类似情况不再出校记。"[1] 部分歌辞集有撰者（严格来说当是编纂者），从中可以大致判定其产生的时间。张永为刘宋人，曾撰《元嘉正声技录》；郝生是西晋乐工，晋泰始十年参与荀勖定乐活动，《宋书·律历志》有记载；张湛东晋人，《北史》卷三四有传。又，其后接着是陈、隋的三部歌辞集。可见，这些小字著录的歌辞集当在两晋和南朝的宋、齐、梁三代结集而成。

从这些歌辞文本的结集意图看，也许是为了歌唱的需要，相当于乐工、歌伎的表演脚本，也不能确知这些歌辞集是否曾以文本形式在社会上流传，但从《乐府歌辞钞》《古歌录钞》等歌辞集抄本可知，至少在齐梁时代有传抄歌集的风气。退一步说，不管这些歌辞集是否曾以歌本在社会上流传，但其结集以后，在客观上已经具备了歌辞的文本意义和文学性质，凸显了诗歌的文本功能。

三 诗歌的类书传播

类书是一种分类汇编文献资料以供检索之用的工具书。它将经、史、子、集等文献资料进行离析，按照天文、岁时、地理、人事、典制等分门别类加以整理、编次排比于类目之下，以便省览、记忆和检索。《四库全书总目》曰："类事之书，兼收四部，而非经非史，非子非集，四部之内乃无类可归。《皇览》始于魏文，晋荀勖《中经》部分隶何门，今无可考。隋志载入子部，当有所受之。……明胡应麟作

---

① 魏徵：《隋书》卷三五，中华书局 1973 年标点本，第 948 页。

《笔丛》，始议改入集部。"① 这些类书大都收录了诗歌作品，因此也是魏晋南北朝诗歌书册传播的又一重要方式。

目前学术界一致认为中国第一部大型类书是三国曹魏初年编纂的《皇览》。魏文帝曹丕继位后，于延康元年（公元 220 年）令儒臣王象、刘邵、韦诞、缪袭等人"撰集经传，随类相从，凡千余篇，号曰《皇览》"②。黄初三年（公元 222 年）完成，"合四十余部，部有数十篇，通合八百余万字"③。此后，类书编纂日渐兴盛。在此，移录《隋书·经籍志》著录的类书如下：

> 《皇览》一百二十卷，缪袭等撰（梁有六百八十卷）；
>
> 《皇览》一百二十三卷，何承天合，亡；
>
> 《皇览》五十卷，徐爰合，亡；
>
> 《皇览目》四卷，亡；
>
> 《皇览钞》二十卷，梁特进萧琛钞，亡；
>
> 《帝王集要》三十卷，北魏崔安撰；
>
> 《类苑》一百二十卷，梁刘孝标撰；
>
> 《华林遍略》六百二十卷，徐僧权等撰；
>
> 《要录》六十卷；
>
> 《寿光书苑》二百卷，梁刘杳撰；
>
> 《科录》二百七十卷，魏元晖撰；
>
> 《书图泉海》二十卷，陈张式撰；
>
> 《圣寿堂御览》三百六十卷；
>
> 《长洲玉镜》二百三十八卷；

---

① （清）永瑢等：《四库全书总目》卷一三五，中华书局 1965 年影印本，第 1141 页。

② 陈寿：《三国志》卷二，中华书局 1982 年标点本，第 88 页。

③ 同上书，第 664 页。

《书钞》一百七十四卷；

《语对》十卷，朱澹远撰；

《语丽》十卷，朱澹远撰；

《鸿宝》十卷；

《玉烛宝典》十二卷，著作郎杜台卿撰。①

以上计19部，其中，隋代已经亡佚4部，存15部。何承天、徐爱合的《皇览》当是缪袭等《皇览》的抄纂本。《圣寿堂御览》《北齐书》《北史》并称祖珽、阳休之等奉敕撰，无卷数，初名《玄洲苑御览》，后定为《修文殿御览》。该书主要取材南朝梁《华林遍略》及北朝文史典籍，引书至魏晋而止。②

《隋志》未收录的类书尚有：

《史林》三十卷，南齐东观学士奉敕撰（《南齐书》）；

《四部书略》一千卷，南齐竟陵王萧子良集学士撰（《南齐书》）；

《法宝联璧》三百卷，梁简文帝萧纲敕陆罩等撰（《梁书》）；

《学苑》一百卷，梁陶弘景撰（《南史》）。

由此可见，魏晋南北朝时期的类书编纂呈现出十分兴盛的局面：张涤华《类书流别》收录类书22部，赵含坤《中国类书》收录各种类书57部。③

---

① 魏徵：《隋书》卷三四，中华书局1973年校点本，第1008—1009页。

② 罗振玉：《鸣沙石室古佚书·修文殿御览残本考证》，转引钟肇鹏《古籍丛残汇编》（第1册），北京图书馆出版社2001年版，第41页。

③ 张涤华：《类书流别》（修订本），商务印书馆1985年版；赵含坤：《中国类书》，河北人民出版社2005年版。

欧阳询《艺文类聚·序》曰:"《流别》《文选》专取其文,《皇览》《遍略》直书其事。文义既殊,寻检难一。爰诏撰其事且文,弃其浮杂,删其冗长。金箱玉印,比类相从,号曰《艺文类聚》,凡一百卷。其有事出于文者,便不破之为事,故事居其前,文列于后。俾夫览者易为功,作者资其用。可以折衷今古,宪章坟典云尔。"① 欧阳询的《序》主要介绍了《艺文类聚》的编纂体制和特点。可见,中国类书编纂以《艺文类聚》为标志大致经历了两个主要阶段:此前的类书编纂体制是重在书其事,此后的类书编纂"其有事出于文者,便不破之为事,故事居其前,文列于后",做到事与文兼顾。因此,《艺文类聚》中就收录了很多的诗文作品,以后的《初学记》《太平御览》等类书基本遵循其体制,事与文兼顾收录,使得类书成为诗歌重要的传播载体。那么,是否意味着《艺文类聚》以前的类书因重视直书其事,专录经史文献而不收诗赋呢?其实不然。

虽然魏晋南北朝时期的类书大多亡佚,但从现存的部分残本中还能得知当时类书的体制特点和收诗情况。如《修文殿御览》残本载:

> 傅咸诗叙曰:杨骏就吾索诗云……将如搔腿自无觉也。诗曰:"肃肃商风起,悄悄心自悲。圆圆三五月,皎皎耀清晖。今昔一何盛,氛氲自消微。微黄黄及华,飘摇随风飞。"②

> 古歌辞曰:"飞来白鹤从西北来,十十五五罗列成行。妻卒被病不能相随,五里返顾六里徘徊。吾欲衔汝去,口噤不能开。吾欲负汝去,毛羽何摧颓。"③

---

① 欧阳询:《艺文类聚·序》,上海古籍出版社 1999 年重印本,第 27 页。
② 《修文殿御览残本》,见钟肇鹏《古籍丛残汇编》(第 1 册),北京图书馆出版社 2001 年版,第 29 页。
③ 同上书,第 30 页。

《修文殿御览》主要取材于南朝的《华林遍略》，可见，《华林遍略》也是征引诗歌作品的。

《北堂书钞》《玉烛宝典》是目前保存完好的两部类书，虽然两书成书均在南北朝末期，但其编纂体制与魏晋南北朝类书是基本一致的，从中可以看到魏晋南北朝类书收录诗歌的大致情况和基本特点。

《玉烛宝典》是杜台卿于周末、隋初编撰而成的一部时令性质的类书。其征引诗歌作品情况如《玉烛宝典征引诗歌情况一览表》①。从附录表1可知，《玉烛宝典》共征引诗歌22首，其中引一句者2首；引2句者9首；引3句者1首；引四句者7首；引6句、8句者各1首；整诗全引者1首。可见，《玉烛宝典》对诗歌的征引是以摘句为主的，以征引两句、四句者最多。

虞世南《北堂书钞》成书于隋大业年间。其征引诗歌情况见《〈北堂书钞〉征引诗歌情况一览表》②。可见，《北堂书钞》共征引先秦到刘宋时期的诗歌260余首，注明了作者的共有84人。其中先秦歌诗16首，均未注明作者；西汉歌诗17首，注明作者有刘邦、刘彻、司马相如等8人；东汉歌诗34首，注明作者有班固、张衡、蔡琰等12人；曹魏诗歌66首，注明作者有三曹、七子、应璩、嵇康等15人；西晋诗歌91首，注明作者有傅玄、张华、陆机、潘岳等24人；东晋诗歌26首，注明作者有郭璞、曹毗等18人；刘宋诗歌12首，注明作者有范泰、谢灵运、颜延之等7人。征引最多的诗人有：傅玄30次、曹植23次、应璩14次、张华、陆机各9次、刘桢、曹丕、潘尼各8次。从征引总数、作者人数及征引个人诗歌数量看，魏晋都是最多的。

---

① 杜台卿：《玉烛宝典》按月编撰，共十二卷，钟肇鹏《古籍丛残汇编》（第1册），北京图书馆出版社2001年版，缺第九卷，实存十一卷。因表格篇幅较大，现置于文末附录：表1。

② 因《〈北堂书钞〉征引诗歌情况一览表》篇幅较大，现置于文末附录：表2。

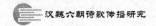

从表中实际征引诗歌与原诗篇幅的对比中可见，《北堂书钞》引诗共 260 余首，其中 105 首其他文献未载，不知原诗篇幅，在 150 余首具有原诗篇幅的诗歌中，原诗 5 句以上者达 110 首，占 73%。而在 150 余首中，征引诗仅 21 首超过了 4 句，仅占 14%，其余征引均在 4 句以下，很少有整篇征引的。可见，《北堂书钞》也是比较典型的摘句征引。

从《玉烛宝典》《北堂书钞》两书引诗统计表可见，魏晋南北朝类书中征引了许多诗歌作品。因类书以类相从和直书其事的编纂体例，这些诗歌往往是作为事件的记录载体，即因"事出于文"才被征引的。编纂者的初衷并非为了保存诗文，而是为作诗、作文者提供检阅的便利，所以多摘录与事有关的诗句，即"摘句征引"，很少收录完整的作品。类书的这一体例导致诗歌在类书中"摘句传播"的特点。这一特点在诗歌传播史上具有独特具有独特的意义的，在诗歌发展史上，一个突出的现象是很多诗人往往有名句而无名篇。这当然与部分诗人的诗歌整体篇章凝练不够，存在有名句而无名篇的情形，但是若从诗歌传播与接受的角度看，这种有名句而无名篇的情形当与诗歌作品在类书中摘句传播也有很大的关系。从诗歌批评实践看，中国古代诗话、词话中的"摘句式批评"也在接受方式与思维模式上受到诗歌类书摘句传播方式的影响。

小　结

诗歌的文本传播是汉魏六朝诗歌又一重要的传播形态。其形态虽然琳琅满目，但总体上可以分为单篇散传和结集传播两种形式。单篇散传又有石刻、题壁、传抄三种类型，其中传抄最普遍、最流行。这与三种类型的传播特点有关：石刻与题壁的信息源相对固定，传播范围和效果受到一定限制；而题壁的书写方式较石刻容易，成为后来比较流行的诗歌传播方式；石刻因不易刻写，采用者较少，但具有永久性特点，随着纸张的普及，后来借助纸本拓印而以纸本形态得以广泛流传，唐宋特别盛行。诗歌书写与传抄，因其信息源的流动性和可以辗转传抄的特点，其传播范围、传播效果都很明显，特别是东晋南北朝时期，随着纸张使用的普及，纸本书写与传抄取代简帛而成为诗歌单篇散传的主要方式。诗歌的结集传播也因结集方式和内容的不同分为别集、总集、类书等类型，其中别集、总集是最普遍的方式。从传播特点和效果看，别集是单个文人作品的总汇，收录比较全面完整；总集则是诸多文人的作品汇集，收录的作品往往要经过一定的选择，入选作品一般在当时就已经有了一定的影响，整体质量比较高，相对于别集的传播效果要大一些。类书的主要特点是摘句传播，其传播数量、效果虽然没有别集、总集明显，但其摘句传播的特点对中国诗歌有句无篇情形的形成以及诗话、词话摘句批评方式产生了深远影响。

第三章　汉魏诗歌的创作机制与
诗歌的交叉传播

　　汉魏诗歌可以分为乐府歌辞和文人徒诗两大类别。乐府歌辞大致包括礼乐歌辞、燕乐歌辞和民间歌辞；文人徒诗主要包括有主名的文人诗歌和无主名的古诗。汉魏徒诗是我国文人诗歌自觉的早期阶段，是在"歌""诗"一体的观念中产生的，"歌"与"诗"尚无明确的区分。在创作实践中，有即兴作歌、模拟乐府和摘句拼凑成诗等多种方式，与后代文人徒诗创作存在较大差别。因此，在传播形态上，除口头传播和文本传播两种主要的传播方式外，有的诗歌还存在口头传播与文本传播并行，或交替转化的现象：如部分专为音乐演唱创作的歌辞，因未被配乐而转为文本传播，而部分文本传播的徒诗，又因乐工选辞配乐而转化为歌辞；有的徒诗本是文人拼凑乐府古辞而成，乐府特征鲜明，而有的乐府歌辞又因脱离音乐环境而转化为徒诗；等等。在此统称为诗歌的音乐、文本交叉传播。这种现象突出地表现为两个方面：一是乐府歌辞因辞乐分离而出现的文本传播；二是乐工选辞配乐出现的徒诗音乐传播。汉魏时期诗歌的音乐、文本交叉传播现象，带来了歌诗与徒诗身份特征的模糊，并给后人对其身份认定带来了一定困难，于是在后世文献著录中，出现了一首作品或"古诗"或"乐府"的矛盾现象。本章则试图从汉魏乐府与古诗的生成方式、文化功能、传播方式等角度，分析二者的生成和存在方式的类似性和关联性，以期探讨诗歌史上存在的对汉魏乐府与古诗互相混淆的原因。

第一节　汉魏乐府诗创作机制与诗歌交叉传播

据《辞海》的解释，机制是指有机体的构造、功能和相互关系，现多泛指一个工作系统的组织或部分之间相互作用的过程和方式。诗歌的创作机制是指作者、作品、读者和世界之间彼此相互依存、相互渗透、相互作用而形成的有机系统。诗歌创作机制内容丰富，关系复杂，这里仅从诗歌的创作方式、创作动机、传播方式和文化功能等方面进行考察。

一　汉魏乐府歌辞的生成方式

就歌辞的创作方式看，主要有"由乐定辞"和"选辞配乐"两种。元稹《乐府古题序》曰：

> 诗之流为二十四名：赋、颂、铭、赞、文、诔、箴、诗、行、咏、吟、题、怨、叹、章、篇、操、引、谣、讴、歌、曲、词、调，皆诗人六义之余而作者之旨。由操而下八名，皆起于郊祭、军宾、吉凶、苦乐之际。在音声者，因声以度词，审调以节唱，句度短长之数，声韵平上之差，莫不由之准度。而又别其在琴瑟者为操、引，采民氓者为讴、谣，备曲度者，总得谓之歌、曲、

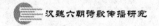

词、调，斯皆由乐以定词，非选词以配乐也。由诗而下九名，皆属事而作，虽题号不同，而悉谓之为诗可也。后之审乐者，往往采取其词，度为歌曲，盖选词以配乐，非由乐以定词也。而纂撰者由诗而下十七名，尽编为《乐录》。①

元稹根据乐府歌辞的名称将其配乐方式分为两种，即：将"操、引、谣、讴、歌、曲、词、调"八类定为"由乐以定词"，将"诗、行、咏、吟、题、怨、叹、章、篇"九类定为"选词以配乐"。这种按歌曲类别名称区分辞乐配合方式的做法未必符合实际，因为乐府歌曲名称的来源，除了辞乐配合的制曲方式外，也有来自乐曲的音乐风格和表演方式的。在同一类别的歌曲中，可能在辞乐配合上也不仅限于一种方式。但元氏以"由乐以定词"和"选词以配乐"概括乐府歌曲的辞乐配合方式，则大致符合中国古代音乐制曲的历史事实。下文仅就汉魏时期歌辞创作进行探讨。

（一）由乐定辞

所谓由乐定辞是指在辞乐配合上，先有乐后有辞，辞是根据既有音乐旋律和节奏特点填上的，也称依声填辞。如先秦时期的《弹歌》《击壤歌》、冯谖的《弹铗歌》；秦汉时期项羽的《垓下歌》、汉高祖刘邦的《大风歌》、戚夫人的《春歌》、汉武帝的《瓠子歌》等大概都是这种方式。这种辞乐配合方式，因先有一定的曲调，作者可依调即兴作辞歌唱。民间的山歌、船曲均属此类，现仍在各地流传的地方民歌、劳动号子等就是这种方式的遗存。因其有广泛的民间基础，在文人中也逐渐兴起，很多文人也多用这种方式即兴作歌。如《三国志·魏

---

① 冀勤点校：《元稹集》，中华书局 2010 年标点本，第 291 页。

书·王粲传》引《文士传》：阮瑀"抚弦而歌，因造歌曲"① 就是即兴作辞歌唱，其所造歌曲的音乐形式我们现在不得而知了。从创作动机看，由乐定辞的方式，是先有声，后有辞，歌辞在一定程度上受制于音乐旋律和节奏，所谓"因声以度词，审调以节唱，句度短长之数，声韵平上之差，莫不由之准度"。在传播形态上，其始辞也是随调而歌的，在一定时间内，歌辞与乐曲相伴而生，相随而行，在辞乐共存中传播。因此，歌辞更多地体现为乐文化属性。但从历时性看，随着时代的变迁，音乐逐渐失传，部分歌辞因史家的记录而出现了文本传播。

（二）选辞配乐

所谓选辞配乐，是指在辞乐配合上，先有文人作辞，然后乐工根据文人作辞配上音乐和乐器歌唱。在汉魏乐府歌辞的辞乐配合上，选辞以配乐大概存在三种情况：

第一，作者受命作辞，乐工据辞配乐。《汉安世房中歌十七首》《汉郊祀歌》以及魏晋以后的郊庙、鼓吹等礼乐歌辞大多如此。《汉书·礼乐志》载："又有《房中祠乐》，高祖唐山夫人所作也。周有《房中乐》，至秦名曰《寿人》。凡乐，乐其所生，礼不忘本。高祖乐楚声，故《房中乐》楚声也。孝惠二年，使乐府令夏侯宽备其箫管，更名曰安世乐。"又曰："至武帝定郊祀之礼，祠太一于甘泉，就乾位也；祭后土于汾阴，泽中方丘也。乃立乐府，采诗夜诵，有赵、代、秦、楚之讴。以李延年为协律都尉，多举司马相如等数十人造为诗赋，略论律吕，以合八音之调，作十九章之歌。以正月上辛用事甘泉圜丘，使童男女七十人俱歌，昏祠至明。"② 《晋书·乐志》载："泰始二年，

---

① 陈寿：《三国志》卷二一，中华书局 1982 年标点本，第 600 页。
② 班固：《汉书·礼乐志》，中华书局 1962 年标点本，第 1043、1045 页。

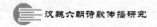

诏郊祀明堂礼乐权用魏仪，遵周室肇称殷礼之义，但改乐章而已，使傅玄为之词云。"①《宋书·乐志》载："其众歌诗，多即前代之旧；唯魏国初建，使王粲改作登歌及《安世》《巴渝》诗而已。"② 汉代地方政权也有为了特殊目的而作歌传唱的。如《汉书·王褒传》载："益州刺史王襄欲宣风化于众庶，闻王褒有俊材，请与相见，使褒作《中和》《乐职》《宣布》诗，选好事者令依《鹿鸣》之声习而歌之。"③

受命而作的礼乐歌辞，创作时作者有较明确的"作歌"目的，歌辞内容和结构体式往往受制于祭祖敬宗等仪式活动内容和功能的需要。因此，这些歌辞比较典型地体现了礼乐文化的功能和属性，是礼乐文化活动的产物。又因"五帝殊时，不相沿乐，三王异世，不相袭礼"④的传统，王朝更迭往往会重新制礼作乐，前代礼乐歌辞很少为后代沿用（仅曹魏的郊庙歌辞多沿袭汉代，西晋以后均各有自己的歌辞）。因此，这些仪式歌辞大多具有共时性特点。

第二，作者模拟既有歌辞属事抒情，后被乐工选入歌辞。汉乐府中也有这类歌辞，因文献缺失严重，已不能确知现存歌辞中哪些是这种情况。但从一些零星的记载中还能发现其存在的迹象。如汉高祖的《大风歌》。

《史记·乐记》载："高祖过沛诗《三侯之章》，令小儿歌之。高祖崩，令沛得以四时歌舞宗庙。孝惠、孝文、孝景无所增更，于乐府习常肆旧而已。"司马贞《索引》曰："过沛诗即《大风歌》也。……侯，语辞也。《诗》曰'侯其袆而'者是也。兮亦语辞也。沛诗有三

---

① 房玄龄等：《晋书》卷二二，中华书局 1974 年标点本，第 679 页。
② 沈约：《宋书》卷一九，中华书局 1974 年标点本，第 534 页。
③ 班固：《汉书》卷六四，中华书局 1962 年标点本，第 2821 页。
④ 孔颖达：《礼记正义》卷三七，《十三经注疏》影印本，第 1530 页。

兮，故云三侯也。"①《汉书·礼乐志》载："初，高祖定天下，过沛，与故人父老相乐，醉酒欢哀，作'风起'之诗，令沛中童儿百二十人习而歌之。至孝惠时，以沛宫为原庙，皆令歌儿习吹以相和，常以百二十人为员。文、景之间，礼官肄业而已。"②《乐府诗集》《大风起》解题曰："按《琴操》有《大风起》，汉高帝所作也。"③

可见，汉高祖的《大风歌》不仅被配乐在沛地高祖庙中四时演唱，而且在汉末还被谱写成琴曲。但该诗创作动机，不过是刘邦击破英布、途经故乡时，在酒宴上依家乡的楚歌体即席而歌的作品，既抒发了作者平叛凯旋的得意之情，又表达了猛士日稀的感慨。

又《汉书·外戚传》载："上（武帝）思念李夫人不已，方士齐人少翁言能致其神。乃夜张灯烛，设帏帐，陈酒肉，而令上居他帐，遥望见好女如李夫人之貌，还幄坐而步。又不得就视，上愈益相思悲感，为作诗曰：'是邪，非邪？立而望之，偏何姗姗其来迟！'令乐府诸音家弦歌之。"④汉高祖《大风歌》、汉武帝《李夫人歌》当先有诗，其后由乐工配乐而歌的。曹魏时期三曹父子的拟乐府大多属于这种情况。特别是曹操的作品，大部分都是先作辞，然后经乐工配乐而成乐章的。《三国志·魏书·武帝纪》载："（太祖）御军三十余年，手不舍书，昼则讲武策，夜则思经传，登高必赋，及造新诗，被之管弦，皆成乐章。"⑤《宋书·乐志》"相和歌"和"清商三调"中收录的曹氏三祖歌辞，大概是他们模仿汉乐府古辞所作，后来被乐工采集到"相和歌"中配乐演唱的。

①　司马迁：《史记》卷二四，中华书局 1982 年标点本，第 1177 页。
②　班固：《汉书·礼乐志》卷二二，中华书局 1962 年标点本，第 1045 页。
③　郭茂倩：《乐府诗集》卷五八，中华书局 1979 年标点本，第 850 页。
④　班固：《汉书》卷九七，中华书局 1962 年标点本，第 3952 页。
⑤　陈寿：《三国志·魏书》卷一，中华书局 1982 年标点本，第 54 页。

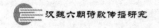

如曹丕《临高台》：

　　临台高，高以轩。下有水，清且寒。中有黄鹄往且翻。行为臣，当尽忠。愿令皇帝陛下三千岁，宜居此宫。鹄欲南游，雌不能随。我欲躬衔汝，口噤不能开；我欲负之，毛衣摧颓。五里一顾，六里徘徊。①

汉铙歌十八曲《临高台》：

　　临高台以轩，下有清水清且寒。江有香草目以兰，黄鹄高飞离哉翻。关弓射鹄，令我主寿万年。②

瑟调《艳歌何尝行》古辞：

　　飞来双白鹄，乃从西北来。十十五五，罗列成行。妻卒被病，行不能相随。五里一反顾，六里一徘徊。吾欲衔汝去，口噤不能开；吾欲负汝去，毛羽何摧颓。乐哉新相知，忧来生别离，踟蹰顾群侣，泪下不自知。念与君离别，气结不能言，各各重自爱，远道归还难。妾当守空房，闭门下重关。若生当相见，亡者会黄泉。今日乐相乐，延年万岁期。③

　　北朝祖珽、阳休之所撰《修文殿御览》残卷有《艳歌何尝行》古辞，称"古歌辞"，录前十二句。台湾洪顺隆《魏文帝曹丕年谱暨作品系年》认为，此诗作于建安十六年，观诗中语与铜爵台之成不无关

①　郭茂倩：《乐府诗集》卷十八，中华书局 1979 年标点本，第 258—259 页。
②　同上书，第 232 页。
③　同上书，第 576 页。

系。"诗与'古辞飞鹄行'同，或借古辞抒今情。"① 曹丕此辞显然是拼缀了汉铙歌《临高台》与《艳歌何尝行》古辞而成的。

在创作机制上，曹氏三祖的新诗大多是模仿汉乐府古辞以表现时代精神和个体情感，即"以古题写事实"。

总体上，汉魏文人的拟歌辞，虽有拟调、拟题、拟篇、摘句等复杂情况，但其创作模式在一定程度上受到原曲调和辞式的限制和制约，其歌辞内容和情感，既受原辞主题和内容的限制，又有较明显的作者个体抒情的动机，并不完全遵循始辞，具有徒诗创作的性质。因这类作品创作之初并不存在配乐歌唱的要求，在传播形态上，其始当以文本或口头吟诵传播，部分作品被乐工配乐后，才开始音乐传播。在现实的传播活动中，大量的文人拟乐府并没有机会配乐演唱，而是"事谢丝管"的文本传播。

第三，选择文人徒诗配乐。汉代就有采诗夜诵的传统，如《汉书·艺文志》载："自孝武立乐府而采歌谣，于是有代赵之讴，秦楚之风，皆感于哀乐，缘事而发，亦可以观风俗，知薄厚云。"② 魏晋时期，乐府机关由汉代的采集歌谣，变为采集文人诗，于是很多文人乐府、徒诗便被乐工采入乐府机关配乐歌唱。如曹植"明月照高楼"一篇，《曹植集》《文选》皆称"七哀诗"，《玉台新咏》称"杂诗"。其始是名为《七哀诗》的徒诗，后被魏晋乐工选入楚调歌曲《怨歌行》中演唱。沈约《宋书·乐志》称楚调怨诗《明月》篇，并注明"东阿王词七解"。其辞曰：

> 明月照高楼，流光正裴回。上有愁思妇，悲叹有余哀。（一

---

① 洪顺隆：《魏文帝曹丕年谱暨作品系年》，台湾商务印书馆 1989 年标点本，第 161 页。

② 班固：《汉书》卷三十，中华书局 1962 年标点本，第 1756 页。

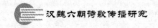

解）借问叹者谁？自云客子妻。夫行逾十载，贱妾常独栖。（二
解）念君过于渴，思君剧于饥。君为高山柏，妾为浊水泥。（三
解）北风行萧萧，烈烈入吾耳。心中念故人，泪堕不能止。（四
解）沉浮各异路，会合当何谐？愿作东北风，吹我入君怀。（五
解）君怀常不开，贱妾当何依。恩情中道绝，流止任东西。（六
解）我欲竟此曲，此曲悲且长。今日乐相乐，别后莫相忘！（七
解）①

《乐府诗集》引《古今乐录》曰："《怨诗行》歌东阿王'明月照
高楼'一篇。"其辞曰：

> 明月照高楼，流光正徘徊。上有愁思妇，悲叹有余哀。一解
> 借问叹者谁？自云客子妻。夫行逾十载，贱妾常独栖。二解 念君
> 过于渴，思君剧于饥。君为高山柏，妾为浊水泥。三解 北风行萧
> 萧，烈烈入吾耳。心中念故人，泪堕不能止。四解 沉浮各异路，
> 会合当何谐？愿作东北风，吹我入君怀。五解 君怀常不开，贱妾
> 当何依。恩情中道绝，流止任东西。六解 我欲竟此曲，此曲悲且
> 长。今日乐相乐，别后莫相忘。(右一曲，晋乐所奏)
>
> 明月照高楼，流光正徘徊。上有愁思妇，悲叹有余哀。借问
> 叹者谁？言是客子妻。君行逾十年，孤妾常独栖。君若清路尘，
> 妾若浊水泥。浮沉各异势，会合何时谐？愿为西南风，长逝入君
> 怀。君怀时不开，妾心当何依。(右一曲本辞)②

注明本辞的《怨诗行》"明月篇"与《文选》中曹植《七哀诗》只有

---

① 沈约：《宋书·乐志》卷二一，中华书局 1974 年标点本，第 623 页。
② 郭茂倩：《乐府诗集》卷四一，中华书局 1979 年标点本，第 611 页。

最后一句的两字不同，即《文选》"时"作"良"，"妾心"作"贱妾"，余皆同。在郭茂倩看来，曹植本辞当为诗，晋乐所奏之曲则是乐工根据曹植《七哀诗》增加辞句而成的乐奏辞。

又甄皇后《塘上行》：

> 蒲生我池中，蒲生我池中，其叶何离离。傍能行人仪，莫能缕自知。众口铄黄金，使君生别离。（一解）念君去我时，念君去我时，独愁常苦悲。想见君颜色，感结伤心脾。今悉夜夜愁不寐。（二解）莫用豪贤故，莫用豪贤故，弃捐素所爱。莫用鱼肉贵，弃捐葱与薤。莫用麻枲贱，弃捐菅与蒯。（三解）倍恩者苦枯，倍恩者苦枯，蹶船常苦没，教君安息定，慎莫致仓卒。念与君一共离别，亦当何时，共坐复相对。（四解）出亦复苦愁，出亦复苦愁，入亦复苦愁。边地多悲风，树木何萧萧。今日乐相乐，延年寿千秋。（五解）（晋乐所奏）

> 蒲生我池中，其叶何离离。傍能行仁义，莫若妾自知。众口铄黄金，使君生别离。念君去我时，独愁常苦悲。想见君颜色，感结伤心脾。念君常苦悲，夜夜不能寐。莫以豪贤故，弃捐素所爱。莫以鱼肉贱，弃捐葱与薤。莫以麻枲贱，弃捐菅与蒯。出亦复苦愁，入亦复苦愁。边地多悲风，树木何修修。从君致独乐，延年寿千秋。（本辞）

《邺都故事》载："魏文帝甄皇后，中山无极人。袁绍据邺，与中子熙娶后为妻。后太祖破绍，文帝时为太子，遂以后为夫人。后为郭皇后所谮，文帝赐死后宫。临终为诗曰：'蒲生我池中，绿叶何离离。岂无兼葭艾，与君生别离。莫以贤豪故，弃捐素所爱。莫以麻枲贱，弃捐菅与蒯。莫以鱼肉贱，弃捐葱与薤。'"《歌录》曰："《塘上行》，古辞。或云甄皇后造。"《乐府解题》曰："前志云：晋乐奏魏武帝《蒲生篇》，而诸集录皆言其词文帝甄后所作，叹以谗诉见弃，犹幸得新好，不遗故恶焉。"①《邺都故事》载甄后临终诗共 10 句，其中 9 句在《塘上行》本辞中出现，《塘上行》本辞 24 句，开头 2 句和中间 6 句与甄后《临终诗》相同，诗句顺序不同。甄后《临终诗》无结尾"出亦复苦愁，入亦复苦愁。边地多悲风，树木何修修。从君致独乐，延年寿千秋" 6 句。逯钦立先生认为这 6 句"乃乐人增入之曲，必非甄后之作"。② 检本辞与晋乐奏辞，二者均有这六句，乐奏辞还重复了"出亦复苦愁"一句。可见，乐奏辞反映了晋《塘上行》音乐表演的面貌，本辞反映了诗歌入乐前文本传播的面貌。《邺都故事》的记录与《塘上行》本辞的差异，存在两种可能：一是《邺都故事》作者记录甄皇后故事时对原诗有所省略，因为《邺都故事》以记事为主，不必对甄后诗歌完整收录。二是有人根据甄后原诗又进行了再创作。根据汉魏时期诗歌创作、传播的特点综合判断，第二种可能性更大一些。据《乐府解题》的提示，这种再创造可能是曹操或其周围乐工所为，"从君致独乐，延年寿千秋"与当时歌辞的缀语十分相近，如"今日乐相乐，延年万岁期"（《艳歌何尝行》）、"今日相对乐，延年万岁期"（《白头吟》）、"今日乐相乐，别后莫相忘"（《怨歌行》）等，这些均是晋乐奏辞中的缀语。《塘上行》本辞后 6 句歌辞的主要内容又是改造《古歌》诗句而来。《古歌》曰："秋风萧萧愁杀人，出亦愁，入亦愁。座中何人谁不怀忧。令我白头。胡地多飚风，树木何修修。"③

　　选择文人徒诗配乐歌唱，是中国音乐创作的一种基本方式，不独

---

① 郭茂倩：《乐府诗集》卷四一，中华书局 1979 年标点本，第 521—522 页。
② 逯钦立：《先秦汉魏晋南北朝诗》，中华书局 1983 年版，第 407 页。
③ 《古诗类苑》卷四五，见逯钦立《先秦汉魏晋南北朝诗》，第 289 页。

汉魏存在，历代有之。如晋左思《招隐诗》曾配吴歌歌唱。全诗如下：

> 杖策招隐士，荒途横古今。岩穴无结构，丘中有鸣琴。白雪停阴冈，丹葩曜阳林。石泉漱琼瑶，细鳞亦浮沉。非必丝与竹，山水有清音。何事待啸歌，灌木自悲吟。秋菊兼糇粮，幽兰间重襟。踌躇足力烦，聊欲投吾簪。①

《子夜歌·冬歌》"白雪停阴冈"：

> 白雪停阴冈，丹华耀阳林。何必丝与竹，山水有清音。

《乐府诗集·梁鼓角横吹曲》中有"企喻歌辞四曲"，郭氏引《古今乐录》曰："'男儿可怜虫'一曲是苻融诗，本云'深山解谷口，把骨无人收'。"《紫骝马歌辞》解题，郭茂倩引《古今乐录》曰："'十五从军征'以下是古诗。"② 又如《乐府诗集》卷四七《清商曲辞·神弦歌》"同生曲"歌辞："人生不满百，常抱千岁忧。早知人命促，秉烛夜行游。"王运熙《神弦歌考》认为"人生不满百"歌辞来自《古诗十九首》。③

就创作机制而言，这类"属事而作"的徒诗，属于文人叙事抒怀的作品，创作时并没有配乐传唱的心理动机，也不受音乐的限制。可是，当乐工将之采入乐曲中演唱以后，在客观上具有了音乐的文化属性。

选辞配乐的歌辞创作，其始则并不一定就是为配乐而作辞，有的

---

① 李善注：《文选》，上海古籍出版社 1986 年校点本，第 1027—1028 页。
② 郭茂倩：《乐府诗集》卷二五，中华书局 1979 年标点本，第 365 页。
③ 王运熙：《乐府诗述论》，上海古籍出版社 1996 年版，第 166 页。

原本就是徒诗，其始辞都要经过乐工的宰割、取舍，才能成为歌辞。因此，一首歌辞从创作到配乐演唱，往往要经过文人和乐工两个环节，是两度创作的结果。歌辞的性质和面貌也因之产生变化，从"相和三调"的"本辞"与"乐奏辞"的差别中可以看到乐工加工改造的痕迹，反映了一首歌辞从文人到乐工的历史细节。乐工们宰割辞调、拼凑成章的行为，其实就是歌辞服从乐调的例证。①

二 汉魏乐府诗的传播特点

因汉魏乐府诗生成方式的多样性和复杂性，使其在传播形态上除了音乐传播和文本传播外，还呈现出音乐与文本交叉、并行传播的特点。

1. **"由乐定辞"的乐府诗传播特点**。由乐定辞之辞，因其始是随调而歌的即兴创作，从共时性看，在一定时间内，这些歌辞与乐相伴而生，相随而行，在传播形态上辞与乐是共存关系，没有多大变化；但从历时性看，随着时代的变迁，音乐逐渐失传，这些歌辞便出现了文本传播方式，呈现出音乐与文本交替转化的情形。如现存于史籍的汉魏歌谣便是如此。

2. **"选辞配乐"的乐府诗传播特点**。选辞配乐之辞的传播方式相对比较复杂：受命所作的仪式歌辞，因其明确的创作动机和专一的仪式功能，传播空间多在仪式场合配乐表演。又因"五帝殊时，不相沿乐，三王异世，不相袭礼"②的传统，后代很少沿用前代歌辞。因此，这些仪式歌辞大多具有共时性特点，一旦改朝换代，重新制礼作乐，

---

① 余冠英：《乐府歌辞的拼凑与分割》，《国文月刊》1947年第11期；又见余冠英《汉魏六朝诗论丛》，上海古典文学出版社1956年版，第26页。

② 孔颖达：《礼记正义》卷三七，《十三经注疏》影印本，第1530页。

前代的仪式歌辞便失去了音乐基础，成为文本文献，尤其是郊庙歌辞。这类歌辞也存在音乐与文本交替传播的情形。由文人徒诗配乐而成的歌辞，其实是徒诗的音乐传播形态，其传播方式的演进轨迹是，先文本传播，后音乐与文本并行传播。

3. 拟乐府歌辞的传播特点。文人拟乐府相对比较复杂，从共时性看，汉末建安时期的拟乐府一直就存在音乐、文本两种传播方式。这类作品在创作之初并不存在配乐歌唱的要求，只是以旧题写时事，其创作初衷多为叙事抒怀，所以其始便以文本或口头吟诵传播，当部分作品被乐工配乐歌唱后，才开始在音乐中演唱传播。而在现实的传播活动中，大量的文人拟歌辞并没有机会配乐歌唱，多数是"事谢丝管"的文本传播。

从历时性看，汉魏的拟乐府歌辞不仅存在音乐与文本交替并行传播的特点，而且存在从交替并行传播为主向文本传播为主过渡的趋势。晋宋时代，汉魏拟乐府歌辞还有一半以上可以传唱，如汉代的《相和歌》，张永《元嘉技录》有载，大概刘宋时期尚可歌。[①] 又据王僧虔《大明三年宴乐技录》知，《清商三调》尚有《短歌行》《燕歌行》《鞠歌行》《苦寒行》《秋胡行》《善哉行》6曲于刘宋大明年间尚可歌，到梁陈时期，大多皆"不可歌"了（据陈智匠《古今乐录》著录）。另一种情况是，那些配乐演唱的歌辞，应乐工、歌伎平时练习之需，又出现了带有演唱脚本性质的专题歌辞集。《隋书·经籍志》收录《古乐府》八卷、《乐府歌辞钞》一卷、《歌录》十卷、《古歌录钞》二卷、《晋歌章》八卷、《吴声歌曲辞》一卷等9部歌辞集。

综上可见，"由乐定辞"与"选辞配乐"两种乐府歌辞，从共时

---

① 郭茂倩：《乐府诗集》"相和曲解题"，中华书局1979年标点本，第382页。

性看，它们在传播形态上各不相同：有的歌辞始终与乐共存，有的歌辞则从未合乐；有的歌辞先乐后辞，有的歌辞则先辞后乐；诸如此类，呈现出歌辞的音乐和文本交叉、并行传播而又互相转化的情形。但从历时性看，它们均存在诗乐共生与诗乐分离的情形：由乐定辞之辞，其始因乐而生辞，又因乐失而辞乐分离；选辞配乐之辞，其始辞乐是分离的，因选辞配乐而使辞乐共生，又因乐失而辞乐分离。在总体趋势上，汉魏乐府歌辞在晋宋南朝的传播中，呈现出以音乐和文本交叉、并行传播为主逐渐向文本传播为主转化的特征。

三　乐府歌辞的文本记录与歌辞功能的分化

如上所述，从共时性看，汉魏乐府存在音乐与文本交叉、并行传播的特点；从历时性看，汉魏乐府在魏晋南北朝的传播又呈现出以音乐与文本交叉、并行传播为主逐渐向文本传播为主转化的趋势。魏晋时期，歌辞文本传播逐渐增多，主要有"专题歌辞集"和文人别集中的"拟歌辞"两种形式。

1. 专题歌辞集。《隋书·经籍志》著录了《古乐府》八卷、《乐府歌辞钞》一卷、《歌录》十卷、《古歌录钞》二卷、《晋歌章》八卷、《吴声歌曲辞》一卷、徐陵《陈郊庙歌辞》三卷、秦王记室崔子发《乐府新歌》十卷、秦王司马殷僧首《乐府新歌》二卷等9部歌辞集。并于《吴声歌曲辞》以下著录了亡佚歌辞集24部，部分歌辞集有撰者姓名，如荀勖、郝生、张永等。① 荀勖、郝生，西晋人，曾于晋泰始十年进行过定乐活动；张永，刘宋人，曾撰《元嘉正声技录》。可见，这些歌辞集有的结集于两晋，有的结集于南北朝。从动机看，专题歌

① 魏徵：《隋书·经籍志》卷三五，中华书局1973年标点本，第1085页。

辞集可能是满足乐工、歌伎平时练习之需出现的，相当于演唱脚本。因是演唱脚本，其流传当多限于乐工、歌伎或者宫廷音乐机关内部，在社会上广泛流传的可能性不大。但是，歌辞文本一旦出现，在客观上已经具备了文本传播的性质，尤其是当音乐消失后，这些歌辞还留存于世，已是纯粹的文本传播了。如南朝时期，在相和三调曲调大多失传的情况下，相和三调歌辞的广泛传播就是纯文本意义上的传播。

2. **文人别集中的拟歌辞**。从建安以来，魏晋文人拟乐府歌辞十分流行。这些拟乐府，除曹操、曹丕、曹睿等少数人的作品能够配乐歌唱外，绝大部分作品是"事谢丝管"的文本传播。随着三国魏晋文人别集结集的逐渐兴起，配乐歌唱、未配乐歌唱的均一并收入了各自文人的别集中。文人别集的结集目的，从作者言，一是扩大社会影响，提高自己的文学声望；二是作为自我生命延续的方式流传后世，以求不朽；从接受者言，主要是阅读欣赏和创作借鉴。可见，不论作者还是读者，意图均在其文本性，而非其音乐性，即从文本传播的社会功能上已经规定了文本中的歌辞主要是用于阅读，而不是用于歌唱，尽管结集者知道此歌辞现在或曾经是配乐歌唱的。也就是说，歌辞一旦进入文人别集，歌辞文本中蕴藏的文学意义，或者说诗性意义便开始凸显，成为其主要承载的文化功能，其在音乐文化环境中所显示的音乐属性，已经被诗性意义所遮蔽，仅仅留下了一些歌辞入乐时形式上的痕迹，如题目上的"行""吟""歌""叹"，语面结构上的"歌辞"体式等。

以上两种歌辞的文本记录，实质上已经改变了乐府歌辞的传播方式。魏晋时期乐府歌辞生存方式与传播方式的多元化格局，对乐府歌辞的文化功能提出了新的要求。具体而言，要求乐府歌辞在音乐文化环境中要具有音乐性质，在文本阅读环境中又要具有诗性意义。乐府

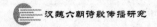

歌辞本身所具有的这些文化功能在不同的文化空间开始分化、转移。就歌辞言，文本传播是传统的音乐传播方式之外的新生事物，所以乐府歌辞从音乐意义向歌辞诗性意义的转移尤其引人注目。它给歌辞创作和诗歌创作均带来了新内容，也给中国诗歌史带来了诸多的冲击，从而使中国诗歌发展获得诸多创新、变化的历史机遇。

第二节　汉魏古诗创作机制与古诗的交叉传播

从现存文献对汉魏古诗的著录与收集情况看，现有 30 多首作品存世，《古诗十九首》是其中代表。汉魏古诗的多数作品当是多人多度创作的结果，经历了较长的时间才最后定型。从时间上说，少数生成于西汉，多数生成于东汉①，也不排除部分作品生成于建安的可能。

一　汉魏古诗的生成方式

汉魏古诗的生成方式十分复杂，有的是文人对民歌的加工，有的是乐府诗失去音乐而成，有的是文人拼凑乐府古辞的创作，有的纯为文人创作。概言之，可以分为两大类，一是歌辞音乐失传的徒诗化；二是文人的徒诗创作。

1. **歌辞的徒诗化**。这是早期古诗生成的基本方式之一。范文澜对《文心雕龙·情采》注云："汉之乐府，后世之谣谚，皆里闾小子之作，而情文真切，有非翰墨之士所敢比拟者。即如古诗十九首，在汉

---

① 赵敏俐：《汉代诗歌史论》，吉林教育出版社 1995 年版，第 245 页。

代当亦谣谚之类。"① 部分古诗就是这样生成的。如"古诗十九首"之《驱车上东门》,《文选》称古诗,《艺文类聚》称"古驱车上东门行",《乐府诗集》收入"杂曲歌辞",称"古辞":

> 驱车上东门,遥望郭北墓。白杨何萧萧,松柏夹广路。
>
> 下有陈死人,杳杳即长暮。潜寐黄泉下,千载永不寤。
>
> 浩浩阴阳移,年命如朝露。人生忽如寄,寿无金石固。
>
> 万岁更相送,贤圣莫能度。服食求神仙,多为药所误。
>
> 不如饮美酒,被服纨与素。②

从《艺文类聚》《乐府诗集》看,此诗始辞可能是民间歌辞,后来进入乐府配乐演唱,成为乐府歌辞,在长期的流传变迁中,音乐与歌辞渐渐分离,到梁代萧统编纂《文选》时,已不能辨认其是否为乐府歌辞,所以将之归入古诗内。类似的还有"古诗十九首"之《冉冉狐生竹》,《文选》《玉台新咏》称"古诗",《乐府诗集》称"古辞":

> 冉冉狐生竹,结根泰山阿。与君为新婚,兔丝附女萝。
>
> 兔丝生有时,夫妇会有宜。千里远结婚,悠悠隔山陂。
>
> 思君令人老,轩车来何迟?伤彼蕙兰花,含英扬光辉。
>
> 过时而不采,将随秋草萎。亮君执高节,贱妾亦何为!③

从本质上看,古诗的这种生成方式其实是诗歌在传播与接受行为中形成的,其始本是以音乐形态传播的歌辞,音乐失传后,才开始其文本传播。当这类诗歌由音乐传播转化为文本传播后,其音乐属性逐

---

① 范文澜:《文心雕龙注》,人民文学出版社 1958 年标点本,第 541 页。
② 郭茂倩:《乐府诗集》卷六一,中华书局 1979 年标点本,第 889 页。
③ 同上书,第 1044 页。

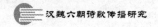

渐丢失，诗性价值逐渐凸显。后人不能辨识其歌辞身份，将之作为古诗接受。

2. **文人的徒诗创作**。西汉已经出现了少量文人徒诗作品，汉末建安时期，文人徒诗创作开始兴盛。如现存古诗中，"行行重行行""西北有高楼""今日良宴会""回车驾言迈""兰若生春阳"等作品，没有一种文献著录为"乐府"，这些诗歌可能是文人创作的徒诗，也不曾入乐歌唱。

汉魏古诗是我国文人自主创作早期阶段的产物，文人的创作意识尚未完全独立，往往借用世面流行的名言警句表情达意，于是拼凑乐府古辞或他人诗句，成为古诗创作的普遍方法。

从乐府古辞《饮马长城窟行》与"青青河畔草""孟冬寒气至""客从远方来"三首古诗的关系中，可以看出汉代文人创作的某些细节。

《乐府诗集》相和歌辞"瑟调曲"收录了《饮马长城窟行》古辞，郭茂倩征引郦道元《水经注》、杨泉《物理论》及《乐府解题》《乐府广题》等有关此曲的记载，并标明"古辞"，可见此曲当产生很早。其辞曰：

> 青青河畔草，绵绵思远道。远道不可思，宿昔梦见之。
>
> 梦见在我傍，忽觉在他乡。他乡各异县，展转不相见。
>
> 枯桑知天风，海水知天寒。入门各自媚，谁肯相为言。
>
> 客从远方来，遗我双鲤鱼。呼儿烹鲤鱼，中有尺素书。
>
> 长跪读素书，书中竟何如？上言加餐饭，下言长相忆。①

《古诗十九首》"青青河畔草"不仅拼凑《饮马长城窟行》古辞原

---

① 郭茂倩：《乐府诗集》卷三八，中华书局 1979 年标点本，第 556 页。

句，内容也多言离别相思，应是文人以古辞为参照而创作的作品。古诗"孟冬寒气至"有"客从远方来，遗我一书札。上言长相思，下言久别离"四句，不仅拼凑古辞的原句，其结构也来自古辞。古诗"客从远方来"也拼凑了《饮马长城窟行》古辞原句。

　　班婕妤《怨歌行》《古长歌行》、古诗《客从远方来》三者关系也十分密切。《乐府诗集》"长歌行"解题曰："魏改奏文帝所赋曲西山一何高。"《长歌行》古辞曰：

> 青青园中葵，朝露待日晞。
>
> 阳春布德泽，万物生光辉。
>
> 常恐秋节至，焜黄华叶衰。
>
> 百川东到海，何时复西归。
>
> 少壮不努力，老大徒伤悲。①

《乐府解题》曰："古辞云：'青青园中葵，朝露待日晞'，言芳华不久，当努力为乐，无至老大乃伤悲也。魏改奏文帝所赋曲'西山一何高'。"据《长歌行》歌辞文本可知，《解题》引的两句古辞就是《长歌行》的前两句。又据"魏改奏文帝辞"知，《长歌行》古辞在曹魏之前就已经存在。

　　班氏《怨歌行》辞曰：

> 新裂齐纨素，鲜洁如霜雪。
>
> 裁为合欢扇，团团似明月。
>
> 出入君怀袖，动摇微风发。
>
> 常恐秋节至，凉飙夺炎热。

---

① 郭茂倩：《乐府诗集》卷三八，中华书局 1979 年标点本，第 442 页。

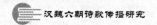

弃捐箧笥中，恩情中道绝。①

"常恐秋节至，凉飙夺炎热"当是化用《长歌行》"常恐秋节至，焜黄华叶衰"而成的。"裁为合欢扇，团团似明月"两句又与古诗《客从远方来》"文彩双鸳鸯，裁为合欢被"相关。李善《文选》注云："《歌录》曰：《怨歌行》，古辞。然言古者有此曲，而班婕妤拟之。"②在李善看来，《长歌行》古辞在班婕妤时代已经流行，班诗是拼凑了《长歌行》等歌辞而成的。古诗"客从远方来"当是拼凑了《饮马长城窟行》古辞和班婕妤《怨歌行》辞句而成的。

古诗"生年不满百"也是拼凑汉大曲《西门行》古辞而成的一首作品。《乐府诗集》引《古今乐录》曰："王僧虔《技录》：《西门行》歌古西门一篇，今不传。"并录其辞曰：

> 出西门，步念之。今日不作乐，当待何时？夫为乐，为乐当及时。何能坐愁怫郁，当复待来兹。饮醇酒，炙肥牛，请呼心所欢，可用解愁忧。人生不满百，常怀千岁忧。昼短而夜长，何不秉烛游。自非仙人王子乔，计会寿命难与期。自非仙人王子乔，计会寿命难与期。人寿非金石，年命安可期。贪财爱惜费，但为后世嗤。（右一曲，晋乐所奏）

> 出西门，步念之，今日不作乐，当待何时？逮为乐，逮为乐，当及时。何能愁怫郁，当复待来兹。酿美酒，炙肥牛，请呼心所欢，可用解忧愁。人生不满百，常怀千岁忧。昼短苦夜长，何不秉烛游。游行去去如云除，弊车羸马为自储。（右一曲，本辞）③

---

① 郭茂倩：《乐府诗集》卷三八，中华书局 1979 年标点本，第 616 页。
② 李善注：《文选》二七，上海古籍出版社 1986 年标点本，第 1280 页。
③ 郭茂倩：《乐府诗集》卷三七，中华书局 1979 年标点本，第 549 页。

沈约《宋书·乐志》载《西门行》古辞与《乐府诗集》乐奏辞同。并注曰："一本'烛游'后'行去之，如云除，弊车羸马为自推'，无'自非'以下四十八字。"此注文本与《乐府诗集》本辞基本相同。可见，沈约所见也有乐奏辞和本辞两种版本。

《文选》"生年不满百"诗：

> 生年不满百，常怀千岁忧。
>
> 昼短苦夜长，何不秉烛游？
>
> 为乐当及时，何能待来兹？
>
> 愚者爱惜费，但为后世嗤。
>
> 仙人王子乔，难可与等期。①

又《满歌行》本辞有："贪财惜费，此一何愚。凿石见火，居代几时？为当欢乐，心得所喜。安神养性，得保遐期"等句。古诗《生年不满百》"愚者爱惜费，但为后世嗤"当与此相关。从古诗"生年不满百"与《西门行》《满歌行》歌辞的对比中可知，"生年不满百"基本上是《西门行》歌辞中原句的翻版，只是对《西门行》歌辞作了简化与调整。②

以下数例大致也是文人拼凑乐府古辞的结果：

例1. 古诗《青青陵中草》：

> 青青陵中草，倾叶晞朝日。
>
> 阳春被惠泽，枝叶可揽结。

---

① 李善注：《文选》卷二九，上海古籍出版社1986年标点本，第1349页。

② 古诗"愚者爱惜费，但为后世嗤。仙人王子乔，唯可与等期"四句与晋乐奏辞同，一般认为乐奏辞是西晋荀勖改作的。荀制乐奏辞的后八句与本辞用韵不同，当是荀勖据"生年不满百"古诗补充而成的。

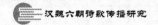

草木为恩感，况人含气血。①

《太平御览》卷九百九十四收录，称古诗，逯钦立《先秦汉魏晋南北朝诗》收录在汉诗卷。该诗前四句与《长歌行》古辞前四句"青青园中葵，朝露待日晞。阳春布德泽，万物生光辉"的结构基本相同。如上文所述，《长歌行》古辞在班婕妤时代就已经广为流传。从创作机制而言，古诗《青青陵中草》先模仿《长歌行》古辞起兴，后两句"草木为恩感，况人含气血"则是在《长歌行》古辞基础上的自创，用来感物抒怀。

例 2. 古诗《行行重行行》：

行行重行行，与君生别离。相去万余里，各在天一涯。

道路阻且长，会面安可知？胡马依北风，越鸟巢南枝。

相去日已远，衣带日已缓。浮云蔽白日，游子不顾返。

思君令人老，岁月忽已晚。弃捐勿复道，努力加餐饭。

第一句"行行重行行"，李善《文选》注曹子建《赠徐干》诗曰："古《步出夏门行》曰：行行复行行，白日薄西山。"②

又"相去日已远，衣带日已缓"出自《古歌》：

秋风萧萧愁杀人，出亦愁，入亦愁。座中何人谁不怀忧。令我白头。胡地多飙风，树木何修修。离家日趋远，衣带日趋缓。心思不能言，肠中车轮转。③

---

① 李昉等：《太平御览》卷九百九十四，中华书局 1960 年影印本，第 5003 页。
② 李善注：《文选》上海古籍出版社 1986 年标点本，第 1117 页。
③ 《古诗类苑》卷四五，见逯钦立《先秦汉魏晋南北朝诗》，中华书局 1983 年版，第 289 页。

《行行重行行》古诗中有三句与古《步出夏门行》《古歌》中的歌辞大致相同。因古乐府的亡佚情况比较严重，《行行重行行》是否还有源于乐府古辞者，不得而知，但《行行重行行》摘取乐府古辞进行创作的事实是可以肯定的。

例 3. 《古诗为焦仲卿作》：

孔雀东南飞，五里一徘徊。十三能织素，十四学裁衣。
十五弹箜篌，十六诵诗书。十七为君妇，心中常苦悲。
……
鸡鸣入机织，夜夜不得息。三日断五匹，大人故嫌迟。

《古艳歌》曰：

孔雀东飞，苦寒无衣。为君作妾，中心恻悲。
夜夜织作，不得下机。三日载匹，尚言吾迟。①

逯钦立曰："古诗为焦仲卿作即继承此歌。"② 可见，文人拼凑乐府古辞而成新诗的现象，在汉末建安时期的文人创作中十分普遍，是文人创作初期的普遍做法，曹丕《明津诗》、孔融《临终诗》都是如此。

曹丕《明津诗》（魏文帝集题为《于孟津作》）：

遥遥山上亭，皎皎云间星。
远望使心怀，游子恋所生。
驱车出北门，遥望河阳城。

平调曲《长歌行》古辞第三首：

---

① 李昉：《太平御览》卷八二六，中华书局 1960 年影印本，第 3681 页。
② 逯钦立：《先秦汉魏晋南北朝诗》，中华书局 1983 年版，第 292 页。

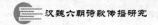

岩岩山上亭，皎皎云间星。远望使心思，游子恋所生。

驱车出北门，遥观洛阳城。凯风吹长棘，夭夭枝叶倾。

黄鸟飞相追，咬咬弄音声。伫立望西河，泣下沾罗缨。①

逯钦立先生认为，《长歌行》后6句亦当为魏文帝作。② 台湾洪顺隆《魏文帝曹丕年谱暨作品系年》认为，此诗作于建安二十年曹操西征张鲁期间，"此诗与古辞《长歌行》或雷同，盖丕借他人之杯浇自己块垒"③。洪氏之论颇有见地。

汉末孔融《临终诗》（《古文苑》卷八）：

言多令事败，器漏苦不密。河溃蚁孔端，山坏由猿穴。

涓涓江汉流，天窗通冥室。谗邪害公正，浮云翳白日。

靡辞无忠诚，华繁竟不实。人有两三心，安能合为一。

三人成市虎，浸渍解胶漆。生存多所虑，长寝万事毕。④

该诗当作于建安十三年，孔融被曹操杀害之际。《北堂书钞》载孔融《折杨柳行》曰："言多令事败，器漏苦不密。河溃蚁孔端，山坏由猿穴。"⑤ 李善注《文选》"浮云蔽白日，游子不顾返"曰："《古杨柳行》曰：'谗邪害公正，浮云蔽白日'，义与此同也。"⑥ 今存《折杨柳行》古辞曰：

---

① 郭茂倩：《乐府诗集》卷三十，中华书局1979年校点本，第443页。

② 逯钦立：《先秦汉魏晋南北朝诗》，中华书局1983年版，第402页。

③ 洪顺隆：《魏文帝曹丕年谱暨作品系年》，台湾商务印书馆1989年标点本，第212页。

④ 逯钦立：《先秦汉魏晋南北朝诗》，中华书局1983年版，第197页。

⑤ 虞世南：《北堂书钞》卷一五八，王云五主编《万有文库》本《古文苑》192页。

⑥ 李善注：《文选》卷二九，上海古籍出版社1986年标点本，第1343页。

默默施行违，厥罚随事来。末喜杀龙逢，桀放于鸣条。（一解）

　　祖伊言不用，纣头悬白旄。指鹿用为马，胡亥以丧躯。（二解）

　　夫差临命绝，乃云负子胥。戎王纳女乐，以亡其由余。璧马祸及虢，二国俱为墟。（三解）

　　三夫成市虎，慈母投杼趋。卞和之刖足，接舆归草庐。（四解）

《乐府诗集》《折杨柳行》解题引《古今乐录》曰："王僧虔《技录》云：'《折杨柳行》，歌文帝《西山》、古《默默》二篇。今不歌。'"并有"右二曲魏晋乐所奏"的注解。①今存《折杨柳行》古辞不见"谗邪害公正，浮云蔽白日"诗句。"默默"古辞以"默默施行违，厥罚随事来"开头，认为"违礼施行，必遭惩罚"，然后列举夏桀、商纣、胡亥、夫差等国君听信谗言、残害忠良而终受惩罚的事实进行说明，后部分以"三夫成市虎，慈母投杼趋"进一步说明谗言的危害。孔融《临终诗》是其在临终之际对自己遭受杀身之祸的反思，既感慨自己因言多而遭祸，又感慨奸佞谗言的可畏。两诗在内容上存在一定联系。孔诗"三人成市虎"当来自"默默"古辞。而"浮云翳白日"应是摘取"行行重行行"诗句而成，比喻谗邪对忠良的残害。综合以上文献可知，孔融《临终诗》是模仿《折杨柳行》古辞而创作的一首临终感命诗，诗人借《折杨柳行》古辞的内容以浇自己的块垒。因孔融《临终诗》与《折杨柳行》的这种关系，后人也有称孔融《临终诗》为《折杨柳行》的，虞世南《北堂书钞》大概因此而称该诗为孔融《折杨柳行》。李善所言《古杨柳行》应该就是孔融《临终诗》。据《乐府诗集》载，《折杨柳行》在魏晋歌曹丕"西山一何高"和古辞"默默施行违"两篇，文人拟作有陆机1首，谢灵运2首，没有收录孔

---

　　①　郭茂倩：《乐府诗集》，中华书局1979年标点本，第547页。

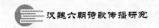

融《临终诗》。说明该诗是孔融所作的文人徒诗，与拟乐府的创作机制不尽相同。

曹植诗中也多有化用乐府古辞和他人诗句者。如《送应氏》"念我平常居，气结不能言"，《艳歌何尝行》有"念与君离别，气结不能言"；《弃妇诗》"扶节弹鸣筝，慷慨有余音"，古诗十九首《西北有高楼》有"一弹再三叹，慷慨有余哀"；《游仙诗》"生年不满百，戚戚少欢娱"，古诗十九首有《生年不满百》诗；《杂诗》"南国有佳人，容华若桃李"，李延年有《北方有佳人》诗；等等。《北堂书钞》著录曹植诗云："弹筝奋逸响，新声好入神。"① 这两句诗又出现在古诗《今日良宴会》中：

> 今日良宴会，欢乐难具陈。弹筝奋逸响，新声妙入神。
>
> 令德唱高言，识曲听其真。齐心同所愿，含意俱未申。
>
> 人生寄一世，奄忽若飙尘。何不策高足，先据要路津。
>
> 无为守穷贱，坎坷长苦辛。②

文人拼凑乐府古辞而成的新诗，其外在形式上保留了一些歌辞原句，与拟乐府有些相似。就其实质而言，二者却存在很大区别：拟乐府除对始辞、主题和题材的模拟外，还要遵循原曲调的音乐风格，尽管建安时期的拟乐府大多以"古题写实事"，但多数拟乐府所写的实事与古题内容总是存在一定的关联，其音乐属性居于首位。如《蒿里》《薤露》，本为送葬挽歌，汉武帝时以《薤露》送王公贵人，《蒿里》送士大夫庶人。曹操以《薤露》"唯汉二十二世"悯汉世之乱，实为对汉室的挽歌，《蒿里》"关东有义士"中"铠甲生虮虱，万姓以

---

① 虞世南：《北堂书钞》卷一百一十，天津古籍出版社 1988 年影印本，第458 页。

② 李善注：《文选》卷二九，上海古籍出版社 1986 年校点本，第 1344—1345 页。

死亡。白骨露于野，千里无鸡鸣。生民百遗一，念之断人肠”的诗句，直言伤乱之惨，“以所咏丧亡之哀，足当挽歌”①。而文人的徒诗创作则更注重古辞的字面意义与当下现实情境的联系，其创作动机是自由抒写作者的今情，不像拟乐府那样受原曲调的音乐风格和原歌辞主题、内容的制约，其诗性意义居于主导。

二　汉魏古诗的文本与音乐交叉传播及其双重身份

（一）汉魏古诗的文本与音乐交叉传播现象

在传播形态上，汉代的诗歌主要以歌唱、吟诵等口头形态传播，也存在简帛书写传播，刘向、刘歆父子“总群书”编纂《七略》，就是依据文本进行的。三国曹丕“以素书所著《典论》及诗赋饷孙权，又以纸写一通与张昭”②是诗歌以绢帛传播的典型事例。汉末魏晋时期，诗歌的抄写传播一直是主要的文本传播方式，东晋南北朝，因纸张书写的流行和普及进一步奠定了抄写传播的地位。诗歌的结集传播在汉末魏晋逐渐兴起，晋宋开始盛行。当时分为别集、总集两类，别集起于东汉，两晋开始兴盛；总集起于三国，两晋兴盛。就汉魏古诗的文本传播看，可能主要在总集中传播。因为古诗是不知作者和诗题的，别集所收均是有明确作者的诗歌。《隋书·经籍志》著录总集共107部，2213卷，通计亡书，合249部，5224卷，在《文选》之前的总集有：挚虞《文章流别集》四十一卷、谢混《文章流别本》十二卷、孔甯《续文章流别》三卷、《集苑》四十五卷、刘义庆《集林》

① 黄节：《汉魏乐府风笺》“蒿里行”注引方植之语，中华书局2008年版，第117页。

② 陈寿：《三国志·魏书·文帝纪》卷二，中华书局1982年标点本，第89页。

一百三十一卷、《集林钞》十一卷、沈约《集钞》十卷、《集略》二十卷、《撰遗》六卷、孔逭《文苑》一百卷、《文苑钞》三十卷等11种。这些应是诗文的合集；此外，还有谢灵运《诗集》五十卷、谢灵运《诗集钞》十卷、《古诗集》九卷、《六代诗集钞》四卷、谢灵运《诗英》九卷、《今诗英》八卷等6种，排在昭明太子《古今诗苑英华》十九卷前面，其中有《古诗集》九卷和《六代诗集钞》四卷，可见《文选》以前，古诗已经存在文本传播了。①

需特别强调的是，在文本传播之外，汉魏古诗还存在文本与音乐交替、并行传播及互相转化的情形。

其一，歌辞音乐失传而形成的徒诗，其实本是以音乐形态传播的歌辞，因音乐失传，开始文本传播，后人不能辨识其歌辞身份而视之为古诗。从历时性看，这类诗歌存在由音乐传播到文本传播的转化过程。

其二，文人直接创作的徒诗，本来是以文本传播为主，但因某些作品被乐工选入乐府配乐而成为歌辞，开始了其音乐传播的历史，于是这类诗歌也具有了某些音乐的属性，便形成了一首诗歌的文本、音乐两种方式并行、交叉传播的格局。

其三，拼合乐府歌辞或他人诗句而成的徒诗，主要以文本传播为主，相对简单。但因其生成方式和字面内容与乐府歌辞的密切联系，客观上造成了乐府歌辞的部分诗句和段落在诗歌中进行文本传播的事实，致使汉魏诗歌呈现出更为复杂的样态。

（二）配乐传播与汉魏古诗的双重身份

如上所述，汉魏时期，有的古诗因配乐歌唱，使其在文本传播外

① 魏徵：《隋书》卷三五，中华书局1973年标点本，第1081—1084页。

又形成了音乐传播的新形式。如《古诗十九首》之"迢迢牵牛星"，北周杜台卿《玉烛宝典》载："古乐府'迢迢牵牛星，皎皎河汉女。……盈盈一水间，脉脉不得语。'盖止陈离隔，都无会期。"① 杜台卿《玉烛宝典》所引"古乐府"，其实就是《古诗十九首》的"迢迢牵牛星"。还有如古诗《十五从军征》配梁鼓角横吹曲、曹植《七哀诗》被配楚调曲《怨歌行》、左思《招隐诗》配吴歌等。因古诗的配乐传播，使古诗与音乐形成了共生关系，这些古诗也具备了双重身份：当这些诗歌作为徒诗存在时，所承载的是诗歌的文学功能，凸显的是文学的诗性意义；当它配乐传播时，便进入了音乐文化系统，承载了音乐文化功能，凸显出音乐的歌辞意义。

第三节 汉魏诗歌的交叉传播与后世文献著录矛盾
——兼论《古诗十九首》的性质及创作年代

一 历代对汉魏古诗的著录及其矛盾

在《文选》问世之前，汉魏古诗已经存在文本传播。如上文引《隋书·经籍志》总集类著录，排在《文选》前的有挚虞《文章流别集》、谢混《文章流别本》、孔宁《续文章流别》《集苑》、刘义庆《集林》、沈约《集钞》、孔逭《文苑》等诗文的合集。《隋书·经籍志》著录这些总集是以类别、按时间"次其前后"的，挚虞《文章流

---

① 杜台卿：《玉烛宝典》卷七，《丛书集成初编》重印本，第297页。

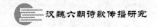

别集》也是"自诗赋而下，各为条贯，合而编之"而成的。《晋书·挚虞》载："虞撰《文章志》四卷，注解《三辅决录》，又撰古文章，类聚区分为三十卷，名曰《流别集》，各为之论，辞理惬当，为世所重。"① 据《晋书》所言，挚虞《文章流别论》大概原是附于《文章流别集》之后，按照各种文体分别进行评论的，后因析出别行，才成为文体专论。现存挚虞《文章流别论》中有关于古诗的评论，如："古之诗，有三言四言五言六言七言九言，古诗率以四言为体，而时有一句二句，杂在四言之间，后世演之，遂以为篇。古诗之三言者，'振振鹭，鹭于飞'之属是也，汉郊庙歌多用之。五言者，'谁谓雀无角，何以穿我屋'之属是也，于俳谐倡乐多用之"② 等，可见，挚虞《文章流别集》中应当收录有汉魏古诗。又谢灵运《诗集》《古诗集》《六代诗集钞》、谢灵运《诗英》等诗集排在昭明太子《古今诗苑英华》之前，这些诗集其实是谢灵运等编纂的总集，而非谢灵运等个人别集，均有可能著录汉魏古诗，特别是《古诗集》九卷，当是集中收录的古诗。可惜这些总集皆已失传，所收具体作品不得而知。钟嵘《诗品》曰："陆机所拟十二首，文温以丽，意悲而远，惊心动魄，可谓几乎一字千金！其外《去者日以疏》四十五首，虽多哀怨，颇为总杂，旧疑是建安中曹王所制。《客从远方来》《橘柚垂华实》，亦为惊绝矣！"③ 可见，钟嵘时代古诗尚存近 60 首。

《文选》收录的 19 首古诗是目前所见最早的古诗文本，"古诗十九首"之名也由此而来。随着《文选》影响的扩大，"古诗十九首"作为一个"诗类"概念广泛被人们所接受。后来，《玉台新咏》《北堂

---

① 房玄龄：《晋书·挚虞传》卷五一，中华书局 1974 年标点本，第 1427 页。

② 严可均：《全上古三代秦汉三国六朝文》卷七十七，中华书局 1958 年影印本，第 1905 页。

③ 曹旭：《诗品笺注》，人民文学出版社 2009 年标点本，第 45 页。

书钞》《艺文类聚》、李善《文选注》《太平御览》《乐府诗集》以及历代诗话等诸多文献对汉魏古诗或著录或选录或引用，其称名却出现了"古诗"或"乐府"的矛盾。①

《文选·杂诗》著录古诗 19 首；徐陵《玉台新咏》著录古诗 16 首，其中 8 首署名枚乘；隋末虞世南《北堂书钞》引用 5 首，称"青青陵上柏"为"古乐府"；唐欧阳询《艺文类聚》引用 20 首，称"驱车上东门"为"古驱车上东门行"；北周杜台卿《玉烛宝典》引用《迢迢牵牛星》一首，注明"古乐府"；徐坚《初学记》引用 3 首，皆称"古诗"。北宋《太平御览》引用 14 首，称"上山采蘼芜"为"古乐府"；《乐府诗集》著录 3 首，"冉冉孤生竹""驱车上东门"为"杂曲歌辞"，"十五从军征"为"梁鼓角横吹曲"的"紫骝马歌辞"，并引《古今乐录》注称："十五从军征以下为古诗。"南宋《文章正宗》收诗 7 首；《事文类聚》收诗 7 首，《合璧事类》收诗 10 首，二书除"行行重行行"外，余皆称"古乐府"；明冯惟讷《诗纪》收 29 首，皆称"古诗"；刘节《广文选》收 6 首，称"驱车上东门"为"驱车上东门行"；张之象《古诗类苑》收 4 首，皆称"古诗"。

以上文献，对"古诗"的著录存在两方面矛盾：一是诗歌作者的矛盾，如《玉台新咏》著录在枚乘名下的 8 首诗歌，其余文献均未注明作者；《北堂书钞》称"今日良宴会"为曹植诗，其余文献未注明作者。二是对诗歌性质判定的矛盾，对同一首诗歌，有的文献称"古诗"，有的文献称"古乐府"。

其实，这种矛盾现象与汉魏古诗的多元生成方式，以及音乐、文本交叉并行的传播方式有密切的关系。如"古诗十九首"的"驱车上

① 各书收录汉魏古诗的具体情况，参见拙著《魏晋南北朝乐府歌辞研究》，上海古籍出版社 2009 年版，第 447—451 页之"汉魏古诗流传表"。

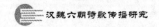

东门"很可能就是如此，先后著录该诗的有《文选》《艺文类聚》《乐府诗集》《合璧事类》《广文选》等，除《文选》称"古诗"外，其余或称"古驱车上东门行"，或称"古乐府"，或称"杂曲歌辞"。萧统编《文选》时，将"驱车上东门"选入古诗，当有该诗的文本传播依据，而《艺文类聚》《乐府诗集》将之著录为古乐府，亦当有该诗入乐歌唱的文献依据。可见，《艺文类聚》《乐府诗集》著录该诗的依据当不是《文选》，魏晋南北朝时期，当还有其他文献称该诗为"古乐府"。又如"迢迢牵牛星"，《文选》称古诗，《玉台新咏》称枚乘杂诗，可见，该诗在齐梁时期当以文本传播为主了，而杜台卿《玉烛宝典》称为"古乐府"。《玉烛宝典》成书于周末、隋初，杜台卿晚年双目失明，《玉烛宝典》的文献当是其早年所见，由此可以推断，"迢迢牵牛星"在北方可能曾作为"乐府"流传。因古诗多元的生成方式及其音乐、文本交叉并行传播的特点，致使很多古诗在流传过程中获得了"乐府"和"古诗"的双重身份。后代文献著录者往往依据一种文献，从而导致各种文献著录的相互矛盾。明人徐世溥对几首汉魏诗歌作者和性质的意见比较有代表性。徐世溥《榆溪诗话》云：

> 汉《折杨柳》"默默独行行"与大曲之《满歌行》"为乐未几时"，杂曲之《伤歌行》"昭昭素明月"，皆曹氏兄弟诗也。《君子行》"周公下白屋，吐哺不及餐"思王集载之，明是思王作，而梅禹金收入汉乐府。又《善哉行》"仙人王乔，奉药一丸。惭无灵辄，以报赵宣。淮南八公，要道不烦"，此确然子建作，而钟伯敬《诗归》选入古辞，并非也。①

---

① 徐世溥：《榆溪诗话》，《丛书集成初编》重印本，第11—12页。

《折杨柳》"默默"、《满歌行》"为乐未几时",《宋书·乐志》作古辞,列为大曲,徐氏认为两首歌辞"皆曹氏兄弟诗",不知何据;杂曲《伤歌行》"昭昭素明月",《文选》卷二七作古辞,《玉台新咏》卷二作魏明帝辞;《君子行》,曹植《豫章行》有"周公下白屋,天下称其贤"两句,六臣本《文选》作古乐府,李善注《文选》未收,明梅鼎祚《古乐苑》作汉乐府;《善哉行》,《宋书·乐志》作古辞,《艺文类聚》卷四一作陈思王植《善哉行》,引干、欢、翩、丸、寒、宣、干、餐等前八韵,明钟伯敬《诗归》选入古辞。梅鼎祚、钟伯敬、徐世溥三人均为明代人,他们对这些汉魏乐府歌辞的认识虽各有不同意见,但均有一定的文本依据。其实,这种现象也是汉魏乐府古辞在魏晋时期的多种传播方式造成的后世对其认识上的矛盾。诚如梁启超所说:"广义的乐府,也可以说和普通诗没有多大分别,有许多汉魏间的五言乐府和同时代的五言诗很难划分界限标准。所以后此总集选本,一篇而两体互收者很不少。"①

二　关于"古诗十九首"性质的讨论

"古诗十九首"在中国诗歌史上的意义和地位历来受到重视,刘勰《文心雕龙》称其为"五言之冠冕",钟嵘《诗品》称其"一字千金",是五言诗成熟的标志。但是,自"古诗十九首"概念形成以来,对其认识就有诸多分歧意见,主要集中在两个问题上:一是"古诗十九首"性质;二是"古诗十九首"作者与创作时间。

"古诗十九首"究竟是文人古诗还是乐府歌辞,明胡应麟《诗薮·内编》曰:"至汉《郊祀十九章》《古诗十九首》,不相为用,诗

---

① 梁启超:《中国之美文及其历史》,东方出版社 1996 年版,第 182 页。

与乐府，门类始分，然厥体未甚远也。如'青青园中葵'曷异古风；'盈盈楼上女'靡非乐府。"① 在这里，胡应麟主要指出了古诗与乐府门类始分不久，二者之间的相似性，并未明确指出乐府与古诗是不分的。清乾隆年间的朱乾在其《乐府正义》中说："古诗十九首古乐府也。"② 此后，冯班《钝吟杂录》"古今乐府论""正俗篇"皆曰："《文选注》引古诗多云枚乘乐府，则《十九首》亦乐府也。"③ 梁启超《中国美文及其历史》、余冠英《汉魏六朝诗论丛·乐府诗选序》、孙楷第《沧州后集》、马茂元《古诗十九首初探》等著作都认为古诗"大都是乐府歌辞"④。遗憾的是，以上学者称《古诗十九首》为乐府，多是从个别乐府歌辞与古诗混杂不清的现象和古诗与乐府在主题、内容及语言整体风格上的相似性而进行的"假定"，并未对每首古诗逐一进行考察、辨证。属于类推式和直觉性判定，其结论值得推敲。

近年又有学者重申"古诗十九首"为"乐府"的观点。如刘旭青《〈古诗十九首〉为歌诗辨》，论文根据《沧浪诗话》《诗薮》《钝吟杂录》《汉诗总说》等关于"古诗十九首"为乐府的论述、乐府与古诗概念的关联，以及宋代《事文类聚》《合璧事类》两书收录"古诗十九首"多称"古乐府"的记载，得出结论："《古诗十九首》曾经就是入乐可歌之诗。"⑤ 论文的研究思路和方法与此前学者基本一致，可贵的是补充了很多文献资料，但文章以《事文类聚》《合璧事类》两书对"古诗十九首"性质的著录为依据似可商榷。

成书于南宋淳祐年间（公元1241—1252年）的《事文类聚》和

---

① 胡应麟：《诗薮·内编》卷一，上海古籍出版社1958年标点本，第13页。
② 朱乾：《乐府正义》卷八，乾隆五十四年秬香堂刻线装本。
③ 冯班：《钝吟杂录》，《清诗话》本，上海古籍出版社1963年标点本，第39页。
④ 余冠英：《汉魏六朝诗论丛·乐府诗选序》，商务印书馆2010年版，第7页。
⑤ 刘旭青：《〈古诗十九首〉为歌诗辨》，《中国韵文学刊》2005年第4期。

成书于宝祐年间（公元 1253—1258 年）的《合璧事类》两部类书，对"古诗十九首"著录较多，《事文类聚》著录 6 首，《合璧事类》著录 7 首，去其重 3 首，凡 10 首。除"行行重行行"外，余皆称"古乐府"。两书对"古诗"和"乐府"的判定不可信，其文献依据值得怀疑。因为从隋《北堂书钞》到北宋《太平御览》，传世文献当已基本收集齐备。《太平御览》称古诗，《事文类聚》《合璧事类》根据什么称"古乐府"？其实，这两部类书是受郑樵《通志》"乐府"观念的影响所致。郑樵《通志》成书于宋高宗绍兴三十一年（公元 1161 年），早《事文类聚》《合璧事类》两书近百年。《通志·乐略》曰："古之诗今之辞曲也。"这种"诗乐一体"论是郑樵论乐的核心观念，《通志》以此观念著录具体歌辞乐曲，所以著录范围极广，很多徒诗在《通志》中都被著录成曲调了。如《通志》"遗声序论"曰："遗声者，逸诗之流也。今以义类相从分二十五正门二十附门，总四百十八曲，无非雅言幽思，当探其目，以俟可考。今采其诗以入系声乐府。"并在"古调二十四曲"中著录"古辞十九曲"（无名氏），接着著录"拟行行重行行"（陆机）[1]。根据前后联系，其"古辞十九曲"显然是指"古诗十九首"了。有了郑氏的这种观念和将"古诗十九首"著录为"古辞十九曲"的先例，后于此的两部类书就直接将"古诗十九首"著录为"古乐府"了。由此看来，对"古诗十九首"全为乐府的判定，其始作俑者当为南宋的郑樵。

杨合林《〈古诗十九首〉的音乐和主题》一文开宗明义地提出："《古诗十九首》原是合乐而歌的。"[2] 接着引述朱乾《乐府正义》、隋树森《古诗十九首集释》和余冠英《乐府歌辞的拼凑和分割》等有关

---

① 郑樵：《通志》，中华书局 1987 年标点本，第 631 页。

② 杨合林：《〈古诗十九首〉的音乐和主题》，《文学评论》2011 年第 1 期。

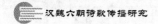

诗乐配合实践中宰割辞调现象加以说明，至于《古诗十九首》合乐的理由，文章并未展开论证，而是将重点放在"古诗十九首"所合之乐是"以赵音为主体的新声"的论述上。

　　针对以上观点，赵琼琼撰文提出相反意见，文章从创作原则、组织风格、抒情特点、内在节奏与格律意识等方面对"古诗十九首"进行了深入分析，认为"古诗十九首"并非为入乐而作、用于表演和传唱的乐府歌辞，而是文人经过深思熟虑创作的五言徒诗。① 文章重点分析了"古诗十九首"与乐府的区别，而忽视了二者的密切联系。从学理上说，徒诗和乐府虽有各自不同的创作机制，但在社会用诗活动中，二者之间存在诸多的交叉，如曹植的《七哀诗》，就曾配楚调《怨歌行》传唱；相反，曹丕的《明津诗》则源于《长歌行》古歌辞。这些都很难从创作原则和文本特点上做出令人信服的解释。

　　"古诗十九首"作为汉魏古诗的代表，其生成方式具有多元性，其传播方式具有复杂性。对其是否为乐府的判定要根据其生成方式和传播方式作具体考察。因为古诗十九首并非一开始就是严整的一组诗，在很长的历史时期，它们都是零散的、杂乱的，不知作者和诗题的，《文选》编订后才成为一组诗类的概念。关于这一点，我们从陆机"拟古诗"12 首与《文选》"古诗十九首"的对比中可以得到说明。西晋陆机曾根据古诗拟作了 12 首，现存于《陆机集》卷六，《文选》卷三十"杂拟上"也选了这 12 首诗歌。《文选》与《陆机集》中的 12 首诗歌从编排秩序、诗歌标题到诗歌文句没有任何差别。而《文选》卷二九选录的"古诗十九首"与陆机所拟的 12 首古诗有 11 首标题相

---

① 　赵琼琼：《〈古诗十九首〉非乐府论》，《浙江学刊》2011 年第 5 期。

同，而这 11 首相同标题的诗歌在二书中的排列顺序却完全不同。① 二者比勘的结果所透示出的信息是：其一，萧统编撰《文选》时陆机的个人文集已经广泛流传，《文选》卷三十"杂拟上"选录的陆机"拟古诗 12 首"很可能就是根据陆机个人文集选录的，所以二者没有差别。其二，萧统编撰《文选》时，传世的汉魏古诗远不止 19 首，"古诗十九首"是萧统从零散的古诗中选出来的，陆机 12 首"拟古诗"也是从零散的古诗中有选择性地拟作。

如上文所述，汉魏古诗的生成方式存在两大类别，即乐府歌辞的徒诗化和文人的徒诗创作。"古诗十九首"亦不例外，至于哪首作品是乐府或古诗，应根据文献著录情况，对每首诗歌作出具体分析，而不能以一首类推其他，因为这些诗歌生成方式和产生时间不同，传播方式也不同。从"古诗十九首"具体作品看，有些作品可能就是乐府，因为后来音乐环境的变化，辞与乐分离，久而久之人们无从认识其乐府身份而归为古诗。如"驱车上东门"，《文选》《玉台新咏》称古诗，《艺文类聚》称"古驱车上东门行"，《乐府诗集》称"杂曲歌辞"，"冉冉孤生竹"《乐府诗集》称"古辞"，等；此外，"迢迢牵牛星"《玉烛宝典》称"古乐府"；"青青陵上柏"《北堂书钞》称"古乐府"；"明月皎夜光"李善《文选注》称"古乐府"。如果以上著录的文献来源可靠，则此五首诗歌都有入乐的历史，可以认为其性质为乐府。据上文考证，"生年不满百"是简化汉大曲《西门行》古辞而成的古诗。其余作品尚须具体考证。

_____

① 陆机"拟古诗"12 首之《拟兰若生朝阳》，《文选》"古诗十九首"中无，其余 11 首全有，且标题也相同。

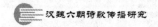

三 关于《古诗十九首》作者及产生时间的讨论

关于《古诗十九首》产生的时间，主要有两汉说、汉末说和建安说三种。汉末说最通行。李善《文选·古诗十九首》解题曰："并云古诗，盖不知作者，或云枚乘，疑不能明也。诗云：驱车上东门。又云：游戏宛与洛。此则辞兼东都，非尽是乘明矣。"① 唐释皎然《诗式》曰："'十九首'辞精义炳，婉而成章，始见作用之功。盖东汉之文体。又如'冉冉孤生竹''青青河畔草'，傅毅蔡邕所作。以此而论，为汉明矣。"② 近代学者梁启超、罗根泽、俞平伯、逯钦立、朱自清、陆侃如、游国恩、马茂元、叶嘉莹等人承其说，并进一步将之归结为东汉末年。20 世纪 80 年代以来，李炳海以秦嘉三首《赠妇诗》为参照，推定《古诗十九首》的写作年代，通过《赠妇诗》与《古诗十九首》比勘，认为秦嘉《赠妇诗》写作上明显受《古诗十九首》的影响，并以此断定《古诗十九首》的写作年代应在"公元 140 年—160 年这二十年中，写于后十年的可能性更大"③。

汉末说主要根据有四：一是钟嵘对西汉说的否定。《诗品·序》曰："自王、扬、枚、马之徒，词赋竞爽，而吟咏靡闻。"④ 二是李善《文选》注"辞兼东都，非尽是乘"的论断。三是从文人五言诗发展历史进行的推定。四是《古诗十九首》情感基调与汉末动乱现实相吻合。但是，汉末说明显存在几处疑点：其一，对《文心雕龙》"古诗佳丽，或称枚叔，其孤竹一篇，则傅毅之词"⑤ 不能解释。其二，对

---

① 李善注：《文选》，上海古籍出版社 1986 年标点本，第 1343 页。
② 何文焕：《历代诗话》，中华书局 1981 年标点本，第 29 页。
③ 李炳海：《古诗十九首写作年代考》，《东北师范大学学报》1987 年第 1 期。
④ 曹旭：《诗品笺注》，人民文学出版社 2009 年标点本，第 8 页。
⑤ 范文澜：《文心雕龙注》，人民文学出版社 1958 年标点本，第 66 页。

李善《文选》注的误读。前引"古诗十九首"解题，李善对古诗十九首作者是枚乘的说法有质疑，其理由是《青青陵上柏》"游戏宛与洛"之"洛"指东都洛阳，《驱车上东门》之"东门"指东都洛阳最北的头门，两诗"辞兼东都，非尽是乘明矣"。"非尽是乘"即"不全是枚乘"所作。可见，李善是否认"古诗十九首"全为枚乘之作，并未否认"古诗十九首"中有枚乘之作。其三，汉末说对西汉或东汉初中期出现的与古诗风格很相近的乐府古辞，如班婕妤《怨歌行》，也不能圆满解释。徐中舒则根据《文选旁证》，认为此诗为颜延年作。① 而六朝的刘勰、钟嵘、萧统、徐陵等人都认为是班氏作。更早的还有陆机《婕妤怨》，其辞全据班氏生活及其《怨歌行》诗而来，若《怨歌行》确为班氏作，那么，与之相关的《长歌行》古辞、"客从远方来"古诗当为前后不久的作品，即西汉成帝时期或稍后。

朱偰、黄侃、隋树森等人是较早持两汉说的学者，20 世纪 90 年代以来，有赵敏俐、张茹倩等人力主两汉说。两汉说的主要文献依据有三：一是《文心雕龙·明诗》所举五言诗作品，"邪经章谣，近在成世，阅时取证，则五言久矣。又古诗佳丽，或称枚叔，其孤竹一篇，则傅毅之词，比采而推，两汉之作乎！"范文澜注引赵万里语曰："'两'上有'故'字，'乎'作'也'。案《御览》五八六引'两'上有'固'字，'固''故'音近而讹。疑此文当作'固，两汉之作也。'"②在刘勰看来，五言古诗佳作，当是两汉之作，当时有人认为部分作品是西汉枚乘的，"冉冉孤生竹"一篇是东汉傅毅所作。二是《诗品序》云："逮汉李陵，始著五言之目矣。古诗眇邈，人世难详。

---

① 徐中舒：《五言诗发生时期的讨论》，《东方杂志》第 24 卷 18 号。
② 范文澜：《文心雕龙注》，人民文学出版社 1958 年标点本，第 83 页。

推其文体，固是炎汉之制，非衰周之倡也。"① 三是《玉台新咏》杂诗7首，署名枚乘，其中7首与《文选》《古诗十九首》同。《文心雕龙》成书于梁天监年间②，《玉台新咏》成书于梁中大通年间或以后③，《文心雕龙》成书在《玉台新咏》之前。《文心雕龙》关于古诗作者"或称枚叔"的观点当不是依据《玉台新咏》，《玉台新咏》收录8首古诗系于枚乘名下，也不是依据《文心雕龙》，因为《文心雕龙》没有具体著录作品。可见，六朝当还有其他关于部分古诗署名枚乘的文本存在。

两汉说的困难是很难确定具体哪首是西汉作品。很多学者从历法、避讳、史书、诗歌文本中寻找根据，企图坐实一些古诗的年代，如有的从"明月皎夜光"中历法与自然节候的矛盾，推论此诗为太初改历前所作，但马上被主汉末说者举出反例。④ 张茹倩、张启成从李善《文选注》所引材料，推论《古诗十九首》部分作品年代，其中认为《客从远方来》是西汉作品。其依据是，李善注班婕妤《怨歌行》"裁为合欢扇，团团似明月"引了古诗"文彩双鸳鸯，裁为合欢被"，而此句又是《古诗十九首》"客从远方来"的句子，于是按断曰："李善确认《客从远方来》是西汉成帝以前的文人五言诗。"⑤ 此论成立的前提是，李善注《文选》严格执行"注文所用材料必须是被注诗文以前文献"的原则。而翻检李善《文选注》，其用后代材料注前代诗文的

---

① 曹旭：《诗品笺注》，人民文学出版社 2009 年标点本，第 6 页。

② 周绍恒：《〈文心雕龙〉散论及其他》，学苑出版社 2000 年版，第 39 页；贾树新：《关于〈文心雕龙〉的成书时间及刘勰生卒年的新探》，《四平师范学院学报》1980 年第 3 期。

③ 刘跃进：《玉台新咏研究》，中华书局 2000 年版，第 65—88 页；谈培芳：《〈玉台新咏〉版本考——兼论此书的编纂时间和编者问题》，《复旦学报》2004 年第 4 期。

④ 朱偰：《五言诗起源问题》，《东方杂志》第 23 卷 20 号。

⑤ 张茹倩、张启成：《古诗十九首创作时代新探》，《贵州民族学院学报》1990 年第 4 期。

例子也很多。如张衡《西京赋》："'有冯虚公子者'，善曰：《博物志》曰：王孙公子，皆古人相推敬之辞。"诸如用沈约《宋书》注马融《长笛赋》，用左思《齐都赋》注嵇康《琴赋》等，说明李善注《文选》时并未确立以上原则。那么，以李善注推论所得出的结论是很难成立的。赵敏俐《汉代诗歌史论》从分析《诗品》评价班固《咏史诗》"质木无文"一语的原意和班诗自身入手，认为文人五言诗到班固时代已经成熟，并推断"代表汉代文人五言诗最高艺术成就的《古诗十九首》，有个别诗篇可能出自西汉，个别诗篇可能产生在东汉末年，其中大部分诗篇则是东汉初年到东汉中期以前的产物"①。

建安说的主要文献依据，一是钟嵘《诗品·古诗》（卷上）曰："《去者日以疏》四十五首，虽多哀怨，颇为总杂。旧疑是建安中曹王所制。"② 在钟嵘看来，《去者日以疏》等四十多首古诗，有人怀疑部分是曹植、王粲的作品；二是《古诗十九首》"今日良宴会"中"弹筝奋逸响，新声妙如神"二句《北堂书钞·乐部等》中有引，并称曹植作。建安说的较早支持者是胡怀琛、徐中舒等人，胡怀琛接钟嵘《诗品》的说法，进一步补充道："子建、仲宣作，不肯自承，所以他人不知。"③ 徐中舒依据钟嵘《诗品》"《去者日以疏》四十五首，旧疑是建安中曹王所制"的说法，认为"不但西汉人的五言全是伪作，连东汉的五言诗，仍有大部分不能令人相信"，"五言诗的成立，要在建安时代"。④ 近年来，木斋力主建安说，其研究成果主要体现为《古诗十九首与建安诗歌研究》一书。该书共十七章五十一节，全书始终围绕《古诗十九首》与建安诗歌的关系展开论述，分别从五言诗发展

---

① 赵敏俐：《汉代诗歌史论》，吉林教育出版社 1995 年版，第 245 页。
② 曹旭：《诗品笺注》，人民文学出版社 2009 年标点本，第 45 页。
③ 胡怀琛：《古诗十九首志疑》，《学术世界》第 1 卷第 4 期（1935 年 9 月）。
④ 徐中舒：《五言诗发生时期的讨论》，《东方杂志》第 24 卷 18 号。

历程、《古诗十九首》与建安诗歌在主题、题材、情调、总体艺术特征、语言及篇章结构等方面的相关性分析了《古诗十九首》与建安诗歌的关系。依据魏明帝景初年间历法用"丑正"，推断《明月皎夜光》等三首大抵写在景初二年（公元 239 年），作者可能是曹彪；又据"弹筝奋逸响"二句，认为"新声"应是铜雀台清商乐之"新声"，《今日良宴会》作者为曹植；又从语汇及篇章结构角度考量《古诗十九首》与建安诗歌的关系，认为"十九首中的《涉江采芙蓉》《庭中有奇树》《行行重行行》《青青河畔草》，这些诗作都应是曹植于建安十七年至黄初二年之间写作的，其中的主题，大多与甄氏有关"①；其后又分专章从写作背景的角度论证了《涉江采芙蓉》《行行重行行》《西北有高楼》《青青河畔草》的作者为曹植。通过这些论证，从而建立起《古诗十九首》"应该是建安、黄初及其之后的作品"② 和"曹植为《古诗十九首》的主要作者"③ 的结论。不管其结论是否正确，木斋关于"古诗十九首"与建安诗歌关系的研究具有突出的创新意义，引起学界广泛关注。

值得注意的是，首先，从方法论而言，作者将"古诗十九首"作为关系密切的一组诗歌看待，值得商榷。"古诗十九首"是《文选》以后才形成的一个"类"概念，"十九首"诗歌并非生成之初就在一起。其题材内容也十分广泛，有伤别思乡、叹时嫉俗的痛苦，也有知音难遇、爱情未遂的感慨，还有行乐及时的愿望，几乎涉及汉代社会和文人生活的各方面，与汉代其他五言诗的题材内容基本相同。"古诗十九首"在《文选》之前并非关系密切的组诗。其次，在梳理五言诗

---

① 木斋：《古诗十九首与建安诗歌研究》，人民出版社 2009 年版，第 166 页。
② 木斋：《古诗十九首"东汉"说质疑》，《中华文化论坛》2006 年第 2 期。
③ 木斋：《古诗十九首与建安诗歌研究》，人民出版社 2009 年版，第 158 页。

发展进程时，未能客观对待诸如李延年《北方有佳人》、班婕妤《怨诗》、汉成帝时歌谣"邪径败良田"、秦嘉《赠妇诗》等汉代比较成熟的五言诗作品：一是无视《北方有佳人》等五言歌诗的存在；二是将秦嘉《赠妇诗》视为伪作，从而将五言诗的成立定于建安时期，为"古诗十九首"作于建安建立逻辑前提。最后，论证方式上，存在"循环论证"，把一代诗风与历史上某一个诗人的爱情事件作因果联系，其论证逻辑值得商榷。作者以曹植、甄后人生经历与"古诗十九首"作比附，论证"古诗十九首"的部分作品为植、甄传情之作，曹植是"古诗十九首"的主要作者，其结论似嫌牵强，仅备一家之说。①

究竟如何看待"古诗十九首"的作者和创作时代问题？杨慎《丹铅总录》曰："《文选》古诗十九首，非一人之作，亦非一时也。"②此论虽显中庸，但最符合历史实际，惜其缺少最起码的时代断限。根据现存文献记载及相关研究成果，本书的基本态度是"古诗十九首"当产生于西汉、东汉、建安这一较长的历史时期，大部分可能产生于汉末。作者也非一人，不能排除"古诗十九首"中有枚乘、傅毅、李陵、曹植等人的作品。

通过对历代"古诗十九首"研究现状的梳理可知，关于"古诗十九首"作者、时代和性质问题是历代争讼的焦点，且观点分歧较大。形成这种局面的原因当然是多方面的，现存文献的严重缺失，使"古诗十九首"作者、时代与性质的研究成为学术史上难以破解的难题。除此之外，在研究方法上存在的问题也值得反思，最突出地表现为两个方面：一是推论加直觉式的研究方法。以往的研究往往将"古诗十

---

① 参见张末节《古诗十九首的诗学主题及诗学史意义》，《长江学术》2011 年第 1 期。

② （明）杨慎：《丹铅总录》卷三"时序类"，文渊阁《四库全书》影印本，第 33 页。

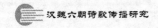汉魏六朝诗歌传播研究

九首"作为一组诗歌看待，并根据其中一首或两首诗歌的性质和创作时间推演其他诗歌。二是封闭与孤立的研究视角。以往的研究多将"古诗十九首"作为一个孤立的对象进行研究，没有考虑其生成的多元性和传播的复杂性。或持文人徒诗论，或持乐府论，各持一端，没有从文学行为及存在方式等"文学生态"的角度关注"古诗十九首"生成、传播等行为过程中与乐府交叉、更替和转化等复杂情况，缺乏共时性与历时性互相结合的研究视角。

"古诗十九首"的研究历史和现状给我们的启示：第一，在充分认识"古诗"与"乐府"生成机制、传播特点的基础上，将"古诗十九首"放在五言诗发展变迁的历史长河中整体观照，既关注其与民歌、乐府的区别与联系，又考虑与其他文人五言诗的联系，多方参照、综合考察，不失为有效的方法。第二，在对待史料的态度上一定要审慎，没有足够的证据，不能轻易怀疑史料的真实性。在"古诗十九首"或者汉魏五言诗的研究中，应该审慎对待两方面史料：一是李苏诗和秦嘉《赠妇诗》，在没有足够证据的情况下，不能轻易认定其是伪作；二是关于《文心雕龙》《玉台新咏》《诗品》等文献对"古诗十九首"时代和作者的判定，若没有足够证据，宁可信其真，不可定其假。第三，"古诗十九首"作为一个"类"概念是从《文选》才开始的，对其作者和产生时代的探讨，应还原其历史生态，不能将其作为一组诗歌看待，其实它们只是诸多古诗中的"十九首"而已；对其生成机制也不能等同后世的文人独立创作，"十九首"均无题，具有文体初兴时集体创作的特征，应是多人多时多度创作，而不是一人一时一度创作，传世的"古诗十九首"是否"原生态"值得怀疑。①

---

① 欧明俊：《〈古诗十九首〉百年研究之总检讨》，《社会科学研究》2009 年第 4 期。

小　结

汉魏时期是我国文人诗歌自由创作的早期阶段。在这个阶段，徒诗和乐府还没有明确的区分，所以，乐府诗创作中有乐工选择徒诗配乐的，文人徒诗创作中则有拼凑乐府歌辞的，形成了乐府诗与徒诗在传播形态上的音乐、文本交叉传播现象。加之，诗歌在历时性的传播中，因乐府诗音乐失传和对文人徒诗的加工配乐，又形成了汉魏诗歌在音乐、文本传播形态中的一体共存及互相转化等复杂局面。这种局面带来了诗歌文化功能的分化和转移，即乐府诗因音乐失传，被作为古诗接受，被编入诗歌总集或文人别集，其音乐文化属性被逐渐淡化，而其文学意义逐渐凸显；文人徒诗的配乐演唱，则在原文学意义基础上又增加了其音乐文化功能。传世文献著录中"古诗"与"乐府"的矛盾，既与汉魏乐府和古诗的多元生成机制有关，也与汉魏乐府与古诗交叉传播的存在方式有关。特别值得强调的是，汉魏文人拼凑乐府歌辞的创作方式，不仅刺激了文人创作徒诗的热情，带动了汉魏五言诗的兴盛，而且使乐府诗的"流调"特质和基因渗透到文人徒诗创作中，从而形成文人五言诗的整体风格和篇制特征，"古诗十九首"就是在这种创作机制中产生的。

第四章　"建安风骨"发生与文坛确认的传播学考察

　　建安文学是在汉末动乱的历史背景中渐次展开的，作为曹魏政治集团文化建构的重要内容，曹操、曹丕和曹植三人对建安文学的发展起了关键性作用。若从三曹的文学活动和实际影响看，建安文学的发展历程可以分为三个阶段：汉献帝建安元年（公元196年）到建安十五年（公元210年）为前期，以曹操为代表；建安十六年（公元211年）到建安二十五年（公元220年）为中期，以曹丕为代表；黄初元年曹丕称帝到魏明帝景初末年（公元239年）为后期，以曹植为代表。[①]"建安风骨"是后人对建安文学时代特征和创作范式的高度概括[②]，其发生、发展及其在文坛的确认，与汉魏时期文学传播媒介的

---

　　① 张可礼先生认为，建安文学在时间上当从汉灵帝中平元年（公元184年）黄巾大起义，到魏明帝景初末年（公元237年）的五十多年，并从建安文学发展过程中的不同特点，将之分为三个阶段：汉灵帝中平元年（公元184年）至建安九年（公元204年）为第一阶段；建安十年（公元205年）至建安二十二年（公元217年）为第二阶段；建安二十三年（公元218年）至景初三年（公元240年）为第三阶段。见张可礼《建安文学论稿》，山东教育出版社1986年版，第1—21页。袁行霈《中国文学史》认为，建安文学指曹氏三祖时代的文学创作，大致包括汉献帝和魏文帝、明帝时期的文学。见袁行霈《中国文学史》，高等教育出版社1999年版，第47页。

　　② 吴怀东：《论曹植与中古诗歌创作范式的确立》，《吉首大学学报》2001年第3期。

发展变化有着极为密切的关系。本章以建安诗歌渐次展开的历史过程为线索，重点探讨诗歌传播方式与建安风骨从发生、发展到文坛确认的关系。

第一节　曹操"拟乐府"与建安风骨的发生

一　建安风骨的基本内涵

刘勰《文心雕龙·风骨》以比喻的方式对"风骨"作了描述：

> 诗总六义，风冠其首，斯乃化感之本源，志气之附契也。是以怊怅述情，必始乎风，沉吟铺辞，莫先于骨。故辞之待骨，如体之树骸；情之含风，犹形之包气。①

其大致意思是，《诗经》六义，风列于首位，是教化的源头，也是作家志向和气质的表现。因此，作家抒发惆怅郁闷之情，一定要从风开始，铺陈辞藻低声吟咏，首先要树立骨鲠。所以文辞要骨鲠来支撑，就像形体必须有骨架子一样，情感须蕴涵风力，就像形体包含着元气一样。这种连类设譬的描述方式，带来了对"风骨"确切含义理解的诸多分歧。罗宗强先生通过对刘勰作家批评中"风骨"一词具体语境的分析及其思想渊源的梳理，认为"风是感情的力，是浓郁的充满力量的感情的感染力，关乎作品的格调情趣，它是虚的"；"骨则是实

---

① 范文澜：《文心雕龙注》，人民文学出版社 1958 年标点本，第 513 页。

的，指由结构严密的言辞表现的事义所具有的力量"。风骨合而论之，乃是提倡一种内在力量的美，是对文章的一种美学要求。要求文章不仅要有美的文辞，而且要有内在的动人力量。① 刘勰《文心雕龙·时序》论及汉末建安文学时又说："自献帝播迁，文学蓬转，建安之末，区宇方辑。魏武以相王之尊，雅爱诗章；文帝以副君之重，妙善辞赋；陈思以公子之豪，下笔琳琅：并体貌英逸，故俊才云蒸。仲宣委质于汉南，孔璋归命于河北，伟长从宦于青土，公干徇质于海隅，德琏综其斐然之思，元瑜展其翩翩之乐，文蔚休伯之俦，于叔德祖之侣，傲雅觞豆之前，雍容衽席之上，洒笔以成酣歌，和墨以籍谈笑，观其时文，雅好慷慨，良由世积乱离，风衰俗怨，并志深而笔长，故梗概而多气也。"② 这里，"梗概多气"即"慷慨而富有气势"，"志深笔长"即"情志深远，笔力充沛"。刘勰特别以"志深笔长""梗概多气"标举建安文学的时代特征，强调其慷慨悲凉的情感和刚健充沛的笔力，与其所描述的"风骨"含义大致相同。稍后钟嵘《诗品》评曹植诗"骨气奇高，词彩华茂"，论刘祯诗"贞骨凌霜，高风跨俗"，以"骨气""贞骨"强调建安诗歌充实的内容和劲健的笔力。陈子昂《与东方左史虬〈修竹篇〉序》中明确指出，"汉魏风骨，晋宋莫传"，以"汉魏风骨"标举建安文学的时代特征。

概言之，"建安风骨"主要指建安文学鲜明的时代特征，在题材内容上，一方面继承汉乐府现实主义传统，反映社会离乱和人民疾苦，抒发建功立业的豪情壮志；另一方面也流露出人生短暂、壮志难酬的悲凉幽怨情绪。在情感格调上，笔力刚劲明朗，抒情激越浓烈，呈现出慷慨悲凉、刚健沉雄的风格。从文体上说，建安文学涵盖十分丰富，

① 罗宗强：《魏晋南北朝文学思想史》，中华书局 1996 年版，第 338—339 页。
② 范文澜：《文心雕龙注》，人民文学出版社 1958 年标点本，第 673—674 页。

曹丕《典论·论文》分为"奏议""书论""铭诔""诗赋"四科八体；陆机《文赋》分为"诗""赋""碑""诔""铭""箴""颂""论""奏""说"十体。其中诗赋是建安文学最具代表性的文体。建安赋体是汉末抒情小赋的延续，注重抒情和丽辞，诗体则有乐府诗和文人五言诗两大类。就诗体来看，"建安风骨"实发生于曹操的"拟乐府"，而曹操拟乐府的前提又是汉乐府在建安的广泛传播。

二 曹操礼乐文化建设与汉乐府在建安时期的传播

汉末董卓之乱，天下群雄并起，建安元年（公元196年），曹操迎献帝都许，从此"挟天子以令诸侯"。建安五年（公元200年），官渡之战击败袁绍，奠定了其统一北方的基础，建安九年（公元204年），攻占邺城，建安十三年（公元208年），平定荆州，北方基本统一。曹操以邺城为政治、军事和文化中心，成为北方实际统治者。在南征北讨的岁月里，曹操听取荀彧等人建议，"外定武功，内兴文学"①，积极推进礼乐文化建设。建安八年（公元203年）至建安十五年（公元210年），曹操先后颁布《蠲河北租赋令》《收田租令》《修学令》《整齐风俗令》《求言令》《求贤令》等，广泛网罗人才，大兴礼乐建设，特别是建安十三年（公元208年），曹操自封丞相，平定荆州刘表，得汉雅乐郎杜夔，开始创制雅乐。《三国志·杜夔传》载："夔善钟律，聪思过人，丝竹八音，靡所不能，唯歌舞非所长。时散郎邓静、尹齐善咏雅乐，歌师尹胡能歌宗庙祭祀之曲，舞师冯肃、服养晓知先代诸舞，夔总统研精，远考诸经，近采故事，教习讲肄，备作乐器，绍复先代古乐，皆自夔始也。"②

---

① 陈寿：《三国志·魏书》，中华书局1982年标点本，第317页。
② 同上书，第806页。

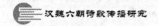

　　值得注意的是，曹操以汉代丞相自居，挟天子以令诸侯，其礼乐文化建设在名义上自然是垂成汉统、沿袭汉制，杜夔创定的雅乐，其实就是绍复先代古乐。《宋书·乐志》载："文帝黄初二年，改汉《巴渝舞》曰《昭武舞》，改宗庙《安世乐》曰《正世乐》，《嘉至乐》曰《迎灵乐》，《武德乐》曰《武颂乐》，《昭容乐》曰《昭业乐》，《云翘舞》曰《凤翔舞》，《育命舞》曰《灵应舞》，《武德舞》曰《武颂舞》，《文始舞》曰《大韶舞》，《五行舞》曰《大武舞》。其众歌诗，多即前代之旧；唯魏国初建，使王粲改作登歌及《安世》《巴渝》诗而已。"① 据《汉书·礼乐志》，《安世乐》乃孝惠帝时期乐府令夏侯宽改唐山夫人《房中祠乐》而来，《嘉至乐》为汉初叔孙通等人所制宗庙乐曲，《武德乐》为汉高祖四年所作，后在高祖庙演奏，《昭容乐》为高祖六年改《武德舞》而成，《昭德舞》为孝景帝采《武德舞》而成，《文始舞》《五行舞》二舞也是高祖、孝文、孝武三庙所奏之舞。② 此七曲乐舞及众歌诗"多即前代之旧"。后来缪袭又改汉《鼓吹铙歌》为魏鼓吹曲辞。总体而言，曹魏的仪式雅乐，包括《鼓吹乐》在内，基本上是继承汉代的音乐系统，只是根据曹魏实际，修改了乐名、重作了部分歌辞而已。

　　曹操在修复雅乐的同时也积极搜集和整理俗乐，如对汉灵帝西园鼓吹李坚的招纳就是一例。③ 曹魏时期最盛行的俗乐还是汉乐府的主

①　沈约：《宋书·乐志》，中华书局 1974 年标点本，第 534 页。
②　班固：《汉书·礼乐志》，中华书局 1962 年标点本，第 1044 页。
③　参见赵幼文《曹植集校注》，人民文学出版社 1984 年标点本，第 323 页。

体音乐——清商乐①。魏氏三祖曹操、曹丕、曹睿都十分爱好清商俗乐，《曹瞒传》载："太祖为人佻易无威重，好音乐，倡优在侧，常以日达夕。"②《宋书·乐志》载："《但歌》四曲，出自汉世。无弦节，作伎，最先一人唱，三人和。魏武帝尤好之。"③ 曹丕、曹睿及其他王室成员皆喜好清商俗乐，清商俗乐女伎充满曹魏宫廷，明帝时"习伎歌者，各有千数"④。由于曹氏三祖的喜爱和倡导，出现了以铜雀台伎乐为代表的"秦筝""齐瑟"和京洛"名讴"齐集邺下的盛况。因清商俗乐大量集聚邺下，曹魏在太乐署、鼓吹署等音乐机构外，专门成立了清商署掌管这些俗乐。⑤

　　魏氏三祖对清商俗乐的喜爱，尤其是曹操对清商俗乐的大力提倡，有力地推进了清商乐在曹魏的传播。魏晋时期的文人拟乐府是以汉乐府的音乐传播为基础而形成的一次文人创作高潮，其创作机制是在现实的音乐传播环境中形成的。当然，曹操对清商俗乐的大力提倡，并积极创作乐府诗，不仅是出于个人的爱好，而且是基于建安时期特殊的政治环境和曹魏政权礼乐文化建设需要的审慎选择。

　　作为北方的实际统治者，曹操需要从文化层面维护其统治。但曹操对北方的统治是以绍复汉统的面目实施的，即自称丞相，"挟天子以令诸侯"。所以其礼乐文化在结构上基本沿袭了汉代传统。汉代礼乐文

---

　　① 汉代"乐府"实指乐府机关及其供职的乐人，乐府之曲多以类称，仪式雅乐如《郊祀歌》《房中乐》；娱乐俗乐如短箫铙歌、清商曲等。汉乐府的主体是清商曲，刘宋张永、王僧虔等正乐，为区别江南吴歌西曲等新流行的清商曲，将汉代流传下来的十七首旧"清商曲"称为"相和歌"，相和歌是清商曲的一部分，魏晋"清商三调"是在相和歌基础上发展起来的，其音乐渊源皆出于清商曲。详细论述参见拙著《魏晋南北朝乐府歌辞研究》，上海古籍出版社 2009 年版，第29—33 页。

　　② 陈寿：《三国志》，中华书局1982 年标点本，第54 页。

　　③ 沈约：《宋书·乐志》，中华书局1974 年标点本，第603 页。

　　④ 陈寿：《三国志》，中华书局1982 年标点本，第105 页。

　　⑤ 参见拙著《魏晋南北朝乐府歌辞研究》，上海古籍出版社 2009 年版，第52—57 页。

化的实质是对儒家精神的捍卫，具体表现为对经学的尊崇和维护，特别是东汉。但东汉中后期，外戚与宦官干政专权，政治腐败，儒学遭受严重打击，出现衰退。陈寅恪先生指出："东汉中晚之世，其统治阶级可分两类人群。一为内廷之阉宦，一为外廷之士大夫。阉宦之出身大抵为非儒家之寒族，所谓'乞匄携养'之类。"这两类人群在文化上的特征是："士大夫宗经义，而阉宦则尚文辞。士大夫贵仁孝，而阉宦则重智术。"① 所谓阉宦"尚文辞"，是说阉宦及其所代表的社会势力对文学才能的偏好。阉宦向上依靠皇权，向下吸纳社会中下层文士，从而形成一个由皇帝、后宫、宦官以及从社会中下层吸纳的文士组成的"阉宦集团"，他们通过抬升文学艺术的表征功能，以抗衡外廷士大夫集团的文化优势。② 汉末灵帝设立鸿都门学，召引"诸生能为文赋者""为尺牍及工书鸟篆者"，"待以不次之位"，其用意十分明显。③ 王夫之《读通鉴论》曰："灵帝好文学之士，能为文赋者，待制鸿都门下，乐松等以显，而蔡邕露章谓其'游意篇章，聊代博弈'。甚贱之也。自隋炀帝以迄于宋，千年而以此取士，贵重崇高，若天下之贤者，无踰于文赋之一途。汉所贱而隋、唐、宋所贵，士不得不贵焉。"④

曹操出身于寒族阉宦，其祖父曹腾为宦官，官至中常侍大常秋，封费亭侯；父亲曹嵩为腾养子，乃夏侯氏之子，"官至太尉，莫能审其生出本末"⑤。曹操作为阉宦之后，其文化资本远不及"四世居三公

---

① 陈寅恪：《金明馆丛稿初编》"书世说新语文学类钟会撰四本论始毕后条"，生活·读书·新知三联书店 2001 年版，第 41 页。

② 参见王欣《汉魏之际文化秩序的变革与曹魏文学繁荣》，《学术交流》2013 年第 6 期。

③ 范晔：《后汉书·蔡邕列传》，中华书局 1965 年标点本，第 1991—1992 页。

④ 王夫之：《读通鉴论》，中华书局 1975 年标点本，第 219—220 页。

⑤ 陈寿：《三国志》，中华书局 1982 年标点本，第 1 页。

位"的名门豪族袁绍，其军事实力在北方群雄中也不处于优势。随时制宜，寻求政治资本是曹操的当务之急，所以他听从了毛玠、荀彧等人建议，迎献帝都许，开始"挟天子而令诸侯"。曹操"挟天子"之举，打着献帝"汉代政权"符号，笼络和吸引了一大批世家大族的代表人物，一定程度上占有了成就霸业的政治优势，加速了其统一北方的进程。但是，东汉朝廷的重建，也树立了献帝的"皇权"地位，形成依附其周围的皇权派势力。所以，曹操对外要同各路诸侯武力攻伐，对内还要与亲皇派政治势力斗争。

在曹操政治集团内部，也存在两股主要政治力量，即"谯沛武将集团"和"汝颍士人集团"。谯沛集团以曹操及其宗族姻亲夏侯氏为核心，以故乡谯沛等地缘关系为纽带，其中很多人物在曹操起兵之初，就跟随其征战讨伐，成为曹魏政权的中坚，深得曹操信任和重用，统领曹魏集团的军事力量。其代表人物有曹仁、曹洪、夏侯惇、夏侯渊等。汝颍士人集团的代表人物是从袁绍幕下投奔曹操的荀彧，他深得曹操器重，向曹操引荐了大量汝颍名士，如荀攸、钟繇、陈群、杜袭、辛毗、戏志才、郭嘉、赵俨等。随着北方逐渐统一，郗虑、王朗、华歆、司马懿等其他地区的世家大族代表也纷纷加入曹操集团，于是在曹操政治集团内部，以世家豪族子弟为代表的士人形成一支重要政治力量。

以儒学传统为基础的世家豪族，在政治态度和文化观念上与曹操为主的谯沛集团是存在差别的。早期，在群雄并起的乱世，曹操打着"匡朝宁国"的旗号，"奉天子以征四方"，符合儒家尊宗绍统的传统精神，赢得了世家豪族子弟的支持，但曹操的最终目的是代汉更制，世家豪族的政治观念和文化传统，对其目标产生了严重障碍，所以曹操在广泛吸纳并重用豪族士人的同时，又心存猜疑和抵制。其阉宦寒

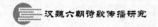

族的出身，也使他对儒学有所排斥。陈寅恪说："曹操的崇尚和政策即由他的阶级出身决定。"① 曹操少时"任侠放荡，不治行业"的行为以及对音乐和文学的喜好，都是对儒学排斥的表现。

面对上述社会现实和政治形势，曹操坚持"随时制宜"的政治原则，采用"内法外儒"的策略。在理论上强调儒家道德教化，在现实政治中则以刑为本，所谓"治定之化，以礼为首；拨乱之政，以刑为先"②。其文化建设方略也典型地体现了"随时制宜"的特点。在礼乐文化建设中，从外在形式上沿袭汉代传统，但在实质内容上却积极倡导清商俗乐并带头创作乐府歌辞。这种做法有其自身作为阉宦寒族文化基因对俗乐的偏爱，但更重要的是从文化层面抗衡儒学的一统局面。其对文学的倡导和对文士的积极延揽，也是意在寻求具有重要文化表征功能的符号，消解儒学思想一统天下的格局，削弱文士集团中世家豪族的力量。建安时期文学彬彬之盛的局面，其实是文学与政治结合的结果，是曹魏政治集团文化建设的重要内容。

三 曹操"以乐府叙汉末事"与建安风骨的发生

（一）曹操"拟乐府"创作时间述略

曹操现存诗歌 22 首，全为乐府诗。据陆侃如《中古文学系年》③、张可礼《三曹年谱》④ 考订，曹操作品中能够大致确定创作年代的有如下 11 首：

《度关山》：夏传才《曹操集校注》定在中平元年（公元 184 年），

---

① 陈寅恪：《魏晋南北朝史讲演录》，贵州人民出版社 2007 年版，第 8 页。
② 陈寿：《三国志·魏书·高柔传》，中华书局 1982 年标点本，第 683 页。
③ 陆侃如：《中古文学系年》，人民文学出版社 1998 年版。
④ 张可礼：《三曹年谱》，齐鲁书社 1983 年版。

曹操任济南相时作。①

《对酒》：张可礼《三曹年谱》定在汉灵帝中平元年（公元 184 年），曹操任济南相时作。

《薤露》：陆侃如《中古文学系年》定在汉献帝初平元年（公元 190 年），曹操行奋武将军，败于荥阳时作；张可礼《三曹年谱》定于同年。

《善哉行》其二：张可礼《三曹年谱》定在建安元年（公元 196 年），曹操尚未至洛阳，抒其情于献帝。

《蒿里行》：陆侃如《中古文学系年》定在建安四年（公元 199 年），曹操攻袁绍时作；张可礼《三曹年谱》定在建安三年（公元 198 年），曹操征袁术或征吕布欲还时作。

《董卓歌》：张可礼《三曹年谱》定在建安五年（公元 200 年）。

《苦寒行》：陆侃如《中古文学系年》、张可礼《三曹年谱》均定在建安十一年（公元 206 年）正月，征高干途径太行山时作。

《步出夏门行》：张可礼《三曹年谱》定在建安十二年（公元 207 年）秋冬，北征乌桓归途中作。

《短歌行》"对酒当歌"：张可礼《三曹年谱》定在建安十五年（公元 210 年），与《求贤令》大致同时。

《短歌行》"周西伯昌"：张可礼《三曹年谱》定在建安十五年（公元 210 年），与《让县自明本志令》大致同时。

《秋胡行》"晨上散关山"：张可礼《三曹年谱》定在建安二十年（公元 215 年）四月，曹操自陈仓出散关作。

夏传才《曹操集校注》认为曹操《气出唱》三首及《精列》《陌

---

① 夏传才：《曹操集校注》，河北教育出版社 2013 年标点本，第 2 页。

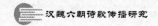

上桑》《秋胡行》等诸诗感叹暮年来临，寿命终有期限，而统一天下的抱负未能实现，于是幻想能够长生不死，追慕传说中的神仙，是晚年所作的游仙诗。①

以上是曹操诗歌大致可以确定创作年代的作品，其创作时间，从汉灵帝中平元年（公元184年）至汉献帝建安二十年（公元215年），其余作品大致也是在这三十多年时间里创作的。三十年中，又可以建安九年（公元204年）攻占邺城为界，分为邺城前和邺城后两个阶段：能确定为邺城以前的作品有《度关山》《对酒》《薤露行》《蒿里行》《善哉行》其二、《董卓歌》等六首；建安十一年至十五年的邺中作品有《苦寒行》《步出夏门行》《短歌行》二首等，《精列》《陌上桑》《秋胡行》等游仙题材可能是建安十六年前后的作品。可见，曹操一些重要作品都是在建安十六年以前创作的。

（二）曹操"拟乐府"的创作方式

在创作方式上，曹操乐府诗是以拟调为主的。魏晋文人拟乐府主要有两种方式：一是拟调，指按照曲调的旋律特点，模仿原辞创作。这种方式要求更多地考虑与原辞在结构形式上的相似性，以符合曲调的旋律要求。二是拟篇，指以曲调歌辞内容为蓝本的创作，这种方式则要求在主题、题材和内容上与原作保持某种内在的联系。②《宋书·乐志》载："相和，汉旧歌也。丝竹更相和，执节者歌。本一部，魏明帝分为二，更递夜宿。本十七曲，朱生、宋识、列和等复合之为十三曲。"③说明这组汉代旧曲，在曹魏宫廷是广为传播的。曹操有《驾

---

① 夏传才：《曹操集校注》，河北教育出版社2013年标点本，第30页。
② 拟调、拟篇的概念参考了钱志熙《唐人乐府学述要》，《中国社会科学》2013年第8期。
③ 沈约：《宋书》，中华书局1974年标点本，第603页。

六龙》等7首歌辞分别配以相和歌演唱。从《陌上桑》3首歌辞的对比中可见这些歌词的拟调性质。①

《陌上桑》文帝词：

> 弃故乡，离室宅，远从军旅万里客。披荆棘，求阡陌，侧足独窘步，路局笮。虎豹嗥动，鸡惊，禽失群，鸣相索。登南山，奈何蹈槃石，树木丛生郁差错。寝蒿草，荫松柏，涕泣雨面沾枕席。伴旅单，稍稍日零落，惆怅窃自怜，相痛惜。

《陌上桑》（楚辞钞）：

> 今有人，山之阿，被服薜荔带女萝。既含睇，又宜笑，子恋慕予善窈窕。乘赤豹，从文狸，辛夷车驾结桂旗。被石兰，带杜衡，折芳拔荃遗所思。处幽室，终不见，天路险艰独后来。表独立，山之上，云何容容而在下。杳冥冥，羌昼晦，东风飘飘神灵雨。风瑟瑟，木搜搜，思念公子徒以忧。

《陌上桑》武帝词：

> 驾虹霓，乘赤云，登彼九疑历玉门。济天汉，至昆仑，见西王母，谒东君。交赤松，及羡门，受要秘道爱精神。食芝英，饮醴泉，柱杖挂枝佩秋兰。绝人事，游浑元，若疾风游欻飘飘。景未移，行数千，寿如南山不忘愆。

"今有人"是用楚辞《九歌·山鬼》配《陌上桑》歌唱的，其句式结构显然是在《陌上桑》曲调旋律的制约下形成的。曹操"驾虹霓"与

---

① 沈约《宋书·乐志》将《陌上桑》古辞列于大曲《艳歌罗敷行》，说明今存"日出东南隅"古辞是在大曲中表演的，而非相和歌的《陌上桑》本辞。

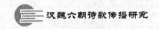

"今有人"完全一致，曹丕"弃故乡"也大致相同。说明曹操、曹丕的作品是按照《陌上桑》曲调的旋律或原辞结构拟作的。

《宋书·乐志》所录清商三调曲辞，除汉代古辞外，曹氏三祖作品居多。曹操有《西周》《对酒》配《短歌行》，《晨上》《愿登》配《秋胡行》，《北上》配《苦寒行》，《古公》《自惜》配《善哉行》，《碣石》配《步出夏门行》等，共8首。

清商三调歌诗是"荀勖撰旧词施用者"①。据现有文献知，荀勖整乐的重点是对汉魏旧曲演唱方式的加工，所谓"撰旧词"是指根据修订后的乐曲演唱方式加工旧词。《宋书·乐志》收录的三调歌辞是经荀勖等乐工加工过的乐奏辞，《乐府诗集》所载乐奏辞与《宋书·乐志》所录完全一致，与本辞则有一些明显的区别：一是标注了"="（复踏符号）、"解""艳""趋""乱"等音乐表演性标志；二是调整了部分词句；三是添加了歌辞的内容；四是添加了诸如"歌以言志""今日相对乐，延年万岁期"等演唱中的套语。这些区别反映了荀勖等乐工加工的基本内容，本辞当是曲调的原词或拟调而成的乐府诗。曹操所造新诗正是按照原曲调的音乐旋律和结构要求创作的，所以"被之管弦，皆成乐章"②。

因其主要遵循曲调的音乐要求进行拟作，所以在题材、内容和情感表达上则无须与原作保持一致。对此，刘勰说："魏之三祖，气爽才丽，宰割辞调，音靡节平。观其北上众引，秋风列篇，或述酣宴，或伤羁戍，志不出于淫荡，辞不离于哀思，虽三调之正声，实韶夏之郑曲也。"③刘勰以"淫荡""哀思"和"郑曲"指出魏氏三祖乐府诗在

---

① 沈约：《宋书·乐志》，中华书局 1974 年标点本，第 608 页。
② 陈寿：《三国志·魏书》，中华书局 1982 年标点本，第 54 页。
③ 范文澜：《文心雕龙注》，人民文学出版社 1958 年标点本，第 102 页。

题材内容和思想情感上的特点。曹操乐府诗的题材涉及征戍、国难、述志、游仙、宴饮娱乐等诸多内容。他总是从汉末动乱的社会现实着笔，不顾原作的古题和故事，体现了强烈的时代精神。如《度关山》表达作者的政治理想，诗歌直叙政见，言简意赅，陈祚明《采菽堂古诗选》称其"莽莽有古气"①。《对酒》通过对理想的太平盛世的描绘，反映作者革新政治的理想和愿望。《薤露行》《蒿里行》以汉末政治为背景，如实描写董卓之乱、军阀混战对国家和人民造成的深重灾难，钟惺《古诗归》称其为"汉末实录"。方东树《昭昧詹言》评价《薤露行》曰："此诗浩气奋迈，古直悲凉，音节词旨，雄姿真朴。一起雄直高大，收悲痛哀远……莽苍悲凉，气盖一世。"② 又如《善哉行》其二自述诗人身世，抒发父死君难的痛苦，《却东西门行》"鸿雁"篇"道将士离索之悲"等，都如实展现了汉末的社会现实，所以沈德潜说："借古乐府写时事，始于曹公。"③ 在体制结构上，曹操乐府诗大多遵循汉乐府"缘事而发"的传统，以叙事为主。如《蒿里行》叙述汉末董卓之乱后，关东诸郡以袁绍为盟主起兵讨伐，后又互相争斗的史实，《苦寒行》对行军途中艰苦环境的描写等，这些叙事内容构成诗歌的主体，只是将汉乐府的"本事"换成了"时事"而已。在情感表达上，曹操乐府往往从个体角度直接抒情，如"生民百遗一，念之断人肠"（《蒿里行》），"悲彼东山诗，悠悠令我哀"（《苦寒行》），"幸甚至哉！歌以咏志"（《步出夏门行》）等，改变了汉乐府的"普世化"抒情模式。

---

① 陈祚明：《采菽堂古诗选》，上海古籍出版社 2008 年标点本，第 127 页。
② 方东树：《昭昧詹言》，人民文学出版社 1961 年标点本，第 67 页。
③ 沈德潜：《古诗源》，中华书局 2006 年标点本，第 92 页。

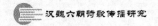

（三）建安十六年前其他文人作品述略

王粲建安十三年投靠曹操。现存 20 余首诗中，《赠蔡子笃诗》《赠士孙文始》《赠文叔良诗》《思亲为潘文则作》《七哀诗》三首等作品作于荆州依附刘表时期。陆侃如《中古文学系年》定《七哀诗》为建安十一年（公元 206 年）作，与《登楼赋》大致同时。① 其《杂诗》《咏史诗》《公宴诗》等诗歌均作于建安十六年以后，《从军行》作于建安二十年征张鲁、东吴时期。

孔融是建安七子中年岁最长者，建安元年（公元 196 年）应献帝之征做大作将，有"六言诗"三首颂美曹操，建安十三年被曹操杀害前有《临终诗》。

陈琳于建安九年归曹操，"太祖以琳、瑀为司空军谋祭酒，管记室，军国书檄，多琳、瑀所作"②。其《饮马长城窟行》作于建安八年前后。③

刘桢于建安十三年前已投靠曹操，据吴云《建安七子集校注》，《公宴诗》"当为刘桢初归曹氏时作"④，其《赠五官中郎将诗》四首、《赠徐干》等诗的创作时间当在建安十六年曹丕封五官中郎将之后。

与陈琳齐名的阮瑀也曾为曹操司空军谋祭酒，曹道衡据阮瑀《致刘备书》"披怀解带，投分托意"残句及《太平御览》卷六〇〇引《金楼子》"刘备叛走，曹操使阮瑀为书与备"记载，认为阮瑀在"建

---

① 刘跃进《秦汉文学编年史》定王粲《七哀诗》写作时间为初平四年（公元 193 年）赴荆州途中，商务印书馆 2006 年版，第 618 页。本书从陆侃如《中古文学系年》，与《登楼赋》大致同时，第一首"西京乱无象"是诗人对自己远赴荆州情景的回忆。

② 陈寿：《三国志·魏书·陈琳传》，中华书局 1982 年标点本，第 600 页。

③ 刘知渐《建安文学编年史》将陈琳《饮马长城窟行》编在建安八年，重庆出版社 1985 年版，第 18—20 页。

④ 吴云：《建安七子集校注》，天津古籍出版社 2005 年标点本，第 561 页。

安五年前已入曹幕"①。其《驾出自北郭门行》当作于建安初期，《咏史》《七哀》《公宴》《杂诗》等作品的年代难以确定。

据台湾洪顺隆《魏文帝曹丕年谱暨作品系年》考证，曹丕《钓竿行》作于建安四年，《夏日诗》作于建安八年，《黎阳作》四首作于建安八年随父征黎阳时。曹丕《善哉行》"上山采薇"、《燕歌行》二首作于建安十二年；《于玄武陂作》《饮马长城窟行》《代刘勋妻王氏杂诗》二首作于建安十三年。

建安十三年，曹操遣使者周近持玉璧赎回蔡文姬，蔡作《悲愤诗》二首②。

曹植的诗歌创作主要在邺城及以后的时间，现存能确定年代的最早作品当是作于建安十二年的《泰山梁甫行》③。赵幼文《曹植集校注》将其作品按建安、黄初、太和及时期未定者四类编排，第一首为《斗鸡》，此诗写作时间大约在建安十六年前后。④ 其余建安时期的诗作大多写于建安十六年曹植被封平原侯之后。

由上梳理，能够确定为建安九年邺城前的诗歌大致有：

王粲《赠蔡子笃诗》《赠士孙文始》《赠文叔良诗》《思亲为潘文则作》4首，孔融"六言诗"3首，陈琳《饮马长城窟行》1首，阮瑀《驾出自北郭门行》1首，曹丕《钓竿行》《夏日诗》《黎阳作》等6首，共14首，其中乐府诗3首。王粲4首全为四言诗，孔融为六言诗，陈琳为五七言相间的乐府，阮瑀为五言乐府，曹丕《夏日诗》为

---

① 曹道衡：《中古文学史料丛考》，中华书局 2003 年版，第 49 页。
② 刘跃进《秦汉文学编年史》（商务印书馆 2006 年版，第 643 页）定在建安十二年。
③ 张可礼《三曹年谱》定《泰山梁甫行》作于建安十二年曹植从曹操北征乌桓时，可从。
④ 参见王巍《曹植集校注》，河北教育出版社 2013 年标点本，第 1 页。

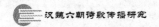

五言,《黎阳作》2首四言,1首五言,1首六言,《钓竿行》为五言乐府。这一时期的作品,在语言体式上四言、五言、六言、杂言均存,在诗歌类别上,乐府诗和其他文人诗大致各半,与东汉中后期情形大致相似,大多是汉代文人诗歌创作的延续。

能够确定为建安十年至十五年的诗歌有:

王粲《七哀诗》、孔融《临终诗》、刘桢《公宴诗》、曹丕《善哉行》"上山采薇"、《燕歌行》二首、《于玄武陂作》《饮马长城窟行》《代刘勋妻王氏杂诗》二首、蔡琰《悲愤诗》二首。表现汉末战乱的现实仍是这一时期诗歌的主要内容,但出现了公宴、游观等社交性主题,在语言体式上,除曹丕《燕歌行》(七言)、《善哉行》(四言)、蔡琰一首(骚体)外,其余均为五言,特别是乐府诗体之外的文人诗呈明显五言化趋势。

通过以上梳理和比较可见,曹操是邺城之前建安诗歌的主要创作者,也是"拟乐府"风气的引领者。东汉文人虽也有拟乐府创作,如班婕妤《怨歌行》、张衡《同声歌》、辛延年《羽林郎》、宋子侯《董娇娆》、蔡邕《饮马长城窟行》等,但这些作品属于拟乐府早期阶段,大多遵循乐府原辞的本事,在结构上以叙事为主,且多用第三人称,内容不离相思离别和贞妇孝女,称颂和劝勉的意味很重。如阮瑀《驾出郭北门行》描写一个被弃孤儿的悲惨遭遇,最后以"传告后代人,以此为明规"结束全篇,对世人提出劝诫。曹操的乐府诗则完全打破了这种写作模式,他大胆地"以乐府叙汉末事",开创了以乐府古题写时事的风气,其《对酒》《薤露行》《蒿里行》《善哉行》等作品对汉末动乱现实的真实反映及其透出的纵横豪迈、慷慨悲凉之气,如"幽燕老将",奠定了建安诗歌发展的基调。其《苦寒行》《步出夏门行》《短歌行》等,从入邺城至建安十五年的一些作品,以悲凉豪迈的情感和直面现实的古直之气，进一步强化了建安风骨的精神气象。在抒情方式上，他突破汉乐府"普世性"抒情模式，从诗人个体出发直抒胸臆，开启此后文人徒诗抒情的基本模式，对文人徒诗发展起了重要的引领作用，成为"收束汉音，振发魏响"① 的关键人物。因此，可以说建安风骨的发生是从"拟乐府"开始的，曹操"拟乐府"则开创了建安诗歌创作的新时代，不愧为建安文学前期的代表。

第二节　邺下诗酒唱和的文学传播方式与建安风骨的形成

一　建安文人集团及其诗酒唱和之风

建安八年，曹操"初置司直官，督中都官"②；建安九年攻占邺城后，自领冀州牧，并把许都司空府迁至邺城，另置司空留守长史处理许都事务；③ 建安十三年，罢三公官、置丞相、御史大夫，曹操自为丞相，名正言顺地在邺建造丞相府邸。此后，邺城成为曹操集团的军事、政治、文化中心，天下文士齐聚邺城，逐渐形成以邺城为中心的文人集团。

前文所及，阮瑀、陈琳、刘桢、王粲等已在建安十三年前先后投靠了曹操政权。建安十三年，曹操遣使者周近持玉璧赎回蔡文姬。建安十五年，曹操作《求贤令》，广求天下英才。特别值得注意的是，

① 黄侃：《诗品讲疏》，转引自范文澜《文心雕龙注》，人民文学出版社 1978 年标点本，第 87 页。
② 范晔：《后汉书·孝献帝纪》，中华书局 1965 年标点本，第 383 页。
③ 参见柳春新《曹操霸府述论》，《史学月刊》2002 年第 8 期。

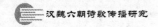

建安十六年，朝廷封曹植为平原侯、封曹丕为五官中郎将，并各置官署。曹操作《高选诸子掾属令》，以行政制度的形式高选文学之士进入曹丕、曹植等王侯的官属，陪侍王侯的诗文学习。徐干、苏林为五官中郎将曹丕文学；邢颙为平原侯家丞，刘桢、应场为平原侯庶子，毋丘俭、司马孚为曹植文学。此期间，曹丕、曹植兄弟与王粲、徐干、陈琳、阮瑀、应场、刘桢等文人相与友善，经常组织诗酒唱和的聚会活动，文人个体之间也经常有唱和、赠答的诗文往来，从而形成建安时期诗文创作的高潮。直到建安二十二年，王粲、徐干、陈琳、应场、刘桢等人相继去世，建安诗文唱和活动才逐步停歇。

邺下的文学活动，可以建安十六年曹丕、曹植置建官署为界分为两个阶段：建安十六年前，邺下文学活动的代表人物还是曹操。其一，天下文人纷纷汇聚邺下，是曹操文化政策和其"唯才是举"的求贤态度招引的结果；其二，曹操还是诸多集体文学活动的实际组织者和主导者，如建安十五年冬，铜雀台落成，曹操率诸子登台，"使各为赋"①，王粲《公宴诗》就是"侍曹操宴"②而成的作品；其三，曹操还是诗歌的主要创作者，如《步出夏门行》《短歌行》等不少代表作品都是在邺下创作的，尤其《短歌行》"对酒当歌"篇，是诗酒宴饮活动中的佳作。建安十六年后，随着曹丕、曹植官署的建立和文学属官的选配，建安文学活动中心逐渐转向曹丕、曹植兄弟，并形成邺下文人诗酒唱和的高潮。曹丕以"五官中郎将"这一丞相之副的身份，成为此期文学活动的实际组织者。

建安文人诗酒唱和的盛况，在其诗文书信中多有提及。曹植《与杨德祖书》曰："昔仲宣独步于汉南，孔璋鹰扬于河朔，伟长擅名于

---

① 陈寿：《三国志·曹植传》，中华书局1982年标点本，第557页。
② 李善注：《文选》，上海古籍出版社1986年标点本，第944页。

青土，公干振藻于海隅，德琏发迹于大魏，足下高视于上京。当此之时，人人自谓握灵蛇之珠，家家自谓抱荆山之玉，吾王于是设天网以该之，顿八纮以掩之，今悉集兹国矣！"① 曹丕《与吴质书》曰："昔日游处，行则同舆，止则接席，何尝须臾相失！每至觞酌流行，丝竹并奏，酒酣耳热，仰而赋诗。当此之时，忽然不自知乐也。"② 吴质《答魏太子笺》曰："昔侍左右，厕坐重贤，出有微行之游，入有管弦之欢，置酒乐饮，赋诗称寿。"③ 应场《公宴诗》曰："巍巍主人德，佳会被四方。开馆延群士，置酒于斯堂。辩论释郁结，援笔兴文章。穆穆众君子，好合同欢康。促坐褰重帷，传满腾羽觞。"④《三国志·王粲传》载："始文帝为五官将，及平原侯植皆好文学。粲与北海徐干字伟长、广陵陈琳字孔璋、陈留阮瑀字元瑜、汝南应场字德琏、东平刘桢字公干并见友善。"⑤ 钟嵘《诗品·序》对建安文人集团鼎盛期的情形也有描述："降及建安，曹公父子，笃好斯文；平原兄弟，郁为文栋；刘桢、王粲，为其羽翼。次有攀龙托凤，自致于属车者，盖将百计。彬彬之盛，大备于时矣。"⑥

二 诗酒唱和的文学传播方式与建安风骨的形成

诗酒唱和是建安文人集团一种经常性的交往方式，它既是诗歌创作的一种情境，又是诗歌及时传播的一种方式。诗酒唱和的参与者们往往在宴会场合凭着酒兴，就某一特定题材或主题即兴赋诗，当场品

① 赵幼文：《曹植集校注》，人民文学出版社 1984 年标点本，第 153 页。
② 陈寿：《三国志·吴质传》注引《典略》，中华书局 1982 年标点本，第 608 页。
③ 李善注：《文选》，上海古籍出版社 1986 年标点本，第 1825 页。
④ 逯钦立：《先秦汉魏晋南北朝诗》，中华书局 1983 年版，第 383 页。
⑤ 陈寿：《三国志·王粲传》，中华书局 1982 年标点本，第 599 页。
⑥ 曹旭：《诗品笺注》，人民文学出版社 2009 年标点本，第 12 页。

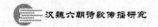

评，以此切磋诗艺、竞争诗才。在此情境中，创作者和接受者是同时在场、共同传播的，他们既是文学的创作者，又是文学的接受者，他们通过酒宴，以诗文艺事为主题，在诗文创作与品评活动中得到及时交流，既加深了情感、增进了友谊，又交流了创作技巧、切磋了诗艺。从传播效果看，一方面因文人之间交流和切磋的及时反馈机制，往往容易产生文人间的互动影响；另一方面也因诗文作品的及时传播和品评反馈，加快诗文传播的速度，扩大诗文的社会影响。因此，以诗酒唱和为纽带的文学传播，最易形成集团的群体风格。

建安诗文唱和主要是在曹操文化建设的语境中进行的，除曹操本人在诗文创作中带头示范、积极引导外，他还以行政手段为其诸子设立官属，高选文学掾属，带有明显的制度化行为。加之曹丕、曹植皆好文学，经常与其属官诗酒唱和。这种半制度化的文学活动对建安风骨的形成产生了重要影响。如《文心雕龙·时序》所云："自献帝播迁，文学蓬转，建安之末，区宇方辑。魏武以相王之尊，雅爱诗章；文帝以副君之重，妙善辞赋；陈思以公子之豪，下笔琳琅：并体貌英逸，故俊才云蒸。仲宣委质于汉南，孔璋归命于河北，伟长从宦于青土，公干徇质于海隅，德琏综其斐然之思，元瑜展其翩翩之乐，文蔚休伯之俦，于叔德祖之侣，傲雅觞豆之前，雍容衽席之上，洒笔以成酣歌，和墨以藉谈笑，观其时文，雅好慷慨，良由世积乱离，风衰俗怨，并志深而笔长，故梗概而多气也。"① 隋代李鄂更是明确指出了魏氏三祖对建安风骨形成的直接作用："魏之三祖，更尚文词，忽君人之大道，好雕虫之小艺。下之从上，有同影响，竞骋文华，遂成风俗。"②《晋书·阎缵传》引缵上书曰："昔魏文帝之在东宫，徐干、

---

① 范文澜：《文心雕龙注》，人民文学出版社 1958 年标点本，第 673—674 页。
② 魏徵：《隋书·李鄂传》，中华书局 1973 年标点本，第 1544 页。

刘桢为友，文学相接之道并如气类。"①

（一）邺下文人诗酒唱和与诗歌基本风貌

建安十五年以后的邺下诗歌作品大致有如下一些：

曹操：《秋胡行》《气出唱》三首、《精列》《陌上桑》等。

曹丕：《芙蓉池作》《善哉行》"朝日乐相乐"、《临高台》《陌上桑》作于建安十六年；《善哉行》"有美一人"、《寡妇诗》作于建安十七年；《孟津诗》作于建安十九年；《于明津作》《猛虎行》作于建安二十年；《善哉行》"朝游高台观"、《丹霞蔽日行》作于建安二十一年；《月重轮行》作于建安二十二年；《于清河见挽船士新婚与妻别》《清河作》《见挽船士兄弟辞别》《董逃行》《秋胡行》三首、《于谯作》作于建安二十五年。

曹植：《斗鸡》《公宴》《送应氏》二首、《赠丁仪王粲》《三良》等作于建安十六年，《离友》二首作于建安十八年，《赠王粲》作于建安十九年，《赠丁仪》作于建安二十三年，《野田黄雀行》作于建安二十五年曹丕诛丁仪、丁廙事件。②《弃妇篇》《赠徐干》《杂诗》"飞观百余尺"、《赠丁廙》《朔风》《侍太子坐》等作品亦当作于建安十六年至建安二十五年之间。

王粲：《杂诗》《咏史诗》《公宴诗》《从军行》五首等。

刘桢：《赠五官中郎将诗》四首、《赠徐干》《赠从弟》三首、《斗鸡》。

阮瑀：《咏史》《七哀》《公宴》《杂诗》等。

---

① 房玄龄等：《晋书·阎缵传》，中华书局 1974 年标点本，第 1355 页。

② 以上系年据张可礼《三曹年谱》，齐鲁书社 1983 年版。王巍《曹植集校注》以为《赠王粲》《弃妇诗》两首诗作于建安十六年前，可备一说。

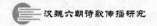

应场：《公宴》《侍五官中郎将建章台集诗》《斗鸡》等。

这些诗歌，除曹操、曹丕多用乐府体外，仅曹植《野田黄雀行》和王粲《从军行》五首是乐府体，文人徒诗明显增多，而且几乎全部是五言诗。在题材上，交游、饮宴、送别等社交性内容也明显增多。所谓"怜风月，狎池苑，述恩荣，叙酣宴"，但在整体风格上与曹操开创的慷慨劲健的诗风是一致的。正如刘勰所说："慷慨以任气，磊落以使才；造怀指事，不求纤密之巧，驱辞逐貌，唯取昭晰之能。"① 当然，此期诗歌明显的社交性特点又与邺下诗酒唱和的文学传播方式关系密切。

（二）邺下文人的诗酒唱和与同题共作

自建安九年后，以曹氏父子为中心的文人之间，诗文唱和活动逐渐增多，特别是建安十六年，曹丕受命五官中郎将、曹植受封平原侯，曹操为其高选掾属，形成以曹丕、曹植为中心的建安文士集团，建安文人的诗文唱和形成高潮。

《初学记》卷十引《魏文帝集》曰："为太子时，北园及东阁讲堂，并赋诗，命王粲、刘桢、阮瑀、应场等同作。"②

建安十六年秋，曹植《公宴》诗曰："公子敬爱客，终宴不知疲。清夜游西园，飞盖相追随。"此处"公子"指曹丕。《三国志集解》卷二一引赵一清曰："《名胜志》：西园在邺城西，魏曹丕同弟植宾从游幸之地也。"此诗是写作者随曹丕秋夜游西园的情景。③

又建安十六年七月，曹操率军征马超，曹丕留守邺城，作《感离

---

① 范文澜：《文心雕龙注》，人民文学出版社 1958 年标点本，第 66 页。
② 徐坚：《初学记》，中华书局 2004 年重印本，第 230 页。
③ 张可礼：《三曹年谱》，齐鲁书社 1983 年版，第 117 页。

赋》；曹植随父从征，作《离思赋》。二作当为兄弟离别的唱和之词。

建安十八年春，曹操军谯，曹丕、曹植各作《临涡赋》。

章樵注《古文苑》引挚虞《文章流别论》曰："建安中，魏文帝从武帝出猎，赋，命陈琳、王粲、应场、刘桢并作。琳为《武猎》，粲为《羽猎》，场为《西狩》，桢为《大阅》。"①

建安十九年，曹丕作《槐赋》，命王粲和作。曹丕赋曰："文昌殿中槐树，盛暑之时，余数游其下，美而赋之。王粲直登贤门小阁外，亦有槐树，乃就使赋焉。"② 曹植亦有《槐树赋》，其内容与曹丕赋意思相近，当为同时唱和之作。

建安二十年，曹植行女卒，作《行女哀辞》。《太平御览》卷五九六引挚虞《文章流别论》曰："建安中，文帝与临淄侯各失稚子，命徐干、刘桢等为之哀辞。"刘勰《文心雕龙·哀吊》曰："建安哀辞，唯伟长差善，行女一篇，时有恻怛。"③ 可见，徐干有《行女哀辞》存世。

建安二十一年，曹植作《鹖赋》《大暑赋》，命杨修和作。杨修《答临淄侯笺》曰："是以对鹖而辞，作《暑赋》弥日而不献，见西施之容，归憎其貌者也。"④ 杨修收到曹植赋后，诵读反复，并有唱和之作。

建安文人的诗歌唱和也是很多的，虽然现存文献对诗歌唱和无明确记载，但从建安文人的诗歌作品中可见其一斑。如曹植有《斗鸡诗》，刘桢、应场也各有一首《斗鸡诗》。

曹植《斗鸡诗》：

---

① 章樵注：《古文苑》卷七，《四部丛刊》影印本。
② 欧阳询：《艺文类聚》，上海古籍出版社1999年重印本，第1518页。
③ 范文澜：《文心雕龙注》，人民文学出版社1958年标点本，第240页。
④ 陈寿：《三国志·曹植传》，中华书局1982年标点本，第560页。

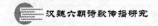
游目极妙伎，清听厌宫商。主人寂无为，众宾进乐方。

长筵坐戏客，斗鸡观闲房。群雄正翕赫，双翅自飞扬。

辉羽邀清风，悍目发朱光。嘴落轻毛散，严距往往伤。

长鸣入青云，扇翼独翱翔。愿蒙狸膏助，长得擅此场。

刘桢《斗鸡诗》：

丹鸡被华采，双距如锋芒。

愿一扬炎威，会战此中唐。

利爪探玉除，瞋目含火光。

长翅惊风起，劲翮正敷张。

轻举奋勾喙，电击复还翔。

应玚《斗鸡诗》：

戚戚怀不乐，无以释劳勤。兄弟游戏场，命驾迎众宾。

二部分曹伍，群鸡焕以陈。双炬解长缧，飞踊超敌伦。

芥羽张金距，连战何缤纷。从朝至日夕，胜负尚未分。

专场驱众敌，刚捷逸等群。四坐同休赞，宾主怀悦欣。

博弈非不乐，此戏世所珍。

三首诗歌对斗鸡场面的描述大致相同，当是文人们在诗酒唱和环境中的同题共作。朱绪曾《曹集考异》曰："刘桢、应玚俱有《斗鸡》，盖建安中同作。"①

又如曹丕有《善哉行》"有美一人"曰：

---

① 赵幼文：《曹植集校注》，人民文学出版社 1984 年标点本，第 2 页。

> 有美一人，婉如清扬。妍姿巧笑，和媚心肠。
>
> 知音识曲，善为乐方。哀弦微妙，清气含芳。
>
> 流郑激楚，度宫中商。感心动耳，绮丽难忘。
>
> 离鸟夕宿，在彼中洲。延颈鼓翼，悲鸣相求。
>
> 眷然顾之，使我心愁。嗟尔昔人，何以忘忧。

曹植《闺情诗》曰：

> 有一美人，被服纤罗。妖姿艳丽，蓊若春华。
>
> 红颜铧晔，云髻嵯峨。弹琴抚节，为我弦歌。
>
> 清浊齐均，既亮且和。取乐今日，遣恤其他。

曹丕《善哉行》"有美一人"《乐府诗集》卷三六收录，沈约《宋书·乐志》未收。《宋书·乐志》收录《善哉行》辞共八首，其中古辞"来日大难"四言24句，六解，另有曹丕"上山采薇"四言24句六解，《乐府诗集》注明此两曲"魏晋乐所奏"，"有美一人"未注明是否所奏。曹植"有美一人"在本集中题名《闺情》，《艺文类聚》卷十八曰"魏陈王曹植诗"，无具体题名。曹丕、曹植兄弟的这两首作品虽然诗题未见相同，但内容却有惊人的相似之处：都是描写一位妖姿艳丽的美人精湛的音乐表演，不仅内容相似，诗歌结构和体式也相同。当是二人依《善哉行》曲调的拟作。此外，如曹植、刘桢、阮瑀、应玚等人《公宴诗》、陈琳《宴会诗》，王粲与阮瑀《咏史诗》等，亦当是这些文人诗酒唱和中的同题之作。

（三）邺下文人诗酒唱和与文人诗歌主题、题材的拓展

邺城时期，随着建安文人之间诗酒唱和活动的增多，集体活动之外的私人交往也随之增多了，进一步增进了文人间的友谊。诗歌创作

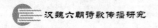

中与之相关的赠答、送别题材也得到极大的拓展。

如曹植《赠丁翼》："嘉宾填城阙，丰膳出中厨。吾与二三子，曲宴此城隅。秦筝发西气，齐瑟扬东讴。肴来不虚归，觞至反无余。"这是一首典型的诗酒宴饮中的赠答诗。曹植《赠王粲》是应王粲《杂诗》"日暮游西园，冀写忧思情"的酬答之作，表达了作者对王粲抑郁不得志的劝慰与鼓励。《送应氏》其二，具体描写与应场、应璩兄弟二人的送别场景，表达了"山川阻且远，别促会日长"的离愁。《赠徐干》则表达了作者对徐干德高而贫贱之处境的同情。此外，曹植还有《赠丁仪》《赠丁仪王粲》《离友诗》二首等作品，刘桢有《赠五官中郎将》四首、《赠徐干》《赠从弟》三首，徐干有《答刘桢》，邯郸淳有对曹植的《赠答诗》等。

这些作品的赠答事由及送别场面虽各有不同，但贯注作品之中的深情厚谊是执着而强烈的。如"思子沉心曲，长叹不能言"（刘桢《赠徐干》），"我思一何笃，其愁如三春"（徐干《答刘桢》），曹植"爱至望若深"（《送应氏》），"亲交义在敦"（《赠徐干》），"亲交义不薄"（《赠丁仪》）等诗句，均表现了曹植与赠送者之间的深情厚谊。其《离友》诗序曰："乡人有夏侯威者，少有成人之风。余尚其为人，与之昵好。王师振旅，送予于魏邦，心有眷然，为之陨涕，乃作离友之诗。"① 直接在序中交代其与夏侯威的亲密友谊及离别时的眷然之情。

赠答、送别题材的出现是建安文学的一个突出现象。在中国诗歌史上，赠答、送别题材非建安文人的首创，东汉末年的桓灵之世已有作品问世，如桓麟《答客诗》、秦嘉夫妇的赠答诗、蔡邕《答对元式》

---

① 赵幼文：《曹植集校注》，人民文学出版社 1984 年标点本，第 54 页。

《答卜元嗣》等，① 这些作品虽然出自文人诗酒唱和的交际应酬，但其主题或颂美或劝勉，语言以"四言"为主，沿袭了先秦赋诗言志的传统，是《诗经》影响下的产物。建安文人的赠答、送别诗则更多地强化了赠诗双方的情感表达，在情感表达方式上，建安文人的赠答、送别诗，因其具体的创作缘由和明确的传播对象，相较汉乐府面向世俗社会广大受众的"泛主体化"抒情倾向来说，更加注重个体性情感的表达，情感抒发往往很具体、很明确，针对性强。

值得注意的是，导致建安文人赠答、送别诗个性化抒情的行为机制是建安文人频繁的诗酒唱和活动。从传播来说，赠答、送别诗是人际传播方式的产物，因其明确的创作对象和传播对象，从而使诗歌创作由汉乐府的"公共性"言说性质向文人"私人性"言说性质转移。这种抒情方式的转化是文人文学形成的重要标志，而这种转化恰恰是在建安邺下文人诗酒唱和的文学传播活动中产生的。

三　建安文人的诗文品评之风与建安风骨的确立

诗酒唱和的文学传播不仅带动了同题共作的出现和赠答、送别题材的发展，也促进了诗歌品评之风的兴起。建安文人之间互相品评诗文已逐渐形成风气。

如刘桢称颂徐干诗曰："猥蒙惠咳吐，贶以雅颂声。高义厉青云，灼灼有表经。"（《又赠徐干》）称颂曹丕诗曰："君侯多壮思，文雅纵横飞。小臣信顽卤，黾勉安能追。"（《赠五官中郎将》）陈琳《答东阿王笺》品评曹植《神龟赋》曰："昨加恩辱命，并示《龟赋》，披览粲然。君侯体高世之才，秉青萍干将之器，拂钟无声，应机立断。此乃

---

① 王粲荆州之作《赠士孙文始》《赠文叔良》等赠答诗，在主题上虽然以抒发双方友谊为主，但句式上全用四言，尚未脱离《诗经》传统。

天然异禀，非钻仰者所庶几也。音义既远，清词妙句，焱绝焕炳。譬犹飞兔流星，超山越海，龙骥所不敢追，况于驽马，可得齐足？夫听《白雪》之音，观《绿水》之节，然后《东野》《巴人》，蚩鄙益著。载欢载笑，欲罢不能。谨韫椟玩耽，以为吟颂。"① 卞兰《赞述太子赋并上赋表》评价曹丕作品曰："窃见所作《典论》及诸赋颂，逸句烂然，沉思泉涌，华藻云浮，听之忘味，正使圣人复存，犹称善不暇，所不能闲也。"曹丕《答卞兰教》曰："赋者，言事类之所附也，颂者美盛德之形容。故作者不虚其辞，受者必当其实，兰此岂吾实哉?"② 又吴质《答魏太子笺》称颂曹丕的文学才华曰："伏惟所天，优游典籍之场，休息篇章之囿，发言抗论，穷理尽微，摛藻下笔，鸾龙之文奋矣。虽年齐萧王，才实百之。此众议所以归高，远近所以同声。"③

建安二十一年，曹植在《与杨德祖书》中不仅品评了建安文人的诗文创作，还集中阐述了关于诗文品评的见解。④ 书信正文主要由三部分构成：第一，积极倡导文人之间开展诗文品评活动。书信正文以"仆少小好为文章，迄至于今二十有五年矣，然今世作者可略而言也"开头，总述王粲"独步于汉南"、陈琳"鹰扬于河朔"、徐干"擅名于青土"、刘桢"振藻于海隅"、应玚"发迹于大魏"、杨修足下"高视于上京"，以及吾王"设天网以该之""顿八纮以掩之"，以至于今天"悉集兹国"的盛况，接着指出"此数子"诗文尚未达到"飞轩绝迹""一举千里"的境界，并以自己曾写信以"画虎不成，反为狗"嘲讽陈琳"不闲于辞赋而多自谓能与司马长卿同风"，此举非但没有遭到陈琳责怪，反而盛称是赞美他的文章之事为例，倡导文人之间要开展

① 李善注：《文选》，上海古籍出版社 1986 年标点本，第 1823—1824 页。
② 欧阳询：《艺文类聚》卷十六，上海古籍出版社 1999 年重印本，第 298—299 页。
③ 李善注：《文选》，上海古籍出版社 1986 年标点本，第 1826 页。
④ 赵幼文：《曹植集校注》，人民文学出版社 1984 年校点本，第 153 页。

互相批评，而不能一味地妄加吹捧、赞赏。紧接着又以"仆尝好人讥弹其文，有不善者，应时改定"和丁廙曾作小文请自己润色两事为例，进一步阐述文人之间通过互相品评，提高诗文艺术的必要性。第二，提出品评他人诗文的要求以及诗文品评的个人好尚问题。书信以"有南威之容，乃可以论于淑媛，有龙泉之利，乃可以议于断割"两个比喻，说明只有具备较高的诗文写作水平才能够品评别人的诗文，并指出刘季绪"才不能逮于作者，而好诋诃文章，掎摭利病"这种时下诗文品评中的不良风气。又以"兰茝荪蕙之芳，众人之所好，而海畔有逐臭之夫；《咸池》《六茎》之发，众人所共乐，而墨翟有非之之论"为喻，提出正确对待诗文品评中的个人好尚问题。最后，提出以诗文"传之于同好"的见解。书信以"今往仆少小所著辞赋一通相与"为契机，阐明自己"戮力上国，流惠下民，建永世之业，流金石之功"，而非"徒以翰墨为勋绩，辞赋为君子"的人生理想，以及"若吾志未果，吾道不行，则将采庶官之实录，辩时俗之得失，定仁义之衷，成一家之言，虽未能藏之于名山，将以传之于同好"的见解。纵观全文，该书信不仅品评了建安文人的诗文创作、阐述了有关诗文品评的见解，而且书信中多处透露出当时诗文品评之风的盛行。如曹植对陈琳"画虎不成，反为狗"的讥评；自己"尝好人讥弹其文，有不善者，应时改定"的做法；丁廙请求曹植为他润色小文之事；刘季绪"才不能逮于作者，而好诋诃文章，掎摭利病"的现象；等等。这些都是当时诗文品评的鲜活事例。

在建安文人的诗文品评活动中，尤以曹丕的诗文品评影响最大。建安二十三年，曹丕《又与吴质书》是一篇品评建安诗文的书信。书信曰："观古今文人，类不护细行，鲜皆能以名节自立。而伟长独怀文抱质，恬淡寡欲，有箕山之志，可谓彬彬君子者矣。著《中论》二十余篇，成一家之言，辞义典雅，足传于后，此子为不朽矣。德琏常斐然有述作意，其才学足以著书，美志不遂，良可痛惜。闲历观诸子之文，对之拉泪，既痛逝者，行自念也。孔璋章表殊健，微为繁富。公干有逸气，但未遒耳，至其五言诗之善者，妙绝当时。元瑜书记翩翩，致足乐也。仲宣独自善于辞赋，惜其体弱，不足起其文，至于所善，古人无以远过。"① 这段文字集中品评了徐干《中论》辞义典雅，有彬彬君子之风，对应场具有著书才学而美志不遂的痛惜，还具体指出陈琳章表的劲健之美及其繁富之病，刘桢作品的"逸气"之美及其"遒劲"不足问题，对其五言诗给予"妙绝时人"的盛赞，还称赞阮瑀"翩翩"的文采，指出王粲辞赋"古人无以远过"的艺术地位，以及稍嫌"体弱"的不足。对建安重要作家的优缺点一一指出，可谓全面客观。曹丕的《典论·论文》则具有对建安文坛全面总结的性质。其评论建安诸子创作优劣时指出："粲长于辞赋，干时有逸气，然非粲匹也。如粲之《初征》《登楼》《槐赋》《征思》，干之《玄猿》《漏卮》《圆扇》《橘赋》，虽张蔡不过也。然于他文未能称是。琳瑀之章表书记，今之隽也。应场和而不壮；刘桢壮而不密。孔融体气高妙，有过人者，然不能持论，理不胜辞，以至乎杂以嘲戏；及其所善，扬班之俦也。"②

曹丕对邺下文人优劣的品评，实质上起到了导引诗文创作方向的作用。不仅在诗歌批评史上具有重要地位，在诗歌创作史和传播史上也有重要意义。建安文人在诗歌品评中始终贯穿着一种审美标准，那就是慷慨劲健之美。如吴质《答魏太子笺》称曹丕"摛藻下笔，鸾龙之文奋矣"；卞兰《赞述太子赋并上赋表》称曹丕"逸句烂然，沉思

① 严可均：《全三国文》卷七，中华书局 1958 年影印本，第 1087 页。
② 陈寿：《三国志·王粲传》引，《魏略》，中华书局 1982 年标点本，第 602 页。

泉涌";陈琳《答东阿王笺》评曹植《神龟赋》譬犹"飞兔流星,超山越海";刘桢称颂徐干诗"高义厉青云,灼灼有表经",曹丕诗"君侯多壮思,文雅纵横飞"。曹丕诗文品评中的这种审美倾向更为明显。如《又与吴质书》称道陈琳章表的"殊健"、刘桢诗歌的"逸气"和阮瑀的"翩翩"之美,指出刘桢诗歌"未遒"、王粲辞赋"体弱"之不足;在《典论·论文》中对应场诗歌"和而不壮"、刘桢诗歌"壮而不密"的评点,并标举"文以气为主"的观点等。曹丕提出的诸如"健""逸""翩翩""遒""壮""气"等正面概念,其内涵是"遒劲健壮""文气连贯",强调诗文的劲健之美和流畅自如的气韵。这其实就是"建安风骨"的内涵。文人之间通过诗文品评,使建安人共同崇尚的慷慨劲健之美逐渐深入人心,声名远扬,"建安风骨"这种具有鲜明时代特色的群体性文学风格在文坛逐渐得以确立。此一过程,曹丕所起的作用最为显著。

综上可见,在建安文人诗酒唱和的文学传播活动中,曹操具有奠基和开创之功。曹丕从建安十六年到其登皇帝位的十年中,邺下诗酒唱和文学传播活动的主要执行者和推动者,成为建安文学第二阶段的代表人物。第一,经常组织文人宴饮集会,提供诗酒唱和的机会。并在宴饮集会中亲自创作诗赋,增强集团成员之间的互动和交流。第二,经常开展诗文品评活动。以曹丕为代表的建安诗文品评活动,对建安风骨的形成和文坛确认均具有重要意义。一方面,曹丕等人的诗文品评在建安文学活动场域中,通过向作者反馈意见、引领文学创作的方向,对形成"建安风骨"这一时代风格产生了实质性影响。另一方面,诗歌品评还作为"意见领袖"影响广大读者,扩大诗歌的传播范围和社会影响力,从而对"建安风骨"在文坛上的确认提供了舆论影响。当然,曹植也是建安诗酒唱和文学传播活动的积极参与者和组织

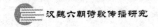

者之一，他主要以诗文创作实践和作品，丰富了建安风骨的内涵，赢得了文坛的认可。

第三节　曹植拟乐府的创作模式与传播方式

建安二十五年，曹丕代汉称帝，改年号黄初，建安文学进入第三阶段。随着建安七子的相继离世和曹丕的称帝，邺中文人诗酒唱和的文学传播场被打破；加之，曹丕登基后对曹植等曹氏诸王的政治排挤和残酷迫害，以曹植为代表的建安后期诗歌创作发生了显著变化。第一，在诗歌题材上，开始由游宴、赠答、送别等社交性内容向抒发自己人生遭遇和政治苦闷转向。第二，在诗歌体式上多采用乐府体。第三，在诗歌结构上增加了抒情的比重。第四，在创作技巧上注重辞华和比兴修辞。以上创新，使曹植诗歌在情感上做到了用世之情与个人私情的交融，在艺术上做到了风骨与文采的结合，所谓"骨气奇高，词彩华茂，情兼雅怨，体被文质"①，从而完成了中国诗歌创作由"应歌"向"作诗"的转变，推动了诗歌文学的自觉。在曹植时代完成这个转变，除曹植这位天才诗人的大胆创新和当时特殊的政治文化环境等因素外，此期文学传播媒介的发展与变革也是重要因素之一。本节重点探讨建安文学传播媒介变革与曹植拟乐府创作新变的关系。

一　黄初、太和时期曹植诗歌体式述略

据赵幼文《曹植集校注》，曹植黄初时期的诗歌有：《杂诗》"高

---

① 曹旭：《诗品笺注》，人民文学出版社 2009 年标点本，第 56 页。

树多悲风"、《盘石篇》《仙人篇》《游仙》《升天行》二首、《责躬诗》《应诏》《七步诗》《赠白马王彪》《浮萍篇》《七哀》《种葛篇》《苦思行》《矫志》《鞞舞歌》五首等20余首。

太和时期的诗歌有：《怨歌行》《惟汉行》《当墙欲高行》《喜雨》《杂诗》"仆夫早严驾"、《鰕鱼旦篇》《吁嗟篇》《美女篇》《杂诗》"南国有佳人""转蓬离本根"、《飞龙篇》《桂之树行》《平陵东》《五游咏》《远游篇》《驱车篇》《白马篇》《豫章行》二首、《丹霞蔽日行》《当欲游南山行》《当事君行》《薤露行》《箜篌引》《当车以驾行》《当来日大难》《妾薄命》二首、《名都篇》《元会》《门有万里客》等30余首。

曹植此期诗歌在诗体上的特点是大量使用乐府体。黄初时期20首诗歌中有12首乐府诗，太和时期31首诗歌中有26首乐府诗，乐府诗占75%。从其乐府诗的类别看，相和歌辞有：相和六引《箜篌引》，相和曲《薤露行》《惟汉行》《平陵东》，平调曲《鰕鱼旦篇》，清调曲《吁嗟篇》《豫章行》二首、《浮萍篇》，瑟调曲《当来日大难》《丹霞蔽日行》《门有万里客》，楚调曲《怨歌行》等13首；杂曲歌辞有：《桂之树行》《当墙欲高行》《当欲游南山行》《当事君行》《当车以驾行》《妾薄命》二首、《名都篇》《美女篇》《白马篇》《苦思行》《升天行》二首、《五游咏》《远游篇》《仙人篇》《飞龙篇》《盘石篇》《驱车篇》《种葛篇》等20首；鞞舞歌辞有：《圣皇篇》《灵芝篇》《大魏篇》《精微篇》《孟冬篇》等5首。

曹植还是大量使用五言体式创作的诗人。曹植共有相和三调乐府16首，其中建安时期有《泰山梁甫行》《野田黄雀行》等3首，黄初、太和时期有13首，除《平陵东》《当来日大难》和《丹霞蔽日行》3首杂言外，其余13首为整齐的五言；有拟杂曲乐府20首，除《桂之

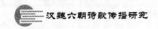

树行》《当墙欲高行》《当事君行》《当车已驾行》为杂言，《妾薄命》
为六言，《飞龙篇》为四言外，其余 13 首均为五言；有《鞞舞歌》5
首，其中 4 首为五言。曹植现存完整的乐府诗共 41 首，其中 30 首为
五言体。另外，曹植有徒诗 36 首，除《元会》《责躬》《应诏》《朔
风》《矫志》《闺情》等 6 首四言，《离友》2 首骚体外，其余 28 首全
为五言体。五言诗体占曹植全部诗歌的 75%。① 建安其他诗人的诗歌
语言体式也以五言居多。可见，建安确实是"五言腾踊"的时代。

二 拟调与拟篇：曹植拟乐府的两种方式

上文所及，汉魏拟乐府存在拟调和拟篇两种基本方式，曹植作为
建安时期拟乐府最多的诗人，他对拟调、拟篇两种方式都有采用。总
体而言，其相和三调歌辞多拟调，而杂曲歌辞则多拟篇。

（一）拟调与拟篇的双重观照：曹植相和三调歌辞的创作模式

曹植作为一名喜爱并精通音乐的文人，他的很多乐府诗也是拟调
而成的。如《平陵东》"阊阖开"：

> 阊阖开，天衢通，被我羽衣乘飞龙。乘飞龙，与仙期，东上
> 蓬莱采灵芝。灵芝采之可服食，年若王父无终极。

《平陵东》古辞：

> 平陵东，松柏桐，不知何人劫义公。劫义公，在高堂下，交
> 钱百万两走马。两走马，亦诚难，顾见追吏心中恻。心中恻，血

---

① 曹植现存诗歌的数量，有一些争议，赵幼文《曹植集校注》收诗 77 首，另收非
曹植所撰，旧集误收者 3 首，黄节《曹子建诗注》收诗 70 首，今据《曹植集校注》，定
为 77 首。

出漉，归告我家卖黄犊。①

二者句式结构大体一致，应是典型的拟调之作。

又如《薤露行》"天地"：

> 天地无穷极，阴阳转相因。人居一世间，忽若风吹尘。
>
> 愿得展功勤，输力于明君。怀此王佐才，慷慨独不群。
>
> 鳞介尊神龙，走兽宗麒麟。虫兽犹知德，何况于士人。
>
> 孔氏删诗书，王业粲已分。骋我径寸翰，流藻垂华芬。

曹操《薤露行》：

> 惟汉二十二世，所在诚不良。沐猴而冠带，知小而谋强。
>
> 犹豫不敢断，因狩执君王。白虹为贯日，己亦先受殃。
>
> 贼臣持国柄，杀主灭宇京。荡覆帝基业，宗庙以燔丧。
>
> 播越西迁移，号泣而且行。瞻彼洛城郭，微子为哀伤。

《乐府解题》曰："曹植拟《薤露行》为《天地》。"② 内容上，曹操作品从汉代建国历史开始，重点叙述汉末国乱的史实，表达其对汉王朝的"黍离之悲"。曹植作品开篇依循《薤露行》曲调的挽歌性质和悲叹人命奄忽的传统主题，叙写人生短暂之悲，接着诗歌拓展出愿以王佐之才"输力明君"、以"径寸"之翰"流藻华芬"的愿望。《薤露》古辞，《宋书·乐志》失载，《乐府诗集》曰："薤上露，何易晞。露晞明朝更复落，人死一去何时归。"曹操、曹植的拟作在结构上完全一致，而与《乐府诗集》所载不同，二者依拟的可能是曹魏时期

---

① 郭茂倩：《乐府诗集》，中华书局 1979 年校点本，第 410 页。
② 同上书，第 397 页。

传唱的《薤露行》曲调。曹植另有一首《惟汉行》，则是拟曹操《薤露行》"惟汉篇"的作品，属于拟篇之作。《乐府诗集》曰："魏武帝《薤露行》曰：'惟汉二十二世，所任诚不良。'曹植又作《惟汉行》。"① 总体而言，曹植拟相和歌及清商三调的作品，在句式结构上与原作和同期其他拟作基本相似，这一特点是拟作遵循原曲音乐要求的结果，属于拟调之作。

值得注意的是，曹植的作品除了句式结构上与原作保持一致外，在题材、主题和抒情方式上也与原作保持一定的内在联系：或从原作主题中引申，或从原作的某个点宕开拓展，体现了文人拟乐府的新创。在情感表达上，曹植诗歌也以抒发个体情感为主，但与曹操、曹丕不同的是，他往往以史事和寓言式的故事影射现实、传达比兴寄托，显得含蓄隐曲。在结构上，曹植诗歌也多以史事或虚构的寓言式故事展开，而且这些史事或寓言仅仅作为诗歌主题的说明，不求故事的完整性。这种结构方式大大减弱了诗歌的故事性，增强了诗歌的抒情性。如曹植《吁嗟篇》：

> 吁嗟此转蓬，居世何独然。长去本根逝，夙夜无休闲。
>
> 东西经七陌，南北越九阡。卒遇回风起，吹我入云间。
>
> 自谓终天路，忽然下沉渊。惊飚接我出，故归彼中田。
>
> 当南而更北，谓东而反西。宕宕当何依，忽亡而复存。
>
> 飘飘周八泽，连翩历五山。流转无恒处，谁知吾苦艰。
>
> 愿为中林草，秋随野火燔。糜灭岂不痛，愿与根荄连。

《乐府解题》曰："曹植拟《苦寒行》为《吁嗟》。"② 可见，《吁嗟篇》

---

① 郭茂倩：《乐府诗集》，中华书局 1979 年标点本，第 396 页。
② 同上书，第 499 页。

是曹植拟曹操《苦寒行》"北上篇"的作品。在句式结构上，曹植《吁嗟篇》与曹操《苦寒行》完全一致，但在主题上《吁嗟篇》不依拟《苦寒行》"冰雪溪谷之苦"①，而是叙写转蓬"长去本根逝""流转无恒处"的飘零之悲，表达转蓬"愿与根荄连"的愿望，在曹操《北上篇》基础上进行了拓展和升华。诗歌虽然以第三人称展开叙述，但"转蓬"故事是作者虚构的，具有明显的比兴寄托意义。在抒情方式上，诗歌以转蓬为喻，通过转蓬"愿与根荄连"的愿望，表达了作者对自己"十一年中而三徙都"的转蓬式命运的感伤，感情虽然慷慨悲苦，但用寓言方式表达，显得委婉含蓄。又如《怨歌行》"为君"：

> 为君既不易，为臣良独难。忠信事不显，乃有见疑患。
> 周公佐成王，金縢功不刊。推心辅王室，二叔反流言。
> 待罪居东国，泣涕常流连。皇灵大动变，震雷风且寒。
> 拔树偃秋稼，天威不可干。素服开金縢，感悟求其端。
> 公旦事既显，成王乃哀叹。吾欲尽此曲，此曲悲且长。
> 今日乐相乐，别后莫相忘。②

诗歌开篇发出"为君既不易，为臣良独难。忠信事不显，乃有见疑患"的感慨，接着以周公旦推心辅佐王室，而管叔、蔡叔以流言反之的史事予以说明，诗中的史事篇幅虽然很大，但仅是诗歌观点的"论据"，不是诗歌的主体，而第三人称的叙事方式又使诗歌与汉乐府传统保持一定联系。

可见，曹植的相和三调乐府诗创作是在原曲音乐风格和歌词内容的二维参照中进行的，作品既考虑了曲调的音乐要求，也充分注意了

---

① 郭茂倩：《乐府诗集》，中华书局 1979 年标点本，第 496 页。
② 同上书，第 617 页。

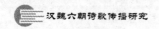
曲调反映的传统内容和主题，体现了拟调与拟篇的双重性质。

（二）拟篇：曹植杂曲歌辞的创作模式

曹植的杂曲歌辞在其乐府诗中独具特色，是典型的"拟篇"之作。《乐府诗集》共收曹植杂曲乐府21篇①，内容涉及游仙者最多，有《升天行》《仙人篇》《游仙》《远游篇》《飞龙篇》《驱车篇》等10余篇，其他涉及游侠如《白马篇》、履险如《盘石篇》、美女如《美女篇》、弃妇如《种葛篇》、宴娱如《名都篇》等，题材十分广泛。据《乐府诗集》"杂曲歌辞"解题，杂曲有几种情况：一是名存义亡，不见所起，而有古辞可考者；二是不见古辞而后人继有拟述者；三是因意命题，学古叙事者。② 杂曲歌辞或存古辞或存拟辞或学古自作的三种情况，说明这些曲调基本不歌、不传了，曹植的杂曲乐府多是以古辞或拟古辞的文本为依据的"拟篇"之作，其中或因意命题或学古叙事的作品，当是根据曹植对乐府诗传统和艺术精神的理解而进行的独创。相比相和三调乐府而言，曹植的杂曲乐府更加强调诗歌的文本意义，文人化特征更为鲜明。

第一，在情感表达上，往往通过神话故事、美女弃妇，或他事、他物的比喻和象征，表达诗人的个体情感体验。这些诗歌的情感虽然多从诗人个体角度而发，但又总是将触发情感的真实原因隐藏在虚构的人物和场景之中，使诗人个体的特殊情感通过人们所能感受到的人物或场景的比喻象征意义表达出来。如《美女篇》借一位妖闲皓素、为众人所希慕的处女成年处房室、不得所配的叹息，表达诗人为君猜忌而不得任用的痛苦；《盘石篇》借"盘石"的身世和遭遇表达诗人

---

① 郭茂倩《乐府诗集》将曹植《斗鸡》亦收录为杂曲歌辞。
② 郭茂倩：《乐府诗集》，中华书局1979年标点本，第885页。

"身本盘石而迹类飘蓬"的痛苦；《飞龙篇》借乘龙升天、求仙问道来表达诗人急欲摆脱现实的超世之情。

第二，在诗歌结构上，往往通过故事来结构全篇，在叙事中抒情。如《白马篇》塑造了一位为国赴难、视死如归的"游侠"形象，诗歌以赋笔展开描写，前部分叙述游侠的着装、出身，接着铺陈游侠高超的射技；后部分叙述一旦国家有难，游侠挺身而出，不顾性命和私情；最后以"捐躯赴国难，视死忽如归"结束，总结游侠高尚的品质。全篇从头至尾都是以第三人称的视角叙述游侠的故事。最后两句在对游侠故事的概括和总结中表达了诗人对游侠高尚品质的赞美。《美女篇》全诗30句，前22句都是叙事。开篇写女子采桑歧路，接着写女子的穿着打扮和高洁的气质，并以行徒和休者的反应作映衬，再写女子青楼高门的家世和门第。最后8句抒发"佳人慕高义，求贤良独难"的感慨。全诗以第三人称视角展开叙事，美女采桑情节及外貌描写明显是模仿汉乐府《艳歌罗敷行》而来，后部分的感慨抒情，也从美女角度着眼。《飞龙篇》则以乘龙升天为线索展开叙事，先写晨游太山、忽逢二童、长跪问道，后写西登玉堂、授我仙药、教我服食，最后表达"寿同金石，永世难老"的愿望，构成诗歌以叙事为主的结构模式。比较而言，曹植相和三调乐府诗往往弱化叙事成分而突出抒情色彩，而杂曲乐府则有意强化叙事成分，并多从第三人称视角叙事，体现了诗人对汉乐府传统的认识和理解。

第三，在诗题命名上，多以"篇"为题，还出现了"当××行"的命名方式。曹植相和三调乐府中，《吁嗟篇》《鰕鱼旦篇》《浮萍篇》3篇是以诗歌首句的头二字为篇名的，杂曲乐府中，这种名篇方式明显增多。现存杂曲乐府20篇，以"篇"命名的有《仙人篇》《白马篇》《名都篇》《美女篇》《远游篇》《种葛篇》《飞龙篇》《盘石篇》

《驱车篇》等9篇。《乐府诗集》引《歌录》曰："《名都》《美女》《白马》，并《齐瑟行》也。曹植《名都篇》曰'名都多妖女'，《美女篇》曰'美女妖且闲'，《白马篇》曰'白马饰金羁'，皆以首句名篇。"① "以首句名篇"强调的是"篇"的意义，而非"曲"的意义，乐府诗命名方式由"行"向"篇"的过渡，标志着乐府诗的文本意义逐渐受到诗人的重视，也体现了曹植乐府诗创作的"拟篇"性质。

另外，在曹植杂曲乐府中还出现了"当××行"的诗题，如曹植杂曲乐府《当来日大难》《当墙欲高行》《当欲游南山行》《当事君行》《当车已驾行》等。《说文解字》曰："当，田相值也。值者持也，田与田相持也。引申之，凡相持相抵皆曰当。"② 后引申为"顶替""代替"。曹植杂曲乐府"当××行"的"当"就是"代替"的意思，是魏晋拟乐府的标志。《乐府解题》曰："曹植拟《善哉行》为《日苦短》。"③ "日苦短"是曹植《当来日大难》的首句。朱乾《乐府正义》曰："当，代也，以此代《来日大难》也。"④ 又黄节《当墙欲高行》解题曰："郭茂倩《乐府诗集》墙欲高行无古辞，盖已佚，以子建此篇之当字，知必有古辞也。"⑤ 陆机有《当置酒》1篇，是拟曹植《野田黄雀行》"置酒"篇而成的作品。《乐府解题》曰："晋乐奏东阿王'置酒高殿上'，始言丰膳乐饮，盛宾主之献酬，中言欢极而悲，嗟盛时不再，终言归于知命而无忧也。"⑥ 陆机《当置酒》首句"置酒宴嘉宾"来自曹植"置酒"篇。后来鲍照的乐府诗往往用"代××行"。

① 郭茂倩：《乐府诗集》，中华书局1979年标点本，第911页。
② 段玉裁：《说文解字注》，上海古籍出版社1988年影印本，第697页。
③ 郭茂倩：《乐府诗集》，中华书局1979年标点本，第540页。
④ 黄节：《曹子建诗注》，中华书局2008年标点本，第147页。
⑤ 同上书，第153页。
⑥ 郭茂倩：《乐府诗集》，中华书局1979年标点本，第570页。

曹植杂曲乐府"当××行"标题，说明诗人已经有意识地拟作乐府古辞，标志文人拟乐府的创作意识开始形成了。

如果说曹植相和三调乐府是在音乐曲调和歌词文本的二维参照中进行的，具有拟调和拟篇的双重性质，那么其杂曲乐府则更多地体现了曹植对歌辞文本意义的重视。曹植能在杂曲乐府中创新，是因为他所拟的这些杂曲歌辞基本上都是以文本传播的，其因意命题、学古叙事的一些作品其实就是自己的独创，没有依拟对象，但凭作者对汉乐府歌辞的认识和理解，确立主题、安排结构、选择表达方式。

三　建安文学传播媒介变革与曹植乐府诗传播方式

如本书第三章所论，汉末建安时期，随着造纸技术的发展和工艺的改进，纸张被大量用于书写领域，日常往来书信、书法作品、朝廷文书、诗文作品以及经传图书均开始使用纸张书写，传播媒介进入简、帛、纸并用时代。文学作品开始使用纸张书写的经典事例莫过于曹丕，他"以素书所著《典论》及诗赋饷孙权，又以纸写一通与张昭"①。纸张书写的普及，为文学文本传播提供了便利的物质技术条件，带动了诗歌文本传播由简向纸的过渡，建安诗歌传抄和文人结集之风开始兴起。

建安时期的曹魏政权十分重视典籍整理和诗文结集。曹操时代，就十分重视对图书典籍的收集工作。《三国志·袁涣传》载，魏国初建时，袁涣向曹操建言，"以为可大收篇籍，明先圣之教，以易民视听，使海内斐然向风，则远人不服可以文德来之"，深得曹操赞许。建安三年，曹操破吕布时，曾"给众官车各数乘，使取布军中物，唯其

---

① 陈寿：《三国志·魏书》，中华书局1982年标点本，第89页。

所欲。众人皆重载,唯涣取书数百卷,资粮而已"①。建安五年,官渡之战,曹操破袁绍,"尽收其辎重图书珍宝"②。曹操还曾向蔡琰征集家藏坟籍。《后汉书·列女传》载:"操因问曰:'闻夫人家先多坟籍,犹能忆识之不?'文姬曰:'昔亡父赐书四千许卷,流离涂炭,罔有存者。今所诵忆,裁四百余篇耳。'操曰:'今当使十吏就夫人写之。'文姬曰:'妾闻男女有别,礼不亲授。乞给纸笔,真草唯命。'于是缮书送之,文无遗误。"③

魏文帝黄初时期,设立秘书监,专门负责图书典籍的收集和整理。《晋书·职官志》载:"汉桓帝延熹二年置秘书监,后省。魏武为魏王,置秘书令、丞。及文帝黄初初,置中书令,典尚书奏事,而秘书改令为监。"④《初学记》卷十二,秘书监条曰:"魏文帝黄初初,分秘书立中书,中书自置令,典尚书奏事,而秘书改令为监,别掌文籍焉。……及王肃为监,以为魏之秘书即汉之东观之职,安可复属少府,自此不复焉。"⑤

曹魏政权收集的图书文籍,皆藏于秘书监藏书阁,秘书监中有秘书丞、秘书郎等属官负责图书文籍的整理、校勘和编撰。曹魏时期在图书典籍整理方面做了大量工作,其中最大的两件事,一是魏文帝组织众多文人编撰大型类书《皇览》;⑥二是魏明帝时期,秘书郎郑默对曹魏秘书中外三阁的藏书进行"考覆旧文,删省浮秽"⑦的整理,并

---

① 陈寿:《三国志·魏书》,中华书局 1982 年标点本,第 334—335 页。
② 陈寿:《三国志·武帝纪》,中华书局 1982 年标点本,第 21 页。
③ 范晔:《后汉书·蔡琰传》,中华书局 1965 年标点本,第 2801 页。
④ 房玄龄:《晋书·职官志》,中华书局 1974 年标点本,第 735 页。
⑤ 徐坚:《初学记》,中华书局 2004 年重印本,第 294 页。
⑥ 陈寿《三国志·魏书·文帝纪》云:"又使诸儒撰集经传,随类相从,凡千篇,号曰《皇览》。"中华书局 1982 年标点本,第 65 页。
⑦ 房玄龄:《晋书·郑默传》,中华书局 1974 年标点本,第 1251 页。

按甲乙丙丁四部，编撰《中经》十四卷，① 此不赘述。

在此背景下，建安时期的文集编撰也开始盛行起来。曹丕是建安时期文集编撰的积极倡导者和实践者。他曾亲自编订自己的文集。其《与王朗书》云："人生有七尺之形，死为一棺之土，唯立德扬名，可以不朽；其次莫如著篇籍。疫疠数起，士人凋落，余独何人，能全其寿？故论撰所著《典论》、诗赋盖百余篇，集诸儒于肃成门内，讲论大义，侃侃无倦。"此信首先强调"著篇籍"对于人生"不朽"的重要意义，然后回顾自己将"所著《典论》、诗赋百余篇"结集之事，即如《本纪》所云："初，帝好文学，以著述为务，自所勒成垂百篇。"② 此外，他还编订过建安七子的文集。其《又与吴质书》云："昔年疾疫，亲故多离其灾。徐陈应刘，一时俱逝，痛何可言耶！……顷撰其遗文，都为一集。观其姓名，已为鬼录。追思昔游，犹在心目，而此诸子化为粪壤，可复道哉！"③ "顷撰其遗文，都为一集"就是将建安七子的遗文合编成一集，有后来谢灵运的《拟魏太子邺中集诗》及序为证。曹植也曾自编过自己的文集。其《前录自序》云："余少而好赋，其所尚也，雅好慷慨，所著繁多。虽触类而作，然芜秽者众，故删定别撰，为前录七十八篇。"④ 曹植死后，魏明帝曾下诏"撰录植前后所著赋颂诗铭杂论凡百余篇，副藏内外"⑤。其他文人作品的结集情况亦有载籍，如《三国志·吴书·薛综传》载："凡所著诗赋难论

① 魏徵《隋书·经籍志》曰："魏氏代汉，采掇遗亡，藏在秘书中外三阁。魏秘书郎郑默，始制《中经》，秘书监荀勖，又因《中经》，更著《新簿》，分为四部，总括群书。"中华书局 1973 年标点本，第 906 页。

② 陈寿：《三国志·文帝纪》，注引《魏书》，中华书局 1982 年标点本，第 88 页。

③ 陈寿：《三国志·吴质传》，中华书局 1982 年标点本，第 608 页。

④ 赵幼文：《曹植集校注》，人民文学出版社 1984 年标点本，第 434 页。

⑤ 陈寿：《三国志》，中华书局 1982 年标点本，第 576 页。

数万言，名曰《私载》，又定《五宗图述》《二京解》，皆传于世。"①
《三国志·王昶传》注引《别传》任嘏传曰："文帝时，为黄门侍
郎……著书三十八篇，凡四万余言。嘏卒后，故吏东郡程威、赵国刘
固、河东上官崇等，录其事行及所著书奏之。诏下秘书，以贯群
言。"②清人章学诚《文史通义》说："自东京以降，讫乎建安、黄初
之间，文章繁矣……则文集之实已具，而文集之名犹未立也。"③

曹植乐府诗创作就是在上述传播媒介变革的大背景下展开的。从
建安二十二年曹丕被立为太子到曹丕代汉称帝，曹植身处曹丕、曹睿
父子猜忌、排挤和严酷迫害的环境之中，其乐府诗被乐官采集、配乐
演奏的可能性几乎是没有的。事实上，曹植现存40篇乐府诗，有配乐
记录者仅《野田黄雀行》"置酒"篇（《箜篌引》亦用此曲）、《怨歌
行》"为君"篇、《鼙舞歌》5篇及《怨诗行》"明月照高楼"等8
篇。④刘勰说："子建、士衡咸有佳篇，并无诏伶人，故事谢丝管，俗
称乖调。"⑤

建安时期，由于文学媒介的纸本化变革和文人对文本文学的日益
认可，曹植便有意识地突破乐府诗的音乐限制，突出乐府诗的文本化
特征和文人文化情结，在情感表达、诗歌结构和名篇方式等方面进行
了大胆的探索和创新。曹植乐府诗的这种探索，不仅为西晋傅玄、陆
机等文人拟乐府提供了参照，更重要的是为当时文人徒诗创作在立意、
谋篇和抒情言志等方面也提供了范式，进一步巩固了"建安风骨"这

---

① 陈寿：《三国志》，中华书局1982年版，第1254页。
② 同上书，第748页。
③ 章学诚：《文史通义》，中华书局1985年标点本，第296页。
④ 曹植《明月》篇，《曹植集》《文选》皆作《七哀诗》，《玉台新咏》作"杂诗"，《宋书·乐志》作《楚调怨诗》"明月"，《乐府诗集》作《怨诗行》，当是乐工选诗配乐所致，与拟乐府性质不同。
⑤ 范文澜：《文心雕龙注》，人民文学出版社1958年标点本，第103页。

一时代风格和创作范式在文坛的地位，完成了中国诗歌从"应歌"到"作诗"的转移。曹植乐府诗的文学史意义正在于此。

小 结

本章主要从文学传播角度对"建安风骨"这一时代文学风格和创作范式进行了考察，其基本结论有如下几点：

第一，建安风骨是在曹操"拟乐府"行为中发生的，曹操是建安风骨的开创者和第一代诗人，其特殊的礼乐文化政策，促进了汉乐府在曹魏时期的广泛传播，成为建安风骨的音乐文化基础，其"以乐府叙汉末事"的大胆创新，开创了以乐府古题写时事的风气，奠定了建安诗歌关注现实、慷慨悲凉的基调，其直抒胸臆的抒情方式，则突破了汉乐府的"普世性"抒情模式，开启了文人徒诗个性化抒情的模式，对文人徒诗发展起了重要的引领作用。

第二，建安邺中时期，以曹丕、曹植兄弟为中心形成了一个建安文学集团，他们爱好文学，经常开展诗酒唱和的文学活动，从而形成了邺中诗酒唱和为主的文学传播场，曹丕以"副君"之重，成为邺中诗酒唱和文学传播场的组织者和执行者。诗酒唱和这种文学创作、传播及品评活动的及时性、交互性特点，在形成集体创作风格和扩大社会影响方面有独特的效果，由于曹丕在其中的"意见领袖"作用，对建安风骨集体风格的形成和在文坛的确认均起了重要作用，是建安风骨第二阶段的代表人物。

第三，建安文学的后期是以曹植为代表的。曹植在拟乐府中有意

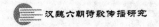

识地突破乐府诗的音乐限制，大胆在"拟篇"中创新，突出乐府诗的文本化特征和文人文化情结，为文人徒诗创作在立意、谋篇和抒情言志等方面提供了范式，进一步巩固了"建安风骨"在文坛的地位，从而完成了中国诗歌从"应歌"到"作诗"的转移。曹植"拟乐府"的大胆创新，又是以建安时期诗歌的文本传播和文人结集之风的兴起为背景的。

可以说，"建安风骨"是一个渐次展开的历史过程，其发生、发展、形成和在文坛确认的历史进程刚好处于中国文化传播媒介由简帛为主向纸张为主的大转变时期。纸张书写的兴起，为文学传播提供了媒介基础，有效刺激了诗歌的文本传播和文人结集之风。文人结集之风的兴起，说明文人对诗歌文本意义的重视，这是"建安风骨"形成和文坛确认的关键因素，正是在此意义上，我们认为建安风骨的发生、形成和文坛确认的过程与文学传播媒介发展和诗歌传播方式是密切相关的。具体来说，就是文学媒介的发展和诗歌传播方式作为连接诗人和读者的中介，既影响文学的接受者，又反过来影响文学的创作者，从而对具有时代特征的文学风格产生影响，"建安风骨"的发生和形成就是一个典型事例。

第五章 吴歌西曲的传播与南朝宫体诗

　　齐梁"宫体诗"是中国诗歌发展史上一个重要的创作现象，也是建安以来中国文学自觉进程中一个重要环节。促使其发生的诱因很多，从文学发展的大背景来说，文学的自觉意识刺激了作家们对文学题材和艺术技巧积极探索的热情；从社会文化环境来说，吴歌西曲在南朝的流行和广泛传播为其提供了文化土壤；从创作实践来说，文人、帝王对吴歌西曲音乐的接受则是其兴起的直接动因。本章重点探讨吴歌西曲从民间向文人、帝王扩展的过程，以及文人、帝王对吴歌西曲的接受，特别是齐梁等王朝的音乐文化政策是如何促进宫体诗形成的。

第一节 齐梁宫体诗的"名"与"实"

　　关于宫体诗问题，历来研究者将重点放在萧纲、萧绎兄弟和庾徐父子身上，对梁武帝与宫体诗的关系关注较少，南朝吴歌西曲传播与宫体诗的关系则更少论及。其原因可能有两个方面：一是《梁书·徐摛

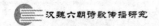

传》有关于武帝"加让"徐摛宫体诗创作的记载，① 对此，近年曹道
衡先生倒是作了这样的解释："但内心里恐未必很反对，所以下文又
云，'及见，应对明敏，辞义可观，高祖意释'。这是因为梁武帝早年
的诗风，与此并无太大的不同，尽管作为帝王和佛教徒，他不能不对
艳体诗表示反对，但其实内心中仍然欣赏这类作品，试看在萧统去世
后，他还是立'宫体诗'的代表人物萧纲为太子就可以知道。"② 曹文
虽提及梁武帝与宫体诗的关系密切，但没有展开论证。二是传统观点
往往将宫体诗范围和内涵限定于中大通三年萧纲为东宫太子时与周围
文人所作的艳体诗，曹道衡、沈玉成《南北朝文学史》说："宫体诗
的特点是：一、声韵、格律，在永明体的基础上踵事增华，要求更为
精致；二、风格，由永明体的轻绮而变本加厉为秾丽，下者则流入淫
靡；三、其内容较之永明体时期更加狭窄，以艳情、咏物为多，也有
不少吟风月、狎池苑的作品。凡是梁代普通（520—527）以后的诗符
合以上特点的，就可以归入宫体诗的范围，而从另一方面说，历来被
目为宫体诗人的诗也并不全是宫体诗。"③ 其实，宫体诗的内涵与宫体
诗名称的出现并不是同步的，宫体之名的提出与后世的宫体诗批评也
有一定差距。在此，有必要对宫体诗之"名"与"实"做些厘定。

一　有关宫体诗的文献记载

《梁书·简文帝纪》载：

（文帝）引纳文学之士，赏接无倦，恒讨论篇籍，继以文章。
高祖所制《五经讲疏》，尝于玄圃奉述，听者倾朝野。雅好题诗，

---

① 姚思廉：《梁书》卷三十，中华书局 1973 年标点本，第 447 页。
② 曹道衡：《兰陵萧氏与南朝文学》，中华书局 2004 年版，第 97 页。
③ 曹道衡、沈玉成：《南北朝文学史》，人民文学出版社 1991 年版，第 241 页。

其序云："余七岁有诗癖，长而不倦。"然伤于轻艳，当时号曰
"宫体"。①

《梁书·徐摛传》载：

> （摛）属文好为新变，不拘旧体。……会晋安王纲出戍石头，
> 高祖谓周捨曰："为我求一人，文学俱长兼有行者，欲令与晋安游
> 处。"捨曰："臣外弟徐摛，形质陋小，若不胜衣，而堪此选。"
> 高祖曰："必有仲宣之才，亦不简其容貌。"以摛为侍读。……摛
> 文体既别，春坊尽学之，"宫体"之号，自斯而起。高祖闻之怒，
> 召摛加让，及见，应对明敏，辞义可观，高祖意释。②

《隋书·经籍志》载：

> 梁简文之在东宫，亦好篇什，清辞巧制，止乎衽席之间，雕
> 琢蔓藻，思极闺闱之内。后生好事，递相放习，朝野纷纷，号为
> 宫体。流宕不已，讫于丧亡。陈氏因之，未能全变。③

《隋书·文学传论》：

> 梁自大同之后，雅道沦缺，渐乖典则，争驰新巧。简文、湘
> 东，启其淫放，徐陵、庾信，分路扬镳。其意浅而繁，其文匿而
> 彩，词尚轻险，情多哀思。④

杜确《岑嘉州集序》曰：

---

① 姚思廉：《梁书·简文帝纪》，中华书局 1973 年标点本，第 109 页。
② 同上书，第 446—447 页。
③ 魏徵：《隋书》卷三五，中华书局 1973 年标点本，第 1090 页。
④ 同上书，第 1730 页。

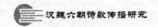

自古文体变易多矣。梁简文帝及庾肩吾之属，始为轻浮、绮
靡之词，名曰"宫体"。自后沿袭，务于妖艳，谓之摛锦布绣焉。
其有敦尚风格，颇存规正者，不复为当时所重，讽谏比兴，由是
废缺。①

刘肃《大唐新语》曰：

先是，梁简文帝为太子，好作艳诗，境内化之，浸以成俗，
谓之宫体。晚年改作，追之不及，乃令徐陵撰《玉台集》，以大
其体。永兴之谏，颇因故事。②

《资治通鉴》梁武帝中大通三年载：

摛文体轻丽，春坊尽学之，时人谓之"宫体"。胡三省注曰
"东宫谓之春宫，宫坊谓之春坊。"③

从以上文献知，《梁书》对宫体诗的评价和认定，范围主要指萧
纲为太子时的东宫之作，内容既指轻艳的诗歌风格，也指诗体之变。
《隋书·经籍志》的界定比较符合梁代人的认识。其中，特别强调宫
体诗被"递相放习"，导致"朝野纷纷"的影响。杜确、刘肃及魏徵
《隋书·文学传论》的评价则更多地强调其轻艳的风格，在他们眼中，
"宫体"已经成为"艳情"的代名词。④ 可见，历代对宫体诗的理解是
有出入的。

---

①　陈铁民：《岑参集校注》，上海古籍出版社 1981 年标点本，第 463 页。
②　刘肃：《大唐新语》，中华书局 1984 年标点本，第 42 页。
③　司马光：《资治通鉴》卷一五五，上海古籍出版社 1987 年影印本，第 1026 页。
④　参见傅刚《宫体诗论》，《中国典籍与文化》2004 年第 1 期。

二　梁代太子之争与"宫体诗"之名

"宫体诗"之名的提出，与萧纲争夺太子之位有很大关系，当是昭明太子萧统一派政治集团用以攻讦萧纲做太子而提出的，带有很强的政治色彩。宫体诗引起的"递相放习，朝野纷纷"的社会影响，也并非单纯是诗歌传播产生的，有其政治因素的存在。所以，当时对宫体诗的评价并非完全是诗歌领域的批评。

在立萧纲为太子一事上，梁武帝萧衍其实是有违传统的。按中国长期以来的宗法制传统，应当立前太子萧统长子萧欢继太子位。梁武帝也曾有过犹豫，最后还是立了萧纲为太子。关于这段历史细节，《南史·昭明太子统传》有如此记载："帝既废嫡立庶，海内噂嗒，故各封诸子大郡以慰其心。……欢既嫡孙，次应嗣位，而迟疑未决。帝既新有天下，恐不可以少主主大业，又以心衔故，意在晋安王，犹豫自四月上旬至五月二十一日方决。欢止封豫章王还任。"[①] 司马光《资治通鉴》载："（中大通三年）夏四月乙巳，昭明太子统卒。……上征其长子南徐州刺史华容公欢至建康，欲立以为嗣。衍其前事，犹豫久之，卒不立……庚寅，遣还镇。丙申，立太子母弟晋安王纲为皇太子。朝野多以为不顺。"[②] 萧纲作为太子人选，当然会遭到萧统一派政治集团的反对和攻讦。梁武帝因宫体诗风责让徐摛，当是化解这场政治风波的策略，尽管武帝很满意徐摛的对答，并"宠遇日隆"，但是，就在当年的年底，徐摛便被出为新安太守，这应当是武帝保车而舍卒的政

---

① 李延寿：《南史·昭明太子统传》，中华书局 1975 年标点本，第 1312—1313 页。
② 司马光：《资治通鉴》卷一五五，上海古籍出版社 1987 年影印本，第 1025—1026 页。

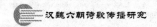

治手段。① 梁武帝此举也远未平息立太子的风波。"上以人言不息，故封欢兄弟以大郡，用慰其心。"于中大通三年"六月癸丑，立昭明太子子南徐州刺史华容公欢为豫章郡王，枝江公誉为河东郡王，曲阿公詧为岳阳郡王"②。《周书·萧詧传》载："初，昭明卒，梁武帝舍詧兄弟而立简文，内常愧之，宠亚诸子，以会稽人物殷阜，一都之会，故有此授，以慰其心。詧既以其昆弟不得为嗣，常怀不平。"③《资治通鉴》梁武帝太清三年载："（侯）景遂上启，陈帝十失……皇太子珠玉是好，酒色是耽，吐言止于轻薄，赋咏不出《桑中》。"④ 侯景将皇太子萧纲轻薄诗风作为梁武帝为政之失的十大"罪状"之一，意在指责其"立储"之失。可见，当时"宫体诗"事件在朝野上下产生了巨大的政治影响。看来，唐人评价宫体诗重视其伦理道德层面是有历史依据的。

三 宫体诗的内涵及其演化

梁代所指的宫体诗就是指与昭明太子所倡导的文学观念相对立的萧纲东宫轻艳诗风，其内涵虽然是指东宫轻艳诗风，但其目的并非诗歌本身，而是作为反对萧纲做太子的政治舆论手段。所以，萧纲太子地位牢固后，为了给对方以反击，命徐陵编《玉台新咏》"以大其体"，为其所提倡的诗歌风格寻求历史根据。于是扩大了宫体诗的内涵，将有关艳情与女色的诗皆选入，以此证明这种诗歌传统已经有久远的历史。《玉台新咏》将梁武帝、沈约、王融、谢朓等很多诗人的艳情之作皆归为宫体一类。所以，后人论宫体诗多以《玉台新咏》为

---

① 参见骆玉明、吴仕逵《宫体诗的当代批评及其政治背景》，《复旦学报》1999 年第 3 期。
② 姚思廉：《梁书·武帝纪》，中华书局 1973 年标点本，第 75 页。
③ 令狐德棻：《周书·萧詧传》，中华书局 1971 年标点本，第 855 页。
④ 司马光：《资治通鉴》卷一六二，上海古籍出版社 1987 年影印本，第 1069 页。

根据，大多学者认为，后世所言《玉台》体、徐庾体与宫体没有实质性分别。可见，宫体诗的内涵和创作风格在宫体之名出现以前就存在了，而宫体诗之名是在特定的政治背景中提出的，当时所指内涵与创作实际未必一致，从而导致了众多的争论。后世所论宫体诗多以《玉台新咏》为基础，则扩大了宫体诗内涵，与宫体之名提出时的所指有一定的差距。

从本质上说，宫体诗所指有诗歌形式与诗歌题材两方面的内容：形式上继承永明体并"转拘声韵，弥尚丽靡"；题材上"有涉闺帏"，注重艳情；整体风格则轻艳绮靡。① 胡大雷先生称之为对宫体诗的广义性理解。② 可见，宫体诗实为流传久远的一种诗歌创作潮流，不仅仅局限于萧纲东宫。正如刘师培所云："宫体之名，虽始于梁，然侧艳之词，起源自昔。晋、宋乐府，如《桃叶歌》《碧玉歌》《白纻词》《白铜鞮歌》，均以淫艳哀音，被于江左。迄于萧齐，流风益盛。……特至于梁代，其体尤昌。"③

第二节　吴歌西曲的传播与南朝诗风嬗变

一　吴歌西曲在南朝的传播

民间音乐本是一个自足的发展系统，一直活跃在民间，民间大众的生活是其生存的广阔土壤，因一些民歌与特定历史事件、某个历史

---

① 参见曹道衡、沈玉成《南北朝文学史》，人民文学出版社 1991 年版，第 224 页。
② 胡大雷：《宫体诗研究》，商务印书馆 2004 年版，第 3 页。
③ 陈引驰编校：《刘师培中古文学论集》，中国社会科学出版社 1997 年版，第 90 页。

人物的联系，或者被乐工、文人等加工改造，进入朝廷的音乐机构，才能见诸史籍。吴歌西曲也是如此。如《世说新语·排调》："晋武帝问孙皓：'闻南人好作《尔汝歌》，颇能为不？'皓正饮酒，因举觞劝帝而言曰：'昔与汝为邻，今与汝为臣。上汝一杯酒，令汝寿万春。'帝悔之。"①刘孝标注《世说新语》引《灵鬼志·谣征》曰："初，桓石民为荆州，镇上时（明），民忽歌《黄昙曲》曰：'黄昙英，扬州大佛来上朋（明）。'少时，石民死，王忱为荆州。"②《晋书·五行志》："庾亮初镇武昌，出至石头，百姓于岸上歌曰：'庾公上武昌，翩翩如飞鸟。庾公还扬州，白马牵旒旍。'又曰：'庾公初上时，翩翩如飞鸟。庾公还扬州，白马牵流苏。'"③

（一）吴歌在南朝的兴起与传播

如本书第一章所述，吴歌是建业及周边地区的民歌，晋宋时期开始见诸史籍。《宋书·乐志》曰："吴歌杂曲，并出江东，晋宋以来，稍有增广。"④据《宋书》记载，《子夜歌》《凤将雏歌》《前溪歌》《阿子》《欢闻歌》《团扇歌》《懊侬歌》《长史变》等8曲于东晋穆帝升平年间（公元357—361年）开始在文人和贵族中传唱，孝武帝太元（公元376—396年）、安帝隆安、元兴年间（公元397—404年）最为活跃。《督护歌》《六变》《读曲歌》等3曲在刘宋时期开始流传。⑤刘宋以后，这些曲调逐渐进入宫廷，自宋少帝更作《懊侬歌》36曲

① 余嘉锡：《世说新语笺疏》，上海古籍出版社1993年标点本，第781页。
② 同上书，第888—889页。
③ 房玄龄：《晋书》卷二八，中华书局1974年标点本，第846页。
④ 沈约：《宋书》卷十九，中华书局1974年标点本，第549页。
⑤ 参见拙著《魏晋南北朝乐府歌辞研究》，上海古籍出版社2009年版，第85—99页对前8曲的具体考证及第132—135页对《丁督护》《读曲歌》及《懊侬歌》变曲《华山畿》的考证。

后，吴歌在齐梁宫廷和文人中广泛传播，还产生了诸多变曲。据《古今乐录》记载，除《子夜》《上柱》《凤将雏》《上声》《欢闻》《欢闻变》《前溪》《阿子》《丁督护》《团扇郎》等吴声10曲外，还有《七日夜》《女歌》《长史变》《黄鹄》《碧玉》《桃叶》《长乐佳》《欢好》《懊恼》《读曲》等吴声歌曲。① 陈代，后主又创制《春江花月夜》《玉树后庭花》《堂堂》3曲，并与宫中女学士及朝臣相和为诗，采其尤艳丽者入曲演唱。

（二）西曲在南朝的兴起与传播

西曲是在荆、郢、樊、邓一带民歌谣曲基础上，经文人修改提升而逐渐兴盛并广泛传播的歌舞曲。《宋书·乐志》载："随王诞在襄阳，造《襄阳乐》，南平穆王为豫州，造《寿阳乐》，荆州刺史沈攸之又造《西乌夜飞歌曲》，并列于乐官。歌词多淫哇不典正。"② 据《古今乐录》记载，西曲歌共有34曲，其中舞曲14曲，倚歌15曲，舞曲兼倚歌2曲，普通歌曲3曲。③《襄阳乐》的相关记载清晰地展现了西曲由民间到文人的发展过程。

《古今乐录》曰：

> 《襄阳乐》者，宋随王诞之所作也。诞始为襄阳郡，元嘉二十六年仍为雍州刺史，夜闻诸女歌谣，因而作之，所以歌和中有"襄阳来夜乐"之语也。④

---

① 郭茂倩：《乐府诗集》卷四四，中华书局1979年标点本，第640页。
② 沈约：《宋书》卷一九，中华书局1974年标点本，第552页。
③ 有关西曲的具体细节，参见拙著《魏晋南北朝乐府歌辞研究》第三章第一节"南朝民歌的兴盛与繁荣"，第139—152页。
④ 郭茂倩：《乐府诗集》卷四八，中华书局1979年标点本，第703页。

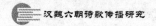

《通典》曰：

> 刘道产为襄阳太守，有善政，百姓乐业，人户丰赡，蛮夷顺
> 服，悉缘沔而居，由此有《襄阳乐歌》也。随王诞又作《襄阳
> 乐》，诞始为襄阳郡，元嘉末仍为雍州刺史。夜闻群女歌谣，因而
> 作之。所以歌和中有"襄阳来夜乐"之语也。其歌云："朝发襄
> 阳城，暮至大堤宿。大堤诸女儿，花样惊郎目。"①

《旧唐书·音乐志》曰：

> 《襄阳乐》者，宋随王诞之所作也。诞始为襄阳郡，元嘉二
> 十六年，仍为雍州，夜闻诸女歌谣，因作之。故歌和云："襄阳来
> 夜乐。"其歌曰："朝发襄阳来，暮至大堤宿。大堤诸女儿，花样
> 惊郎目。"裴子野《宋略》称："晋安侯刘道彦为雍州刺史，有惠
> 化，百姓歌之，号《襄阳乐》。"其辞旨非也。②

对《襄阳乐》的记载，《古今乐录》以为是"宋随王诞之所作"，
《通典》先录百姓歌颂刘道产善政而作，后录宋随王诞作《襄阳乐》
两事，对两说未作判断。《旧唐书·音乐志》取《古今乐录》的说法，
引裴子野《宋略》的说法，并用"其辞旨非也"予以否定。《乐府诗
集》在参考以上诸种说法的基础上认为，《通典》载百姓为刘道产所
作《襄阳乐》与元嘉二十六年随王诞所作《襄阳乐》不是一回事，肯
定《襄阳乐》为元嘉二十六年随王诞所作的说法。关于《襄阳乐》的
产生，有两种说法，《旧唐书·音乐志》与《乐府诗集》肯定前说而
否定后说。其实，这两说并不矛盾。在刘道产时期，《襄阳乐》仅仅

---

① 杜佑：《通典》卷一四五，中华书局 1988 年标点本，第 3703—3704 页。
② 刘昫：《旧唐书》卷二九，中华书局 1975 年标点本，第 1065—1066 页。

是百姓为其善政而编的民谣，事在元嘉八年至十九年间。据《宋书·刘道产传》载，元嘉八年，刘道产"迁竟陵王义宣左将军咨议参军，仍为持节，督雍、梁、南秦三州，荆州之南阳、竟陵、顺阳、襄阳、新野、随六郡诸军事，宁远将军，宁蛮校尉，雍州刺史，襄阳太守。……百姓乐业，民户丰赡，由此有《襄阳乐歌》，自道产始也。"①又据《宋书·竟陵王诞传》知，诞于元嘉二十六年为雍州刺史，改封随郡王。②《宋书·乐志》载"随王诞在襄阳，造《襄阳乐》"，是说随王听闻诸女所歌民谣后，根据襄阳民谣进行加工、改造，成为《襄阳乐》歌舞曲。《通典》对两说未做判断，正说明《通典》作者杜佑看到了二说之间的前后联系。

由此可知，《襄阳乐》最初是襄阳百姓赞颂刘道产善政化民的歌谣，后随王诞再度来襄阳为官，正值襄阳遭"群蛮寇暴"，随王想使襄阳恢复刘道产当政时的民安业乐景象，在一天夜里听到有女子唱歌颂刘道产的民谣，与其产生了共鸣，于是将之制作成歌曲，广为传唱。

二　帝王、文人的接受与吴歌西曲的宫廷化

南朝的吴歌西曲绝大多数是男女情歌，注重女色和艳情，有的甚至还指向男女床帏之事，如《子夜歌》"揽裙未结带，约眉出前窗，罗裳易飘飏，小开骂春风"；《子夜四时·春歌》"鲜云媚朱景，芳风散林花，佳人步春苑，绣带飞纷葩"；《子夜四时·秋歌》"开窗秋月光，灭烛解罗裳，合笑帏幌里，举体兰蕙香"；③等等。时至南朝刘宋时期，东晋王朝在南方建国已有百余年，随着交流与融合的日趋深入，

---

① 沈约：《宋书》卷六五，中华书局 1974 年标点本，第 1719 页。
② 同上书，第 2025 页。
③ 郭茂倩：《乐府诗集》卷四十四，中华书局 1979 年校点本，第 641—648 页。

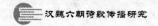

南方本土的吴歌、西曲与上层官方主流语言文化趋向融合，为南朝统治者接受吴歌西曲消除了语言障碍。此外，南朝王室阶层皆崛起于社会中下层，靠军功取得天下，与东晋王室自东汉以来形成的传统士大夫背景有根本区别。赵翼《廿二史劄记》云："江左诸帝，乃皆出自素族。宋武本丹徒京口里人，少时伐荻新洲，又尝负刁逵社钱被执，其寒贱可知也。齐高既称素族，则非高门可知也。梁武与齐高同族，亦非高门也。陈武初馆于义兴许氏，始仕为里司，再仕为油库吏，其寒微亦可知也。"① 所以，宋、齐时期帝王们的兴趣爱好具有较强的平民色彩，普遍向往声色娱乐，吴歌西曲世俗的审美价值和娱乐色彩，被南朝宫廷和文人们所认同。这是吴歌西曲被南朝帝王、文人广泛接受的文化基础。

（一）帝王、文人接受吴歌西曲的相关记载

南朝帝王和文人都十分喜爱吴歌西曲音乐，有的甚至达到痴迷的程度。

《宋书·少帝纪》：

> 宋少帝刘义符"大行在殡，宇内哀惶，幸灾肆于悖词，喜容表于在戚。至乃征召乐府，鸠集伶官，优倡管弦，靡不备奏，珍馐甘膳，有加平日。……及懿后崩背，重加天罚，亲与左右执绋歌呼，推排梓宫，抃掌笑谑，殿省备闻。加复日夜媟狎，群小慢戏，兴造千计，费用万端，帑藏空虚，人力殚尽。"②

---

① 王树民：《廿二史劄记校证》，中华书局 1984 年版，第 254 页。
② 沈约：《宋书》卷四，中华书局 1974 年标点本，第 65 页。

齐郁林王昭业，其父"大敛始毕，乃悉呼武帝诸伎，备奏众乐"①。东昏侯迷醉声色之乐，吴歌西曲、羌胡杂伎无不贪恋，就是在国破家亡之时，尚作《女儿子》。②宋明帝则因与其臣子到撝争夺一歌伎陈玉珠而企图将其杀害。②因为宋、齐时期帝王们喜好声伎，大量吴歌西曲及其乐伎纷纷进入宫廷。

《南史·崔祖思传》：

> 武帝即位，祖思启陈政事曰："案前汉编户千万，太乐伶官方八百二十九人，孔光等奏罢不合经法者四百四十一人，正乐定员唯置三百八十八人。今户口不能百万，而太乐雅郑，元徽时校试千有余人，后堂杂伎不在其数。糜费力役，伤败风俗。"③

《南史·豫章文献王萧嶷传》：

> 是时武帝奢侈，后宫万余人，宫内不容，太乐、景第、暴室皆满，犹以为未足。④

《南齐书·王僧虔传》：

> 自顷家竞新哇，人尚谣俗，务在噍杀，不顾音纪，流宕无崖，未知所极，排斥正曲，崇长烦淫。⑤

帝王及王室成员对吴歌西曲等俗乐的爱好，使得全社会皆崇尚声色伎乐，蓄伎已成为上层社会的普遍风气。如宋代阮佃夫"伎女数十，

---

① 李延寿：《南史》卷五，中华书局 1975 年标点本，第 136 页。
② 李延寿：《南史·到彦之传》卷二五，中华书局 1975 年标点本，第 676 页。
③ 同上书，第 1171—1172 页。
④ 同上书，第 1063 页。
⑤ 萧子显：《南齐书》卷三三，中华书局 1972 年标点本，第 595 页。

艺貌冠绝当时，金玉锦绣之饰，宫掖不逮"①；沈庆之"伎妾数十人，并美容工艺"②；徐湛之"室宇园池，贵游莫及。伎乐之妙，冠绝一时"③；齐之豫章文献王萧嶷"后房千余人"④；张瑰"居室豪富，伎妾盈房"⑤；等等。

《南齐书·王晏传》：

> 晏弟诩，永明中为少府卿。六年，敕位未登黄门郎，不得畜女伎。诩与射声校尉阴玄智坐畜伎免官，禁锢十年。⑥

不仅如此，皇帝还经常赏赐女乐给功臣们。如对元法僧、元愿达等皆"赐甲第女乐"。⑦ 皇帝的奖励助长了社会的奢靡之风。

《南史·徐勉传》：

> 普通末，武帝自算择后宫吴声、西曲女伎各一部，并华少，赉勉，因此颇好声酒。⑧

《南史·循吏传》：

> 凡百户之乡，有市之邑，歌谣舞蹈，触处成群。……都邑之盛，士女昌逸，歌声舞节，祛服华妆，桃花绿水之间，秋月春风

---

① 沈约：《宋书·阮佃夫传》卷九四，中华书局 1974 年标点本，第 2314 页。
② 沈约：《宋书·沈庆之传》卷七七，第 2003 页。
③ 沈约：《宋书·徐湛之传》卷六九，第 1844 页。
④ 李延寿：《南史·豫章文献王萧嶷传》卷四二，中华书局 1975 年标点本，第 1063 页。
⑤ 萧子显：《南齐书·张传》卷二四，中华书局 1972 年标点本，第 454 页。
⑥ 同上书，第 744 页。
⑦ 姚思廉：《梁书·元法僧传》卷三九云："赐法僧甲第女乐及金帛，前后不可胜数。""诏封（元愿达）乐平公，邑千户，赐甲第女乐。"中华书局 1973 年标点本，第 553—555 页。
⑧ 李延寿：《南史》卷六十，中华书局 1975 年标点本，第 1485 页。

之下，无往非适。①

这是对宋、齐时期下层平民安居乐业之现实生活的生动描述，其间也透示出宋、齐社会歌舞娱乐繁盛的局面，梁、陈则有过之而无不及。

（二）帝王、文人的吴歌西曲歌辞创作

吴歌西曲由民间进入宫廷，再到帝王、文人积极创作歌辞，经历了一个较长的历史过程。

吴歌西曲虽然在东晋中后期开始为人注意，演变成乐曲，并渐渐传入宫廷，但是，文人创作吴声歌辞还是刘宋的事情。较早的有宋武帝《丁督护五首》、鲍照《吴歌三首》《采菱歌七首》《萧史曲》一首，吴迈远《阳春歌》一首，共17首。尽管刘宋文人、帝王开始创作吴声歌辞，但还是少数人的偶尔之举，并未得到社会普遍认可。从刘宋建国初至元嘉时期，朝廷对吴歌西曲都未予积极接受。此期间，刘宋帝王的歌舞娱乐也比较少，宋武帝清简寡欲，"后庭无纨绮丝竹之音"②；文帝对徐湛之奢侈的生活方式"每以为言"；宋少帝被废的主要理由是"征召乐府，鸠集伶官，优倡管弦，靡不备奏"③。当时的汤惠休喜用民歌之体，其"辞采绮艳"的诗风还曾遭到当时文坛领袖颜延之的鄙视："延之每薄汤惠休诗，谓人曰：'惠休制作，委巷中歌谣耳，方当误后生。'"④鲍照采用吴歌形式作歌辞，也被时人视为汤惠休同伍："惠休淫靡，情过其才，世遂匹之鲍照，恐商周矣。羊曜璠

① 李延寿：《南史》卷六十，中华书局1975年标点本，第1696—1697页。
② 同上书，第28页。
③ 沈约：《宋书·少帝纪》卷四，中华书局1974年标点本，第65页。
④ 李延寿：《南史·颜延之传》卷三四，中华书局1975年标点本，第881页。

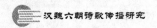

云：'是颜公忌照之文，故立休鲍之论。'"① 可见，当时文坛的主流话语对创作民歌歌辞还是不怎么认同的。

萧齐永明时期，文惠太子、竟陵王萧子良皆爱好文学，文惠太子喜欢鲍照诗歌，命人为之编集，为鲍照诗风的流行起了重要作用。又萧子良"开西邸，招文学"② 招揽文学之士，时有"竟陵八友"之号。他们的部分作品虽然对鲍休风格有所继承，题材上重视女色，形式上篇幅缩小，但在用调上，他们大多采用清商三调歌曲。直接用吴歌西曲作歌辞者，只有齐武帝、释宝月《估客乐》5 首，檀约《阳春歌》1 首，张融《萧史曲》1 首。加上"杂曲歌辞"中的《邯郸行》《夏旦吟》《江上曲》等可能属于吴歌西曲的歌辞，也才 10 余首。《永明乐》21 首，当是先作诗后入乐的情况，据《南齐书·乐志》载："《永平（明）乐》者，竟陵王子良与诸文士造奏之。人为十曲。道人释宝月辞颇美，上常被之管弦，而不列于乐官也。"③

真正大量使用吴歌西曲创作歌辞者，从梁代开始形成风气。首开此风气的人就是"博学多通""笃好文章"的梁武帝萧衍。他不但对西曲进行改造，提升西曲的艺术水平和地位，而且亲自带头创作吴歌西曲歌辞。其辞今存于《乐府诗集》者有《子夜四时歌》7 首，《团扇郎》1 首，《襄阳蹋铜蹄》3 首，《杨叛儿》1 首，《江南弄》7 首，《上云乐》7 首，共 6 曲 26 首。在他的带动下，其王室成员、后宫内人及周围文人如王金珠、简文帝、沈约、吴均等 19 人，开始积极创作吴歌西曲歌辞。现存曲调有《子夜四时歌》《江南弄》《上云乐》等 34 曲 80 余首。这些歌辞的作者队伍构成中有帝王、王室成员、宫廷文

① 曹旭：《诗品笺注》，人民文学出版社 2009 年标点本，第 265 页。
② 姚思廉：《梁书·武帝纪》卷一，中华书局 1973 年标点本，第 2 页。
③ 萧子显：《南齐书》卷一一，中华书局 1972 年标点本，第 196 页。

人、后宫美人、下层文士。可以说，梁代吴歌西曲歌辞创作已经遍及社会各领域、各阶层，成为当时普遍的文学行为。陈代在梁基础上还新创制了很多吴歌曲调：《黄鹂留》及《玉树后庭花》《金钗两臂垂》《临春乐》《春江花月夜》《堂堂》等曲调，就是陈后主所新制。《隋书·音乐志》载，后主"又于清乐中造《黄鹂留》《玉树后庭花》《金钗两臂垂》等曲，与幸臣等制其歌词，绮艳相高，极于轻薄"①。《旧唐书·音乐志》载："《春江花月夜》《玉树后庭花》《堂堂》并陈后主所作。"②《陈书·后主沈皇后传》载："其曲有《玉树后庭花》《临春乐》等，大指所归，皆美张贵妃、孔贵嫔之容色也。"③

（三）吴歌西曲的传播与清商三调歌辞创作的新变

南朝音乐文化发展的总体趋势是，清商三调日趋衰落，并最后退出历史舞台，而吴歌西曲则逐渐兴盛并成为宫廷娱乐音乐的主体。具体而言，吴歌于孝武帝大明前后进入宫廷。《宋书·乐志》载"孝武大明中，以《鞞》《拂》杂舞合之钟石，施于殿庭"，又有"《襄阳乐》《寿阳乐》《西乌夜飞歌曲》，并列于乐官"④。宋顺帝升明中，王僧虔则大声疾呼，清商三调"十数年间，亡者将半"。刘宋张永《元嘉正声技录》、王僧虔《大明三年宴乐技录》以及陈智匠《古今乐录》记载有相和三调歌曲 80 余曲，刘宋时期虽尚有近 40 曲可歌⑤，但歌辞均为魏晋旧辞，刘宋文人拟辞不见有入相和三调歌唱的记载。到梁、

①　魏徵：《隋书》卷一三，中华书局 1973 年标点本，第 309 页。
②　刘昫：《旧唐书》卷二九，中华书局 1975 年标点本，第 1067 页。
③　姚思廉：《陈书》卷七，中华书局 1972 年标点本，第 132 页。
④　沈约：《宋书》卷一九，中华书局 1974 年标点本，第 552 页。
⑤　详见拙著《魏晋南北朝乐府歌辞研究》第六章第二节"南朝文人歌辞创作用调分析"的具体考证，上海古籍出版社 2009 年版，第 326—342 页。

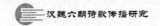

陈时期，吴歌西曲得到更大的发展，经梁武帝的改造，成为宫廷娱乐音乐的主要样式，清商三调则几近消亡。《古今乐录》对"相和三调歌曲"的著录，大多有"今不歌""今不传"字样。

南朝音乐文化环境中，清商三调日益衰落和吴歌西曲日益兴盛的发展态势，导致南朝文人拟乐府的两种明显趣向：第一，文人拟乐府由魏晋时期的拟调、拟篇转向"赋题"；① 第二，拟相和三调乐府在内容和形式上呈现出向吴歌西曲靠拢的审美趣向。在此，重点分析拟相和三调乐府的吴歌西曲化倾向。

第一，篇幅结构缩短。南朝文人的拟相和三调乐府，在结构形式上有明显缩短的倾向。如相和歌吟叹曲《王昭君》，在当时是十分流行的吟叹调。《古今乐录》曰："晋宋以来，《明君》止以弦隶少许为上舞而已。梁天监中，斯宣达为乐府令，与诸乐工以清商两相间弦为《明君》上舞，传之至今。"② 谢希逸《琴论》曰："平调《明君》三十六拍，胡笳《明君》三十六拍，清调《明君》十三拍，间弦《明君》九拍，蜀调《明君》十二拍，吴调《明君》十四拍，杜琼《明君》二十一拍，凡有七曲。"③ 此吟叹曲在南朝衍变成了七个曲调或者七种演唱方法。但从鲍照、施荣泰、简文帝等人的拟歌辞看，皆短于石崇所作、晋乐所奏的原调歌辞，而以"五言四句""五言八句"居多，内容则以王昭君本事为基础。又如清调曲《苦寒行》，武帝"北上篇"六解，明帝"悠悠篇"五解，而谢灵运的拟辞仅有"五言六句"。《秋胡行》，武帝"晨上散关山"四解，"愿登泰华山"五解，谢灵运拟辞仅"四言八句"、颜延之拟辞"五言十句"、王融拟辞"五言

---

① 南朝文人拟乐府的赋题现象及文人乐府体的建构问题，拟另撰专文讨论，此不赘述。

② 郭茂倩：《乐府诗集》卷二九，中华书局 1979 年标点本，第 425 页。

③ 同上书，第 426 页。

八句"。《艳歌何尝行》，歌文帝"何尝""古白鹄"二篇。"古白鹄"
为五言二十六句，文帝"何尝"为五解，有"趋"有"艳"，而刘宋
吴迈远《飞来双白鹄》仅为五言十四句，陈后主《飞来双白鹤》仅为
五言十句。魏晋乐所奏的《王子乔》杂言二十余韵，梁江淹拟辞仅为
"五言八句"。如此之类很多，说明南朝文人拟作的清商三调歌辞在结
构上有普遍缩短的趋势。

若从诗歌创作而言，这种演变趋势也许主要受南朝诗歌创作"新
体"形式的影响，是"新诗体"在拟乐府创作中的表现，当然，"新
诗体"也是吴歌西曲音乐文化活动的产物。可以说，南朝相和三调的
拟乐府，明显受到吴歌西曲内容和形式的影响。

第二，女情与闺怨题材凸显。在题材内容上，南朝相和三调拟乐
府主要选择女性题材进行拟作，并突出汉魏女性题材的女情内容。如
鲍照《采桑》，是从相和歌曲《陌上桑》而来的。崔豹《古今注》以
为，赵王欲夺其家令妻罗敷，"罗敷巧弹筝乃作《陌上桑》之歌以自
明，赵王乃止"。《乐府解题》曰："古辞言罗敷采桑，为使君所邀，
盛夸其夫为侍中郎以拒之。"[①] 汉乐府《陌上桑》的主题主要反映家庭
伦理和社会问题。但是，陆机"扶桑升明晖"但歌美人好合，与古辞
始同而末异。鲍照《采桑》开始直接描写采桑女的美貌、服饰、心
理，到梁代刘邈《采桑》则将描写对象变成了"倡妾不胜愁，结束下
青楼"的青楼女子，并由此衍生出《罗敷行》《日出东南隅行》等专
门描写女性的题目。谢灵运《日出东南隅行》写"美人卧屏席，怀兰
秀瑶璠"的闺中女子；沈约"罗衣夕解带，玉钗暮垂冠"（《日出东南
隅行》）则将描写直接指向男女床帏之事。又如魏文帝《燕歌行》，

---

① 郭茂倩：《乐府诗集》卷二九，中华书局 1979 年标点本，第 410 页。

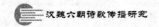

"秋风""别日"写"时序迁换，行役不归，妇人怨旷无所诉"的闺怨情怀，南朝文人乐此不疲，纷纷拟作，如谢灵运"念君行役怨边城"、谢惠连"爱而不见伤心情"、梁元帝"怨妾愁心百恨生"等。曹植《美女篇》以美女"以喻君子"，简文帝、萧子显的《美女篇》则是纯粹的对风流佳丽的描绘。

最能体现南朝相和三调拟乐府向吴歌西曲文化靠拢的是南朝的《三妇艳》诗。《三妇艳》来自相和三调《相逢行》《长安有狭斜行》等古辞的"三妇"部分。①《相逢行》古辞曰："兄弟两三人，中子为侍郎。五日一来归，道上自生光。……大妇织绮罗，中妇织流黄。小妇无所为，挟瑟上高堂。丈人且安坐，调丝方未央。"梁代张率的拟作保留了"三兄""三妇"内容，昭明太子、沈约等人拟《相逢狭路间》则改为"三子""三妇"。又《长安有狭斜行》古辞曰："大子二千石，中子孝廉郎。小子无官职，衣冠仕洛阳。三子俱入室，室中自生光。大妇织绮纻（罗），中妇织流黄。小妇无所为，挟琴上高堂。丈夫且徐徐，调弦讵未央。"荀昶拟作有"三兄""三妇"内容，梁武帝、梁简文帝、庾肩吾、王同、徐防、张正见等人的拟作或称"三子""三妇"或称"三息""三妇"，均保留了"三妇"内容。《乐府诗集》在相和三调清调曲《长安有狭斜行》之后，接着著录了南朝刘铄、王融、昭明太子萧统、沈约、王筠、吴均、刘孝绰、陈后主、张正见等人的《三妇艳》诗计21首。可见，宋刘铄当是今所见最早用《三妇艳》为题进行创作的人，其《三妇艳》曰："大妇裁雾縠，中妇牒冰练。小妇端清景，含歌登玉殿。丈人且徘徊，临风伤流霰。"更值得注意的是著录于王融名下的这首《三妇艳》："大妇织绮罗，中妇织流黄。小妇

---

① 有关《相逢行》《长安有狭斜行》等曲调的源流关系及演唱情况，详见拙著《魏晋南北朝乐府歌辞研究》，上海古籍出版社2009年版，第362—375页。

独无事，挟瑟上高堂。丈夫且安坐，调弦讵未央。"① 这首诗不仅结构与《相逢行》"三妇"相同，就是歌辞也与《相逢行》"三妇"部分几乎不差。

通过比较可见，《三妇艳》是从南朝文人拟乐府行为中逐渐独立出来的。《三妇艳》诗虽然从《相逢行》等古辞而来，但在创作主题上有逐渐重视女性描写的倾向，形式上则有逐渐缩短的趋势。尤其是梁陈时期文人的《三妇艳》诗，在题材上做了更大的改变，他们将《相逢行》中的"三妇"由"舅姑"改成了自己的"群妻"，甚至写成了女伎，更加强化了女情内容和诱惑的描写。如：

> 大妇舞轻巾，中妇拂华茵。小妇独无事，红黛润芳津。良人且高卧，方欲荐梁尘。（昭明太子）
>
> 大妇拂玉匣，中妇结珠帷。小妇独无事，对镜理蛾眉。良人且安卧，夜长方自私。（沈约）
>
> 大妇弦初切，中妇管方吹。小妇多姿态，含笑逼清卮。佳人勿馀及，殷勤妾自知。（吴均）

陈后主《三妇艳》11 首，则集中描写小妇，重点写其娇羞的容颜和神态，有的甚至指向男女床帷之事，如：

> 大妇避秋风，中妇夜床空。
>
> 小妇初两髻，含娇新脸红。
>
> 得意非霰日，可怜那可同。
>
> 大妇妒蛾眉，中妇逐春时。

---

① 郭茂倩：《乐府诗集》卷三五，中华书局 1979 年标点本，第 518 页。

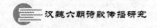

小妇最年少，相望卷罗帷。

罗帷夜寒卷，相望人来迟。

大妇上高楼，中妇荡莲舟。

小妇独无事，拨帐掩娇羞。

丈夫应自解，更深难道留。

大妇爱恒偏，中妇意长坚。

小妇独娇笑，新来华烛前。

新来诚可惑，为许得新怜。

颜延之《颜氏家训·书证》云："古乐府歌词，先述三子，次及三妇，妇是对舅姑之称。……近代文士颇作三妇诗，乃为匹嫡并耦己之群妻之意，又加郑卫之辞，大雅君子，何其谬乎。"① 对此现象提出了严厉的批评。

宋、齐时期，是吴歌西曲传入宫廷的第一阶段，宫廷对吴歌西曲的吸收，基本上是原生态的，对其音乐风格的改造并不大，帝王、文人创作吴歌西曲歌辞也相对较少。《古今乐录》曰宋少帝曾更制新歌三十六曲《懊侬歌》，今已不存，现存只有宋武帝《丁督护歌》五首。梁、陈时期，是吴歌西曲大量传入宫廷的阶段。梁武帝改西曲为《江南弄》《上云乐》，并从西曲衍生出倚歌，陈后主则自作吴歌曲调《春江花月夜》《玉树后庭花》等。从梁武帝起，帝王们开始由欣赏吴歌西曲娱乐，转向创作吴歌西曲歌辞娱乐。这种由被动的单向行为到主动双向行为的转变，其意义十分深远。第一，帝王或文人参与吴歌西

---

① 颜之推：《颜氏家训》，《诸子集成》影印本，第 37 页。

曲歌辞创作，提高了吴歌西曲的地位，使之在宫廷与社会更流行，从而取代了清商三调之主流地位。第二，帝王、文人参与歌辞创作，在传统的吴歌西曲爱情题材中渗透帝王、文人的雅趣与审美追求，改变了吴歌西曲的音乐风格，尤其是歌辞的语言艺术风格。第三，帝王和文人创作吴歌西曲歌辞的行为，对当时诗歌创作风气起了重要的引领和导向作用。很多宫体诗，其实就是为吴歌西曲演唱而创作的歌辞。宫体诗对女性描写的极大兴趣，轻艳柔媚的风格，都与宫廷娱乐音乐活动有密切关系。在一定意义上可以说，宫体诗是南朝宫廷娱乐音乐文化活动的产物，而其文化背景就是吴歌西曲在南朝的兴盛和广泛传播。

第三节　梁武帝音乐文化活动与宫体诗的发展

南朝历代帝王的音乐文化政策与音乐实践活动是推动吴歌西曲在上层社会及宫廷广泛传播的重要因素，齐梁宫体诗的兴起与梁武帝音乐文化活动密切相关。本节主要从梁代宫廷音乐文化政策、梁武帝音乐文化活动及吴歌西曲歌辞创作等方面考察梁武帝与宫体诗的关系。

一　梁武帝宫廷音乐文化政策与宫体诗创作环境

梁武帝在宫廷娱乐音乐文化构建上用力甚勤，主要表现在对吴歌西曲的改造，以满足其宫廷娱乐音乐的审美要求。如梁武帝根据雍镇童谣"襄阳白铜蹄"制成《襄阳蹋铜蹄》歌曲，"自为之词三曲，又

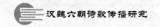

令沈约为三曲，以被弦管"①。梁天监十一年，改《懊侬歌》为《相思曲》②。此外，梁武帝还改西曲为《江南弄》《上云乐》，改舞曲为倚歌等。梁武帝的音乐文化政策和音乐实践活动，提升了吴歌西曲在宫廷中的地位，使之彻底取代清商三调歌曲，成为梁代宫廷的主流音乐，从而营造了宫体诗生存和发展的文化环境

其一，吴歌西曲的繁荣客观上为宫体诗创作提供了现实的文化土壤。吴歌西曲是来自江南民间的通俗音乐，绝大多数是男女情歌，其主题不离女色和私情，是平民世俗声色生活的集中反映。其质朴的民歌语言和直白的表现方式，给人以真挚、清新、自然之感。吴歌西曲这种世俗声色的音乐文化环境成了宫体诗创作的催生剂，很多宫体诗的艳情描写就直接取材于吴歌西曲，甚至有的宫体诗本来就是为配合吴歌西曲演唱而作的歌辞。如《南史·沈皇后传附张贵妃》载：

> 后主每引宾客，对贵妃等游宴，则使诸贵人及女学士与狎客共赋新诗，互相赠答。采其尤艳丽者，以为曲调，被以新声。选宫女有容色者以千百数，令习而歌之，分部迭进，持以相乐。③

其二，频繁的音乐文化活动与大量的歌伎群体为宫体诗传播提供了广阔的消费市场。梁代重臣贺琛曾向梁武帝奏事曰：

> 又歌姬舞女，本有品制，二八之锡，良待和戎。今畜伎之夫，无有等秩，虽复庶贱微人，皆盛姬姜，务在贪污，争饰罗绮。

---

① 魏徵：《隋书》卷一三，中华书局 1973 年标点本，第 305 页。
② 郭茂倩：《乐府诗集》卷四六，引《古今乐录》，中华书局 1979 年标点本，第 667 页。
③ 李延寿：《南史》卷一二，中华书局 1975 年标点本，第 348 页。

武帝大怒，敕责琛曰：

> 卿又云女伎越滥，此有司之责，虽然，亦有不同：贵者多畜
> 伎乐，至于勋附若两掖，亦复不闻家有二八，多畜女伎者。此并
> 宜具言其人，当令有司振其霜豪。①

可见，梁代朝廷对蓄养歌伎是有明确规定的，要达到一定官职才可以
蓄伎。但在现实生活中，并没有按规定执行，"无有等秩"，甚至"庶
贱微人"皆争养家伎，在某种意义上，养伎成为个人地位和财富的标
志。这种人生态度助长了梁代声色伎乐活动的繁荣。梁武帝的责辞颇
可玩味：言外之意，只要不备帝王才能拥有的二八金石之乐，对蓄伎
多少则采取听之任之的宽容态度。

不仅如此，梁武帝还经常赐女乐以奖赏功臣，从而助长了社会的
奢靡之风。如前引《南史·徐勉传》载，梁武帝送给他后宫吴声西曲
女伎各一部，"因此颇好声酒"②。

梁代贵族奢靡于歌舞的生活态度从羊侃可见一斑。《南史·羊侃
传》：

> （侃）性豪侈，善音律，自造《采莲》《棹歌》两曲，甚有新
> 致。姬妾列侍，穷极奢靡。有弹筝人陆太喜著鹿角爪，长七寸。
> 舞人张净琬腰围一尺六寸，时人咸推能掌上舞。又有孙荆玉能反
> 腰帖地，衔得席上玉簪。敕赉歌人王娥儿，东宫亦赉歌者屈偶之，
> 并妙尽奇曲，一时无对。初赴衡州，于两艖艒起三间通梁水斋，
> 饰以珠玉，加之锦缋，盛设帷屏，列女乐。乘潮解缆，临波置酒，

---

① 姚思廉：《梁书》卷三八，中华书局1973年标点本，第544、548页。
② 李延寿：《南史》卷六十，中华书局1975年标点本，第1485页。

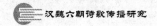

缘塘傍水，观者填咽。大同中，魏使阳斐与侃在北尝同学，有诏命侃延斐同宴。宾客三百余人，食器皆金玉杂宝，奏三部女乐。至夕，侍婢百余人俱执金花烛。侃不饮酒而好宾游，终日献酬，同其醉醒。①

梁代从上到下的蓄伎之风，使歌伎舞女群体增大，为宫体诗提供了创作契机和消费对象。事实上，很多宫体诗就是在歌儿舞女的酒宴环境中即兴创作的，有的则直接是描写歌儿舞女的体态、舞姿和歌唱技巧。

如武陵王萧纪《同萧长史看妓》：

> 燕姬奏妙舞，郑女发清歌。回羞出慢脸，送态入嚬蛾。
> 宁殊值行雨，讵减见凌波。想君愁日暮，应羡鲁阳戈。

简文帝《听夜妓》：

> 合欢蠲忿叶，萱草忘忧条。何如明月夜，流风拂舞腰。
> 朱唇随吹动，玉钏逐弦摇。留宾惜残弄，负态动余娇。

简文帝《春夜看妓》：

> 蛾眉渐成光，燕姬戏小堂。朝舞开春阁，铃盘出步廊。
> 起龙调节奏，却凤点笙簧。树交临舞席，荷生夹妓航。
> 竹密无分影，花疏有异香。举杯聊转笑，欢兹乐未央。②

宫体诗之轻艳柔媚的风格与其接受和消费的对象有很大关系。在

---

① 李延寿：《南史》卷六十，中华书局 1975 年标点本，第 1547 页。
② 徐陵：《玉台新咏》卷七，中华书局 1985 年标点本，第 307、313、319 页。

某种程度上，宫体诗就是应歌儿舞女的歌唱、诵读需要而作的，并依赖于宫廷歌儿舞女而存在。

何之元《梁典高祖事论》论简文帝曰：

> 太宗孝慈仁爱，实守文之君，惜乎为贼所杀。至乎文章妖艳，隳坠风典，诵于妇人之口，不及君子之听，斯乃文士之深病，政教之厚疵。①

《玉台新咏》序曰：

> 但往世名篇，当今巧制，分诸麟阁，散在鸿都。不籍篇章，无由披览。于是，燃脂暝写，弄笔晨书，撰录艳歌，凡为十卷。……至如青牛帐里，余曲既终；朱鸟窗前，新妆已竟，方当开兹缥帙，散此绨绳，永对玩于书帷，长循环于纤手。……因胜西蜀豪家，托情穷于鲁殿；东储甲观，流咏止于洞箫。娈彼诸姬，聊同弃日，猗欤彤管，无或讥焉。②

《南史·陈本纪下》：

> 后主愈骄，不虞外难，荒于酒色，不恤政事，左右嬖佞珥貂者五十人，妇人美貌丽服巧态以从者数千人。常使张贵妃、孔贵人等八人夹坐，江总、孔范等十人预宴，号曰“狎客”。先令八妇人襞采笺，制五言诗，十客一时继和，迟者罚酒。君臣酣饮，从夕达旦，以此为常。③

---

① 李昉：《文苑英华》，中华书局 1966 年影印本，第 3950 页。
② 徐陵：《玉台新咏》，中华书局 1985 年标点本，第 13 页。
③ 李延寿：《南史》卷十，中华书局 1975 年标点本，第 306 页。

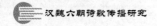

简文帝诗歌"诵于妇人之口，不及君子之听"，《玉台新咏》序对编辑《玉台新咏》用途的介绍，以及陈后主与诸贵人的作诗活动等，这些材料十分明确地告诉世人，妇人、歌伎是宫体诗的主要传播对象和消费群体。

二　梁武帝音乐文化活动直接带动了宫体诗的兴盛

梁武帝不仅重视宫廷音乐文化的构建，而且自己有很高的音乐文化修养，对音乐文化活动有浓厚的兴趣。

《隋书·音乐上》：

> 是时对乐者七十八家，咸多引流略，浩荡其词，皆言乐之宜改，不言改乐之法。帝既素善钟律，详悉旧事，遂自制定礼乐。又立为四器，名之为通。[1]

梁武帝参与的娱乐音乐文化活动中，最可重视者有二：

其一，改西曲乐为《江南弄》。梁武帝将西曲乐改造成《江南弄》，提升了西曲音乐的艺术技巧和社会地位，使之更符合宫廷娱乐音乐表演的需要。

《古今乐录》曰：

> 梁天监十一年冬，武帝改西曲，制《江南上云乐》十四曲，《江南弄》七曲：一曰《江南弄》，二曰《龙笛曲》，三曰《采莲曲》，四曰《凤笛曲》，五曰《采菱曲》，六曰《游女曲》，七曰《朝云曲》。又沈约作四曲：一曰《赵瑟曲》，二曰《秦筝曲》，三

---

① 魏徵：《隋书》卷一三，中华书局 1973 年标点本，第 289 页。

曰《阳春曲》，四曰《朝云曲》，亦谓之《江南弄》云。①

梁武帝《江南弄》七曲的句式结构完全相同。今以《采莲曲》为例：

> 游戏五湖采莲归，发花田叶芳袭衣。为君侬歌世所希。世所希，有如玉。江南弄，采莲曲。

《古今乐录》曰："《采莲曲》和云：'采莲渚，窈窕舞佳人。'"②据此，可以将梁武帝《江南弄》的句式结构归纳为：

和："3，5。"；

正曲："7△，7△。7△。3△，3△。3，3△。"③。

除梁武帝、简文帝两首《采莲曲》不换韵外，余皆在最后两处换韵。此外，正曲中第四句叠用第三句末三字，从而构成歌曲的"复踏"。沈约四曲不见和，只有正曲，句式结构与梁武帝同，梁简文帝《江南弄》三曲，也与武帝同，如《采莲曲》：

> 和云：采莲归，渌水好沾衣。
>
> 桂楫兰桡浮碧水，江花玉面两相似。莲疏藕折香风起。香风起，白日低。采莲曲，使人迷。

其现存歌辞有梁武帝 7 首，梁简文帝 3 首，沈约 4 首。另有梁简文帝等人《采莲曲》五言句式结构的歌辞 11 首，应是文人拟乐府中的"赋题"现象，当未入乐演唱。

---

① 郭茂倩：《乐府诗集》卷五十，中华书局 1979 年标点本，第 726 页。
② 同上书，第 727 页。
③ "△"表示韵脚，阿拉伯数字表示句中的字数，"，""。"表示歌辞断句，下同。

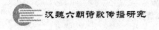

《古今乐录》曰：

> 《上云乐》七曲，梁武帝制，以代西曲。一曰《凤台曲》，二曰《桐柏曲》，三曰《方丈曲》，四曰《方诸曲》，五曰《玉龟曲》，六曰《金丹曲》，七曰《金陵曲》。[①]

梁三朝仪式用乐第四十四曰："设寺子导安息孔雀、凤皇、文鹿胡舞登连《上云乐》歌舞伎。"[②] 可见，《上云乐》亦用于朝廷的三朝仪式音乐活动。

《上云乐》每曲前有和，但句式结构不同，或为"3，3。"，或为"5。"，或为"3，7。"，或为"3，5。"；正曲的基本结构为"3，3△。3，3△。5，5△。5，5△。"，或为"3，3△。3，5，5△。5，5△。"。没有"复踏"结构。后人拟曲皆为五言句式，当与《江南弄》五言结构的情形相似。

梁武帝这一行为在音乐史、文化史、文学史上皆可称为大事，可惜没有引起人们足够的关注。

在音乐上，通过梁武帝的改造，西曲这种来源于荆襄的民间俗曲在声辞效果、表演技巧、美学品位等方面均得以提升，使之更符合帝王及上层文人的审美情趣。这是吴歌西曲得以上升为上层文人和宫廷主流音乐的最关键之处。

从文化上说，在一定历史时期内，某种文化样式的发展变迁进程及其走向，除与该文化样式自身品质相关外，朝廷文化的政策导向在一定程度上决定着其发展的命运。南朝清商三调与吴歌西曲的发展就是如此。清商三调与吴歌西曲在南朝此消彼长的演进历程，与当时朝

---

① 郭茂倩：《乐府诗集》卷五一，中华书局 1979 年标点本，第 744 页。
② 魏徵：《隋书》卷十三，中华书局 1973 年标点本，第 303 页。

廷音乐文化构建政策有十分密切的关系，而梁武帝的音乐文化政策最为关键。因梁武帝在娱乐音乐文化中对吴歌西曲的改造、提升，使吴歌西曲则取代了清商三调成为宫廷娱乐音乐的主流。当然，在梁武帝音乐文化政策背后，还存在着吴歌西曲具有广阔的下层民间文化市场和迅速发展的趋势，以及清商三调的表演活动空间日渐萎缩衰退的历史事实。梁武帝音乐文化政策的取向是顺应时代要求的，具有某种进步的意义。但是，梁武帝在音乐文化政策上对吴歌西曲的偏向，客观上成为清商三调边缘化的重要原因。在南朝，吴歌西曲与清商三调发展变迁的历史中蕴含着雅俗音乐文化整合最为基本的规律。

就文学而言，梁武帝《江南弄》有两方面的意义：一是《江南弄》乐曲以及其特殊的辞乐配合方式值得关注。《江南弄》前有"3，5。"结构的"和"，后有"7△，7△，7△。3△，3△。3，3△。"参差错落结构的正曲。简文帝有《江南曲》《龙笛曲》《采莲曲》辞3首，沈约有《赵瑟曲》《秦筝曲》《阳春曲》《朝云曲》辞4首。而且，三人歌辞结构完全一致。这说明他们的歌辞是按"依调填词"的方式创作的。但是，梁简文帝又有"五言八句""五言六句"的《采莲曲》和"五言四句"的《采菱曲》。同时期的梁元帝、刘孝威、朱超、吴均、费昶、江淹等人拟此二曲时也皆用"五言"结构。从辞乐配合方式言，梁武帝等三人的"依调填词"与唐宋"依调填词"有很多相同点，故很多学者将唐宋词的发生追溯到梁武帝当有一定理由。此后文人"五言八句"结构的拟作当与《江南弄》音乐曲调没有多大关系，而是诗歌"新体"形式观念在歌辞体创作中的反映。二是梁武帝这一行为，对改变吴歌西曲歌辞的文化观念影响尤其深远，使"吟咏性情"的世俗性题材在歌辞创作中凸显其意义。当时文人纷纷拟写吴歌西曲歌辞，表现民歌中的现世哀乐与世俗情怀，甚至模仿民歌口吻表

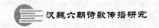

现女色艳情。这一创作潮流的兴起与梁武帝在改造西曲音乐中，对世俗音乐歌辞文化功能的重新认识是有一定关系的。

其二，亲自创作了大量的吴歌西曲歌辞。梁武帝歌辞创作数量最多的是吴歌西曲歌辞。《乐府诗集》收录梁武帝歌辞共16曲37首，其中"鼓吹铙歌"有《有所思》《芳树》2首，"汉横吹曲"有《雍台》1首，"相和歌辞"有清调曲《长安有狭斜行》1首，瑟调曲《青青河边草》1首，楚调曲《明月照高楼》1首，"杂舞歌辞"有《梁白纻歌辞》2首，"杂曲歌辞"有《闾阖篇》1首，《邯郸篇》1首，"杂歌谣辞"有《河中之水歌》1首，"清商曲辞"有《子夜四时歌》7首，《团扇郎》1首，《襄阳蹋铜蹄》3首，《杨叛儿》1首，《江南弄》7首，《上云乐》7首。"清商曲辞"为吴歌西曲，共26首，占三分之二。

从梁武帝歌辞用调的分布可以看出，他对吴歌西曲这种"当下"的流行歌曲是情有独钟的。《玉台新咏》选梁武帝诗有：卷七《梁武帝十四首》，卷十《梁武帝诗二十七首》，《梁武帝诗五首》共三处46首。第一处有乐府歌辞《拟长安有狭斜行》《拟明月照高楼》《拟青青河边草》《芳树》《有所思》5首，第二处有《春歌三首》《夏歌四首》《秋歌四首》《子夜歌二首》《上声歌一首》《欢闻歌二首》《团扇歌一首》《碧玉歌一首》《襄阳白铜鞮歌三首》等共21首，其中7首在《乐府诗集》中题王金珠作，一首称古辞。第三处有《春歌一首》《冬歌四首》（第三首《乐府诗集》称晋、宋、齐辞）。三处共收乐府歌辞31首。除去8首不确定者，尚有23首。其他非乐府歌辞的徒诗也是咏笔、咏舞、咏烛等与女情相关者。如果将这些皆视为宫体诗，那么，梁武帝的宫体诗数量则相当可观，而其中吴歌西曲歌辞占了一半。这些作品在题材、风格上与梁简文帝、梁元帝等人的宫体诗没有多大区别，只是梁武帝歌辞更接近民歌风味，而简文帝、梁元帝的作品文人气、脂粉气更浓一些而已。如梁武帝《子夜歌二首》：

> 恃爱如欲进，含羞未肯前。口朱发艳歌，玉指弄娇弦。
>
> 朝日照绮窗，光风动纨罗。巧笑蒨两犀，美目扬双蛾。

由此可见，梁武帝的吴歌西曲歌辞与宫体诗是分不开的，其本身就是宫体诗的一部分。在某种程度上，梁简文帝宫体诗其实是对其父所开创的文人歌辞创作新风气的继续发展和深化：创作方式上，从歌辞创作向徒诗领域拓展；艺术情趣上，从民歌风味向文人情趣靠近。在此意义上，可以说，梁武帝吴歌西曲歌辞创作，为宫体诗的风格形成提供了具体路径，指出了其必然的发展方向。①

三　梁武帝歌辞创作对宫体诗的现实效应

中国古代十分重视礼仪制度的建设，在长期的建设中形成了完备的吉、凶、军、宾、嘉五大礼仪体系，称为"五礼"。嘉礼中有公私宴礼，是帝王举宴招待宠臣、功臣及他国聘问使节的礼仪活动。在皇帝的宴会上举乐作诗是一项最基本的内容和重要环节，往往也是文臣雅士向皇帝展示才华的最佳时机。因此，文人向来重视得到皇帝的赐宴，一则可以提高自己的身份和地位；二则可以在皇帝面前一展才华，有被皇帝赏识和重用的机会。颜之推《颜氏家训·勉学》的一段话从一个侧面道出了公私宴集赋诗的意义和重要性：

> 多见士大夫耻涉农商，羞务工伎。射则不能穿札，笔则才记

---

① 关于梁武帝乐府诗创作对宫体诗的作用，杨德才《论萧衍的乐府诗》（《文学遗产》1999 年第 3 期）略有提及。

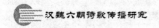

姓名。饱食醉酒，忽忽无事，以此销日，以此终年。或因家世余绪，得一阶半级，便是为足，全忘修学。及有吉凶大事，议论得失，蒙然张口，如坐云雾。公私宴集，谈古赋诗，塞默低头，欠伸而已。①

在颜氏看来，公私宴集、谈古赋诗是修学的重要用途之一。可见，当时社会对公私宴会上赋诗的重视程度。

梁武帝作为文武全才，又曾是出入于前朝萧子良西邸的文学高手，自然会有宴会群臣时的赋诗活动。

《梁书·到沆传》：

时文德殿置学士省，召高才硕学者待诏其中，使校定坟史，诏沆通籍焉。时高祖宴华光殿，命群臣赋诗，独诏沆为二百字，三刻使成。沆于坐立奏，其文甚美。俄以洗马管东宫书记、散骑省优策文。②

《南史·萧介传》：

初，武帝招延后进二十余人，置酒赋诗。臧盾以诗不成，罚酒一斗。盾饮尽，颜色不变，言笑自若。介染翰便成，文无加点。帝两美之曰："臧盾之饮，萧介之文，即席之美也。"③

《梁书·张率传》：

天监初，（张率）直文德待诏省……又侍宴赋诗，高祖乃别

---

① 颜之推：《颜氏家训》，《诸子集成》影印本，第 13 页。
② 姚思廉：《梁书》卷四九，中华书局 1973 年标点本，第 686 页。
③ 李延寿：《南史》卷一八，中华书局 1975 年标点本，第 502 页。

赐率诗曰："东南有才子，故能服官政。余虽惭古昔，得人今为盛。"率奉诏往返数首。①

《南史·曹景宗传》：

> 景宗振旅凯入，帝于华光殿宴饮连句，令左仆射沈约赋韵。景宗不得韵，意色不平，启求赋诗。帝曰："卿伎能甚多，人才英拔，何必止在一诗。"景宗已醉，求作不已，诏令约赋韵。时韵已尽，唯余竞病二字。景宗便操笔，斯须而成，其辞曰："去时儿女悲，归来笳鼓竞。借问行路人，何如霍去病。"帝叹不已。约及朝贤惊嗟竟日，诏令上左史。于是进爵为公，拜侍中、领军将军。②

《南史·褚翔传》：

> 中大通五年，梁武帝宴群臣乐游苑，别诏翔与王训为二十韵诗，限三刻成。翔于坐立奏，帝异焉，即日补宣城王文学，俄迁友。③

《南史·王泰传》：

> （王泰）每预朝宴，刻烛赋诗，文不加点，帝深赏叹。④

《梁书·柳恽传》：

> 恽立行贞素，以贵公子早有令名，少工篇什。始为诗曰："亭皋木叶下，陇首秋云飞。"琅邪王元长见而嗟赏，因书斋壁。至是

---

① 姚思廉：《梁书》卷三三，中华书局1973年标点本，第475页。
② 李延寿：《南史》卷五五，中华书局1975年标点本，第1356页。
③ 同上书，第755页。
④ 同上书，第607页。

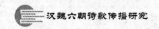

预曲宴，必被诏赋诗。尝奉和高祖《登景阳楼》中篇云："太液沧波起，长杨高树秋。翠华承汉远，雕辇逐风游。"深为高祖所美。当时咸共称传。①

《南史·刘孺传》：

> 后侍宴寿光殿，诏群臣赋诗。时孺与张率并醉，未及成。（武）帝取孺手板题戏之曰："张率东南美，刘孺洛阳才，揽笔便应就，何事久迟回。"②

前引《隋书·音乐志》载，武帝根据雍镇童谣更造新声，以被弦管而成《襄阳蹋铜蹄》歌曲，并令沈约也为三曲，乃是梁武帝歌辞创作之垂范意义的最好说明。

梁武帝现存作品中还有与群臣的连句诗《清暑殿效柏梁体》，参与者有新安太守任昉、侍中徐勉、丹阳丞刘泛、黄门侍郎柳憕、吏部郎中谢览、侍中张卷、太子中庶子王峻、御史中丞陆杲、右军主簿陆倕、司徒主簿刘洽、司徒左西属江葺11人。又《五字叠韵诗》连句，参与者有刘孝绰、沈约、庾肩吾、徐摛、何逊5人。

从以上梁武帝赐宴作诗的情景可知，在这种情境中进行诗歌创作，不仅可以展示文人诗歌才华，还可以因之获得官阶。所以，这些文人势必要揣度圣上之心理喜好，顺着武帝的意愿进行创作。这样，往往容易形成诗文创作的一时风气，而为下层文人纷纷效仿与模拟。因帝王之好而波及世风流俗的情形，历史上不乏其例。如汉武帝好新声而汉乐府新声大盛于世，曹操好新声文词而拟乐府在曹魏时期风靡等，

---

① 姚思廉：《梁书》卷二一，中华书局1973年标点本，第331页。
② 李延寿：《南史》卷三九，中华书局1975年标点本，第1006页。

都是文学史上的典型事例。

裴子野《雕虫论》曰：

> 宋明帝聪博，好文史，才思朗捷，少读书奏，号七行俱下。
> 每国有祯祥及行幸燕集，辄陈诗展义，且以命朝臣。其戎士武夫，
> 则托请不暇，困于课限，或买以应诏焉。于是天下向风，人自藻
> 饰，雕虫之艺，盛于时矣。①

李谔上隋文帝书曰：

> 魏之三祖，更尚文词，忽君人之大道，好雕虫之小艺。下之
> 从上，有同影响，竞骋文华，遂成风俗。江左齐、梁，其弊弥甚，
> 贵贱贤愚，唯务吟咏。遂复遗理存异，寻虚逐微，竞一韵之奇，
> 争一字之巧。连篇累牍，不出月露之形，积案盈箱唯是风云之状。
> 世俗以此相高，朝廷据兹擢士。禄利之路既开，爱尚之情愈笃。
> 于是闾里童昏，贵游总丱，未窥六甲，先制五言。②

《资治通鉴·齐纪二》载：

> 自宋世祖好文章，士大夫悉以文章相尚，无以专经为业者。③

虞世南与唐太宗的一段对话对帝王行为之示范意义的揭示更直接
而透辟：

> 帝（太宗）尝作宫体诗，使赓和。世南曰：圣作诚工，然体
> 非雅正。上之所好，下必有甚者，臣恐此诗一传，天下风靡。不

---

① 杜佑：《通典·选举》卷一六，中华书局 1988 年标点本，第 389 页。
② 魏徵：《隋书·李谔传》卷六六，中华书局 1973 年标点本，第 1544 页。
③ 司马光：《资治通鉴》卷一三六，上海古籍出版社 1987 年影印本，第 908 页。

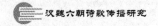

敢奉诏。①

梁武帝虽博学多识，喜欢与周围文人舞文弄墨，诗文唱和，但是作为帝王之尊的他，又不能容忍别人在诗文上超过自己。

《梁书·沈约传》：

> 先此，约尝侍宴，值豫州献栗，径寸半，帝奇之，问曰："栗事多少？"与约各疏所忆，少帝三事。出谓人曰："此公护前，不让即羞死。"帝以其言不逊，欲抵其罪，徐勉固谏乃止。②

《南史·刘峻传》：

> 初，梁武帝招文学之士，有高才者多被引进，擢以不次。峻率性而动，不能随众沉浮。武帝每集文士策经史事，时范云、沈约之徒皆引短推长，帝乃悦，加其赏赉。会策锦被事，咸言已罄，帝试呼问峻，峻时贫悴冗散，忽请纸笔，疏十余事，坐客皆惊，帝不觉失色。自是恶之，不复引见。及峻《类苑》成，凡一百二十卷，帝即命诸学士撰《华林遍略》以高之，竟不见用。③

综上可见，梁武帝对吴歌西曲的喜好并大量创作歌辞，对其周围的文人、皇室成员乃至整个文人层的影响十分深远。其创作行为在客观已经具有了引领诗歌创作走向的作用，其歌辞中艳情题材和女色表现自然使得周围文人趋之若鹜，积极响应。宫体诗风气便在这样的创作语境中逐渐形成。简文帝时期，宫体诗的盛行并非突如其来，而有

---

① 欧阳修：《新唐书·虞世南传》卷一百零二，中华书局 1975 年标点本，第 3972 页。
② 姚思廉：《梁书》卷一三，中华书局 1973 年标点本，第 243 页。
③ 李延寿：《南史》卷四九，中华书局 1975 年标点本，第 1220 页。

其深刻的音乐文化背景和政治因素，梁武帝对吴歌西曲音乐文化的爱好、鼓吹和积极主动参与音乐文化活动，大张旗鼓地推广，是梁、陈宫体诗兴盛的重要因素之一。正是在这样的意义上，我们说宫体诗的兴起与梁武帝有着非常密切的关系。

小　结

本章主要从传播学视角探讨了吴歌西曲在南朝的传播与宫体诗之间的关系。首先，考察了吴歌西曲在南朝传播的历史过程；其次，分析了帝王、文人积极接受吴歌西曲而形成的音乐文化风气对宫体诗形成的影响；最后，以梁代音乐文化活动为例，分析了梁武帝与宫体诗的关系。其基本结论如下：

第一，吴歌西曲在南朝的传播可分为两个历史阶段：宋、齐时期为第一阶段，因相和正声在宫廷和上层社会的主流地位，此阶段对吴歌西曲的接受，基本上是原生态的，对其音乐风格的改造并不大，帝王、文人创作吴歌西曲歌辞也相对较少。梁、陈时期为第二阶段，这是吴歌西曲大量传入宫廷的阶段。因梁武帝改西曲为《江南弄》《上云乐》，陈后主自作吴歌曲调《春江花月夜》《玉树后庭花》等的引领作用，帝王、文人们开始由欣赏吴歌西曲娱乐转向创作吴歌西曲歌辞娱乐，从而为宫体诗兴起营造浓厚的音乐文化环境。

第二，齐梁时期，帝王、文人对吴歌西曲的积极接受态度，特别是大量拟作吴歌西曲歌辞，一则提高了吴歌西曲的地位，使之在宫廷与社会更流行，从而取代了清商三调之主流地位。二则对当时诗歌创

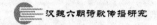

作风气起了重要的引领和导向作用，在题材上对女性表现出极大的兴趣，风格倾向于轻艳柔媚。齐梁帝王、文人对吴歌西曲的极大兴趣，直接带动了宫体诗的兴起。

第三，在齐梁宫体诗的形成过程中，梁武帝是最关键的人物。他积极吸纳吴歌西曲进入宫廷的音乐文化政策和大力进行吴歌西曲歌辞创作的行为，既极大地促进了吴歌西曲的繁荣，又极大地促进了齐梁宫体诗的兴盛，成为齐梁宫体诗的开先河者。

第六章　纸张书写与汉魏六朝诗歌文本传播

造纸术作为我国四大发明之一，在中国文化史乃至世界文化史上都具有里程碑意义。从文学传播媒介而言，纸张的发明与使用为诗歌文本传播提供了坚实的物质基础，不仅极大地促进了诗歌文本传播的兴起，还极大地刺激了文人的诗歌创作热情，对诗歌题材内容和形式的新变、诗歌观念的形成起到极大的促进作用。对纸张发明及使用的历史进程的梳理，将有助于深入认识纸张作为诗歌重要的传播载体在诗歌发展史上的重要意义。

第一节　汉魏六朝纸张发明与书写的历史进程

纸张从发明到被广泛使用于书写领域，经历了一个漫长的历史过程。从纸张应用普及的领域看，这一历史过程大致可以分为两汉、魏晋、南北朝三个阶段。

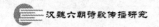

一　两汉：纸的发明与初步使用于书写

（一）纸张最早出现于西汉

在考古学领域，20世纪陆续出土了西汉的古纸残片，如1933年发现的罗布淖尔纸，专家推断其产于汉宣帝黄龙元年（公元前49年）之前；1957年发现的灞桥纸，专家推断其产于汉武帝之前（公元前140—公元前86年）；1973年发现的居延纸，专家推断其产于汉宣帝甘露二年（公元前52年）前；1978年发现的扶风纸，专家推断其产于汉宣帝之前（公元前73年）；1990年至1992年在敦煌悬泉置发现大量古纸，有的也产于西汉。西汉已经出现了有关纸的记载，如《三辅旧事》记载，汉征和二年（公元前91年）卫士江充劝太子刘据"持纸蔽其鼻"入见汉武帝。又《汉书·外戚传》载，汉成帝元延元年（公元前12年），赵飞燕指使人给狱中曹官一小绿箧，"中有裹药二枚，赫蹏书，曰：……"唐颜师古注引应邵曰："赫蹏，薄小纸也。"[1] 根据目前出土的古纸及相关文献记载可知，纸的发明至少在西汉武帝时期，比蔡伦纸早200年左右。[2] 科技史研究成果表明，西汉古纸是用浇纸法制造的厚纸类型，表面粗糙，没有帘纹，主要用途并非书写，所以用于书写的西汉古纸极其少见。[3]

（二）东汉"蔡侯纸"与纸张书写

东汉关于纸的文献记载逐渐增多。如《后汉书·贾逵传》载，建

---

① 班固：《汉书》，中华书局1962年标点本，第3991—3992页。
② 曹之：《中国印刷术的起源》，武汉大学出版社1994年版，第175—176页；钱存训：《中国纸和印刷文化史》，广西师范大学出版社2004年版，第38页。
③ 李晓岑：《早期古纸的初步考察与分析》，《广西民族大学学报》（自然科学版）2009年第4期。

初元年（公元76年），汉章帝"令逵自选《公羊》严、颜诸生高才者二十人，教以《左氏》，与简纸经传各一通"①。又《后汉书·和熹邓皇后传》载，永元十四年（公元102年），"自后即位，悉令禁绝，岁时但供纸墨而已"②。班彪《续汉书·百官志》记载，东汉少府中有六百石官"守宫令"一人，其"主御纸笔墨，及尚书财用诸物及封泥"；有四百石左右"尚书丞"各一人，其右丞"假暑印绶，及纸笔墨诸财用库藏"③。当然，影响最大的还是蔡伦纸的发明与使用。《后汉书·蔡伦传》载：

> 自古书契多编以竹简，其用缣帛者谓之为纸。缣贵而简重，并不便于人。伦乃造意，用树肤、麻头及敝布、鱼网以为纸。元兴元年奏上之，帝善其能，自是莫不从用焉，故天下咸称"蔡侯纸"。④

汉和帝元兴元年（公元105年），蔡伦用树皮、麻头、破布及渔网做纸，不仅推广和扩大了造纸的原材料，更重要的是他改进了造纸技术，使用覆帘抄纸。这种技术造的纸，纸质较薄，表面光滑，便于书写，因此"自是莫不从用焉"。1942年在居延发现的古纸残片上有20余隶书体文字，据专家分析考证，该纸用植物纤维制成，其年代为公元109—110年，与蔡伦改进造纸技术的时间基本同时。⑤

东汉后期，有关纸张使用情况的记载开始多了起来。如崔瑗《与葛元甫书》曰："今送《许子》十卷，贫不及素，但以纸耳。"马融

---

① 范晔：《后汉书·贾逵传》，中华书局1965年标点本，第1239页。
② 同上书，《和熹邓皇后传》，第421页。
③ 同上书，《百官志》，第3592、3597页。
④ 同上书，《蔡伦传》，第2513页。
⑤ 参见肖东发《中国编辑出版史》，辽海出版社2002年版，第142—143页。

《与窦伯向书》曰："孟陵奴来，赐书，见手迹，欢喜何量，次于面也。书虽两纸，纸八行，行七字，七八五十六字，百一十二言耳。"延笃《答张奂书》曰："惟别三年，梦想言念，何日有违。伯英来，惠书盈四纸，读之三复。喜不可言。"① 应场《抱庞惠恭书》曰："曾不枉咫尺之路，问蓬室之旧，过意赐书，辞不半纸。"② 陆侃如《中古文学系年》将崔瑗《与葛元甫书》系于汉安帝元初五年（公元 118 年）、延笃《答张奂书》系于汉桓帝延熹八年（公元 165 年）。马融卒于汉桓帝延熹九年（公元 166 年），其《与窦伯向书》当作于公元 166 年之前。应场为建安七子之一，卒于建安二十二年，其《抱庞惠恭书》大致作于建安年间。《后汉书·延笃传》注引《先贤行状》曰：

> 笃欲写《左氏传》，无纸，唐溪典以废笺记与之。笃以笺记纸不可写传，乃借本讽之，粮尽辞归。③

又如前引《后汉书·董祀传》载，曹操请蔡琰抄写其所诵忆家篇籍，蔡琰"乞给纸笔，真草唯命"④。荀悦《汉纪·序》载，其于建安三年受诏钞撰《汉书》，"尚书给纸笔，虎贲给书吏"⑤。

可见，纸张在汉末不仅作为书信等日常交流的书写载体，也开始用纸来抄写《左传》《汉书》及其他经典书籍。虽然蔡侯纸的产生推动了纸张的广泛运用，纸张到东汉中后期，确实也比较多地作为书写材料，但主要还是用来书写比较随意的往来书信，两汉的书籍主要还是使用简帛。

---

① 欧阳询：《艺文类聚》卷三一，上海古籍出版社 1999 年影印本，第 560 页。
② 同上书，第 396 页。
③ 范晔：《后汉书·延笃传》，中华书局 1965 年标点本，第 2103 页。
④ 同上书，《董祀传》，第 2801 页。
⑤ 荀悦：《汉纪·序》，《四部丛刊》影印本。

《后汉书·儒林传》载：

> 初，光武迁还洛阳，其经牒秘书载之二千余两，自此以后，参倍于前。及董卓移都之际，吏民扰乱，自辟雍、东观、兰台、石室、宣明、鸿都诸藏典策文章，竞共剖散，其缣帛图书，大则连为帷盖，小乃制为滕囊。及王允所收而西者，裁七十余乘。①

唐马聪《意林》引应劭《风俗通义》曰："光武车驾徙都洛阳，载素简纸经凡二千两。"② 说明光武迁都洛阳时的书籍多为简帛。

如应劭《风俗通义》载：

> 刘向为孝成皇帝典校书籍，二十余年，皆先书竹，为易刊定，可缮写者，以上素也。由是言之，杀青者竹，斯为明矣。今东观书，竹素也。③

刘向父子校书的基本情况是用竹简校雠，用缣帛写定。据晋《三辅故事》载，刘向于成帝末年在天禄阁校书时，夜有太乙之精向其授《五行》《洪范》之文，刘向乃"裂裳及绅以记其言"。至曙即将离去时，老人"出怀中竹牒，有天文地图之书"④。"裂裳""竹牒"等均为简帛。又，汉安帝永初四年（公元110年）《诏校定东观书》曰：

> 诏谒者刘珍及五经博士，校定东观五经、诸子、传记、百家艺术，整齐脱误，是正文字。⑤

---

① 范晔：《后汉书·儒林传》，中华书局1965年标点本，第2548页。
② 严可均：《全后汉文》卷三七，中华书局1958年影印本，第680页。
③ 王利器：《风俗通义校注》，中华书局1981年标点本，第494—495页。
④ （晋）佚名撰，（清）张澍辑：《三辅故事》，三秦出版社2006年标点本，第7页。
⑤ 范晔：《后汉书·安帝纪》，中华书局1965年标点本，第215页。

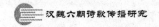

"脱"指脱简散佚之书，"整齐脱误"即将书籍的"脱"与"误"进行校订。说明此时的东观之书主要是竹帛。

敦煌悬泉置出土的400多张古纸中，仅3张有简短的文字，且与大量的汉简一并放置，说明当时书写的主要工具仍然是竹简，用纸书写只是其辅助功能，纸主要用于日常生活中的包装或其他用途。①

可见，纸张在西汉武帝时期就已经发明了，西汉末年有纸张用于书写的文献记载和少量出土实物，但主要用于记录日常生活中的简短之事。东汉"蔡侯纸"在造纸工艺上的改进，促进了纸张在书写领域的使用，往来书信和典籍书写用纸的记载逐渐增多。但是，汉代国家典藏书籍的主要书写载体还是竹帛，而非纸本。

二 魏晋：简帛纸并行使用与简纸替代

（一）三国时期的简帛纸并用与纸张的流行

纸张的使用在汉末建安进入了一个大发展时期。这时期，除日常往来书信和书法大量使用纸张书写外，其朝廷文书、诗文作品、经传图书均开始使用纸张书写。

1. 诏奏等公文用纸例

诏奏是朝廷正式公文，此前均用简帛，汉末社会动乱，群雄并起，曹操在战乱中，挟天子以令诸侯，成为北方的实际统治者。为了建立自己的文化话语权，曹氏父子进行了系列改革，如在用人制度上提倡唯才是举、文化上提倡多学并举，尤其推尊文学之才等。提倡公私文

---

① 李晓岑：《甘肃汉代悬泉置遗址出土古纸的考察和分析》，《广西民族大学学报》（自然科学版）2010年第4期。

翰用纸本书写也是其文化改革的举措之一。

曹操《求言令》曰：

> 自今诸掾属侍中、别驾，常以月朔各进得失，纸书函封，主
> 者朝常给纸函各一。①

在曹氏集团的倡导下，纸本诏奏开始流行起来。《文士传》关于
杨修上奏曹操的事例可谓形象：

> 杨修为魏武主簿，尝白事，知必有反覆教，豫为答数纸，以
> 次牒之而行，告其守者曰："向白事，每有教出，相反覆，若案此
> 弟连答之。"已而有风，吹纸乱，遂错误，公怒推问，修惭惧，以
> 实答。②

《三国志·魏书·刘放传》载：

> （景初二年）帝纳其言，即以黄纸授放作诏。③

《三国志·吴书·陆凯传》注引《江表传》曰：

> 初，皓始起宫，凯上表谏，不听，凯重表曰："……昨食时，
> 被诏曰：'君所谏，诚是大趣，然未合鄙意如何？……'臣拜纸
> 诏，伏读一周，不觉气结于胸，而涕泣雨集也。"④

2. 书表用纸例

曹魏时期书表用纸更为普遍。如《三国志·魏书·臧洪传》载臧

---

① 徐坚：《初学记》卷二一，中华书局 1962 年重印本，第 517 页。
② 欧阳询：《艺文类聚》卷五八，上海古籍出版社 1982 年影印本，第 1053 页。
③ 陈寿：《三国志》卷十四，中华书局 1982 年标点本，第 459 页。
④ 同上书，第 1408 页。

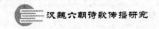
洪答陈琳书曰："重获来命，援引古今，纷纭六纸。"① 《三国志·吴书·周鲂传》载："鲂因别为密表曰：……'撰立笺草以诳诱休者，如别纸。'"② 《三国志·蜀书·吕凯传》载，都护李严与雍闿书六纸，而"闿但答一纸"③，显得十分傲慢。

3. 书画用纸例

《三国志·魏书·刘邵传》注引《文章叙录》曰：

> 弘农张伯英者因而转精其巧。凡家之衣帛，必书而后练之，临池学书，池水尽黑。下笔必为楷则，号"匆匆不暇草"，寸纸不见遗，至今世人尤宝之，韦仲将谓之草圣。④

韦诞《奏题署》曰：

> 蔡邕自矜能书，兼明斯喜之法，非流纨体素，不妄下笔。夫工欲善其事，必先利其器。用张芝笔，左伯纸及臣墨，兼此三具，又得臣手，然后可逞径丈之势，方寸千言。⑤

皇象《与友人论草书》曰：

> 欲见草书，宜得精毫濡笔委曲宛转不叛散者，纸当得滑密不粘污者，墨又须多胶纷黝者。如逸豫之余，手调适而心佳娱，可以小展。⑥

---

① 陈寿：《三国志》卷十四，中华书局1982年标点本，第233页。
② 陈寿：《三国志》卷六十，中华书局1982年标点本，第1390—1391页。
③ 同上书，第1047页。
④ 同上书，第621页。
⑤ 严可均：《全三国文》卷三二，中华书局1958年影印本，第1235页。
⑥ 同上书，第1451页。

4. 书籍、诗赋用纸例

王隐《晋书》载：

> 陈寿卒，诏下河南，遣吏赍纸笔，就寿门下，写取《国志》。①

《三国志·魏书·卫臻传》裴松之案曰：

> （卫）权作左思《吴都赋》叙及注，叙粗有文辞，至于为注，了无所发明，直为尘秽纸墨，不合传写也。②

《三国志·魏书·文帝纪》注引《吴历》曰：

> 帝以素书所著《典论》及诗赋饷孙权，又以纸写一通与张昭。③

在此要特别提及的是，汉末建安及曹魏时期并未因纸张的广泛使用而使传统的书写载体简帛退出历史。其实，这一时期的简帛仍然还作为主要的书写载体使用于各种书写领域。

诏奏等公文用简情况，如《三国志·魏书·吕布传》注引《英雄记》曰：

> 初，天子在河东，有手笔版书召布来迎。布军无蓄积，不能自致，遣使上书。④

---

① 欧阳询：《艺文类聚》卷五八，上海古籍出版社 1982 年影印本，第 1053 页。
② 陈寿：《三国志》卷二二，中华书局 1982 年标点本，第 649 页。
③ 同上书，第 89 页。
④ 同上书，第 225 页。

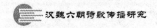

《三国志·魏书·夏侯玄传》：

> 初，中领军高阳许允与丰、玄亲善。先是有诈作尺一诏书，以玄为大将军，允为太尉，共录尚书事。有何人天未明乘马以诏版付允门吏，曰："有诏。"因便弛走。允即投书烧之，不以开呈司马景王。①

《三国志·吴书·孙綝传》：

> （孙）亮召全尚息黄门侍郎纪密谋，曰："……作版诏敕綝所领皆解散，不得举手，正尔自得之。"②

《三国志·魏书·张既传》注引《魏略》：

> 少小工书疏，为郡门下小吏，而家富。自惟门寒，念无以自达，乃常蓄好刀笔及版奏，伺诸大吏有乏者辄给与，以是见识焉。③

此外，简帛还运用于书信、书画、诗赋、账簿等方面。从下列事例可见一斑。

《三国志·蜀书·谯周传》：

> 咸熙二年夏，巴郡文立从洛阳还蜀，过见周。周语次，因书版示立曰："典午忽兮，月酉没兮。"④

《三国志·吴书·赵达传》：

---

① 陈寿：《三国志》卷九，中华书局 1982 年标点本，第 302—303 页。
② 同上书，第 1448 页。
③ 同上书，第 473 页。
④ 同上书，第 1032 页。

又有书简上作千万数，著空仓中封之，令达算之，达处如数。……饮酒数行，达起取素书两卷，大如手指，达曰："当写读此，则自解也。"①

《三国志·魏书·武帝纪》注引卫恒《四体书势序》曰：

上谷王次仲善隶书，始为楷法。至灵帝好书，世多能者。而师宜官为最，甚矜其能，每书，辄削焚其札。梁鹄乃益为版而饮之酒，候其醉而窃其札，鹄卒以攻书至选部尚书。②

杨修《答临淄侯笺》曰：

又尝亲见执事，握牍持笔，有所造作，若成诵在心，借书于手，曾不斯须少留思虑。③

另据统计，《三国志》有关书写载体的记载凡40处：书简7处，其中注引文献4处；竹帛16处，其中注引文献5处；版书12处，其中注引文献6处；纸本15处，其中注引文献9处，纸、帛、简互用者3处。关于"竹帛"的记载大多是"名称垂于竹帛""书名竹帛""竹帛不能尽载""著勋竹帛"等隐语，泛指史书，并非具体书写载体的记录。除去有关"竹帛"的这些记载，纸张与简帛的使用频率大致相当。

1996年湖南长沙走马楼东吴大批简牍的发现，进一步证实了三国末期，简、帛、纸多种书写载体并行使用的事实。这次发掘出的简牍共有十多万片，多为记账簿籍，也有部分公文。其中有汉献帝建安年号与孙权的赤乌（公元238—251年）年号。这说明，至少到公元251

---

① 陈寿：《三国志》卷九，中华书局1982年标点本，第1424—1425页。
② 同上书，第31页。
③ 李善注：《文选》，上海古籍出版社1986年标点本，第1819页。

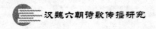
年以前，简帛还在大量使用。

（二）两晋时期的纸张书写与简纸替代

到了两晋时期，纸张几乎运用于诏奏、经书、书信、书画、诗赋等各种文字形式。

《晋书·楚王玮传》载：

> 玮临死，出其怀中青纸诏，流涕以示监刑尚书刘颂曰："受诏而行，谓为社稷，今更为罪。托体先帝，受枉如此，幸见申列。"①

《晋书·赵王伦传》：

> 孙秀既立非常之事，伦敬重焉。秀住文帝为相国时所居内府，事无巨细，必谘而后行。伦之诏令，秀辄改革，有所与夺，自书青纸为诏，或朝行夕改者数四，百官转易如流矣。②

《晋书·王浑传》：

> 浑奏曰："其勤心政化兴利除害者，授以纸笔，尽意陈闻。以明圣指垂心四远，不复因循常辞。"③

《晋书·刘暾传》：

> 其后武库火，尚书郭彰率百人自卫而不救火，暾正色诘之。彰怒曰："我能截君角也。"暾勃然谓彰曰："君何敢恃宠作威作

---

① 房玄龄：《晋书》卷五九，中华书局 1974 年标点本，第 1597 页。
② 同上书，第 1602 页。
③ 同上书，第 1204 页。

福，天子法冠而欲截角乎！"求纸笔奏之，彰伏不敢言，众人解释，乃止。①

前两则是诏书用纸例，后两则是奏表用纸例。下面三则材料则是纸张广泛用于经史书籍的事例。

《晋书·刘卞传》：

> 卞后从令至洛，得入太学，试经为台四品吏。访问令写黄纸一鹿车，卞曰："刘卞非为人写黄纸者也。"访问知怒，言于中正，退为尚书令史。②

《晋书·王隐传》：

> 太兴初，典章稍备，乃召隐及郭璞俱为著作郎，令撰晋史。……（隐）贫无资用，书遂不就，乃依征西将军庾亮于武昌。亮供其纸笔，书乃得成。③

荀勖《上穆天子传序》曰：

> 虽其言不典，皆是古书，颇可观览。谨以二尺黄纸写上，请事平以本简书及所新写，并付秘书缮写，藏之中经，副在三阁。④

此外，纸张还用来作为考绩官吏、上报朝廷的专用文书。张辅《上司徒府言杨俊》曰："韩氏居妻丧，不顾礼义，三旬内成婚。伤化败俗，非冠带所行，下品二等，第二人今为第四，请正黄纸。"⑤ 江统

---

① 房玄龄：《晋书》卷五九，中华书局 1974 年标点本，第 1280 页。
② 同上书，第 1078 页。
③ 同上书，第 2143 页。
④ 严可均：《全晋文》卷三一，中华书局 1958 年影印本，第 1638 页。
⑤ 同上书，第 2063 页。

《奔赴山陵议》曰："往者汤阴之役，群僚奔散，义兵既起，而不附从，主上旋宫，又不归罪，至于晏驾之日，山陵即安，而犹不到，自台郎御史以上，应受义责，加贬绝，注列黄纸，不得叙用。"① 这里的黄纸是指用于铨选、考绩官吏、登记姓名，上报朝廷的文书。黄纸作为一种公文的代名词，说明黄纸之用途已成定制。

两晋书信、书画及诗赋用纸的记载非常多，此不一一列举。以下皇室、权贵用纸之例，意在说明尊简卑纸的传统观念在两晋时期已经淡化，人们在观念上已经普遍接受了纸张这种新的书写载体。

虞预《请秘府纸表》曰：

> 秘府中有布纸三万余枚，不任写御书，而无所给。愚欲请四百枚，付著作吏，书写《起居注》。②

《晋书·愍怀太子传》：

> （贾后）使黄门侍郎潘岳作书草，若祷神之文，有如太子素意，因醉而书之，令小婢承福以纸笔及书草使太子书之。……帝幸式乾殿，召公卿入，使黄门令董猛以太子书及青纸诏曰："谤书如此，令赐死。"③

《晋书·何曾传》：

> （曾）性奢豪，务在华侈。……人以小纸为书者，敕记室勿报。④

---

① 严可均：《全晋文》卷三一，中华书局 1958 年影印本，第 2067 页。
② 徐坚：《初学记》卷二一，中华书局 1962 年标点本，第 518 页。
③ 房玄龄：《晋书》卷五三，中华书局 1974 年标点本，第 1459—1460 页。
④ 同上书，第 998 页。

纸张作为新的书写载体，通过几百年的发展，到两晋已经被人们普遍接受。西晋诗人傅咸《纸赋》以极大的热情赞美纸张顺时而起、优越方便的特点：

　　　　盖世有质文，则治有损益，故礼随时变，而器与事易。既作契以代绳兮，又造纸以当策。夫其为物，厥美可珍。廉方有则，体洁性真。含章蕴藻，实好斯文。取彼之弊，以为此新。揽之则舒，舍之则卷。可屈可伸，能幽能显。①

傅咸的热情赞美，说明晋人对纸张是以积极的心态去接受的。东晋王羲之《题卫夫人〈笔阵图后〉》，将纸比之为"阵地"。另外，两晋人在书信中频繁地使用"临纸情塞""临纸意结""临纸悲塞"等"格式化"语言。上述诸种情形均可说明，纸张作为书写载体在两晋已经获得了社会的普遍认可。

　　但是，简帛作为使用了上千年的传统书写载体，在两晋仍然存在。如《世说新语·雅量》载："王戎为侍中，南郡太守刘肇遗筒中笺布五端，戎虽不受，厚报其书。"②《文选·蜀都赋》刘逵注："黄润筒中，细布也。"东晋末年（公元 404 年），桓玄篡位后，下诏令曰："古无纸，故用简，非主于敬也。今诸用简者，皆以黄纸代之。"③ 政府明令以纸代简，完成了纸简的替代过程。大量的考古发现表明，西晋墓葬或遗址中所出土的文书虽多用纸，也时而有简。东晋以后的文书则全是纸，不再出现简牍了。《晋书》共有 37 处内容涉及书写载体，其中纸张 28 处，帛 2 处，版 3 处，简 4 处；另外，尚有"简纸""竹

①　欧阳询：《艺文类聚》卷五八，上海古籍出版社 1982 年影印本，第 1053 页。
②　余嘉锡：《世说新语笺疏》，上海古籍出版社 1993 年标点本，第 351 页。
③　徐坚：《初学记》卷二一，中华书局 1962 年重印本，第 517 页。

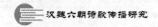

帛""纸练"等比较含混地指称书写载体者 7 处。从统计数据可以看
到，虽然两晋时期简帛版等传统书写载体仍然还有使用，但纸张使用
已经成为主流。这一统计结果比较充分地说明，纸张这种书写载体在
两晋已经替代了传统的简帛而成为主要书写载体的历史事实。正因为
纸张使用的普及，纸的使用量增大，导致社会上纸张供不应求的现象，
左思《三都赋》成而使洛阳纸贵、虞预《请秘府布纸表》、干宝为撰
《搜神记》而求纸《表》等均为其例。

三 南北朝：纸张在书写领域的普及

南北朝时期，纸张使用已经普及。有学者曾对《南史》《北史》
《宋书》《南齐书》《梁书》《陈书》《魏书》《北齐书》《周书》9 种正
史涉及文字载体的内容进行统计，发现有 21 处是纸，仅 1 处是帛书。①
梁宣帝萧詧《咏纸诗》曰："皎白犹霜雪，方正若布棋。宣情且记事，
宁同鱼网时。"② 该诗主要描述了当时纸张的质地和宣情记事的功能。
可见，此时的纸张已经成为各种领域的书写载体。

（一）南朝用纸

南朝用纸涉及诏奏、表启、檄文、书信、著作、佛经、书法等各
种文书，以下文献可见一斑。

表启用纸，如《宋书·张永传》：

> 永涉猎书史，能为文章，善隶书，晓音律，骑射杂艺，触类
> 兼善，又有巧思，益为太祖所知。纸及墨皆自营造，上每得永表

---

① 曹之：《中国印刷术的起源》，武汉大学出版社 1994 年版，第 187 页。
② 徐坚：《初学记》卷二一，中华书局 1962 年重印本，第 518 页。

启，辄执玩咨嗟，自叹供御者了不及也。①

佛经用纸，如释智林《致周颙书》：

近闻檀越叙二谛之新意，陈三宗之取舍，声殊恒律，虽进物不速。如贫道鄙怀，谓天下之理，唯此为得焉，不如此非理也。是以相劝，速著纸笔。比见往来者，闻作论已成，随喜充遍，特非常重。②

封授官爵用纸，如《南史·蔡廓传》载：

廓曰："我不能为徐干木署纸尾。"遂不拜。干木，羡之小字也。选案黄纸，录尚书与吏部尚书连名，故廓言署纸尾也。③

书籍用纸，如《南史·孝元皇帝绎》：

性爱书籍，既患目，多不自执卷，置读书左右，番次上直，昼夜为常，略无休已，虽睡，卷犹不释。五人各伺一更，恒致达晓。常眠熟大鼾，左右有睡，读失次第，或偷卷度纸。帝必惊觉，更令追读，加以榎楚。④

书法用纸，如《南史·萧子云传》：

百济国使人至建业求书，逢子云为郡，维舟将发。使人于渚次候之，望船三十许步，行拜行前。子云遣问之，答曰："侍中尺牍之美，远流海外，今日所求，唯在名迹。"子云乃为停船三日，

---

① 沈约：《宋书》卷五三，中华书局 1974 年标点本，第 1511 页。
② 释慧皎：《高僧传》卷八，中华书局 1992 年标点本，第 310 页。
③ 李延寿：《南史》卷二九，中华书局 1975 年标点本，第 764 页。
④ 同上书，第 243 页。

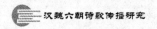

书三十纸与之，获金货数百万。①

（二）北朝用纸

北朝关于纸张使用的记载，孝文帝当最早，其太和十八年《报刘芳注吊比干文诏》曰："览卿注，殊为富博。但文非屈宋，理惭张贾，既有雅致，便可付之集书。""付之集书"当是用纸书写。宣武帝以后有关纸的记载逐渐多起来。根据文献记载，北朝纸张使用也是十分广泛的。涉及诏奏、章表、檄文、官告身、书信、诗文、书籍等各种公私文体。

诏令用纸，如宣武帝《报北海王详诏》曰：

> 祚属眇躬，言及斯事，临纸惭恨，惋慨兼深。②

又《魏书·高崇传》：

> 其夜到河内郡北，未有城守可依，帝命道穆秉烛作诏书数十纸，布告远近，于是四方知乘舆所在。③

檄文用纸，如《北史·魏收传》：

> 侯景叛入梁，寇南境。文襄时在晋阳，令收为檄五十余纸，不日而就。又檄梁朝，令送侯景，初夜执笔，三更便了，文过七纸。④

---

① 李延寿：《南史》卷二九，中华书局 1975 年标点本，第 1075 页。
② 魏收：《魏书》卷二一，中华书局 1974 年标点本，第 560 页。
③ 同上书，第 1715 页。
④ 李延寿：《北史》卷五六，中华书局 1974 年标点本，第 2029 页。

书信用纸，如《北史·崔暹传》：

> 帝令都督陈山提、舍人独孤永业搜暹家。甚贫匮，得神武、文襄与暹书千余纸，多论军国大事。[1]

官告身，也称官告或告身，是古代官吏的委任状。其用纸例，如《北史·杨谅传》：

> 先是，并州谣言："一张纸，两张纸，客量小儿作天子。"时伪署官告身皆一纸，别授则二纸。[2]

诗文、章表用纸，如《北史·邢邵传》：

> 自孝明之后，文雅大盛，邵雕虫之美，独步当时，每一文初出，京师为之纸贵，读诵俄遍远近。于时袁翻与范阳祖莹位望通显，文笔之美，见称先达，以邵藻思华赡，深共嫉之。每洛中贵人拜职，多凭邵为谢章表。尝有一贵胜初授官，大事宾食，翻与邵俱在坐，翻意主人托其为让表。遂命邵作之，翻甚不悦。每告人云："邢家小儿常客作章表，自买黄纸，写而送之。"[3]

书籍用纸，如牛弘《上表请开献书之路》曰：

> 刘裕平姚，收其图籍，五经子史，才四千卷，皆赤轴青纸，文字古拙。……故知衣冠轨物，图书记注，播迁之余，皆归江左。[4]

刘裕平后秦姚泓在公元417年，可见，北方图籍当时已经普及了

---

[1] 李延寿：《北史》卷三二，中华书局1974年标点本，第1190页。
[2] 同上书，第2473页。
[3] 同上书，第1589页。
[4] 魏徵：《隋书》卷四九，中华书局1973年标点本，第1299页。

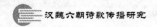

纸本记录。

南北朝时期，人们往往在诏奏、章表、书信中使用"平生缅然，临纸累叹"（谢灵运《答范光禄书》）、"临纸悲塞，不知所言"（竟陵王刘诞《奉表自陈》）、"临纸哽恸，辞不自宣"（刘昶《上宋前废帝表请葬竟陵王诞》）、"临纸惭恨，愧慨兼深"（北魏宣武帝《报北海王详诏》）等格式化语言。从这一点也可见出纸张书写普及程度。

通过以上梳理可知，纸张在汉魏六朝时期的发明与使用经历了三个重要历史阶段：两汉是纸张的发明与初步使用期，纸张虽然在西汉武帝时期就已经产生了，但由于纸张的质地粗糙，用于文字载体比较有限，东汉蔡伦纸的出现，使纸张的用途得以扩大，此后，特别是东汉后期，纸张用于文字载体开始增多，但是，纸张主要用于平日书信交往，经传、书籍还是多用简帛。汉末建安是纸张使用的关键时期，由于曹氏父子的积极倡导，纸张开始大量使用于诏奏、章表、书信、书法、诗赋等文体的书写，出现了简、帛、纸并用的格局；两晋时期纸张使用量增加，而简帛使用减少，到了东晋末期，纸张已经成为主流的书写载体，纸简替代的历史过程宣告完成；南北朝时期，纸张书写已经完全普及。

第二节　纸张书写与汉魏六朝诗歌的文本传播

一　纸张书写是一场文学传播媒介的革命

汉魏六朝时期纸张在书写领域的使用，引发了大规模的信息传播媒介变革，纸张在文学传播领域的广泛使用，在中国文学史上具有里程碑意义。

从文学传播媒介发展史看，纸张发明以前，诗歌的传播媒介主要是口语、吟唱与弦歌，有所谓"儒者诵诗三百，弦诗三百，歌诗三百，舞诗三百"的记载（《墨子》）。文字的出现为诗歌文本传播提供了新的媒介，为诗歌远距离、历时性传播提供了可能。文字书写的载体主要是竹木制作的简牍，因布帛太贵，只有少数重要典籍才使用布帛书写。简牍笨重，不便书写，布帛又太贵，这些因素一定程度上限制了文学文字媒介的传播效果。虽然文学作品的石刻、题壁传播也具有悠久的历史，但因其传播载体和书写方式的原因，一直都只是作为诗歌书写传播的补充。东汉蔡伦对造纸技术的改进，使纸张逐渐进入书写领域，很好地解决了文字书写的载体问题，以其"揽之则舒，舍之则卷。可屈可伸，能幽能显"的书写优势及其相对廉价的成本，逐渐受到人们的青睐，为诗歌大批量的文本传播提供了极大的便利，奠定了诗歌纸本传抄的地位，最终在两晋时期替代简帛成为文学主要的传播载体。

二　纸张书写促进了诗歌文本传播的兴起

从诗歌传播形态变迁的历程看，汉代诗歌多以口头吟诵为主，简帛等文本传播较少，纸本传播更少；魏晋时期诗歌的文本传播开始增多，出现了纸张与简帛并用现象，如魏文帝曹丕曾"以素书所著《典论》及诗赋饷孙权，又以纸写一通与张昭"，两晋的诗赋传抄之风盛行，出现了"洛阳纸贵"的盛况；到南北朝，诗赋的纸本书写已经普及。魏晋南北朝，文人作品结集也开始兴盛起来：文人别集从曹魏到两晋南朝呈迅速增长趋势，《隋书·经籍志》著录了从汉《荀况集》

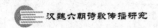

到隋《薛道衡集》，包括亡书在内的917部别集，其中两晋南朝有700余部。诗歌总集的编撰也始于建安，而盛于两晋南北朝。《隋书·经籍志》著录了从晋挚虞《文章流别集》到隋包括亡书在内的249部总集，与诗歌相关的部分有诗文评、诗文集、诗集、歌辞集诸类。①

汉魏六朝诗歌文本传播的兴盛与纸张书写的历史进程是大致同步的。可以说，纸张的书写和普及为诗歌文本传播提供了极为有利的物质条件，带动了诗歌文本传播媒介由简帛向纸张的过渡。魏晋南北朝时期诗歌纸本传抄的兴起、文人结集风气的盛行是汉魏六朝造纸技术的进步、纸张书写逐渐普及的结果。

三　纸张书写带动了诗歌观念的变革

两汉魏晋南北朝时期，文本作为诗歌的主要传播方式，不仅出现了诗歌的传抄之风，产生了大量的诗歌总集和文人别集，而且还出现了一批歌辞集。据前文梳理，别集大概在东汉早期就已经出现，东汉光武帝建初八年（公元83年）东平宪王刘苍薨，封上刘苍自建武以来章奏及所作书、记、赋、颂、七言、别字、歌诗等作品，"并集览焉"，将其生前作品集中起来以备观览，这大概是别集的雏形吧。汉末建安时期已经有了文人别集的明确记载。总集之兴，略晚于别集，建安年间，曹丕曾编撰过建安文人的总集，在其《与吴质书》中有"顷撰其遗文，都为一集"的文字。《隋书·经籍志》还著录了《古乐府》八卷、《乐府歌辞钞》一卷、《歌录》十卷、《古歌录钞》二卷、《晋歌章》八卷、《吴声歌曲辞》一卷等9部歌辞集，还著录亡佚歌辞集24

---

① 汉魏六朝的别集、总集情况，见魏徵《隋书·经籍志》卷三十，中华书局1973年标点本，第1056—1089页的著录及本书第二章的统计。

部，部分有撰者姓名，如荀勖、郝生、张永等。① 这些歌辞集最早的大概结集于魏晋时期，从其排列秩序和名称判断，汉乐府古辞也应在其中。值得注意的是，《古乐府》八卷、《乐府歌辞钞》一卷、《歌录》十卷、《古歌录钞》二卷等著录信息中已经透露出这些歌辞文本阅读传播的事实，这些文本状态的歌辞集，已不仅仅是作为演唱所需的练习使用，而是作为诗歌文本在流传了。这反映出歌辞文本传播方式对文人诗歌观念所产生的深远影响。

由于歌辞的文本传播，提供了歌辞的案头阅读方式，歌辞中所蕴含的诗性意义，已经无须通过音乐演唱呈现。而且，案头阅读的传播方式还给读者提供了深入思考、反复吟诵和回味的时间，以及展开丰富想象和联想的空间，引发读者对歌辞文学意义的思考，歌辞的文学意义开始受到社会的普遍重视。如《宋书·刘义庆传》载："鲍照字明远，文辞赡逸，尝为古乐府，文甚遒丽。"② 于是人们开始细致分辨乐府歌辞与徒诗的区别与联系，并逐渐将二者分别开来。

从魏晋时期文人对诗歌体裁的分类中，可以看出诗歌与乐府逐渐分别的迹象。挚虞《文章流别论》将诗歌分为三、四、五、六、七、九言，还从协韵入乐的角度对之进行分析，认为九言"不入歌谣之章，故世希为之"③。陆云《与兄平原书》云："张公箴诔自过五言诗耳。但云自不便五言诗，由己而言耳。……故自为不及，诸碑箴辈甚极，不足与校，歌亦平平。"④《宋书·自序》最早将"乐府"与"诗"分别列举：（沈亮）"所著诗、赋、颂、赞、三言、诔、哀辞、祭告请雨

---

① 魏徵：《隋书·经籍志》卷三五，中华书局1973年标点本，第1085页。
② 沈约：《宋书·刘义庆传》卷五一，中华书局1974年标点本，第1477页。
③ 严可均：《全晋文》卷七七，中华书局1958年影印本，第1905页。
④ 黄葵点校：《陆云集》，中华书局1988年标点本，第143页。

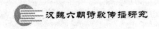

文、乐府、挽歌、连珠、教记、白事、笺、表、签、议一百八十九首。"①

可见，魏晋时期纸张书写的逐渐普及促进了诗歌文本传播的兴盛，歌辞文本传播的兴起和普及，又带来了社会对歌诗与徒诗不同文化功能认识的深化，歌诗与徒诗开始分别，徒诗观念也逐渐明晰。同时，社会评价文人歌辞也开始从诗性角度着眼，强调其言情表意功能和语言的丹彩丽词。如吴质《答魏太子笺》评曹丕"摛藻下笔，鸾龙之文奋矣"②；曹植《文帝诔》评丕为"才秀藻明，如玉之莹"③；陈寿称曹植"陈思文才富艳，足以自通后叶"④；等等。

第三节　诗歌的文本传播与诗歌观念

所谓诗歌观念是指人们对于诗歌这一文体本质属性及形式特征的认识。这种认识既包括诗歌的表现内容和形式技巧，还包括其存在方式和文化功能。早期诗歌是与音乐相伴而生的，所以中国历史上对诗歌性质的认识主要是从诗歌与音乐的关系中展开的。从入乐与否，中国古代诗歌大凡可分为歌诗与徒诗两类。"歌诗"与"徒诗"是中国古代对辞乐关系认识过程中形成的一组概念。总体上看，歌诗是所有歌唱之诗的总称，其内涵与歌辞基本等同。"歌诗"一词最早出现于《左传》，"歌诗必类"，指"唱诗"，属动宾结构。汉代逐渐演变成名

---

① 沈约：《宋书·田子传》卷一百，中华书局 1974 年标点本，第 2452 页。
② 李善注：《文选》卷四十，上海古籍出版社 1986 年标点本，第 1826 页。
③ 赵幼文：《曹植集校注》，人民文学出版社 1984 年标点本，第 342 页。
④ 陈寿：《三国志》卷一九，中华书局 1982 年标点本，第 577 页。

词，指称用肉声演唱之诗，晋宋以后开始兼指配乐之诗，到了唐代，不歌的歌辞体诗歌也称歌诗。徒诗，指不歌之诗，是相对于歌诗而起的概念。歌诗观是指人们对歌诗在生成、传播、接受等生存过程中各种音乐属性的认识，徒诗观是指人们对诗歌脱离音乐后自身文学价值与审美意义的认识。本节拟结合诗歌传播媒介和传播方式的演变对中国古代歌诗观与徒诗观的形成过程进行梳理和分析。

一 汉代歌诗观与徒诗观

有专家认为，"歌"源于原始人类自由的言说，"诗"则起于西周集居住、行政、宗教祭祀于一体的宫廷政坛的限定言说时空，歌的本质是音乐，多用于个体抒情言志，而诗的原始本质是一种政治工具，其原始功能限定在政治的歌功颂德与讽谏①，此论颇有见地。"歌""诗"在起源上确实存在一定区别，但在先秦以声为用的"诗""歌"传播活动中，二者开始逐渐合流，如"诗三百"中 12 次提到作诗，6 次使用歌，3 次使用诵，3 次使用诗，并且"歌"在"风""雅"中均有使用。② 可见，汉代以前"诗"与"歌"在文体观念上尚无明确的区分，"歌"更多地从其传播形态着眼，而诗则从其文本内容着眼，所谓"诗言志，歌永言，声依永，律和声"③；"诵其言谓之诗，咏其声谓之歌"④；"诗为乐心，声为乐体"⑤。汉代"诗三百"的经学化与徒诗化，使"歌""诗"开始分离，随着文人作诗的逐渐兴起，出现了文人歌辞与文人徒诗并存的局面。在作诗与用诗活动中，辞乐关系

---

① 赵辉：《歌与诗的起源及原始功能异同》，《武汉大学学报》2009 年第 6 期。
② 朱自清：《诗言志辨》，上海古籍出版社 1998 年版，第 9 页。
③ 《尚书·舜典》，《十三经注疏》影印本，第 131 页。
④ 班固：《汉书·艺文志》卷三十，中华书局 1962 年标点本，第 1708 页。
⑤ 范文澜：《文心雕龙注》卷二，人民文学出版社 1958 年标点本，第 102 页。

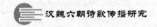

开始复杂化，这种复杂关系已经在称名上得到反映。

（一）汉代"乐府"称名与汉乐府内涵

汉武帝十分重视音乐文化建设，其贡献之一就是恢复与扩大了乐府音乐机构。所以汉代典籍中提到乐府的地方特别多，以下是《史记》《汉书》《后汉书》等文献对乐府的相关记载。

《史记·乐记》：

> 高祖过沛诗《三侯之章》，令小儿歌之。高祖崩，令沛得以四时歌舞宗庙。孝惠、孝文、孝景无所增更，于乐府习常肆旧而已。①

这里的"乐府"指"乐府机构"。

《汉书》有关"乐府"的记载凡十九处。其称名的内涵有二：一是指"乐府机构"；二是指"乐府职员"。

1.《汉书·宣帝纪》：

> 四年春正月，诏曰："盖闻农者兴德之本也，今岁不登，已遣使者振贷困乏。其令太官损膳省宰，乐府减乐人，使归就农业。"②

2.《汉书·元帝纪》：

> （初元元年）六月，以民疾疫，令大官损膳，减乐府员，省苑马，以振困乏。③

---

① 司马迁：《史记》卷二四，中华书局 1959 年标点本，第 1177 页。
② 班固：《汉书》卷八，中华书局 1962 年标点本，第 245 页。
③ 同上书，第 280 页。

3.《汉书·哀帝纪》：

（绥和二年）六月，诏曰："郑声淫而乱乐，圣王所放，其罢乐府。"①

4.《汉书·百官公卿表》：

少府，秦官，掌山海池泽之税，以给共养，有六丞。属官有尚书、符节、太医、太官、汤官、导官、乐府、若卢、考工室、左弋、居室、甘泉居室、左右司空、东织、西织、东园匠十六官令丞。

又：

太初元年更名考工室为考工……乐府三丞，掖廷八丞，宦者七丞，钩盾五丞两尉。……绥和二年，哀帝省乐府。王莽改少府曰共工。②

5.《汉书·礼乐志》：

又有《房中祠乐》，高祖唐山夫人所作也。周有《房中乐》，至秦名曰《寿人》。凡乐，乐其所生，礼不忘本。高祖乐楚声，故《房中乐》楚声也。孝惠二年，使乐府令夏侯宽备其箫管，更名曰《安世乐》。

6.《汉书·礼乐志》：

---

① 班固：《汉书》卷八，中华书局 1962 年标点本，第 335 页。
② 班固：《汉书》卷一九，中华书局 1962 年标点本，第 731、732 页。

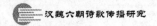
至武帝定郊祀之礼，祠太一于甘泉，就乾位也；祭后土于汾阴，泽中方丘也。乃立乐府，采诗夜诵，有赵、代、秦、楚之讴。

7.《汉书·礼乐志》：

今汉郊庙诗歌，未有祖宗之事，八音调均，又不协于钟律，而内有掖庭材人，外有上林乐府，皆以郑声施于朝廷。

8.《汉书·礼乐志》：

哀帝自为定陶王时疾之，又性不好音，及即位，下诏曰："惟世俗奢泰文巧，而郑卫之声兴。……其罢乐府官。郊祭乐及古兵法武乐，在经非郑卫之乐者，条奏，别属他官。"①

9.《汉书·艺文志》：

自孝武立乐府而采歌谣，于是有代赵之讴，秦楚之风，皆感于哀乐，缘事而发，亦可以观风俗，知薄厚云。②

10.《汉书·张汤传》：

于是丞相宣、御史大夫方进奏：放骄蹇纵恣，奢淫不制。前侍御史修等四人奉使至放家逐名捕贼，时放见在，奴从者闭门设兵弩射吏，距使者不肯内。知男子李游君欲献女，使乐府音监景武强求不得，使奴康等之其家，贼伤三人。又以县官事怨乐府游徼莽，而使大奴骏等四十余人群党盛兵弩，白昼入乐府攻射官寺，

---

① 班固：《汉书》卷一九，中华书局 1962 年标点本，第 1043、1045、1071、1072—1073 页。
② 同上书，第 1756 页。

缚束长吏子弟，斫破器物，宫中皆奔走伏匿。①

11.《汉书·霍光传》：

大行在前殿，发乐府乐器，引内昌邑乐人，击鼓歌吹作俳倡。会下还，上前殿，击钟磬，召内泰壹宗庙乐人辇道牟首，鼓吹歌舞，悉奏众乐。②

12.《汉书·王吉传》：

吉意以为"……外家及故人可厚以财，不宜居位。去角抵，减乐府，省尚方，明视天下以俭。"③

13.《汉书·翼奉传》：

上乃下诏江海陂湖园池属少府者以假贫民，勿租税；损大官膳，减乐府员，省苑马，诸宫馆稀御幸者勿缮治。④

14.《汉书·循吏传·召信臣传》：

竟宁中，征为少府，列于九卿……又奏省乐府黄门倡优诸戏，及宫馆兵弩什器减过泰半。⑤

15.《汉书·外戚传》：

上思念李夫人不已，方士齐人少翁言能致其神。乃夜张灯烛，

---

①　班固：《汉书》卷一九，中华书局 1962 年标点本，第 2655 页。
②　同上书，第 2940 页。
③　同上书，第 3065 页。
④　班固：《汉书》卷七五，中华书局 1962 年标点本，第 3171 页。
⑤　同上书，第 3642 页。

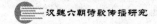

设帷帐，陈酒肉，而令上居他帐，遥望见好女如李夫人之貌，还幄坐而步。又不得就视，上愈益相思悲感，为作诗曰："是邪，非邪？立而望之，偏何姗姗其来迟！"令乐府诸音家弦歌之。①

以上所举是《汉书》中有关"乐府"的材料，其中材料 1、2、3、6、9、11、14、15 中的"乐府"指音乐机构；材料 5、7、8、12、13 中的"乐府"指乐府职员。材料 4 中的三处"乐府"一处指音乐机构。二处指乐府职员；材料 10 中的三处"乐府"，前两处指乐府职员，后一处指音乐机构"汉书"以上材料凡 19 处提及"乐府"，指音乐机构者 10 处，指乐府职员者 9 处。

《后汉书》有关"乐府"的记载凡两处：

1. 《后汉书·马援传》：

> 时皇太后躬履节俭，事从简约，廖虑美业难终，上疏长乐宫以劝成德政，曰："臣案前世诏令，以百姓不足，起于世尚奢靡，故元帝罢服官，成帝御浣衣，哀帝去乐府。然而侈费不息，至于衰乱者，百姓从行不从言也。"②

2. 《续汉书·律历志》：

> 汉兴，北平侯张苍首治律历。孝武正乐，置协律之官。至元始中，博征通知钟律者，考其意义，羲和刘歆典领条奏，前史班固取以为志。而元帝时，郎中京房知五声之音，六律之数。上使太子太傅玄成、谏议大夫章，杂试问房于乐府。③

---

① 班固：《汉书》卷七五，中华书局 1962 年标点本，第 3952 页。
② 范晔：《后汉书》卷二四，中华书局 1965 年标点本，第 853 页。
③ 同上书，第 3000 页。

马援传提到的"哀帝去乐府"与《汉书·礼乐志》载汉哀帝于绥和二年的"罢乐府官"是同一事件，其"乐府"指乐府职员。《续汉书·律历志》所载汉元帝"使太子太傅玄成、谏议大夫章，杂试问房于乐府"的"乐府"指音乐机构。

通考《史记》《汉书》《后汉书》有关"乐府"的记载，或指"音乐机构"，或指"乐府职员"，其内涵十分明确，与后代"乐府"称名中音乐机构与诗体混称的情形不同。可见，在汉代尚无称呼在乐府机构中表演的音乐歌辞为"乐府"的习惯。"乐府"就是"音乐专署"或"乐府职员"。

（二）汉代的"诗"与"歌诗"

当我们讨论汉代歌诗观与徒诗观时，有个复杂问题必须辨明，即汉代"诗"的含义以及"歌诗"称名的来历。

汉代史籍大量出现"诗曰""诗云""诗不云乎""诗不曰乎"等句式，这是汉代频繁用诗现象的表现，凡此之"诗"，多指"诗三百"。在西汉，其他情境中所称之"诗"也多指"诗三百"。扬雄《吾子篇》曰："诗人之赋丽以则，辞人之赋丽以淫。如孔氏之门用赋也，则贾谊升堂，相如入室矣。"这里，扬雄是以"诗人之赋"与"辞人之赋"的比较强调汉赋的两个来源，说明枚乘之赋"丽以淫"的特点源于景差、唐勒、宋玉等辞人之赋；贾谊、司马相如之赋"丽以则"的特点源于孔子之门的"诗人之赋"。可见，这里的"诗人"是指"诗三百"的作者。"诗三百"到汉代能唱者不过《鹿鸣》《邹虞》《伐檀》《文王》数篇。加之，汉代儒术独尊，"诗三百"作为经典列于学馆，汉儒们对"诗三百"进行了经学化解读和阐释，提出所谓"先王以是经夫妇，成孝敬，厚人伦，美教化，移风易俗。……上以风化下，下以风刺上"①，强调"诗三百"的政治作用、伦理价值和教育意义。这样一来，"诗三百"被经典化、普泛化，《诗》的音乐意义和文学意义被遮蔽了。汉儒们对"诗三百"的经学化阐释所导致的结果是：一方面，使来源于民间乐歌的"诗三百"，从孔子的教学科目中进一步上升为整个社会群体自觉遵循的伦理道德规范；另一方面，使"诗三百"从音乐的诗文学中分离出来。《汉书·艺文志》将"诗三百"列入"六艺"略，另立"诗赋"略的分类观念，真实地反映了汉代"诗三百"的性质、作用和社会意义。在西汉人的观念中，"诗"是不歌的徒诗了，所以往往用"诗"指称"诗三百"，而其他歌章谣辞则用"歌诗"指称。"歌诗"概念就是在这样的背景中产生的，《汉书·艺文志》是其标志，"诗赋略"之"诗"就是具体对"歌诗"的指称。《汉书·艺文志》收录"歌诗二十八家，三百一十四篇"，并在序中称"自孝武立乐府而采歌谣，于是有代赵之讴，秦楚之风"，交代这些歌诗的来源，其意在于与"诗三百"相区别。② 王褒《洞箫赋》曰："乐不淫兮条畅洞达，中节操兮终诗卒曲。"此处，"诗""曲"连用，"诗"是"歌诗"之略，因受赋体形式制约所致。

东汉文人作诗逐渐增多，"诗"既指"诗三百"，也指文人诗。但是"诗"与"歌诗"尚未作音乐上的区分。

《后汉书》载：

> 永平中，益州刺史朱辅《上疏》曰："臣闻《诗》云：'彼徂者岐，有夷之行。'……今白狼王唐菆等慕化归义，作诗三章。路

---

① 《毛诗正义·序》，《十三经注疏》本，上海古籍出版社 1997 年影印本，第 270—271 页。

② 参见李昌集《文学史的主流、非主流与"文学史"构建——兼论"话语文学史"与"事实文学史"的对应》，《文学遗产》2005 年第 2 期。

经邛来大山零高坂，峭危峻险，百倍岐道。襁负老幼，若归慈母。远夷之语，辞意难正。草木异种，鸟兽殊类。有犍为郡掾田恭与之习狎，颇晓其言，臣辄令讯其风俗，译其辞语。今遣从事史李陵与恭护送诣阙，并上其乐诗。昔在圣帝，舞四夷之乐；今之所上，庶备其一。"帝嘉之，事下史官，录其歌焉。①

李贤注曰："《东观记》载其歌，并载夷人本语，并重译训诂为华言，今范史所载者是也。"《东观记》即东汉安帝永初年间刘珍等所撰的东观《汉记》。可见，《后汉书》所载白狼王歌诗取材于《东观汉记》。现所载《后汉书》的白狼王三章诗，其标题分别为《远夷乐德歌诗》《远夷慕德歌诗》《远夷怀德歌》，比较真实地反映了东汉人的歌诗观。在朱辅的《上疏》中，"诗三百"称"诗"，而白狼王唐菆所作三章既称"诗"，也称"乐诗""歌诗""歌"。三章之"诗"与"歌诗"所指相同。

又赵壹《刺世疾邪赋》云：

有秦客者，乃为诗曰：河清不可俟，人命不可延。顺风激靡草，富贵者称贤。文籍虽满腹，不如一囊钱。伊优北堂上，抗脏倚门边。

鲁生闻此辞，系而作歌曰：势家多所宜，咳唾自成珠。被褐怀金玉，兰蕙化为刍。贤者虽独悟，所困在群愚。且各守尔分，勿复空驰驱。哀哉复哀哉，此是命矣夫！②

赋中的秦客之作称"诗"，又称"辞"，而将鲁生闻此辞的和诗称为"歌"。

---

① 范晔：《后汉书》卷八六，中华书局 1965 年标点本，第 2855 页。
② 同上书，第 2631 页。

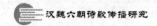

可见，东汉的"诗"开始指称文人所作的诗歌了，但是对"诗"与"歌诗"尚未做音乐上的区分。

（三）汉代文人作品著录与歌诗观

《史记》《汉书》在给历史人物列传时没有著录其作品的习惯，只在《汉书·艺文志》中作集中著录。可以说，《汉书·艺文志》是西汉一代典籍的目录总汇。在汉代，文人主名的作品为赋，歌诗主名者只有高祖歌诗和李夫人及幸贵人歌诗，余皆不主名。

《汉书·艺文志》来源于刘歆《七略》，刘歆《七略》所录歌诗当皆有文本依据。很多歌诗见于本传，而在《艺文志》中没有著录，当是没有文本的口传歌诗。西汉尚有极少量的文人徒诗亦不见著录，如韦孟《讽谏诗》《在邹诗》，王褒《中和》《乐职》《宣布》等诗是西汉文人作诗的较早记录。《艺文志》何以不著录西汉文人徒诗，可能有两方面原因：一是这些诗歌未见于文本，而刘歆《七略》是在"总群书"基础上完成的；二是西汉文人作诗极少，徒诗更少，在西汉人的观念里，尚无文人徒诗的概念，故被忽略。

《后汉书》没有《艺文志》专章著录文人诗文作品，而是著录在人物传记之后。从《后汉书》人物传记中所著录的作品看，其在歌诗观念上与西汉大体相同，但分类更细致。略举几例如下：

《光武十王传·东平王苍》：

> （建初八年）正月薨，诏告中傅，封上苍自建武以来章奏及所作书、记、赋、颂、七言、别字、歌诗，并集览焉。[①]

———————

① 范晔：《后汉书》卷四二，中华书局1965年标点本，第1441页。

《文苑传·傅毅》：

> 永平中，于平陵习章句，因作《迪志诗》曰。……毅早卒，
> 著诗、赋、诔、颂、祝文、七激、连珠凡二十八篇。①

《文苑传·王逸传》：

> 顺帝时，为侍中。著《楚辞章句》行于世。其赋、诔、书、
> 论及杂文凡二十一篇。又作《汉诗》百二十三篇。②

《班固传》：

> 固所著典引、宾戏、应讥、诗、赋、铭、诔、颂、书、文、
> 记、论、议、六言，在者凡四十一篇。③

《马融传》：

> 所著赋、颂、碑、诔、书、记、表、奏、七言、琴歌、对策、
> 遗令，凡二十一篇。④

《蔡邕传》：

> 所著诗、赋、碑、诔、铭、赞、连珠、箴、吊、论议、独断、
> 劝学、释诲、叙乐、女训、篆势、祝文、章表、书记，凡百四篇。⑤

东平王建初八年薨，为汉章帝时期人，其诗称"歌诗"。此后不

---

① 范晔：《后汉书》卷四二，中华书局 1965 年标点本，第 2610—2613 页。
② 同上书，第 2618 页。
③ 同上书，第 1386 页。
④ 同上书，第 1972 页。
⑤ 范晔：《后汉书》卷四二，中华书局 1965 年标点本，第 2007 页。

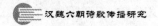

久，傅毅作品开始诗、赋并称，这里的"诗"指文人诗，既包括歌诗，也包括徒诗，这一指称到汉末建安时期皆未有变化。东汉文人作品著录称名上的细微变化暗示了当时歌诗观与徒诗观的渐变过程。诗、赋并称，指文人自主创作的具有抒情色彩的作品。虽然"歌""诗"尚未明确分开，但是它已突出了文人创作。可见，东汉在诗歌观念上的最大变化是把"诗"（徒诗）从《诗经》的专称中解放出来，兼而指称文人诗歌。

文学观念往往来自创作实践，同时又引导创作实践。东汉诗歌观念的变化与东汉文人诗歌创作的逐渐兴起密切相关；其"歌""诗"不分的观念，又与当时诗歌创作、消费、传播过程中辞乐关系相关。当时，文人诗既可独立存在，也可配乐演唱，在诗乐共存与诗乐分离同时并存的文化背景中，诗配乐即成歌诗，歌诗独立于音乐即为徒诗。在他们看来，诗即歌，歌即诗。"歌"与"诗"是中国古代早期诗歌生存与传播的两种基本形态在称名上的体现。东汉较以往不同的是，将人们对早期民间歌诗的认识移植到文人作品上。这一认识在诗歌史上意义非常深远：一方面，极大地激发了文人作诗抒情、驰骋才华的欲望；另一方面，文人对歌辞创作的参与改变了歌辞的语言体式，丰富和拓展了歌辞的表现内容。汉末建安诗歌创作的高峰就是在这样的文化语境中展开的。

二　魏晋乐府指义的多向性与"歌""诗"分离

（一）魏晋"乐府"称名

《晋书》中直接提及"乐府"凡十余处，其"乐府"内涵较汉代有了新的变化：它不仅指称音乐机构、乐府职员，还指称在音乐机构中演唱的歌辞。

1.《晋书·世祖武帝纪》：

> 诏曰：昔王凌谋废齐王，而王竟不足以守位。邓艾虽矜功失节，然束手受罪。今大赦其家，还使立后。兴灭继绝，约法省刑。除魏氏宗室禁锢。诸将吏遭三年丧者，遣宁终丧。百姓复其徭役。罢部曲将长吏以下质任。省郡国御调，禁乐府靡丽百戏之伎及雕文游畋之具。①

2.《晋书·成帝纪》司马衍：

> 冬十二月癸酉，司空、兴平伯陆玩薨。除乐府杂伎。罢安州。②

3.《晋书·律历上》：

> 勖等奏：……若可施用，请更部笛工选竹造作，下太乐乐府施行。平议诸杜夔、左延年律可皆留，其御府笛正声、下徵各一具，皆铭题作者姓名，其余无所施用，还付御府毁。③

4.《晋书·山涛传》：

> 时乐府伶人避难，多奔沔汉，燕会之日，僚佐或劝奏之。④

5.《晋书·载记·刘曜》：

---

①　房玄龄：《晋书》卷三，中华书局1974年标点本，第53页。
②　同上书，第183页。
③　房玄龄：《晋书》卷三，中华书局1974年标点本，第480—481页。
④　同上书，第1230页。

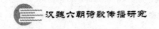

安善于抚接，吉凶夷险与众同之，及其死，陇上歌之曰：……曜闻而嘉伤，命乐府歌之。①

6.《晋书·王敦传》：

（王敦）每酒后辄咏魏武帝乐府歌曰："老骥伏枥，志在千里。烈士暮年，壮心不已。"以如意打唾壶为节，壶边尽缺。②

7.《晋书·载记·刘聪》：

聪引帝入燕，谓帝曰："卿为豫章王时，朕尝与王武子相造，武子示朕于卿，卿言闻其名久矣。以卿所制乐府歌示朕，谓朕曰：'闻君善为辞赋，试为看之。'朕时与武子俱为《盛德颂》，卿称善者久之。"③

上列七条材料中有关"乐府"的记载较全面反映了魏晋时期"乐府"的三种基本内涵：材料1、2、3、4指乐府机构；材料5指乐府职员；材料6、7指乐府歌辞。魏晋"乐府"内涵扩大的原因大略有二：

其一，魏晋音乐机构以"清商署"替代汉"乐府"。曹魏时期对音乐机构进行了调整，其中最重要的一点是设置"清商署"替代汉代的"乐府"。他们将俗乐时曲均置于清商署，并将当时文人所作诗歌也配清商乐演唱。所以《宋书·乐志》引王僧虔语曰："今之清商，实由铜雀，魏氏三祖，风流可怀。"据《三国志·魏书·齐王芳纪》注引《魏书》载，清商署中还设有"清商令""清商丞"等职官。齐王"每见九亲妇女有美色，或留以付清商"。可见，清商署为曹魏的

---

① 房玄龄：《晋书》卷三，中华书局1974年标点本，第2694页。
② 房玄龄：《晋书》卷九八，中华书局1974年标点本，第2557页。
③ 同上书，第2660页。

俗乐机构。晋代音乐机构基本沿袭曹魏。从《晋书·职官志》知，晋仍保留了魏的"清商署"，属光禄勋；太乐、鼓吹并属太常。可见，魏晋音乐机构已不用"乐府"命名，以上材料中提及指称音乐机构的"乐府"，实际上是太乐、鼓吹、清商三种不同职能的音乐机构的泛称。既然"乐府"可以作为音乐机构的泛称，也可以用来指称在其中供职的乐人和在其中表演的歌辞。后来，逐渐地把文人拟乐府所作的诗歌亦称为"乐府"或"拟乐府"。

其二，魏晋音乐文化中的诗乐共存关系。文人创作歌辞的同时也创作徒诗。但是，在具体的诗歌传播中往往存在与创作初衷不一致的情形：有些专为配乐而作的歌辞，实际上未被配乐歌唱；而有些不是为了配乐的徒诗反而在传播中被乐工增减词句而配乐歌唱。也就是说，在魏晋时期，虽然诗乐共存的关系一直存在，但是在诗乐配合上又显得有些随意，二者并不存在一一对应的关系，同一首诗歌在具体传播中，两种传播方式都有可能出现。以"乐府"指称入乐的歌诗，正好反映了当时人们已经初步具有了歌诗与徒诗的观念。

（二）魏晋的文体意识与"歌""诗"观

魏晋时期文体观念比汉代大大增强了。虽然"诗赋"分类仍沿袭刘歆《七略》、班固《汉志》而来，但是对"诗"的分类更加细致。

《三国志·魏书·武帝纪》：

> （太祖）御军三十余年，手不舍书，昼则讲武策，夜则思经传，登高必赋，及造新诗，被之管弦，皆成乐章。①

---

① 陈寿：《三国志》卷一，中华书局 1982 年标点本，第 54 页。

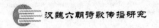

《三国志·魏书·陈思王传》注:

> 挚虞《文章志》曰:刘季绪名修,刘表子。官至东安太守。
> 著诗、赋、颂六篇。①

《三国志·魏书·王粲传》:

> 著诗、赋、论、议垂六十篇。②

《晋书·阮籍传》:

> 籍能属文,初不流思。作《咏怀诗》八十余篇,为世所重。
> 著《达庄论》,叙无为之贵。文多不录。③

以上著录,除魏武帝条将"新诗"与"乐章"对举外,余皆未作
区分,很难看出与东汉的实质性区别。但从创作实际看,魏晋时期所
谓"诗",既指徒诗也指乐府,并未对诗的可歌与否在称名上作出区
分。事实上,魏晋较东汉的文体观念更强、分类更细,说明他们对诗
的认识也更深入。

石崇《思归引序》:

> 寻览《乐篇》,有《思归引》,傥古人之情,有同于今,故制
> 此曲。此曲有弦无歌,今为作歌辞,以述余怀。恨时无知音者,
> 令造新声而播于丝竹也。④

陆云《与兄平原书》:

---

① 陈寿:《三国志》卷一,中华书局 1982 年标点本,第 560 页。
② 同上书,第 599 页。
③ 房玄龄:《晋书》卷四九,中华书局 1974 年标点本,第 1361 页。
④ 李善注:《文选》卷四五,上海古籍出版社 1986 年标点本,第 2041 页。

云再拜：张公箴诔自过五言诗耳。但云自不便五言诗，由己而言耳。……诸碑箴辈甚极，不足与校，歌亦平平。①

石崇明确地称自己创作《思归引》为"作歌辞"，陆云也将五言"诗"与"歌"分别对待。可见，魏晋人对歌辞与诗的指称是很具体的。建安文人非常重视文事活动，曹丕《典论·论文》提出"文章乃经国之大业，不朽之盛事"；陆机《文赋》提出"诗缘情而绮靡，赋体物而浏亮"，强调诗的抒情特征和文体风格；挚虞《文章流别论》细致清理各体文章的源流。以上事实说明魏晋文人的文体意识较东汉增强了。文体意识的加强是以诗文创作的繁荣兴盛为前提的，同时也是诗文创作文本化的进一步要求。建安魏晋时期如此强烈的文体意识，表明当时诗文创作开始文本化的事实，也表明当时徒诗观念的进一步明晰。总体上说，魏晋时期人们的徒诗观念已经初步确立，而且不断在增强，但徒诗与歌诗尚未完全分离。

三　南朝"乐府"与"诗"的对举及其徒诗观的确立

（一）南朝"乐府"与"诗"的对举现象

歌诗与徒诗在观念上的分途是从东晋末年开始逐渐明晰起来的，其显著标志是宋、齐时期文人"乐府"与"诗"的分开著录。

《宋书·自序》：

（沈亮）二十七年，卒官，时年四十七。所著诗、赋、颂、

————————

① 陆云：《陆云集》，中华书局1988年标点本，第143页。

赞、三言、诔、哀辞、祭告请雨文、乐府、挽歌、连珠、教记、白事、笺、表、签、议一百八十九首。

又：

> 林子简泰廉靖，不交接世务，义让之美，著于闺门，虽在戎旅，语不及军事。所著诗、赋、赞、三言、箴、祭文、乐府、表、笺、书记、白事、启事、论、老子一百二十一首。①

《宋书·宗室·刘义庆传》：

> 鲍照字明远，文辞赡逸，尝为古乐府，文甚遒丽。元嘉中，河、济俱清，当时以为美瑞，照为《河清颂》，其序甚工。②

《南齐书·乐志》：

> 角抵、像形、杂伎，历代相承有也。其增损源起，事不可详，大略汉世张衡《西京赋》是其始也。魏世则事见陈思王乐府《宴乐篇》，晋世则见傅玄《元正篇》《朝会赋》。③

《宋书》完成于齐永明六年。④ 成书于梁武帝普通元年（公元 520 年）的《南齐书》多取材于南齐檀超、江淹编集的《国史》⑤。沈约《宋书》将二人"诗"与"乐府"分开著录，又于《宋书·刘义庆

---

① 沈约：《宋书》卷一百，中华书局 1974 年标点本，第 2452、2459 页。
② 同上书，第 1477—1478 页。
③ 萧子显：《南齐书》卷一一，中华书局 1972 年标点本，第 195 页。
④ 赵翼《廿十二史扎记》曰："沈约于永明五年奉敕撰《宋书》，次年二月即告成，共纪、志、列传一百卷。"王树民校证，中华书局 1984 年标点本，第 179 页。
⑤ 《中国大百科全书·音乐舞蹈》，吴钊撰《历代乐律志》介绍《南齐书·乐志》时云："梁萧子显撰。该志系萧子显据南齐史官檀超、江淹《国史》的旧稿，在梁武帝普通元年（公元 520 年）编成的。"中国大百科全书出版社 1989 年版，第 383 页。

传》中明确称鲍照"尝为古乐府",萧子显《南齐书·乐志》也明确称曹植《宴乐篇》为"乐府"。由此可见,到《宋书》《南齐书》成书的齐代,"乐府观"与"徒诗观"已经比较明确了。

(二) 南朝的徒诗观

从文人论述文体、著录歌辞等情况也能看出南朝"歌"与"诗"的分离以及徒诗观念进一步确立的情况。

任昉《文章缘起》曰:

> 六经素有歌诗诔箴铭之类,《尚书》"帝庸作歌",《毛诗》三百篇,《左传》《叔向诒子产书》,鲁哀公《孔子诔》,孔悝《鼎铭》《虞人箴》,此等自秦汉以来,圣君贤士沿著为文章名之始。故因暇录之,凡八十四题,聊以新好事者之目云尔。……三言诗,晋散骑常侍夏侯湛所作……四言诗,前汉楚王傅韦孟谏楚夷王戊诗……五言诗,汉骑都尉李陵与苏武诗……六言诗,汉大司农谷永作;七言诗,汉武帝柏梁殿连句……九言诗,魏高贵乡公所作……歌,燕荆轲作《易水歌》……乐府,古诗也。……歌诗,汉枚皋作《丽人歌诗》。①

又《诗品·序》曰:

> 尝试言之,古曰诗颂,皆被之金竹,故非调五音,无以谐会。若"置酒高殿上","明月照高楼",为韵之首。故三祖之词,文或不工,而韵入歌唱。此重音韵之义也,与世之言宫商异矣。今既不备于管弦,亦何取于声律耶?

---

① 任昉:《文章缘起》,《丛书集成初编》重印本,第1—19页。

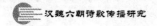

又：

> 余谓文制，本须讽读，不可蹇碍。但令清浊通流，口吻调利，斯为足矣。至如平上去入，则余病未能；蜂腰、鹤膝，闾里已甚。①

任昉《文章缘起》将"秦汉以来"文章之名分成八十四类，追述其缘起。仅诗歌就分成三言、四言、五言、六言、七言、九言、歌、乐府、歌诗等类别。钟嵘《诗品》专品徒诗，追源溯流，论析各家风格。《诗品序》明确指出当时诗歌不需入乐、多在讽读的事实。可见，南朝的"歌""诗"已经分离，徒诗观念已经深入人心。

《隋书·经籍志》"总集类"著录了很多"歌诗"集。如《乐府歌辞钞》一卷；《歌录》十卷；《古歌录钞》二卷；《晋歌章》八卷（梁一卷）；《吴声歌辞曲》一卷（梁二卷）。该处，《经籍志》还用小字著录了一些歌诗集：《乐府歌诗》二十卷，秦伯文撰；《乐府歌诗》十二卷；《乐府三校歌诗》十卷；《乐府歌辞》九卷；《太乐歌诗》八卷；《歌辞》四卷，张永记；《魏燕乐歌辞》七卷；《晋歌章》十卷；《晋歌诗》十八卷；《晋燕乐歌辞》十卷，荀勖撰；《宋太始祭高禖歌辞》十一卷；《齐三调雅辞》五卷；《古今九代歌诗》七卷，张湛撰；《三调相和歌辞》五卷；《三调诗吟录》六卷；《奏鞞铎舞曲》二卷；《管弦录》一卷；《太乐备问钟铎律奏舞歌》四卷，郝生撰。② 其后便接着著录陈隋三部歌诗集。从排列秩序可以断定这些"歌诗"集主要结集于南朝宋、齐、梁三代是没有问题的。把歌诗从诗中分离出来单独结集，

---

① 曹旭：《诗品笺注》，人民文学出版社 2009 年标点本，第 203、208 页。
② 魏徵：《隋书》卷三五，中华书局 1973 年标点本，第 1085 页。

说明当时歌诗与徒诗功能的分化逐渐明晰，也说明当时徒诗观念已经确立。后来萧统《文选》、徐陵《玉台新咏》等诗文选本明确地将"乐府""古诗"分开，在诗类中又分出十多小类。

综上可见，在南朝，特别是齐梁时期，歌诗与徒诗已分途而行，各自形成独立的创作、传播、评价系统。此后，中国诗歌就是按此两途并行发展演进的。尽管诗歌在具体传播、运行活动中还有诗与歌诗交叉、辞与乐共存与分离等现象存在，但在观念上徒诗与歌诗是很清晰的。

四 刘勰《文心雕龙》的歌诗观与徒诗观

刘勰《文心雕龙》是我国集大成的诗文创作理论著作。就诗歌而言，它全面总结了我国诗歌从先秦到齐梁的发展历史。从其呈现的诗歌历史也可以看到我国诗歌观念的发展演进历程，尤其能看到刘勰所代表的齐梁时代的诗歌观念。所以，对《文心雕龙》的歌诗观与徒诗观进行总结，能进一步深化对齐梁时代徒诗观的认识。《文心雕龙》作为集大成者，体大思精，在此仅从三个方面考察其所反映的歌诗观与徒诗观。

第一，全书体系构建中显示的义理精神。概言之，《文心雕龙》全书由"文之枢纽""论文叙笔""割（剖）情析采"三大部分构成。《原道》《征圣》《宗经》《正纬》《辨骚》5篇乃"文之枢纽"；《明诗》至《书记》20篇乃"论文叙笔"；《神思》至《总术》及《物色》共20篇，乃"剖情析采"；其他几篇涉及文学与时代的关系、历代文学的发展演变、总结各代作家创作的成就与不足（《时序》《才略》）等。《知音》乃鉴赏批评，《程器》乃文德论，《序志》乃总序写作宗旨与全书结构。前五篇之《原道》强调一切"文"皆"道之文";《征圣》中"情欲信，辞欲巧"，从"修身贵文"角度提出为文准则；《宗经》从五经中寻找各种文体的分类依据："赋、颂、歌、赞，则《诗》立其本。"① 这一理论体系的构建，有几点值得注意：一是强调文之"道"；二是注重文之"体"。《艺文志》中的"六艺略"到刘勰《文心雕龙》变成了"五经"，去掉了"乐"。"乐本心术"，无文本意义。而"诗为乐心，声为乐体；乐体在声，瞽师务调其器；乐心在诗，君子宜正其文。"② 乐的要旨是要通过诗歌来传达的，声音不过是音乐的外在形式而已，音乐的灵魂在于诗歌，所以作诗者应该使其歌辞符合雅正传统。因此，从文体意义上说，《诗》的意义胜于"乐"。其后各篇都是在此总纲指导下展开论述的。从刘勰所列总纲中可见其重"道"、重"义"的论文旨趣。反映在诗歌的论述上，则表明当时"徒诗观念"已经真正确立。

第二，在文体分类中将"乐府"与"诗"对举。《文心雕龙》在文体论中将文体分为 34 类，并将"乐府"从"诗"中独立出来。刘勰的这种分类方法反映了齐、梁普遍的文体观念，也说明在刘勰的《文心雕龙》时代"徒诗观念"已经完全确立了。在具体论述中虽承认"诗言志，歌永言"等古代诗乐的共存关系，但重点强调诗的言志功能，所以对宋初文咏"俪采百字之偶，争价一句之奇"的情形，颇表不满。《乐府》篇重在从雅乐歌辞的构建历史着眼，并且强调其变：变雅为俗、诗乐渐离。所以，刘勰的歌诗观主要体现为传统的雅乐观。

第三，所谓"诗与歌别"。刘勰《文心雕龙·乐府》曰："昔子政品文，诗与歌别，故略具乐篇，以标区界。"③ 对这句话的理解向来有

---

① 参见詹福瑞《〈宗经〉与〈文心雕龙〉的理论体系》，《河北大学学报》1994 年第 4 期。

② 范文澜：《文心雕龙注》，人民文学出版社 1958 年标点本，第 102 页。

③ 同上书，第 103 页。

分歧，其关键分歧是对"诗"的理解。

黄侃《文心雕龙札记》曰：

> 此据《艺文志》为言，然《七略》既以诗赋与六艺分略，故以歌诗与诗异类。如令二略不分，则歌诗之附诗，当如《战国策》《太史公书》之附入《春秋》家矣。此乃为部类所拘，非子政果欲别歌于诗也。①

范文澜《文心雕龙注》曰：

> 谨案：诗为乐心，声为乐体，诗与歌本不可分，故三百篇皆歌诗也。自汉代有《在邹》《讽谏》等不歌之诗，诗歌遂画然两途。凡后世可歌之辞，不论其形式如何变化，不得不谓为三百篇之嫡属，而摹拟形貌之作，既与声乐离绝，仅存空名，徒供目赏，久之亦遂陈熟可厌。《别录》诗歌有别，《班志》独录歌诗，具有精义，似非止为部居所拘也。②

黄侃理解的"诗"为"诗经"，在他看来，"诗赋略"从"六艺略"中分离出来，才使"歌诗"与"六艺略"中的"诗"不在同一部类中，这是为分类所需，非刘向想把歌诗从诗中分别出来。其言外之意是刘向时代，"歌""诗"是不分的。范文澜理解的"诗"，乃非专指"诗经"的一切诗。但是，范氏之言有几处失当：其一，"诗三百"虽皆歌，但在刘向时代，已经经学化、徒诗化，非《在邹》《讽谏》出现后，才"诗""歌"两途；其二，"《别录》'诗''歌'有别，《班志》独录歌诗"的断语似无根据。班固《汉志》虽源于《别录》

---

① 黄侃：《文心雕龙札记》，上海古籍出版社 2000 年版，第 43 页。
② 范文澜：《文心雕龙注》，人民文学出版社 1958 年标点本，第 120—121 页。

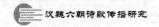

《七略》，但对《七略》的删改，均用"出""入""省"体例标示。通检《汉志》"六艺略"，"诗"类未有"出""入""省"字样；"诗赋略"中的"赋"类有"入扬雄八篇"；"歌诗"类无。因此，从班固《汉志》看不出"《别录》'诗''歌'有别，而《班志》独录歌诗"的痕迹来。

刘勰"诗与歌别"之"诗"究竟何指？从《乐府》篇上下文语境看，他指的当是包括诗经在内的一切诗。用现代汉语说就是："从前刘向整理文章，把'诗'和'歌'分开，所以我现在另写这篇《乐府》，以表示其间的区别。"① 其实，目前所见班固《汉志》的"诗与歌别"是刘向（子政）将"歌诗"与"六艺"中的"诗"分别为略的情形。此"诗"为"诗三百"，其中有三家已入学馆，成为经典。看来，刘勰是"误读"了《汉书·艺文志》而导致其对刘向《七略》的误解。刘勰对《汉书·艺文志》的"误读"中却蕴含着深刻的历史意味，说明刘勰生活的齐、梁时代，诗歌已经从对音乐的依附中独立出来，"诗与歌别"的观念已经深入人心，徒诗观念已经确立。

通过对汉魏六朝"诗""歌"发展演进的历史轨迹和徒诗观逐渐明晰的历史过程的梳理可知，中国诗歌的发展经历了从"歌""诗"交织混一到"歌""诗"逐渐区分、分途演进，再到徒诗观念逐渐明晰、诗体意义确立的徒诗化进程。在这一历史进程中，刘勰"诗与歌别"的提出在诗歌史上具有深远的意义，它标志着徒诗观念正式确立。而汉魏六朝徒诗观逐渐明晰的过程，特别是齐梁时期徒诗观的确立又与晋宋以后诗歌纸本书写、传抄及以纸张为载体的文人别集、总集的盛行大致同步。可见，魏晋六朝诗歌的文本传播不仅为诗歌创作带来

---

① 陆侃如、牟世金：《文心雕龙译注》，齐鲁书社1981年标点本，第85页。

了题材与内容的变化，也带来了人们对诗歌文体的深刻认识，进一步认识到诗歌脱离音乐以后其自身的文学价值和审美意义。徒诗观就是在对诗歌性质的深入认识中逐渐明晰并确立的。

小　结

汉魏六朝时期纸张的发明使用与魏晋以来诗歌纸本创作和传播的逐渐兴起是有着密切联系的。两晋南北朝诗歌纸本书写传抄、晋宋以来文人别集、总集结集的兴盛等诗歌创作和传播的重要现象并不是偶然的，它是东汉以来纸张的发明使用，特别是两晋时期纸张替代简帛这一历史过程的必然结果。纸张在诗歌领域的使用和普及为诗歌创作和传播提供了新的物质基础，使得诗歌纸本书写、传抄及以纸张为载体的别集、总集成为可能。

纸张在诗歌领域取代简帛的成功有力促进了诗歌文本传播方式的兴起，文本传播方式，特别是文集编纂的迅速增长，又极大地促进了文体意识的增强。按《隋书·经籍志》的理解，文集编纂的主要目的，一是苦览者之劳倦，而芟剪繁芜、采摘孔翠；二是为属辞之士提供准则。即为读者提供诗文精华，为作诗文者提供范文。① 我国的文集，一般是按照"以类相从"的原则进行的，文集编纂活动中，"分类"是很重要的工作，分类既要涉及每一文类的源流，还要涉及对具体作品的归类，文集编纂实践，不仅加深了人们对文本的理解，更促

---

① 魏徵：《隋书》卷三五，中华书局1973年标点本，第1089页。

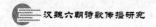

使人们对每类文体进行区分。文集的传播则为读者和作者提供了各种文学作品的文体规范。因此，魏晋六朝文本传播，特别是文集编纂的兴起，极大地强化了人们的文体意识，徒诗观念也在这种活动中得到逐步确立。

魏晋南北朝时期徒诗观的确立、文体批评的兴盛等诗歌创作现象，其实就是人们在诗歌纸本书写与传播语境中对诗歌这一文体的本质属性及形式特征深入认识的表现，也正是在这一意义上体现了纸张发明及广泛使用于书写和汉魏六朝诗歌嬗变的内在联系。

第七章　汉魏六朝邮驿制度与
诗歌异地传播

　　邮驿是为封建政府传递文书、接待使客、运转物资的通信和交通组织，是封建王朝强化王权统治的重要手段，因此历代统治者均十分重视邮驿制度的建设。汉魏六朝时期邮驿制度的发展，特别是六朝邮驿制度的私人化倾向，不仅有效地传送了国家军情和公文，同时也使私人书信和诗文作品得以有效传递，从而促进了诗歌的异地传播，还在一定程度上刺激了诗歌行旅和送别题材的发展。

第一节　汉魏六朝邮驿制度及其历史变迁

　　中国的邮驿制度历史十分悠久，早在殷商时期就存在了。西周时期的邮驿系统已经具有相当规模，如《周礼·地官·遗人》载："凡国野之道，十里有庐，庐有饮食；三十里有宿，宿有路室，路室有委；

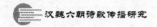

五十里有市，市有候馆，候馆有积。"① 又《周礼·秋官·行夫》载："行夫掌邦国传遽之小事微恶而无礼者。"注曰："传遽若今时乘传骑驿而使也。"② 行夫是周代负责邮驿事务的专职官员。《孟子·公孙丑上》引孔子语曰："德之流行，速于置邮而传命。"③ 孔子能用"置邮而传命"来比喻德行流传之速，说明其时的邮驿制度已经深入人心。秦始皇统一中国，推行"车同轨""书同文"的大一统政治文化策略，大兴道路交通建设，邮驿系统也得到极大的拓展，汉代在秦的基础上进一步完善，因此，秦汉时期的邮驿系统已经相当完备。魏晋南北朝因长期战乱与割据，邮驿体系遭到一定程度的破坏，但又在各自割据区内形成新的邮驿体系。

一 汉代邮驿制度

汉代邮驿制度是在秦国基础上建立起来的，邮驿制度体系完备、管理严格正规。从现存文献可知，汉代的邮驿管理有一系列律令法规，涉及邮路里程、邮驿机构建制、邮驿职能、邮传工具使用、邮书传递、邮站人事管理和经费使用等诸多方面。现仅对邮驿的称名及职能、邮书传递方式做些介绍。

（一）汉代的邮驿机构与职能

1. 邮与置

邮，是先秦时期就有的邮站机构，汉代设立置，邮置并行，其主要职责为传送文书，也兼供行旅休息。《史记·白起王翦列传》载：

---

① 贾公彦：《周礼注疏》，《十三经注疏》影印本，第 728 页。
② 同上书，第 899 页。
③ 孙奭：《孟子注疏》，《十三经注疏》影印本，第 2684 页。

"武安君既行，出咸阳西门十里，至杜邮。"① 此处的杜邮是秦国建在咸阳的邮站。《汉书·京房传》载，建始二年二月，京房"去至新丰，因邮上封事"。颜师古注曰："邮，行书者也，若今传送文书矣。"② 此处，邮指邮寄、邮递。《后汉书·郭太传》载：郭太"又识张孝仲刍牧之中，知范特祖邮置之役"。注引《说文》曰："邮，境上行书舍。"③ 此处指邮站。又《后汉书·杨震传》载，杨震死后，弘农太守移良承樊丰等旨，"谪震诸子代邮行书"④，此处则指邮吏。《汉书·黄霸传》载："吏出不敢舍邮亭。"颜师古注曰："邮行书舍，谓传送文书所止处，亦如今之驿馆矣。"⑤ 此处"邮亭"连用，指称邮站，突出其供人止宿职能。可见，汉代的邮站，其职能主要为行书，也兼有接待官员住宿等职能。⑥

　　置，是秦汉综合性的邮驿机构，其职能与邮大致相同。《汉书·文帝纪》颜师古注曰："置者，置传驿之所，因名置也。"⑦ 孔子"速于置邮而传命"之"置"当为"设置"之义，大致在秦汉始，置由动词变成了邮站的专名。如《秦会要》载："使者郑谷入柏谷关，至平舒置。"⑧《二年律令·津关令》简517载："长沙地卑湿，不宜马，置缺不备一驷，未有传马，请得买马十，给置传，以为恒。"⑨ 敦煌悬泉汉简载："入西板橜二，冥安丞印，一诣乐掾治所，一诣府。元始四年四

①　司马迁：《史记》卷七三，中华书局1982年标点本，第2337页。
②　班固：《汉书》卷七五，中华书局1962年标点本，第3164—3165页。
③　范晔：《后汉书》卷六八，中华书局1965年标点本，第2231页。
④　同上书，第1767页。
⑤　班固：《汉书》卷八九，中华书局1962年标点本，第3630页。
⑥　彭浩：《读张家山汉简〈行书律〉》，《文物》2002年第9期。
⑦　班固：《汉书》卷四，中华书局1962年标点本，第117页。
⑧　孙楷撰，徐复订补：《秦会要》，中华书局1959年标点本，第414页。
⑨　张家山汉墓竹简整理小组：《张家山汉墓竹简二四七号墓释文》，文物出版社2006年版，第87页。

月戊午,悬泉置佐宪受鱼离置佐邬卿,即时遣即行。"① 悬泉置、鱼离置等均指邮站。尹湾汉简《集簿》中未提到置,但在墓主师饶的《日记》中,有元延二年十月辛卯立冬日,"宿博望置"的记载。博望置当在东海郡内,可见西汉在内地也有置的设立。② 汉代往往置前加上具体的县名,可见置当是县级邮驿机构。③

2. 传与驿

传,是先秦以来一直沿用的邮驿机构名称,既提供住宿,也备有送信的车马。如《史记·蔺相如列传》载"舍相如广成传舍",《史记·孟尝君列传》载,孟尝君置冯驩于"传舍十日"等是传舍提供住宿的例子。《汉书·高帝纪》载,田横"惧,乘传诣洛阳"。如淳注曰:"律,四马高足为置传,四马中足为驰传,四马下足为乘传,一马二马为轺传,急者乘一乘传。"④ 可见,传除提供住宿外,还提供车马等交通工具。如《汉书·文帝纪》载二年十一月,诏曰:"太仆见马遗财足,余皆以给传置。"⑤

驿,是汉代在边郡建立的与烽火制度相关的快马报警系统,西汉称"置骑""置驿",主要指"驿马",东汉逐渐成为邮站的名称。⑥ 如《汉书·丙吉传》载:"适见驿骑持赤白囊,边郡发奔命书驰来至。驭吏因随驿骑至公车刺取,知虏入云中、代郡,遽归府见吉白状。"⑦《汉书·陈汤传》:"西域都护段会宗为乌孙兵所围,驿骑上书,愿发

① 胡平生、张德芳:《敦煌悬泉汉简释粹》,上海古籍出版社 2001 年标点本,第 125 页。
② 吴荣曾:《汉代的亭与邮》,《内蒙古师范大学学报》2002 年第 4 期。
③ 参见王树金《秦汉邮传制度考》,硕士学位论文,西北大学,2005 年。
④ 班固:《汉书》卷一,中华书局 1962 年标点本,第 57 页。
⑤ 班固:《汉书》卷四,中华书局 1962 年标点本,第 116 页。
⑥ 参见马楚坚《中国古代的邮驿》,商务印书馆 1997 年版,第 29 页。
⑦ 班固:《汉书》卷七四,中华书局 1962 年标点本,第 3146 页。

城郭敦煌兵以自救。"①《汉书·李广传》载，天汉二年，诏陵曰："因骑置以闻，所与博德言者云何？具以书对。"师古注曰："骑置，谓驿骑也。"②《汉书·昭帝纪》载：元凤元年，冬十月，诏曰："大将军不听，而怀怨望，与燕王通谋，置驿往来相约结。"③ 东汉时，为了节省开支，传舍废除传车，使"驿"替代"传"而成为邮站专名。所以，许慎《说文解字》曰："驿，置骑也。"段注曰："言骑，以别于车也。"④《汉书·高帝纪》师古注曰："传者，若今之驿，古者以车，谓之传车，其后又单置马，谓之驿骑。"⑤《魏新律序略》曰："秦世旧有厩置、乘传、副车、食厨，汉初承秦不改，后以费广稍省，故后汉但设骑置而无车马。"⑥ 颜注和《魏新律序略》均道出了东汉之交通邮驿体制中废车备马这一历史事实。东汉有关驿的记载逐渐多了起来。如《后汉书·循吏列传》载：卫飒"乃凿山通道五百余里，列亭传，置邮驿。"⑦《马援传》载："帝乃使虎贲中郎将梁松乘驿责问援，因代监军。"⑧ "乘驿"指用驿站换马的方式，突出其速度之快。可见，传与驿都是汉代的邮驿机构，传源于前代名称，以车为主，驿为汉代后起之名，以马为主。

3. 亭

亭，作为汉代的乡级邮站，为汉代邮驿系统的最基层单位，其主要职能，一是为行人提供止宿；二是传递文书。应劭《风俗通义》

---

① 班固：《汉书》卷七四，中华书局 1962 年标点本，第 3022 页。
② 同上书，第 2451 页。
③ 同上书，第 226 页。
④ 段玉裁：《说文解字注》，上海古籍出版社 1988 年影印本，第 468 页。
⑤ 班固：《汉书》卷一，中华书局 1962 年标点本，第 58 页。
⑥ 房玄龄：《晋书·刑法志》，中华书局 1974 年标点本，第 924 页。
⑦ 范晔：《后汉书》卷七六，中华书局 1965 年标点本，第 2459 页。
⑧ 同上书，第 844 页。

曰："汉家因秦，大率十里一亭。亭，留也。……盖行旅宿食所馆也。"① 史籍的相关记载也能证明亭的止宿之职能。如《后汉书·吴汉传》："汉乃辞出，止外亭……望见道中有一人似儒生者，汉使人召之，为具食。"②《论衡·感虚》曰："星之在天也，为日月舍，犹地有邮亭，为长吏廨也。"③《汉书·平帝纪》载，元始五年太皇太后诏曰："二千石选有德义者以为宗师，考察不从教令有冤失职者，宗师得因邮亭书言宗伯，请以闻。"师古注曰："言为书以付邮亭，令送至宗伯也。"④ 这是由邮亭传递文书的例子。

此外，亭还有禁捕盗贼的作用。《续汉书·百官志》载："亭有亭长，以禁盗贼。本注曰：亭长，主求捕盗贼，承望都尉。"注引《汉官仪》曰："亭长持二尺板以劾贼，索绳以收执贼。"⑤ 如《后汉书·周纡传》载："皇后弟黄门郎窦笃从宫中归，夜至止奸亭，亭长霍延遮止笃。"⑥ 桓谭《新论》曰："余从长安归沛，道疾，蒙絮被绛罽襜褕，乘驿马，宿于下邑东亭中。亭长疑是贼，发卒夜来攻。"⑦

（二）汉代的邮驿管理

西汉的邮驿由丞相总管，其属九卿之大鸿胪掌驿传政务，下设行人直接管理全国邮驿体系。武帝太初元年（公元前104年）更名行人为大行令。⑧ 边境的邮驿由都尉属官侯官、侯燧等负责，内地邮驿则

① 应劭：《风俗通义》，王利器校注，中华书局2010年标点本，第493页。
② 范晔：《后汉书》列传第八，中华书局1965年标点本，第675页。
③ 王充：《论衡》卷五，《诸子集成》影印本，第48页。
④ 班固：《汉书》卷十二，中华书局1962年标点本，第358页。
⑤ 范晔：《后汉书》志第二八，中华书局1965年标点本，第3624—3625页。
⑥ 同上书，第2495页。
⑦ 严可均：《全后汉文》卷十三，中华书局1958年影印本，第540页。
⑧ 班固：《汉书·百官公卿表》，中华书局1962年标点本，第730页。

由郡县地方官兼管，郡有都邮、县有承驿吏。驿站内部则邮传有驿吏、亭有亭长负责。

东汉的邮驿改由太尉府属官法曹掌管。太尉"掌四方兵事功课，岁尽即奏其殿最而行赏罚"，而牟融、徐防均以太尉录尚书事，与太傅参决政事。又据《续汉书·百官志》载，太尉府有掾史属24人，分曹理事。可见，太尉的主要职能是负责军事，但也经常参与政事，从其府中属官可见其所管事务的范围，其中"法曹主邮驿科程事"[1]，郡、县邮驿则仍由地方长官直接管理。[2] 其邮站的设立，大致遵循五里一邮，十里一亭，三十里一驿的原则，但具体情况也根据时间、地域而不尽相同：内地，亭以十里为准，南方水泽多处以二十里一邮，内地地形复杂的"就便处"；边地多以军事防御为主，亭障兼职，邮站间距都较远。[3]

（三）汉代邮书的传递方式

汉代邮书的传递方式有很多。如"以邮行""以亭行""轻足行""行者走""吏马驰行"和"以次行""亭（燧）次行"等。下文介绍几种主要的文书传递方式。

1. 以邮行

所谓"以邮行"，是指经"邮"的系统传递远距离文书。其具体内容在近年相继公布出版的汉简中有大量记载。如"以邮行"的文书性质，张家山汉简《二年律令·行书律》载：

---

① 范晔：《后汉书》志第二四，中华书局1965年标点本，第3557—3559页。
② 参见马楚坚《中国古代的邮驿》，商务印书馆1997年版，第38页；高荣《秦汉邮驿的管理系统》，《西北师范大学学报》2004年第4期。
③ 王树金《秦汉邮传制度考》（硕士学位论文，西北大学，2005年）有较详细论述。

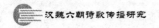

令邮人行制书、急书，复，勿令为它事。

书不急，擅以邮行，罚金二两。

诸狱辟书五百里以上，及郡县官相付受财物当校计者书，皆以邮行。①

制书是皇帝诏令一类的文书。由以上三简可见：第一，凡是传递距离超过 500 里的刑狱文书和郡、县衙署间有关财物收支往来的审核检验文书"以邮行"；第二，皇帝诏书或紧急文书，令邮人递送；第三，若擅自"以邮行"传递并不紧急的文书，罚金二两。这些律令可与其他文献记载相参证。如《后汉书·百官》刘昭注引胡广曰："秋冬岁尽，各计县户口垦田、钱谷入出、盗贼多少，上其集簿。"② 睡虎秦简《田律》载："近县令轻足行其书，远县令邮行之。"③

邮行可以是邮人、邮卒递送，也可以由发文单位或官吏派专人递送。如居延汉简载：

张掖都尉章　肩水候以邮行　九月庚午府卒孙意以来。74.4④

该简的发文者为张掖都尉，收文者为肩水候，送递人是张掖都尉府卒孙意。沿途各邮站仅为其提供食宿等便利。如张家山汉简《行书律》载："邮各具席，设井磨。吏有县官事而无仆者，邮为炊；有仆

①　张家山汉墓竹简整理小组：《张家山汉墓竹简二四七号墓释文》，文物出版社 2006 年版，第 45—47 页。

②　范晔：《后汉书》志第二八，中华书局 1965 年标点本，第 3623 页。

③　睡虎地秦墓竹简整理小组：《睡虎地秦墓竹简》，文物出版社 1990 年版，第 19 页。

④　谢桂华等：《居延汉简释文合校》，文物出版社 1987 年版，第 130 页。

者，假器，皆给水浆。"①

2. 以亭行

所谓"以亭行"，是指利用亭（隧）所提供的交通与食宿方便传递距离较近的文书或邮件。大量汉简与史书均有"以亭行"的记载。如《居延汉简》载：

> 居延仓长　甲渠候官以亭行　九月辛未第七卒欣以来。②

该简反映的收件者为甲渠候官，寄件者为居延仓长，送件者为第七燧卒欣。《敦煌悬泉汉简》载："效谷悬泉置啬夫光以亭行。"③ 该简反映的是发往效谷置的邮件，寄件者当为悬泉置啬夫光，送件者不知。高荣先生根据居延汉简有关"以亭行"的记载，认为："以亭行也是利用各亭（隧）所提供的交通与食宿方便传递文书或邮件，并非逐亭依次传递。处在交通线上的亭（隧）轮流承担公文递送任务，递送的文书基本上限于同一都尉府辖区。"④

可见，"以亭行"与"以邮行"的区别，一是在于距离的远近，二是在于文书的级别；与"亭次行"的区别，在于是否逐亭依次传递。

3. 以次行

所谓"以次行"，指依次传递。根据文书传递范围或中转区间的不同，分"以县次传""以道次传""以亭次行""以隧次行"等形式。《二年律令·行书律》简 275 载："书不当以邮行者，为送告县

---

① 张家山汉墓竹简整理小组：《张家山汉墓竹简二四七号墓释文》（修订本），第 45 页。

② 甘肃省文物考古研究所等：《居延新简》，文物出版社 1990 年版，第 182 页。

③ 胡平生、张德芳：《敦煌悬泉汉简释粹》，上海古籍出版社 2001 年版，第 88 页。

④ 高荣：《简牍所见秦汉邮书传递方式考辨》，《中国历史文物》2007 年第 6 期。

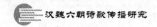

道，以次传行之。"简 271 载："不以次，罚金各四两，更以次行之。"①《睡虎地秦墓竹简·语书》记载了南郡郡守腾通告各县官吏关于大秦刑律执行情况的一封文书，最后有"以次传；别书江陵布，以邮行"的话，意思是要求本文书在各县依次传阅，并抄送江陵公布，通过邮驿系统递送。② 如《汉书·淮南厉王长传》载："乃遣长，载以辎车，令县次传。"③

"以亭（燧）次行"，是指在各级边塞组织间往来文书的递送方式。所传文书既有上级下发的露布文告，也有下级的上呈文书。传递距离一般较短，故多由当值的部、隧吏卒步递送达。如居延汉简载"张掖甲渠塞尉印　甲渠官亭次行"④ 等。

4. 轻足行

所谓"轻足行"，是指以善行者徒步传递文书的方式。从睡虎秦简《田律》有"近县令轻足行其书，远县令邮行之"的律令可知，"轻足行"是传递近距离的文书。敦煌、居延等汉简中提及的"邮书走卒""行者走"等情形也当是以轻足行的文书传递方式。

二　魏晋邮驿制度

汉末中原战乱，对秦汉建立起来的邮驿网络系统造成极大的破坏。《后汉书·刘翊传》载："献帝迁都西京，翊举上计掾。是时寇贼兴起，道路隔绝，使驿稀有达者。翊夜行昼伏，乃到长安。"⑤ 三国时

---

① 张家山汉墓竹简整理小组：《张家山汉墓竹简二四七号墓释文》，文物出版社 2006 年版，第 46 页。

② 睡虎地秦墓竹简整理小组：《睡虎地秦墓竹简·语书释文注释》，文物出版社 1990 年版，第 13 页。

③ 班固：《汉书》卷四四，中华书局 1962 年标点本，第 2142 页。

④ 甘肃省文物考古研究所等：《居延新简》，文物出版社 1990 年版，第 441 页。

⑤ 范晔：《后汉书》独行列传第七一，中华书局 1965 年标点本，第 2696 页。

期，各国的邮驿系统得到不同程度的修复。曹魏分别建立起以邺城、洛阳、长安、谯、许昌等五都为中心的邮驿网络系统。如《资治通鉴》载：陈泰"每以一方有事，辄以虚声扰动天下，故希简上事，驿书不过六百里。"胡三省注曰："狄道东至洛阳二千二百余里，而驿书不过六百里，盖传入近里郡县，使如常邮筒以达洛阳也。"① 从胡注可知，曹魏境内驿、邮均有建置。刘备入主成都后，"起馆舍，筑亭障，从成都至白水关，四百余区"②。以成都为中心，先后建立了通往汉中白水关、云南曲靖、大理、湖北长阳、湖南武陵的邮驿网络系统。如汉嘉郡旄牛夷首领狼路从旄牛至成都"开通旧道，千里肃清，复古亭驿"③。东吴则以建业为中心，先后建立起通向邺、山阳、彭城、寿春、弋阳、邾城、蕲黄、南阳、荆郢、南海的邮驿网络系统，东吴的邮驿系统水陆兼备，水驿尤其发达。④ 北方少数民族政权的邮驿制度沿袭汉代，也十分发达。如《三国志·乌丸鲜卑东夷传》注引《魏略·西戎传》载：（大秦国）"其制度，公私宫室为重屋，旌旗击鼓，白盖小车，邮驿亭置如中国。从安息绕海北到其国，人民相属，十里一亭，三十里一置，终无盗贼。"⑤

三国邮驿系统的修复，确保了三国间的文书递送和军情传达。《三国志》等文献中多有三国间互通信使的记载。

《三国志》载：

（陈）震入吴界，移关候曰："东之与西，驿使往来，冠盖相

---

① 司马光：《资治通鉴》卷七六，上海古籍出版社 1987 年影印本，第 513 页。
② 陈寿：《三国志》卷三十二，引《典略》，中华书局 1982 年标点本，第 887 页。
③ 同上书，《蜀书·张嶷传》，第 1053 页。
④ 参见马楚坚《中国古代的邮驿》，商务印书馆 1997 年版，第 45 页。
⑤ 陈寿：《三国志》卷三十，中华书局 1982 年标点本，第 861 页。

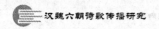

望，申盟初好，日新其事。"①

《三国志·吴主传》引《魏略》载魏三公奏书曰：

> （权）擅取襄阳，及见驱逐，乃更折节。邪辟之态，巧言如流，虽重驿累使，发遣禁等，内包隗嚣顾望之奸，外欲缓诛，支仰蜀贼。②

《资治通鉴·汉纪》载：

> （建安二十四年，秋七月），刘备自称汉中王，设坛场于沔阳，陈兵列众，群臣陪位，读奏讫，乃拜受玺绶，御王冠，因驿拜章上还所假左将军、宜城亭侯印绶。③

从以上材料可见，孙吴、曹魏与刘蜀之间不断有使节往来。由于战乱与纷争，时局动荡，三国的邮驿建设在总体上远不及秦汉时期的规模。两晋的邮驿则在三国基础上得到进一步完善。北方少数民族政权也一直重视邮驿建设。如西北苻坚建立的氐族政权——前秦的邮驿就十分发达："自长安至于诸州，皆夹路树槐柳，二十里一亭，四十里一驿，旅行者取给于途，工商贸贩于道。"④

（一）魏晋的邮驿机构及其职能

1. 亭与传

魏晋时期，亭作为邮驿的最基层组织还是存在的。如《魏略》

---

① 陈寿：《三国志》卷三十，中华书局1982年标点本，第985页。
② 同上书，第1126页。
③ 司马光：《资治通鉴》卷六八，上海古籍出版社1987年影印本，第454页。
④ 房玄龄：《晋书·苻坚载记》，中华书局1974年标点本，第2895页。

载："从长安至大秦，人民连属，十里一亭。"① 但其职能有所变化：其供行人止宿的职能还保留着，但其递送文书、拘捕盗贼的职能在逐渐消失。如《晋书·嵇康传》载："康尝游于洛西，暮宿华阳亭，引琴而弹。"② 又《世说新语》载，褚裒"于章安令迁太尉记室参军。……乘估客船，送故吏数人投钱唐亭住"③。正值吴兴县令沈充"送客过浙江"亦住此亭，两人得以会面。可见，两晋时期的亭还具有接待行人宿止的职能。而亭的其他职能未见载籍。亭的职能变化大概与两晋行政机构调整有一定关系，两晋时期的行政机构中已经没有"亭"这一级了。《晋书·职官》载："县五百以上皆置乡，三千以上置二乡，五千以上置三乡，万以上置四乡。……县率百户置里吏一人，其土广人稀，听随宜置里吏，限不得减五十户。"④ 《抱朴子·微旨》篇曰："天下有生地，一州有生地，一郡有生地，一县有生地，一乡有生地，一里有生地，一宅有生地，一房有生地。"⑤ 葛洪为东晋人，其文中所及的"州、郡、县、乡、里"一套行政区划制度当是两晋的情形。亭退出基层行政机构后，其作为一级行政机构所履行的拘捕盗贼的职能渐渐地消失了，而演变成专门的基层邮驿组织。

秦汉时期，传不仅提供住宿，也备有送信的车马，魏晋时期，因驿的迅速发展，传提供车马的功能逐渐被驿所取代。因此，魏晋时期的传多指传舍，为行人提供食宿。如《三国志·魏书·张鲁传》载："诸祭酒皆作义舍，如今之亭传。又置义米肉，悬于义舍，行路者量腹

---

① 钱仪吉：《三国会要》，上海古籍出版社 2006 年标点本，第 773 页。
② 房玄龄：《晋书》卷四九，中华书局 1974 年标点本，第 1374 页。
③ 余嘉锡：《世说新语笺疏》，上海古籍出版社 1993 年标点本，第 359 页。
④ 房玄龄：《晋书》卷二四，中华书局 1974 年标点本，第 746 页。
⑤ 葛洪：《抱朴子》，《诸子集成》影印本，第 28 页。

取足。"① 此处的义舍是张鲁及其教民设立的供行人止宿之所，陈寿以亭传与之互比，可见陈寿生活的晋代，亭传的主要职能仅是为行人提供食宿了。又如《晋书·天文志》载："传舍九星在华盖上，近河，宾客之馆，主胡人入中国。"② 晋人将天上的星宿以传舍命名，并将之解释为"宾客之馆"，其提供住宿的职能也十分明显。《三国志》《晋书》等魏晋文献中多有"传首京师""传首洛阳"的记载，是指将重要罪人的头颅传送到京城。至于如何传送，《三国志·魏书·诸葛诞传》注引《世语》载："（诸葛）诞表曰：'钦綝不忠，辄将步骑七百人，以今月六日讨綝，即日斩首，函头驿马传送。'"③ 可见，魏晋时期，"传首"也是由驿站承担的，而非亭传。

2. 邮与驿

秦汉时期，邮置的主要职能是传送文书，其次是供人止宿。《续汉书·舆服志》刘昭注曰："东晋犹有邮驿共置，承受旁郡县文书。有邮有驿，行传以相付。"④可见，邮驿并置的情形一直延续到东晋。秦汉时期邮与置性质大致相当，列于交通要道，500 里以上的紧急、重要文书多由邮置负责"以邮传"，近距离文书则通过亭燧等机构或"以次传"或"轻足行"。东汉文书传送废车而重马，减少了开支，提高了传递速度，所以重要文书传递多由驿站负责，邮站则逐渐失去了其重要性。魏晋时期，邮站主要负责近距离的常邮，以步递为主。而三国的邮驿系统是应战争的急需建立起来的，步递无法满足军事需求，所以逐渐与驿站合一。

---

① 陈寿：《三国志》卷八，中华书局 1982 年标点本，第 263 页。
② 房玄龄：《晋书》卷十一，中华书局 1974 年标点本，第 289 页。
③ 陈寿：《三国志》卷二八，中华书局 1982 年标点本，第 771 页。
④ 范晔：《后汉书》志第二九，中华书局 1965 年标点本，第 3652 页。

驿从开始就是应军事需求而建立起来的，东晋废车重马的邮驿制度改革，提升了驿站的地位，魏晋驿站得到极大的发展，以"驿"传递文书频见载籍。如"开通旧道，千里肃清，复古亭驿"；"曹公且欲使羽与权相持以斗之，驿传权书，使曹仁以弩射示羽"①；"权知其诈病，急驿收录"② 等。曹魏还根据东汉以来的邮驿制度，"故除厩律，取其可用合科者，以为邮驿令"③。《邮驿令》这一专门法令的出现，标志着魏晋"邮""驿"职能进一步扩大，以及东汉以来"亭""传"与"邮""驿"职能逐渐合一的事实。

（二）魏晋的邮驿管理

东汉的中央邮驿管理机构是太尉府的法曹，三国时期，曹操居相位，丞相府中设置"吏部、左民、客曹、五兵、度支"④ 五曹尚书，二十五曹郎，使列曹尚书由内廷转到外朝，由少府属下改为丞相属下，丞相集军政大权于一身。《宋书·百官志》载："太尉府置掾、属二十四人……法曹主邮驿科程事。……魏元帝咸熙中，晋文帝为相国，相国府中置中卫将军、骁骑将军、左右长史、司马、从事中郎四人，主簿四人，舍人十九人，参军二十二人，参战十一人，掾、属三十三人。"⑤ 其中有"法曹掾、属各一人"。引文的"法曹主邮驿科程事"是对东汉太尉府机构设置情况的追述，司马昭相国府中所置法曹，为曹魏元熙年间的事情。可见，三国的中央邮驿管理机构还是法曹管理，但已经到相府。晋代的中央邮驿管理出现了新的变化，主管邮驿的法

---

① 陈寿：《三国志·吴书·吴主传》，中华书局 1982 年标点本，第 1121 页。
② 陈寿：《三国志·吴书·严峻传》，中华书局 1982 年标点本，第 1248 页。
③ 房玄龄：《晋书·刑法志》，中华书局 1974 年标点本，第 925 页。
④ 沈约：《宋书·百官志》卷三九，中华书局 1974 年标点本，第 1235 页。
⑤ 同上书，第 1220—1221 页。

曹被逐渐归并入兵曹。《晋书·职官》载："及晋受命，武帝罢农部、定课，置直事、殿中……驾部、车部、库部、左右中兵、左右外兵、别兵、都兵、骑兵、左右士、北主客、南主客，为三十四曹郎。"又载：康穆以后，"有殿中、祠部、吏部……主客、驾部"①。这是晋代受命之初的情况，尚书台中有驾部郎、主客曹等，而没有法曹。大概晋初的中央邮驿开始由驾部郎管理。又《宋书·百官志》载："杨骏为太傅，增祭酒为四人……兵曹分为左、右、法、金、田、集、水、戎、车、马十曹。"② 这是晋惠帝时期的情况，主管邮驿的法曹已经由东汉时期与兵曹并列机构变成了兵曹的下属机构，由兵曹管理。又《宋书·百官志》载："江左初，晋元帝镇东丞相府有录事、记室、东曹、西曹……法曹……中兵、外兵、骑兵、典兵、兵曹。"③ 可见，东晋法曹又从兵曹中分出，刘宋诸曹中也有"法曹"。法曹在汉魏时期一直是与兵曹并列的机构，西晋有归并为兵曹的情况，到东晋元帝时期又曾独立出来。魏晋时期，具体管理邮驿的中央机构是法曹或驾部，从法曹逐渐向兵曹归并的趋势中，可见魏晋时期及以后，邮驿的军事职能逐渐强化的事实。《通典·职官》载，"兵部"属官有驾部郎中："魏晋尚书有驾部郎。宋时驾部属左民尚书。齐亦有之。后魏与北齐并曰驾部郎中。后周有驾部中大夫，属夏官。隋初为驾部侍郎，属兵部。……掌舆辇、车乘、邮驿、厩牧，司牛马驴骡，阑遗杂畜。"④《通典》的记载，进一步证实了魏晋以后中央邮驿机构逐渐转向兵曹管理的情况。

晋代地方邮驿管理沿袭东汉体制，分别由州、郡、县三级地方政

---

① 房玄龄：《晋书》卷二四，中华书局 1974 年标点本，第 732 页。
② 沈约：《宋书》卷三九，中华书局 1974 年标点本，第 1222 页。
③ 同上书，第 1223 页。
④ 杜佑：《通典》卷二三，浙江古籍出版社 2000 年缩印本，第 137 页。

府管理，州设从事，郡设功曹，县设驿吏，传舍设舍长，亭设亭子，分别管理邮驿事务。据《宋书·百官志》载，从汉代到刘宋，州刺史属官有"别驾从事史、治中从事史、部郡从事史"等，其中治中"主众曹文书事"。郡属官有"功曹史，主选举，五官掾，主诸曹事，部（郡）县有都邮、门亭长"①。《续汉书·舆服志》刘昭注曰："东晋犹有邮驿共置，承受旁郡县文书。有邮有驿，行传以相付。县置屋二区。有承驿吏，皆条所受书，每月言上州郡。"②《风俗通义》曰："今吏邮书传府督邮职掌此。"③综合以上三条文献可知，治中从事史、功曹史、督邮、承驿吏等官，是当时州、郡、县的邮驿负责人。

（三）魏晋的文书传递方式

1. 驿递

魏晋文书的传递方式沿袭东汉而来，东汉废车重马以后，驿站发展迅速。因此，文书传递主要通过驿使完成。驿递又分专使递送与驿使递送两类。

重要文书往往由发信单位派专使递送。所谓专使递送是指文书全程由专人负责，驿站与传舍仅提供食宿，更换马匹。如《三国志·吕布传》引《英雄记》载："初，天子在河东，有手笔版书召布来迎。布军无蓄积，不能自致，遣使上书。朝廷以布为平东将军，封平陶侯。使人于山阳界亡失文字，太祖又手书厚加慰劳布。……布大喜，复遣使上书于天子……太祖更遣奉车都尉王则为使者，赍诏书。"④《晋

---

①　沈约：《宋书》卷三九，中华书局 1974 年标点本，第 1257 页。

②　范晔：《后汉书》志第二九，中华书局 1965 年标点本，第 3652 页。

③　应劭撰，王利器校注：《风俗通义》，中华书局 1981 年标点本，第 578 页。

④　陈寿：《三国志》卷七，中华书局 1982 年标点本，第 225 页。

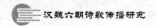

书·齐王冏传》载，河间王颙上表曰："即日翊军校尉李含乘驿密至，宣腾诏旨。臣伏读感切，五情若灼。"① 以上两例均为专使递送的情形。

一般文书往往由驿使递送。如《晋书·挚虞传》载，晋武帝即位初，曾下《乙巳赦书》，普增位一等，此诏"驿书班下，被于远近"②。《晋书·谢安传》载："玄等既破坚，有驿书至，安方对客围棋，看书既竟，便摄放床上，了无喜色，棋如故。"③ 说明淝水之战中的军情捷报也是通过驿使递送的。

2. 步递

步递是邮亭递送近距离文书的一种方式。魏晋时期战事频繁，军事文书较多，这些重要的诏令、军情等文书除专使递送外，也有由邮亭的健步递送的。如《三国志·魏书·诸葛诞传》引《魏书》载，魏高贵乡公委任诸葛诞为司空，"不遣使者，健步赍书"④。同卷《邓艾传》载："毋丘俭作乱，遣健步赍书，欲疑惑大众，艾斩之。"⑤ 又《资治通鉴》亦载此事曰："俭之初起，遣健步赍书至兖州，兖州刺史邓艾斩之。"胡三省注曰："健步，能疾走者，今谓之急脚子，又谓之快行子。"⑥ 当然，临近郡县的一般文书也是由邮亭的健步递送。如胡三省《资治通鉴》注曰："狄道东至洛阳二千二百余里，而驿书不过六百里，盖传入近里郡县，使如常邮筒以达洛阳也。"⑦ 可见，除驿递外，各地还设有常邮以递送近里郡县的文书。

① 房玄龄：《晋书》卷五九，中华书局1974年标点本，第1609页。
② 同上书，第1426页。
③ 同上书，第2075页。
④ 陈寿：《三国志》卷二八，中华书局1982年标点本，第771页。
⑤ 同上书，第777页。
⑥ 司马光：《资治通鉴》卷七六，上海古籍出版社1987年影印本，第512页。
⑦ 同上书，第513页。

三　南北朝邮驿制度

（一）南北朝邮驿机构及职能

1. 驿站

南北朝邮驿机构以驿站为主。在南朝，其职能一是为专使提供马匹、食宿；二是递送文书。北朝驿站的职能有所扩大：一是传递文书，如"昨夜驿马星流，计赦即时应至"①。二是为专使外出提供马匹和饮食，如《北史·贾粲传》载，魏肃宗孝明帝时期，灵太后反政，出贾粲为济州刺史，"未几，遣武卫将军刁宣驰驿杀之"②。三是为官员上任提供马匹、食宿，所谓"乘官驿"，"往还有费于邮亭"③ 等。

2. 邮传

南朝除驿站外，还设置了邮传。使者和官员的往来要由传、邮负责接待，郡以上有台传或郡部传，郡以下则为邮亭。邮传除递送一般性文书外，主要职责是接待往来官员和使者。但是，南朝沿袭东晋的门阀制度，专使、官吏恐吓、驱迫邮传，作威作福。甚至还有"书佐私行，诈称州使"④ 的现象，对邮驿体制的扰乱极大。北朝也有邮亭存在，如《北齐书·李元忠传》载：李愍于太昌初（公元 532 年）任南荆州刺史期间，"从比阳复旧道，且战且前三百余里，所经之处，即立邮亭"⑤。值得注意的是，因北朝驿站功能的扩大，传驿有逐渐合一

---

①　魏收：《魏书·晁崇传》，中华书局 1973 年标点本，第 1954 页。
②　李延寿：《北史·贾粲传》，中华书局 1974 年标点本，第 3039 页。
③　魏收：《魏书·辛雄传》，中华书局 1974 年标点本，第 1697 页。
④　姚思廉：《梁书·良吏传》，中华书局 1973 年标点本，第 768 页。
⑤　李百药：《北齐书》卷二二，中华书局 1972 年标点本，第 318 页。

的趋势。① 如《魏书·卢鲁元传》载："传驿相属于路。"②《北齐书·高德政传》载："帝已遣驰驿向邺，书与太尉高岳、尚书令高隆之……岳等驰传至高阳驿。"③ 这里"驰驿""驰传"是指交通工具为驿马和传车。"传""驿"并提，可见传驿已经开始合一，除少数馆外，驿已接办了传舍的主要任务。北周末，已出现"驿馆"接待南朝梁主，成为隋唐馆驿制度的前驱。北朝官员赴任都改为乘驿或驰驿。如《北齐书·封隆之传》载："世宗以子绘为渤海太守，令驰驿赴任。"④

（二）南北朝的邮驿管理

南朝对邮驿的管理，起初沿袭魏晋旧制，中央设置尚书、法曹、客馆令、公车令等官职，侍中掌诏书的封发，尚书掌发符调兵等。在南朝，官阶不高的舍人，因君主的宠信而逐渐掌握了政务实权，至南齐"关谳表启、发署诏敕"，都由通事舍人负责，至齐建武之世，"诏令殆不关中书，专出舍人"，而负责日常政务的尚书省则大权下移，于是，通事舍人掌"万机严秘，有如尚书外司"⑤，成为实际上的宰相，通信也当归其总管。北朝的邮驿管理，也沿袭魏晋旧制。尚书省下设殿中、五兵、都官等三十六曹，殿中曹属官"驾部尚书知牛马骡驴"⑥，并设乘传使者（从八品下）、方驿博士（从九品中）于中央专职负责驿传事务。州郡县的地方邮驿管理，依魏晋旧制，为从事、功曹、驿吏、舍长等分别管理。

---

① 刘广生：《中国古代邮驿史》，人民邮电出版社 1986 年版，第 121 页。
② 魏收：《魏书》卷三四，中华书局 1974 年标点本，第 801 页。
③ 李百药：《北齐书》卷三十，中华书局 1972 年标点本，第 407 页。
④ 同上书，第 305 页。
⑤ 萧子显：《南齐书·幸臣》，中华书局 1972 年标点本，第 972 页。
⑥ 同上书，《魏虏传》，第 985 页。

南朝驿站中，除文吏外，还有由驿将管理驻防的兵卒。驿将属军队编制，是将士中较低的一个级别。如南齐张敬儿"求入队为曲阿戍驿将，州差补府将，还为郡马队副，转队主"①。北朝也由军队管理驿站，主管驿站者称为驿将。如"（宽）又勒驿将曰：'蜀公将至，可多备肴酒及刍粟以待之。'"② 每州的驿首为函使，一般由队主升任，如北齐开国君主高欢就曾任队主、函使之职，乘驿往来于通往洛阳的道路达六年之久。③ 驿站中专门从事文书传递的人称为"驿子"，每站还有四个至五个驿卒，负责巡逻保安。

（三）南北朝文书的传递方式

1. 驿递

驿递是南北朝文书传递的主要手段，诏书、尚书符、军书等重要和紧急公文都由驿站传递，虽然少数文书由发送者派遣专使递送，但也要利用驿站的设备。根据急缓程度的不同分为"乘驿""驰驿""千里驿行"等三种。

乘驿，是中央一般文书及地方例行公文的传递方式。如《宋书·宗悫传》载："大明三年，竟陵王诞据广陵反，（宗）悫表求赴讨，乘驿诣都，面受节度。"④ 又《宋书·索虏传》载："太祖遣队主吴香炉乘驿救世祖。"⑤

驰驿，是诏书、紧急公文或军事公文的递送方式。如鲁爽欲投靠

---

① 萧子显：《南齐书·幸臣》，中华书局1972年标点本，第464页。
② 令狐德棻：《周书·韦孝宽传》，中华书局1971年标点本，第543页。
③ 李百药：《北齐书·神武上》，中华书局1972年标点本，第2页。
④ 沈约：《宋书》卷七六，中华书局1974年标点本，第1972页。
⑤ 同上书，第2344页。

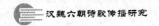

刘宋，至书南平王刘铄，"铄驰驿以闻"①。北魏高祖患病，"乃驰驿召睿，令水路赴行所，一日一夜行数百里"②。《北齐书·恩幸传》载："周师逼平阳，后主于天池校猎，晋州频遣驰奏，从旦至午，驿马三至。"③

千里驿行，是尚书发符调兵文书的传递方式。往往在文书上注明"如千里驿行"字样，要求驿站以最快的速度传递。《宋书》所载一则尚书发符调兵文书曰："符到之日，幸加三省。其锋陈营壁之主，驱逼寇手之人，若有投命军门，一无所问。或能因罪立绩，终不尔欺，斩裾射玦，唯功是与。能斩送攸之首，封三千户县公，赐布绢各五千匹，信如河海，皎然无贰。飞火军摄文书，千里驿行。"④

2. 步递

经邮亭递送的文书，一般由邮亭的健步完成。一般性上报上级及中央的文书都是按照县—郡—州的次序逐级接力传递。为了便于推算文书递送时间，对各州距京都的距离，各郡距州治的距离都作出明确的记录。南北朝时期，因邮亭的渐次撤销，驿站功能的逐渐扩大，步递的方式有日渐减少的趋势。

第二节　魏晋南北朝邮驿制度的主要特征

纵观汉魏六朝邮驿制度发展变迁的历史进程，其发展呈现出两个比较明显的特征：一是军事化性质逐渐强化；二是私人化倾向

① 沈约：《宋书》卷七四，中华书局 1974 年标点本，第 1924 页。
② 魏收：《魏书·徐睿传》，中华书局 1974 年标点本，第 1967 页。
③ 李百药：《北齐书》卷五十，中华书局 1972 年标点本，第 691 页。
④ 沈约：《宋书》卷七四，中华书局 1974 年标点本，第 1936 页。

日益显著。

一 邮驿系统的军事化性质逐步增强

从汉魏六朝邮驿管理制度的变化中可以看到其军事化职能逐渐增强的事实。在中央，西汉为大鸿胪掌驿传政务，东汉由掌军事的太尉府管理，法曹具体职掌，魏晋南北朝则将法曹转为兵部管理，其军事职能逐渐强化。地方各级邮驿管理系统中，也呈现出其军事化特点，如驿站管理的具体官员由驿吏到驿将、驿帅的变化等。从汉魏六朝邮驿机构的变化更迭中，也凸显了其军事化职能。在秦汉时期，邮、置、亭、传并置，体系完备，东汉及以后，因军事需要而建立起来的驿得到迅速发展，再到魏晋南北朝的亭传衰落、邮驿兴盛，从而驿、传功能逐渐合一。其中驿的兴起和发展历程，就是邮驿军事化职能逐渐增强的过程。所以刘汉东认为："魏晋南北朝亭、邮、驿、传与军事预警系统和政令、军令、调令、诏令成为一体。"[1] 其实，魏晋南北朝时期因战乱频繁，国家更加强化了邮驿的军事职能，"在南北朝时期它已不仅仅是军事预警系统的组成部分和军令的传输转发者，而且直接参与到军事斗争中，作为军事站点或拥有军事力量的机构发挥特殊的战略作用"[2]。如上文所举诸多事例，或者与军事信息有关，或者本身就是利用邮驿展开的军事行动。如《晋鼓吹曲·唯庸蜀》曰："驿骑进羽檄，天下不遑居。姜维屡寇边，陇上为荒芜。"[3] 颜延之《从军行》

---

① 刘汉东：《魏晋南北朝交通运输业管理探论》，《中国社会经济史研究》1998年第4期。

② 廖生训：《魏晋南北朝时期馆驿建置探论》，硕士学位论文，首都师范大学，2002年，第15页。

③ 郭茂倩：《乐府诗集》卷十九，中华书局1979年标点本，第279页。

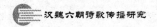

曰："羽驿驰无绝，旌旗昼夜悬。"①

二　邮驿系统的私人化倾向逐渐明显

魏晋南北朝时期邮驿的私人化现象主要表现为三个方面：一是邮驿私营逐渐增多；二是邮驿兼营私人书信；三是私人逆旅的兴起。②

（一）邮驿私营逐渐增多

邮驿的私营情况，汉代就存在。如汉武帝时，河内太守王温舒"令郡具私马五十匹为驿，自河内至长安……河内皆怪其奏，以为神速"③。随着中央王权的扩大，汉代私驿逐渐消失。魏晋南北朝门阀制度的盛行，邮驿私营情况又逐渐兴盛起来。如《魏书·元谧传》载："（元）谧性严，暴虐下人。肃宗初，台使元延到其州界，以驿逻无兵，摄帅检核。队主高保愿列言所有之兵，王皆私役。谧闻而大怒，鞭保愿等五人各二百。"④"所有之兵，王皆私役"，道出了公办邮驿被王公贵族或地方势力私人占有的情况。《北齐书·平秦王归彦传》载："归彦旧于南境置私驿，闻军将逼，报之，便婴城拒守。"⑤ 这是私人设置邮驿的情况。可见，私人经营驿站在南北朝已经相当普遍。

（二）官驿兼营私人书信

在汉代，私人书信是不允许通过官营邮驿机构递送的。《后汉书》

---

①　郭茂倩：《乐府诗集》卷十九，中华书局 1979 年标点本，第 477—478 页。
②　参见廖生训《魏晋南北朝时期馆驿建置探论》，硕士学位论文，首都师范大学，2002 年。
③　班固：《汉书·王温舒传》，中华书局 1962 年标点本，第 3656 页。
④　魏收：《魏书》卷二一，中华书局 1974 年标点本，第 543 页。
⑤　李百药：《北齐书》卷一四，中华书局 1972 年标点本，第 188 页。

载，袁安为县功曹时，"奉檄诣从事，从事因安致书于令，安曰：'公事自有邮驿，私请则非功曹所持。'辞不肯受，从事惧然而止"①。从事，即州刺史属官从事史，这则材料蕴含着两方面信息：其一，按照邮驿法令，邮驿只负责公文书的传递，私人书信是不允许通过邮驿递送的。如果没有严格的规定，县功曹不敢断然拒绝州从事让他带给县令的私信，从事也不会因遭袁安的拒绝而"惧"。从州从事"惧然而止"的神情中可以推知，对以邮驿私传书信的处理应该是很重的。其二，事实上，当时通过邮驿私传书信是存在的，州从事"因安致书于令"的情形当不是偶然之举，平时也有用邮驿私传书信的情况，这里主要是为了突出袁安的"为人严重有威"的性格，若是一般人，可能就不会断然拒绝州从事之请了。从现存资料看，汉代官员之间的通信是受限制的，其私信大概有三种方式传递：一是捎传；二是专人递送；三是利用职务之便的邮传。② 前两种是主要的，后一种是官员利用职务之便偷偷进行的。魏晋南北朝时期，邮驿可能已经具有了兼营私信的功能。《晋书·殷浩传》载："父羡，字洪乔，为豫章太守，都下人士因其致书者百余函，行次石头，皆投之水中，曰：'沉者自沉，浮者自浮，殷洪乔不为致书邮。'"③ "致书邮"当是专门负责书信递送的邮吏。从殷洪乔话语的语境可知，致书邮也负责私人书信的递送，因为"都下人"所托之书信自然都是私信。两晋为门阀政治，世家大族和地方官员均拥有特权，随便动用邮驿为其私人服务，使得官营邮驿不堪重负。做过县功曹的虞预，在陈述时弊时说："自顷长吏轻多去来，送故迎新，交错道路。受迎者唯恐船马之不多，见送者唯恨吏卒之常

---

① 范晔：《后汉书》卷四五，中华书局 1965 年标点本，第 1517 页。
② 参见李新科《汉代私人书信的传播研究综述》，《齐齐哈尔大学学报》2009 年第 5 期。
③ 房玄龄：《晋书·殷浩传》，中华书局 1974 年标点本，第 2043 页。

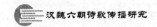

少。穷奢竭费谓之忠义，省烦从简呼为薄俗，转相仿效，流而不反，虽有常防，莫肯遵修。加以王途未夷，所在停滞，送者经年，永失播植。"① 南朝，邮驿兼营私信也比较普遍。如陆凯《赠范晔诗》曰："折梅逢驿使，寄与陇头人。江南无所有，聊赠一枝春。"梁任昉《别萧谘议诗》曰："傥有关外驿，聊访狎鸥渚。"梁萧子晖《春宵诗》曰："夜夜妾偏栖，百花含露低。虫声绕春岸，月色思空闺。传语长安驿，辛苦寄辽西。"这些诗句比较明白地传达了邮驿兼为传递私人书信和物品的信息。北朝利用邮驿为私人服务的现象也多有载籍。北齐文宣帝高洋要求南阳王绰有乐事即"驰驿奏闻"。② 这是帝王用邮驿于私人享乐之例。又《北齐书·高季式传》载：高季式"在济州夜饮，忆元忠，开城门，令左右乘驿持一壶酒往光州劝元忠"③。这是大臣将邮驿用于私人享乐之例。

（三）私人逆旅的兴起

逆旅是私人沿路设置的为过往商客提供饮食、住宿以获取利润的设施。其存在由来已久，《左传》《国语》《庄子》《韩非子》等典籍多有记载，所谓"许由辞帝尧之命，而舍于逆旅"④，两晋南北朝时期得到迅速发展。由于两晋南北朝官府经营的亭传扰民严重，良吏们纷纷在所辖范围内废罢亭传，朝廷、官府公文则转由驿站负责，一般官吏、百姓行旅止宿的需求促进了私人逆旅店肆的发展。据《晋书·潘岳传》载："时以逆旅逐末废农，奸淫亡命，多所依凑，败乱法度。"⑤

---

① 房玄龄：《晋书·虞预传》，中华书局1974年标点本，第2144页。
② 李百药：《北齐书·文宣四王传》，中华书局1972年标点本，第160页。
③ 同上书，《高季式传》，第297页。
④ 房玄龄：《晋书·潘岳传》，中华书局1974年标点本，第1502页。
⑤ 同上。

又《魏书·崔光传》载，崔敬友"置逆旅于肃然山南大路之北，设食以供行者"①。可见，当时私人的逆旅店肆相当普遍，而且影响到了社会秩序。潘岳《客舍议》曰："方今四海会同，九服纳贡，八方翼翼，公私满路。近畿辐辏，客舍亦稠。冬有温庐，夏有凉荫，刍秣成行，器用取给。疲牛必投，乘凉近进，发楄写鞍，皆有所憩。……今贱吏疲人，独专楄税，管开闭之权，藉不校之势，此道路之蠹，奸利所殖也。率历代之旧俗，获行留之欢心，使客舍洒扫，以待征旅择家而息，岂非众庶颙颙之望。"② 潘岳的这篇《客舍议》在中国交通史上具有重要价值：第一，勾勒了逆旅久远的历史和晋代过往行人公私满路、人员流通频繁的现实；第二，比较客观地描述了客舍为行人提供食宿的功能以及"闻声有救，已发有追，不救有罪，不追有戮，禁暴捕亡"等方面的优长；第三，分析了官营亭传的经营弊端及私人逆旅兴盛的原因。说明私人逆旅普遍存在是不可逆转的事实。南北朝时期，行人过客止宿逆旅情形多有载籍。如《宋书》载：宋武帝"少时诞节嗜酒，自京都还，息于逆旅。逆旅妪曰：'室内有酒，自入取之。'帝入室，饮于盎侧，醉卧地。时司徒王谧有门生居在丹徒，还家，亦至此逆旅。逆旅妪曰：'刘郎在室内，可入共饮酒。'"③《陈书》载，周文育至大庾岭时，"宿逆旅，有贾人求与文育博，文育胜之，得银二千两"④。

① 魏收：《魏书·崔光传》，中华书局 1972 年标点本，第 1501 页。
② 房玄龄：《晋书·潘岳传》，中华书局 1974 年标点本，第 1503 页。
③ 沈约：《宋书》卷二七，中华书局 1974 年标点本，第 783 页。
④ 姚思廉：《陈书·周文育传》，中华书局 1972 年标点本，第 138 页。

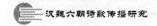

第三节　邮驿的私人化特征与诗歌异地传播

邮驿私人化现象与诗歌异地传播的关系，主要表现为以下几个方面：其一，官驿兼营私人书信的出现，为文人诗歌的异地传播提供了有利条件；其二，诗歌异地传播促进了南北诗歌的交流；其三，私人逆旅的兴起，满足了民间行旅的需求，而文人出行的增加又刺激了行旅、送别题材的发展。

一　官驿兼营私人书信促进了文人的异地唱和

魏晋南北朝时期，随着邮驿管理私人化现象的日益突出、官驿兼营私信的逐渐普及，很多文人诗歌通过邮驿的渠道传播到异地。

如《太平广记》载："顷之，其弟季式为济州刺史，敕曹发驿以劝酒，乃赠诗曰：怜君忆君停欲死，天上人间无可比。走马海边射游鹿，偏坐石上弹鸣雉。昔时方伯愿三公，今日司徒羡刺史。"① 据《北齐书·高昂传》载，时高欢因关陇有战争，以高昂为西南道大都督，攻克上洛（今陕西商洛市），"时昂为流矢所中，创甚，顾谓左右曰：'吾以身许国，死无恨矣，所可叹息者，不见季式作刺史耳。'高祖闻之，即驰驿启季式为济州刺史"②。季式为济州（今山东茌平县西南）刺史时高昂当尚在上洛，上洛与济州的直线距离大约 1500 余里。高昂发驿劝酒赠诗给远在千里以外的季式，说明通过邮驿传递文人诗歌、

---

① 李昉：《太平广记》卷二百，中华书局 1961 年影印本，第 1504 页。
② 李百药：《北齐书·高昂传》，中华书局 1972 年标点本，第 295 页。

书信在当时是默许的。

又如庾信《寄王琳》曰："玉关道路远，金陵信使疏。独下千行泪，开君万里书。"该诗作于周武帝建德二年（公元573年）以前，其时，庾信羁留北周。《南史·王琳传》载，王琳，字子珩，会稽山阴人，曾为湘州刺史，魏平江陵，立梁王萧詧，"乃为元帝举哀，三军缟素"①。陈太建五年（公元573年）冬十月乙巳，"吴明彻克寿阳城，斩王琳"②。从诗歌内容看，该诗是庾信收到王琳通过金陵信使捎带的书信后的寄赠诗，并托金陵信使转寄给王琳。

魏晋南北朝时期开始出现了文人异地唱和现象。如曹魏时期的江伟《答贺蜡》诗并序曰："正元二年（公元255年）冬蜡，家君在陈郡，余别在国舍，不得集会，弟广平作诗以贻余，余因答之曰：'蜡节之会，廓焉独处。晨风朝兴，思我慈父。我心怀恋，运首延伫。'"③曹魏都城在洛阳，江伟称自己在"国舍"，当指洛阳。其家在陈留襄邑（今河南睢县），两地直线距离约500里。

《三国志·刘劭传》注引《文章叙录》曰："（杜）挚与毌丘俭乡里相亲，故为诗与俭，求仙人药一丸，欲以感切俭求助也。其诗曰：'骐骥马不试，婆娑槽枥间。壮士志未伸，坎坷多辛酸。……被此笃病久，荣卫动不安，闻有韩众药，信来给一丸。'俭答曰：'凤鸟翔京邑，哀鸣有所思。才为圣世出，德音何不怡！……韩众药虽良，或更不能治。悠悠千里情，薄言答嘉诗。信心感诸中，中实不在辞。'挚竟不得迁，卒于秘书。"④ 杜挚与毌丘俭这组唱和诗当作于魏明帝时，其时，毌丘俭为荆州刺史，杜挚为校书郎，从洛阳到荆州的直线距离约

---

① 李延寿：《南史》，中华书局1975年标点本，第1561页。
② 姚思廉：《陈书·宣帝纪》，中华书局1972年标点本，第85页。
③ 欧阳询：《艺文类聚》卷五，上海古籍出版社1982年重印本，第94页。
④ 陈寿：《三国志·刘劭传》，中华书局1982年标点本，第622页。

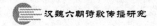

1000 里，正如毋诗所言，是"悠悠千里情"。

西晋曹嘉《赠石崇》曰："分离逾十载，思远心增结。"石崇《答曹嘉》曰："岂唯敦初好，款分在令终。"裴松之《三国志·楚王彪传》注曰："元康中，与石崇俱为国子博士。嘉后为东莞太守，崇为征虏将军，监青、徐军事，屯于下坯，嘉以诗遗崇……崇答曰。"[1] 东莞郡治所在今山东沂水县东北，下坯郡治所在今江苏睢宁县西北，两地直线距离约 360 余里。

梁何逊《道中赠桓司马季珪》曰："晨缆虽同解，晚洲阻共入。犹如征鸟飞，差池不可及。本愿申羁旅，何言异翔集。君渡北江时，讵今南浦泣。"从诗题及诗意看，该诗是诗人在行旅的道路上遇到桓季珪并于分别时的赠别之作。又《寄江州褚谘议》曰："自与君别离，四序纷回薄。分手清江上，念别犹如昨。……如何隔千里，无由举三爵。因君奏采莲，为余吟别鹤。"从这首诗我们可知：其一，二人的离别已经有很长一段时间了；其二，这首诗是寄给千里之外的朋友褚谘议的。褚谘议，即褚沄，河南阳翟人，中大通六年（公元 534 年），萧绎为江州刺史，褚沄为其谘议参军。

陆倕《以诗代书别后寄赠》（《艺文类聚》卷二一作《赠京邑僚友》）作于天监十四年（公元 516 年）出为晋安王萧纲长史的途中，刘孝绰《酬陆长史倕》是该诗的和诗。刘诗曰："度君路应远，期寄新诗返。相望且相思，劳朝复劳晚。薄暮阍人进，果得承芳信。殷勤览妙书，留连披雅韵。"这几句诗叙述了诗人对陆倕别后的思念及收到陆倕诗后的激动心情。这是一组比较典型的异地唱和诗。

《南史·到溉传》载："昉还为御史中丞，后进皆宗之。……

---

① 陈寿：《三国志·楚王彪传》，中华书局 1982 年标点本，第 587—588 页。

（溉）后为建安太守，昉以诗赠之，求二衫缎云：'铁钱两当一，百代易名实。为惠当及时，无待凉秋日。'溉答云：'余衣本百结，闽中徒八蚕。假令金如粟，讵使廉夫贪。'"① 梁建安郡治所在今福建建瓯市，距离梁首都建康约 1000 里。

北朝也有异地唱和的诗作。如庾信《就蒲州使君乞酒》《蒲州刺史中山公许乞酒一车未送》等诗。蒲州治所在今山西永济市西南，距长安约 300 里。

魏晋南北朝时期开始出现的文人异地唱和现象不是偶然的，与当时邮驿系统中官邮兼营私信有很大的关系，官邮兼营私信传递，为诗歌的异地传播提供了极大方便，从而促进了文人的异地唱和。

二 诗歌异地传播促进了南北诗歌交流

魏晋南北朝时期虽然战乱频仍，各种割据政权分疆而治，影响了南北文化的交流与融合。但是，文化的交流并未因为政权的割据和战乱而停止，各割据政权都很重视交通、邮驿建设，重视与其他割据政权的交通往来，三国如此，南北朝也不例外。南北朝邮驿制度私人化的趋势，极大地促进了诗歌的异地传播，从而带动了南北诗歌的交流与融合。

《北史·魏收传》载：

> 始收比温子升、邢邵稍为后进，邵既被疏出，子升以罪死，收遂大被任用，独步一时。议论更相訾毁，各有朋党。收每议陋邢文。邵又云："江南任昉，文体本疏，魏收非直模拟，亦大偷窃。"收闻乃曰："伊常于沈约集中作贼，何意道我偷任。"任、

---

① 李延寿：《南史·到溉传》，中华书局 1975 年标点本，第 678 页。

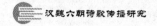

沈俱有重名，邢、魏各有所好。武平中，黄门郎颜之推以二公意问仆射祖珽。珽答曰："见邢、魏之臧不，即是任、沈之优劣。"①

任昉、沈约均为齐、梁间著名诗人，萧纲《与湘东王书》称："近世谢朓、沈约之诗，任昉、陆倕之笔，斯实文章之冠冕，述作之楷模。"② 但是，任、沈二人终身没有入北经历，从以上文献可知，二人文集在当时就已经传到了北方，为邢邵、魏收所模仿。从颜之推、祖珽二人的谈话中得知，任昉、沈约二人的文集在北方当流传甚广。那么，任昉、沈约二人的文集是如何流传到北方的？显然是通过南北使节或其他方式传播的。如《隋唐嘉话》载：

> 梁常侍徐陵聘于齐，时魏收文学北朝之秀，收录其文集以遗陵，令传之江左。陵还，济江而沉之，从者以问，陵曰："吾为魏公藏拙。"③

徐陵曾三次出使北方，即太清二年（公元 548 年）、承圣元年（公元 552 年）、绍泰二年（公元 556 年）。《陈书·徐陵传》载："太清二年，兼通直散骑常侍。使魏，魏人授馆宴宾。是日甚热，其主客魏收嘲陵曰：'今日之热，当由徐常侍来。'陵即答曰：'昔王肃至此，为魏始制礼仪；今我来聘，使卿复知寒暑。'收大惭。"④《隋唐嘉话》所载当为"太清二年"出使西魏之事。魏收利用徐陵出使之便将自己的文集交由南使，是希望自己的文集能在南方流传。这是利用南北使节传播诗歌的事例。

---

① 李延寿：《北史·魏收传》，中华书局 1974 年标点本，第 2034 页。
② 姚思廉：《梁书·文学传》，中华书局 1973 年标点本，第 691 页。
③ 刘悚：《隋唐嘉话》下，中华书局 1979 年标点本，第 55 页。
④ 姚思廉：《陈书·徐陵传》，中华书局 1972 年标点本，第 326 页。

《魏书·温子升传》载："萧衍使张皋写子升文笔，传于江外。衍称之曰：'曹植、陆机复生于北土。恨我辞人，数穷百六。'"① 张皋趁出使之际，把温子升的文学作品传播到江南，因而引起萧衍的极大感慨。

在此要强调的是，南北使节往来是通过完备的邮驿体系实现的。承圣元年，徐陵出使北齐被执拘，就曾致书北齐仆射杨遵彦曰："本朝非隆平之时，游客岂皇华之势。轻装独宿，非劳聚柝之仪，微骑间行，宁望辎轩之礼。归人将从，私具驴骡，缘道亭邮，唯希蔬粟。"② "私具驴骡，缘道亭邮，唯希蔬粟"比较真实地反映了当时一般官员出行时沿途食宿亭邮的情景。当然，作为代表国家的外交使节，徐陵出使北齐的沿途待遇和接待规格要远远高于他的描述。

又据《陈书·周弘正传》载，周弘正曾于陈天嘉元年（公元560年）出使长安迎安成王陈顼（陈宣帝），天嘉三年（公元562年）自周还陈。③ 其弟弘让早年与王褒、庾信相友善，周弘正出使北周，庾信有《别周尚书弘正诗》。《周书·王褒传》载："初，褒与梁处士汝南周弘让相善。及弘让兄弘正自陈来聘，高祖许褒等通亲知音问。褒赠弘让诗，并致书曰：'所冀书生之魂，来依旧壤；射声之鬼，无恨他乡。白云在天，长离别矣，会见之期，邈无日矣。援笔览纸，龙钟横集。'弘让复书曰：'……家兄至自镐京，致书于穷谷。故人之迹，有如对面，开题申纸，流脸沾膝。'"④ 王褒《赠周处士》曰："崤曲三危岨，关重九折难。犹持汉使节，尚服楚臣冠。"可见，该诗是王褒于北周托周弘正带给周弘让的，而且，周弘让接到诗书以后还有回赠。说

① 魏收：《魏书·文苑传》，中华书局1974年标点本，第1876页。
② 姚思廉：《陈书·徐陵传》，中华书局1972年标点本，第328页。
③ 同上书，《周弘正传》，第309页。
④ 令狐德棻：《周书·王褒传》，中华书局1971年标点本，第731—732页。

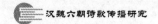

明南北书信的传递还是比较频繁的。当然，频繁的南北书信往来和诗文传播得利于魏晋南北朝完备的邮驿交通体系，更得利于当时邮驿管理体系私人化倾向日益明显的时代风气。

第四节 邮驿制度的私人化与诗歌行旅、
送别题材的发展

频繁的人口流动是魏晋南北朝重要的社会现象，私人逆旅也是在这样的背景下兴起的。而私人逆旅的兴起，又极大地满足了一般官员和普通百姓行旅止宿的需求，从而促进了社会人口的流动。文人们仕宦、行旅也多依靠邮驿、逆旅提供止宿和车马等交通工具。"诗是生活的反映，六朝诗是六朝诗人运用当时所知的题材对生活的反映。"① 文人们羁旅不定的仕宦行旅生涯必然会在其诗歌中得到反映。因此，可以说，魏晋南北朝诗歌创作中行旅、送别题材的兴盛与魏晋南北朝邮驿制度私人化现象有着密切的联系。

一 文人仕宦行旅生涯与行旅诗创作

《尔雅》曰："征，迈，行也。"行旅，在古代是十分艰难和危险的，是人生中的重大事件，因此人们往往对行旅的艰难危险、寂寞忧愁有深刻的体验，从而对乡关之思、亲友之念、仕宦之感、人生之叹有更为深切的感受，发言为诗则往往伤感忧愁。所谓"羁恨虽多绪，

---

① 洪顺隆：《六朝题材诗系统论》，《魏晋南北朝文学论集》，南京大学出版社 1997 年版，第 19 页。

俱是一伤情"（孙万寿《东归在路率尔成咏》）。可见，行旅诗，主要表现行人旅途的艰辛、寂寞，以及对故乡亲友的思念、对仕宦人生的感慨之情。《文选》六臣注李周翰称"行旅"诗说："旅，舍也，言行客多忧，故作诗自慰。"① 早在《诗经》时代就有很多关于行旅的表现了，如《诗经·豳风·东山》曰："我徂东山，滔滔不归。我来自东，零雨其蒙。"魏晋南北朝，行旅诗蔚为大观，成为重要的诗歌创作题材，自然与魏晋南北朝时期频繁的人口流动和文人羁旅不定的仕宦行旅生涯密不可分。据《魏晋南北朝行旅诗一览表》②，魏晋南北朝时期共有行旅诗 180 余首，参与创作的诗人有 60 余人，其中三国时期有王粲、曹丕、曹植等 3 人，共 18 首；两晋有刘伶、陆机、陶渊明等 8 人，共 17 首；刘宋有谢灵运、谢惠连、颜延之、鲍照等 5 人，共 27 首；萧齐有孔稚珪、谢朓、刘绘等 4 人，共 11 首；萧梁有江淹、何逊、吴均、刘孝绰、庾肩吾、萧绎等 22 人，共 69 首；北齐有裴让之、颜之推等 3 人，共 4 首；北周有王褒、庾信等 4 人，共 9 首；陈有阴铿、张正见、江总等 6 人，共 13 首；隋有孙万寿、杨广、薛道衡等 5 人，共 14 首。在魏晋南北朝，行旅诗已经成为当时文人诗重要的创作题材，而且很多行旅诗成为广为流传的经典作品。如王粲《七哀诗三首》、陆机《赴洛道中作二首》、谢灵运《入彭蠡湖口》、谢朓《之宣城郡出新林浦向板桥》《晚登三山还望京邑》、沈约《早发定山》、刘孝绰《夕逗繁昌浦》、王褒《渡河北》、阴铿《渡青草湖》等。这些诗作奠定了中国古代行旅诗的基本结构和审美特征，对唐宋行旅诗创作有重要影响。

---

① 萧统编选，李善等注：《六臣注文选》卷二六，浙江古籍出版社 1999 年缩印本，第 470 页。

② 因《魏晋南北朝行旅诗统计表》篇幅较大，置于文末附录 4。

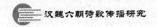

二　文人仕宦行旅生涯与送别诗创作

送别诗，主要指通过对离别场景描写，抒发送别亲友的离愁别绪，从而体现作者的思想感情的诗歌。诗中常用长亭、杨柳、夕阳、酒、秋等意象，而诗题多有"赠、别、送"等字眼。送别题材，虽然早在《诗经》时代就存在了，所谓"之子于归，远送于野"（《诗经·邶风·燕燕》），但是，大规模地在诗歌中表现送别场面，却是魏晋南北朝的事。魏晋南北朝是一个离乱的时代，频繁的征伐、无端的播迁、迫于生计的游荡往往导致上至人主、下迄普通士庶，随时都可能骨肉分离，一次不经意的生离往往就会成为终生的死别。正是这样频繁的人口流动和文人仕宦行旅的生活导引了当时频繁的送别活动以及时人对离别的无比重视，从而促进了送别诗的兴盛与繁荣。据《魏晋南北朝送别诗一览表》①，魏晋南北朝时期共有送别诗300余首，参与创作送别诗的诗人有100余人，其中三国时期有王粲、刘桢、曹植、嵇康等12人，共36首；两晋有石崇、陆机、陆云、潘尼、卢谌、陶渊明等25人，共66首；刘宋有谢灵运、谢惠连、颜延之、鲍照等10人，共25首；萧齐有王融、谢朓、刘绘等8人，共18首；萧梁有萧衍、范云、江淹、任昉、沈约、何逊、吴均、刘孝绰、萧纲等25人，共116首；北齐有高昂、郑公超2人，共2首；北周有王褒、庾信2人，共16首；陈有阴铿、徐陵、江总等8人，共20首；隋有卢思道、孙万寿、杨素、虞世基等10人，共19首。在魏晋南北朝时期，围绕文人仕宦行旅的人生经历，形成了文人离别，作诗相赠的习惯，从而促进了送别酬答诗的兴盛，特别是文人在朋友离别之际的集体赋诗，极

---

① 因《魏晋南北朝送别诗一览表》篇幅较大，置于文末附录3。

大地促进了送别诗的传播和社会影响。如西晋"金谷集"饯别作诗活动、东晋"戏马台集"送孔令赋诗活动、南齐的"饯谢文学离夜"活动等，就是南北朝影响最大的三次文人集体送别赋诗活动。

西晋著名的"金谷集"饯别作诗活动。西晋元康六年（公元296年），石崇以太仆卿出为使，持节监青、徐诸军事。时征西大将军祭酒王诩亦当还长安，石崇及其文友共三十人齐聚河南县界金谷涧，游宴送别，赋诗叙怀，所赋诗作结集《金谷诗集》，并由石崇作序述其始末。其诗作大多亡佚，潘岳《金谷集作诗》较为完整，其他尚有枣腆五言《赠石季伦诗》、石崇四言《答枣腆诗》、曹摅《赠石崇诗》等。

东晋"戏马台集"送孔令赋诗活动也是一次影响很大的集体创作。义熙十四年（公元418年）九月九日，孔令因七十二岁高龄而辞事东归山阴，宋公刘裕在戏马台为之饯别，王公"百僚咸赋诗以述其美"，展开了一次大规模的送别赋诗活动。逯钦立《先秦汉魏晋南北朝诗》中收录有谢晦代刘裕《彭城会诗》、刘义恭《彭城戏马台集诗》、谢瞻《九日从宋公戏马台集送孔令诗》、谢灵运《九日从宋公戏马台集送孔令诗》等。

齐武帝永明九年（公元491年）的"饯谢文学离夜"活动也是一次规模较大的集体送别赋诗活动。永明八年（公元490年）八月，随郡王萧子隆调任荆州刺史，萧衍为其镇西谘议参军、谢朓为其镇西功曹，先后赴任。以谢朓赴任为契机，在南齐展开了一次较大规模的送别赋诗活动。参与送别者有沈约、王融、范云、萧琛、任昉、刘绘、虞炎、江孝嗣、王常侍等人。诸人有同题之作《饯谢文学》，谢朓有《和别沈右率诸君诗》《离夜诗》等回赠。①

---

① 参见叶当前《六朝送别活动中的集体赋诗》，《安庆师范学院学报》2008年第8期。

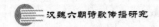

这些集体送别赋诗活动使得文人普遍具有竞技逞才的心理，客观上起到了探索诗法、切磋诗艺的作用，从而推动了诗歌创作技法的发展。同时，这种集体赋诗活动还能得到及时的评价和推介，从而促进了这些诗歌的传播范围和广泛的社会影响，在诗歌传播史上具有重要意义。

三 送别、行旅诗中的馆驿描写

尤其重要的是，很多行旅、送别诗就是在驿亭、馆舍中创作的，要么将驿亭、馆舍作为离别的背景，要么展示驿亭、馆舍的自然风光，这极大地丰富了行旅、送别诗的内容，成为唐宋时期繁荣的馆驿诗创作的先声。

谢朓《送江水曹还远馆》曰：

> 高馆临荒途，清川带长陌。上有流思人，怀旧望归客。
> 塘边草杂红，树际花犹白。日暮有重城，何由尽离席。①

该诗对江水曹所归的馆驿作了虚拟性的描述。又如谢惠连《西陵遇风献康乐》"饮饯野亭馆，分袂澄湖阴"等。其他如谢灵运《北亭与吏民别》、鲍照《吴兴黄浦亭庾中郎别》《送盛侍郎饯候亭》、谢朓《新亭渚别范零陵云》、任昉《出郡传舍哭范仆射》、何逊《与沈助教同宿溢口夜别》、吴均《同柳吴兴乌亭集送柳舍人》《送柳吴兴竹亭集》、王台卿《南浦别佳人》、徐陵《征虏亭送新安王应令》《新亭送别应令》等，均有关于邮亭的信息。《太平寰宇记》曰："临沧观在劳劳山上，有亭七间，名曰新亭。吴所筑，宋改为临沧观。……谓之劳劳亭。

---

① 逯钦立：《先秦汉魏晋南北朝诗》，中华书局 1983 年校点本，第 1449 页。

古送别之所。"胡三省曰："临沧观在江宁县南十五里。"《舆地志》曰："丹阳郡秣陵新亭陇上有望远楼，又名劳劳亭，宋改为临沧观，行人送别之所。"李白有《闻李太尉大举秦兵百万出征东南懦夫请缨冀申一割之用半道病还留别金陵崔侍御十九韵》曰："初发临沧观，醉栖征房亭。"《世说新语·雅量》："支道林还东，时贤并送于征房亭。"其注引《丹阳记》曰："太安中，征房将军谢石将军立此亭，因以为名。"① 李白《劳劳亭》曰："天下伤心处，劳劳送客亭。春风知别苦，不遣柳条青。"可见，劳劳亭或新亭均为当时的邮亭，既是旅客止宿之所，也是古人送别之所。魏晋南北朝的"亭"多数尚具有为行旅者提供食宿的功能。如《世说新语·雅量》载：

> 褚公（裒）于章安令迁太尉记室参军。……乘估客船，送故吏数人投钱唐亭住。尔时吴兴沈充为县令，当送客过浙江，客出，亭吏驱公移牛屋下。潮水至，沈令起彷徨，问："牛屋下是何物？"吏云："昨有一伧父来寄亭中，有尊贵客，权移之。"令有酒色，因遥问："伧父欲食饼不？姓何等？可共语。"褚因举手答曰："河南褚季野。"远近久承公名，令于是大遽，不敢移公，便于牛屋下修刺诣公。更宰杀为馔，具于公前。鞭挞亭吏，欲以谢惭。公与之酌宴，言色无异，状如不觉。令送公至界。②

这则故事至少可以说明：其一，在东晋，邮亭作为接待旅客的作用是普遍存在的；其二，当时邮亭公私兼营，官员、百姓均可入住；其三，在管理上，邮亭隶属于地方县衙。钱塘亭如此，作为京城附近的新亭和征房亭，其规模当更大，功能更为健全，所以才能成为当时著名的

---

① 余嘉锡：《世说新语笺疏》，上海古籍出版社 1993 年标点本，第 371 页。
② 同上书，第 359 页。

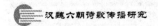

宴饮送别之所，范云《之零陵郡次新亭》诗则进一步证明了这一点。

行旅题材的作品有关亭舍、驿馆的内容更多。刘伶《北芒客舍》曰：

> 泱漭望舒隐，驔黮玄夜阴。寒鸡思天曙，拥翅吹长音。
>
> 蚊蚋归丰草，枯叶散萧林。陈醴发悴颜，巴歈畅真心。
>
> 缊被终不晓，斯叹信难任。何以除斯叹，付之与瑟琴。
>
> 长笛响中夕，闻此消胸襟。①

该诗通过对其留宿北芒客舍中深夜环境的描写，表达了诗人止宿客舍寂寞难耐的孤独与凄凉。何逊《宿南洲浦》曰：

> 幽栖多暇豫，从役知辛苦。解缆及朝风，落帆依暝浦。
>
> 违乡已信次，江月初三五。沉沉夜看流，渊渊朝听鼓。
>
> 霜洲渡旅雁，朔飙吹宿莽。夜泪坐涔涔，是夕偏怀土。②

该诗通过对南洲浦客舍夜晚景物的描述，表达了诗人的思乡之情。

又庾肩吾《乱后行经吴邮亭》曰：

> 邮亭一回望，风尘千里昏。青袍异春草，白马即吴门。
>
> 獯戎鲠伊洛，杂种乱辕辕。辇道同关塞，王城似太原。
>
> 休明鼎尚重，秉礼国犹存。殷牖多虽瞆，尧城吏转尊。
>
> 泣血悲东走，横戈念北奔。方凭七庙略，誓雪五陵冤。
>
> 人事今如此，天道共谁论。③

---

① 逯钦立：《先秦汉魏晋南北朝诗》，中华书局1983年校点本，第552页。

② 同上书，第1691页。

③ 同上书，第1989页。

该诗是"侯景之乱"后，诗人经过吴邮亭时产生的感慨。前半部分是对吴邮亭的环境描写，后半部分则表达了诗人的爱国之情。《诗纪》云："御亭，吴大帝所建，在晋陵，今作邮，误也。"《舆地志》曰："御亭在吴县西六十里，吴大帝所立。开皇九年置为驿，隋开皇十八年（公元 598 年）置御亭驿，唐改名望亭驿。"又据《晋书·王舒传》载，东晋咸和三年（公元 328 年），顾飏监晋陵军事，筑垒于御亭。可见，御亭在魏晋南北朝时期一直是交通要道和军事重镇，孙权建立此亭，也并非仅为观赏游宴之娱，而是将之作为东吴重要的交通枢纽和邮驿机构。因此，庾肩吾《乱后行经吴邮亭》之"邮亭"并未有错。唐欧阳询《艺文类聚》卷三四作"邮亭"。

庾信《入彭城馆》曰："水流浮磬动，山喧双翟飞。夏余花欲尽，秋近燕将稀。槐庭垂绿穗，莲浦落红衣。"这些诗句则是对彭城馆舍周围景物的描写，槐柳是当时邮驿馆舍周围比较固定的绿化景观。①

此外，江淹《迁阳亭》有"揽泪访亭侯，兹地乃闽城。万古通汉使，千载连吴兵"的描述，这些描写可以证明迁阳亭是处于南北交通要道上的邮亭，亭中还有负责的亭侯。王褒《始发宿亭》曰："送人亭上别，被马枥中嘶。"这也反映了当时邮亭备有马枥的情况。王褒《渡河北》曰："常山临代郡，亭障绕黄河。"滕王宇文遒《至渭源》曰："源渭奔禹穴，轻澜起客亭。"这些诗句都比较明确地写到了邮亭。

---

① 东晋在江州一带的驿路两旁或驿馆种有杨柳树，称为"官柳"。如《艺文类聚》卷八九引《晋中兴书》曰："陶侃明识过人。武昌道种柳，人有窃之，植于其家。侃见而识之，问何以盗官柳种。"又刘义恭《拟陆士衡诗》曰："绿柳蔚通衢，青槐荫修坰。"

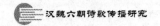

小　结

　　邮驿是国家出现后为了适应及时传达政令和传递紧急军情而产生的交通和通信传递机构。殷商以来，历代统治者都相当重视邮驿制度的建设。秦汉的邮驿体系已经相当完备，不仅有严密的组织管理机构、健全的通信传递方式，还有严格的邮驿法令。魏晋南北朝长期的战乱与政权割据，邮驿系统受到一定影响，但在各割据政权内部，其邮驿系统还是相当完备的，各割据政权之间的邮驿系统也相对畅通，通信往来不断。相对秦汉邮驿体系，魏晋南北朝的邮驿制度具有军事化职能更加突出、私人化倾向日益明显的特点。这些特点，一方面为文人诗文通过邮驿传递提供了条件；另一方面为一般官员和普通百姓的出行宿止提供了方便，这样极大地促进了当时各地人口的流通和交往，这种局面也有效地刺激了诗歌创作与传播。其一，邮驿制度的私人化现象促进了诗歌的异地传播；其二，诗歌异地传播的实现促进了南北诗歌的交流与融合；其三，频繁的人口流动与文人仕宦行旅生涯促进了行旅、送别诗题材的发展。应该说，魏晋南北朝时期异地唱和之风的兴起、行旅送别诗创作的盛行、南北诗歌交流不断是多种因素综合作用的结果，而魏晋南北朝邮驿制度则是不可忽视的外在物质条件。正是在这一意义上体现了邮驿制度对于诗歌创作与传播的积极作用。

结　　论

在中国诗歌史上，汉魏六朝值得学术界特别关注。该时期既是文学自觉的起点，也是古代文人诗歌范式和流派产生的起始期。从诗歌传播形态及历史进程看，汉魏六朝又是口头传播与文本传播交叉渗透、并行发展，并逐渐由口头传播为主向文本传播为主的过渡期。汉魏六朝诗歌发展嬗变与诗歌传播媒介变革、传播方式变迁的内在联系，是本书试图回答的核心问题。围绕这一核心问题，本书主要研究了三个方面的问题。

一是对汉魏六朝诗歌传播形态及其历史的梳理，以及对诗歌音乐、文本交叉传播及其相互转化的生存方式的考察。第一、二章，是关于汉魏六朝诗歌传播形态的研究，第一章比较系统地梳理了汉魏六朝配乐歌唱、徒歌、吟诵等几种主要的诗歌口头传播方式及其历史；第二章厘清了该时期石刻、题壁、传抄、结集等几种主要的诗歌文本传播方式的早期形态、传播特点及其历史；第三章主要讨论了汉魏诗歌创作机制与诗歌音乐、文本交叉传播形态。其基本结论是：

第一，徒歌、配乐歌唱、吟诵三种口头传播形态都是在与音乐的关系中呈现出各自特点的。徒歌是没有琴瑟等乐器的肉声歌唱，其传

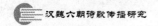

播主体以百姓为主，歌唱地点大多在闾里巷路，具有行游而歌的特点，其传播范围广泛、传播迅速，所以很多歌谣被文人或宫廷吸收改造，成为娱乐性乐歌。乐歌因其不同的社会文化功能又分为仪式乐歌、娱乐乐歌两大类。仪式乐歌因其对仪式活动的依附性，在歌辞内容上强调其与仪式活动内容相关的象征意义，要求歌辞与仪式活动内容相统一，以四言为主，风格典雅。相和三调、吴声西曲等娱乐乐歌，一方面保留了谣歌俗曲重娱乐、重抒情、重现世等文化特质，内容上多反映现世享乐、表现女色艳情，形式上保持民歌体制；另一方面又因文人、帝王的广泛参与而渗透了文人的审美情趣和精神寄托。吟诵是伴随西周乐教制度而兴起的一种诗歌传播方式，汉魏六朝在文人中特别流行，吟诵"以字声行腔"的传播方式，使歌辞本身的意义和情感得到进一步强化。

第二，汉魏六朝诗歌文本传播总体上可以分为单篇散传和结集传播两种形式。诗歌的石刻、题壁传播都具有悠久的历史，但因其传播载体和书写方式等原因，一直只作为诗歌书写与传抄的补充方式而存在，抄写传播是汉魏六朝诗歌文本传播的主要方式，东晋及南北朝时期，纸张书写的流行和普及进一步奠定了诗歌抄写传播的地位。诗歌的结集传播在汉末魏晋的兴起、在东晋刘宋的盛行，与当时纸张的普及和大量使用是分不开的。可以说，纸张的使用和普及为诗歌文本传播提供了极为有利的物质条件，诗歌的纸本传抄和书册传播是我国造纸技术进一步完善、纸张广泛使用于书写领域的必然结果。

第三，从诗歌传播的历史进程和传播实践看，汉魏六朝诗歌传播存在口头传播与文本传播交叉渗透、并行发展的格局，并呈现出逐渐由口头传播为主向文本传播为主的过渡性特征。从历时性看，汉魏六朝时期是诗歌传播由口头传播为主向文本传播为主的过渡时期，汉代的歌诗和乐府是诗歌的主要形态，建安魏晋时期，三曹"拟乐府"的尝试，首开文人拟乐府的创作风气，出现了曹植、陆机等拟乐府"事谢丝管"的传播方式，并逐渐形成了拟乐府的创作范式。东晋纸张在书写领域的普及，以及文集编撰的兴盛，进一步加速了诗歌文本传播的进程。但是，就具体作品的传播形态而言，又存在口头传播与文本传播交叉、并行现象。

第四，汉魏时期是我国文人诗歌自由创作的早期阶段，徒诗和乐府并未明确区分，因此，在诗歌创作机制上，乐工选择徒诗配乐和文人拼凑乐府歌辞抒情等现象十分普遍，从而导致乐府诗和徒诗在传播形态上的音乐、文本交叉问题。在诗歌历时性传播中，因乐府诗音乐失传和文人徒诗加工配乐，导致汉魏诗歌在音乐、文本传播形态中的一体共存及互相转化现象，传世文献著录中"古诗"与"乐府"的矛盾，与汉魏诗歌的多元生成机制有关，也与汉魏乐府与古诗交叉传播的存在方式有关。

二是对"建安风骨""宫体诗""汉魏古诗"等诗歌史上重要创作现象进行的传播学阐释。第四、五章，是对"建安风骨""宫体诗"两个汉魏六朝诗歌发展史上的重要现象的传播学阐释。其基本结论是：

第一，建安风骨是在曹操"拟乐府"行为中发生的，曹操特殊的礼乐文化政策，促进了汉乐府在曹魏时期的广泛传播，成为建安风骨的音乐文化基础，其"以乐府叙汉末事"的大胆创造，奠定了建安诗歌关注现实、慷慨悲凉的基调，其直抒胸臆的抒情方式，突破了汉乐府的"普世性"抒情模式，对文人徒诗发展起了重要的引领作用。

第二，以曹丕为中心的邺中文人集团诗酒唱和的文学传播场，对建安风骨集体风格的形成和在文坛的确认起了重要作用，曹丕以"副君"之重，成为邺中诗酒唱和文学传播场的组织者、执行者和"意见领袖",也是建安风骨第二阶段的代表人物。曹植则以大量的诗歌创作实践,赢得了"建安之杰"的地位,成为建安诗歌后期的代表人物,其乐府诗大胆突破音乐限制,在"拟篇"中创新,突出乐府诗的文本特征和文人文化情结,为文人"拟乐府"和徒诗创作提供了成功的范式,巩固了"建安风骨"在文坛的地位,完成了中国诗歌从"应歌"到"作诗"的转移。

第三,曹植"拟乐府"的创新,是以建安时期诗歌的文本传播和文人结集之风的兴起为背景的。"建安风骨"的发生、形成及在文坛确认的历史进程,正处在中国文化传播媒介由简帛为主向纸张为主的大转变时期,纸张书写的兴起,为文学传播提供了媒介基础,刺激了诗歌的文本传播和文人结集之风,文人结集之风又反过来促进了文人对诗歌文本意义的重视。"建安风骨"的发生、形成和文坛的确认就是在这样的传播媒介变革背景中渐次展开的。

第四,齐梁宫体诗的兴盛与吴歌西曲在南朝的传播关系也十分密切。吴歌西曲在南朝的广泛传播,为宫体诗的兴起营造了浓厚的音乐文化环境,齐梁时期,帝王、文人对吴歌西曲的积极接受态度,特别是大量拟作吴歌西曲歌辞,引领了当时诗歌创作的风气,从而带动了宫体诗的发展。特别是梁武帝积极吸纳吴歌西曲进入宫廷的音乐文化政策和大力创作吴歌西曲的行为,极大地促进了吴歌西曲的繁荣,也促进了齐梁宫体诗风的兴盛,成为齐梁宫体诗的始作俑者。

三是结合汉魏六朝媒介技术变革及相关文化传播制度,对诗歌传播与诗风嬗变关系的探讨。第六、七章,就是关于汉魏六朝诗歌与媒介技术发展及传播文化制度的关系研究。其一,讨论了汉魏六朝纸张的发明使用与诗歌文本传播的关系,以及诗歌文本传播的普及对汉魏六朝徒诗观形成的意义;其二,讨论了汉魏六朝邮驿制度的发展变化与诗歌异地传播的关系。其基本结论是：

第一，汉魏六朝时期纸张的发明使用与魏晋以来诗歌纸本创作和传播的逐渐兴起关系密切。两晋南北朝诗歌纸本书写传抄、晋宋以来文人别集、总集结集的兴盛等诗歌创作和传播的突出现象，是东汉以来纸张的发明使用，特别是两晋时期纸张替代简帛这一历史过程的必然结果：纸张在诗歌领域的使用和普及为诗歌创作和传播提供了新的物质基础，使诗歌纸本书写、传抄及以纸张为载体的别集、总集编纂成为可能，并使纸张在诗歌领域最终取代简帛而成为主要的传播载体。纸张在诗歌领域取代简帛的成功，一方面极大地刺激了诗人的创作热情，另一方面也影响了诗歌的表现内容，深化了人们对诗歌文体的认识。魏晋南北朝时期徒诗观的确立、文体批评的兴盛等诗歌创作现象，其实就是人们在诗歌纸本书写、传播的语境中，对诗歌本质属性及体制特征认识逐渐深化的体现。

第二，魏晋南北朝的邮驿制度具有军事化职能更加突出、私人化现象日益明显的特点。这些特点，一方面为文人诗文通过邮驿传递提供了条件，另一方面为一般官员和普通百姓的出行宿止提供了方便。从而极大地促进了当时各地人口的流通、交往，也有效地刺激了诗歌创作与传播：其一，邮驿制度的私人化现象促进了诗歌的异地传播；其二，诗歌异地传播的实现促进了南北诗歌的交流与融合；其三，频繁的人口流动与文人仕宦行旅生涯促进了行旅、送别诗题材的发展。

总之，本书既对该时期诗歌传播形态及其历史过程展开了梳理，也对与诗歌传播相关的传播媒介和文化制度进行了讨论，并进而讨论了诗歌传播媒介技术发展和传播制度变迁对诗歌嬗变的意义。当然，汉魏六朝诗歌传播接受是一个内涵丰富、涉及面极广的课题，前人对此研究也还相当有限，本书所及只是该课题应有的部分内容。汉魏六

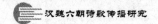

朝诗歌传播方式与诗歌范式形成问题是一个颇具学术魅力的课题，有
待深化的问题还很多，如文人拟乐府与乐府体形成的传播学解读、汉
魏文人咏诵之风与五言诗体制的关系等，将是本书后续研究即将展开
的主要问题。

附录 1

《玉烛宝典》征引诗歌情况一览表

时代	作者	诗题	引　诗	卷次	原诗篇幅	备　注
		古乐府	东家公，字仲春，柱一鸠，杖蹙唇	1		
东晋	王廙	春可乐	春可乐兮，乐孟月之初阳	1	6句	《艺文类聚》
东晋	郭璞	诗	青阳畅和气，谷风和以温。高台临迅流，四座列王孙	1	8句	《艺文类聚》
东晋	张望	正月七日登高作诗	玄云敛夕煞，青阳舒朝懊。熙哉陵冈娱，眺盼肆回目	1		
梁	江淹	诗	通渠运春流，幽谷涣□冰。汤秽出新泉，游望登重陵	1		他书未收
		古乐府	布谷鸣，农人惊	2		
东晋	王廙	春可乐	吉辰兮上戊，明灵兮唯社，祈社兮树下	2	10句	《太平御览》
		逸诗	羽觞随波流	3		《晋书·束皙传》
西晋	程咸	平吴后三月三日从华林园作诗	皇帝升龙舟，待幄十二人。天吴奏安流，水伯卫帝津	3		他书未收
西晋	陆机	棹歌行	元吉降初巳，濯秽游黄河。龙舟浮鹢首，羽旗垂藻葩。乘风宣飞景，逍遥戏中波	3	12句	《艺文类聚》
西晋	潘尼	三日洛水作诗	羽觞萦波进，素卵随流归	3	18句	《艺文类聚》

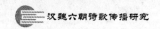

续表

时代	作者	诗题	引 诗	卷次	原诗篇幅	备 注
东晋	王廙	春可乐	浮盘兮流爵，接饮兮相娱	3		他书未收
		古乐府	啄木高飞乍低仰，抟树林薮著榆桑。低足头啄劚如劚，飞鸣相骤声如簋	5		
齐	萧子良	后湖放生	释焚曾林下，解细平湖边。迅翮抟清汉，轻鳞浮紫澜	5		
梁		吴歌	朱丝系腕绳，腕如白雪凝	5	4句	《乐府诗集》
梁		吴歌	五月节菰生四五，尺缚作九子粽计	5		他书未收
西晋	潘岳	在怀县作诗	初伏启新节。	6	26句	《文选》
		古乐府	后园凿井银作床，金瓶素绠汲寒浆	6	13句	《乐府诗集》
梁		吴歌	六月节三伏，热如火铜瓶	6		他书未收
魏晋		古乐府	迢迢牵牛星，皎皎河汉女。纤纤擢素手，札札弄机杼。终日不成章，泣涕零如雨。河汉清且浅，相去复几许。盈盈一水间，脉脉不得语	7	10句	《文选·古诗十九首》
宋	宋孝武帝刘骏	七夕诗	秋风发离愿，明月照双心。偕歌有遗调，别叹无残音。开庭镜天路，余光不可临。沿风披弱缕，迎辉贯玄针	7	10句	《诗纪》
西晋	裴秀	大蜡诗	日躔星纪，大吕司辰	12	36句	《诗纪》

附录2

《北堂书钞》征引诗歌情况一览表

时代	诗题	作者	引　诗	卷次	原诗篇幅	备　注
先秦 16首	弹　歌		断竹续竹，飞土逐肉	124	2句	《吴越春秋》
	卿云歌		卿云烂兮，纠缦缦兮。日月光华，旦复旦兮	106	4句	《尚书·大传》
	涂山歌		绥绥白狐，九尾庞庞。成于家室，我都彼昌	106	4句	《艺文类聚》
	采薇歌		登彼西山兮采其薇，以暴易暴兮不知其非，神农虞夏忽焉没兮，我适安归	106	4句	《史记·伯夷列传》
	曳杖歌		泰山其颓乎，梁木其坏乎，哲人其萎乎	106 133	3句	《礼记·檀弓上》
	冻冰歌		冻冰洗我若之何，奉上麋散我若之何	156	2句	《晏子春秋》
	弹铗歌		大丈夫归去来兮食无鱼，大丈夫归去来兮乘无车	106	3句	《战国策》
	龙蛇歌		有龙矫矫，顷失其所。五蛇从之，周遍天下。龙饥无食，一蛇割股。龙返其渊，安其壤土。四蛇入穴，皆有处所。一蛇无穴，号于中野	158	12句	《吕氏春秋》
	河激歌		升彼河兮西观清，水扬波兮冒冥。祷求福兮醉不醒，诛将加兮妾心惊。罚既释兮河乃清，妾持楫兮操其维。蛟龙助兮主将归，呼来棹兮行勿疑	106	8句	《列女传·辨通》

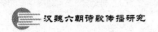

续表

时代	诗题	作者	引　诗	卷次	原诗篇幅	备　注
先秦16首	邺民歌		邺有贤令为史公，决漳水兮灌邺旁，终古舄卤兮生稻粱	39 156	3句	《吕氏春秋》
	越人歌		今夕何夕搴舟中流，今日何日得与王子同舟	106	6句	《说苑·善说》
	荆轲歌		风萧萧兮易水寒，壮士一去兮不复还	106	2句	《战国策》
	楚聘歌		大道隐兮礼有基，贤人窜兮将待时，天下如一兮欲何之	106	3句	《孔丛子·记问》
	渔父歌		日昭昭侵已施，与子期甫芦之碕。	106	5句	《吴越春秋》
	乌鹊歌		两鸟飞兮鸢乌，已回翔兮翕苏。何居食兮江湖，水中虫兮白虾，去复还兮鸣呼	106	20句	《吴越春秋》
	琴女歌		罗縠单衣，可裂而绝	128	6句	《燕丹子》
西汉17首8人	大风歌	刘邦	大风起兮云飞扬。威加四海兮归故乡，安得猛士兮守四方	106	3句	《汉书·高帝纪》
	鸿鹄	刘邦	鸿鸟高飞，一举千里。羽翮已就，横绝四海。当可奈何，虽有累缴，尚安所施	106	8句	《汉书·张良传》
	四皓歌	四皓	莫莫高山，深谷逶迤。晔晔紫芝，可以疗饥。唐虞世远，吾将何归	106	10句	《太平御览》
	瓠子歌	刘彻	搴长菱兮湛美玉。	89	8句	《汉书·沟洫》
	秋风辞	刘彻	泛楼船兮济汾河，横中流兮扬素波。箫鼓吹兮发棹歌，欢乐极兮哀情多	106 137 138	9句	《文选》

时代	诗题	作者	引　诗	卷次	原诗篇幅	备　注
西汉17首8人	思奉车子侯歌	刘彻	嘉幽兰兮延秀	19	8句	《云笈七签》
	柏梁诗	汉武帝刘彻、大将军卫青等	镇抚四夷不易哉/总领从官柏梁台/牧拭舆马待驾来。柱欀槫栌相枝持	50 53 54 54	26句	《艺文类聚》
	歌	枚乘	麦秀蕲兮雉朝飞,向虚壑兮背槁槐,依绝区兮临回溪	106	3句	《文选》
	歌	司马相如	独处室兮廓无依,思佳人兮情伤悲。彼君子兮求何违,日月将墓兮华容衰。敢托身兮以自知	106	5句	《艺文类聚》
	琴歌	司马相如	凤兮凤兮归故乡,遨游四海求其皇。时未通遇何所将,悟今夕兮升斯堂。有艳淑女在闺房,室迩人遐毒我肠。何缘交接为鸳鸯	106	7句	《玉台新咏》
	歌	东方朔	陆沉于俗,避世金马门。殿中可以避世全身,何必深山之中蒿芦之下	106	4句	《史记·滑稽列传》
	嗟伯夷	东方朔	穷隐处兮窟穴自藏,与其随佞而得志兮,不若从孤竹于首阳	158	3句	《唐类函》
	歌	李陵	径万里兮度沙漠	107	5句	《史记·苏武》
	思土歌	细君公主	吾家嫁我兮天一方,远托绝国兮乌孙王。穹庐为室兮毡为墙,肉为食兮酪为浆。居常思土兮心内伤,为黄鹄兮归故乡	106 134	6句	《汉书·西域传》

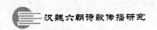

续表

时代	诗题	作者	引 诗	卷次	原诗篇幅	备 注
西汉17首8人	郑白渠歌		田于何所，池阳谷口。郑国在前，白渠在后。举锸为云，决渠为雨。泾水一石，其泥数斗。且粪且溉，长我禾黍/田于何所，池阳谷口。郑谷在前，白渠起后。举钟如雨，决渠为云。且溉且粪，长我禾黍	39 156	14句	《汉纪》
	上郡吏民为冯氏兄弟歌		大冯君，小冯君，兄弟继踵相因循，聪明贤智惠吏民。政如鲁卫德化均，周公康叔犹二君	74	5句	《汉书·冯野王传》
	上陵		桂树为君船，青丝为君笮。木兰为君棹，黄金错其间	138	20句	《宋书·乐志》
东汉34首12人	京师上巳篇	杜笃	窈窕淑女美胜艳，妃戴翡翠珥明珠	135		
	诗	班固	宝剑值千金，指之于树枝	122	2句	《太平御览》
	三言诗	崔骃	屏九皋，咏典文。披五素，耽三坟	97		
	赞贾逵诗	刘珍	摛藻扬晖，如山如云。世有令闻，以迄于君	100		
	九曲歌	李尤	年岁晚暮日已斜，安得壮士翻日车	149	2句	《艺文类聚》
	武功歌	李尤	鸣金鼓，马模起，士激怒	121		
	诗	张衡	浩浩阳春发，杨柳何猗猗	154	4句	《太平御览》

续表

时代	诗题	作者	引　诗	卷次	原诗篇幅	备　注
东汉 34首 12人	四愁诗	张衡	美人赠我锦绣被，何以报之青玉案	133	28句	《文选》
	歌诗	侯瑾	周公为司马，白鱼入王舟	51		
	歌		国有逸民，姓赵氏名岐，有志无时，命也奈何	106	2句	《汉书·赵岐传》
	临终诗	孔融	折杨柳行曰：言多令事败，语漏坐不密。河溃从蚁孔，墙坏由郤穴	158	16句	《古文苑》
	羽林郎歌	辛延年	不意金吾子，娉婷至我庐。就我求珍肴，金盘脍鲤鱼	142	32句	《玉台新咏》
	悲愤诗	蔡琰	胡笳动兮边马鸣，孤雁归兮声嘤嘤	111	38句	《汉书·蔡琰传》
	渔阳民为张堪歌		桑无附枝，麦穗两歧。张君为政，乐不可支	35 76	4句	《后汉书·张堪传》
	蜀郡民为廉范歌		廉叔度，来何暮。不禁火，民安堵。平生无襦今乃裤	129	3句	《后汉书·廉范传》
	魏郡舆人歌		我有枳棘，岑君伐之。我有畛贼，岑君化之。狗犬不惊，足下生厘。美矣岑君	76	12句	《后汉书·岑彭传》
	洛阳人为祝良歌		天久不雨，烝民失所。天王自出，祝令时苦。精符感应，滂沱而下	90	6句	《水经注》

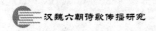汉魏六朝诗歌传播研究

续表

时代	诗题	作者	引　诗	卷次	原诗篇幅	备　注
东汉34首12人	彭子阳歌		时岁仓卒，盗贼纵横。大戟强弩不可当，云云彭子阳	39	4句	《太平御览》
	巴郡人为吴资歌		望远忽不见，惆怅常徘徊。恩泽实难忘，悠悠心永怀	76	4句	《华阳国志》
	陌上桑		古诗云：缃绮为下裙，紫绮为上襦	129	54句	《宋书·乐志》
	长歌行		乐府诗云：阳春布德泽，万物生光辉	154	10句	《文选》
	古艳歌		白盐海东来，美豉出鲁门	146	2句	《太平御览》
	古乐府		请说剑，骏犀标首王，琢中央，六一所善。王者所杖，带以上车，如燕飞扬	122		
	乐府歌		集会高堂上，长弹箜篌	110		
	乐府歌		春酒甘如醴，秋醴清如华	148		
	古歌		长笛续短笛，愿陛下保寿无极	111	2句	《太平御览》
	怨旷思惟歌	王昭君	秋木萋萋，其叶黄黄。有鸟爰止，集于苞桑。徘徊枝条，志意自得	106	24句	《琴操》
	古诗十九首		自云倡家女，嫁为荡子妇	112	10句	《文选》

354

时代	诗题	作者	引　诗	卷次	原诗篇幅	备　注
东汉 34首 12人	古诗十九首		古乐府云：人生天地间，忽如远行客。斗酒相娱乐	148	16句	《文选》
	古诗十九首		曹植诗云：弹筝奋逸响，新声好入神	110	14句	《文选》
	古诗十九首		河汉清且浅，相去知几许。盈盈一水间，脉脉不得语	150	12句	《文选》
	古诗十九首		三五明月满，四五詹兔缺	150	14句	《文选》
	别录诗	李陵	李陵诗云：明下照户枢，思见余光晖	150	14句	《古文苑》
	古诗		有客从南来，赠我一抱笔	104		
曹魏 66首 15人	步出夏门行	曹操	老骥伏枥，志在千里。烈士暮年，壮心不已	135	14句	《宋书·乐志》
	七哀诗	王粲	山冈有余映，岩阿增重阴。狐狸驰赴穴，飞鸟翔故林	158	18句	《文选》
	饮马长城窟行	陈琳	古乐府云：生男慎莫举，生女哺用脯	145	28句	《玉台新咏》
	公燕诗	刘桢	辇车飞素盖，从者盈路旁	134	20句	《文选》
	赠五官中郎将诗	刘桢	赋诗连篇章，极夜不知归。君侯多壮思，文雅纵横飞/明月照缇幕，华灯散炎辉	100 132	10句	《文选》
	杂诗	刘桢	职事相填委，文墨纷消散。沉迷薄领间，回回自昏乱/驰翰未遑食，日昃不知晏	36	12句	《文选》

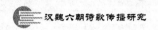

时代	诗题	作者	引　诗	卷次	原诗篇幅	备　注
	诗	刘桢	旦发邺城东，暮次溟水旁。三军如邓林，武士攻萧庄	117		
	诗	刘桢	初春含寒气，阳气匿其晖。灰风从天起，砂石纵横飞	154		
	诗	刘桢	玄云起高岳，终朝弥八方	150	2句	《艺文类聚》
	诗	刘桢	揽衣出巷去，素盖何翩翩	134		
	诗	刘桢	散礼风雨起	100		
	答刘桢诗	徐干	陶陶朱夏德，草木昌且繁	154	8句	《艺文类聚》
曹魏66首15人	定情诗	繁钦	何以答欢欣，纨素二条裙/何以致契阔，绕臂双跳脱/何以表别离，耳后瑇瑁钗	129 135 136	64句	《玉台新咏》
	善哉行	曹丕	悲筝激新声，长笛吐清气	110 111	20句	《宋书·乐志》
	善哉行	曹丕	齐唱发东舞，秦筝响西音	107	20句	《宋书·乐志》
	燕歌行	曹丕	明月皎皎照我床，星汉西流夜未央	150	15句	《文选》
	大墙上蒿行	曹丕	带我宝剑，今尔何为自低昂。骏犀摽首，玉琢中央。帝王所服，辟除凶殃。御左右奈何致福祥	122	76句	《乐府诗集》
	饮马长城窟行	曹丕	长戟十万队，幽冀百石弩。发机若雷迅，一发连四五	125	8句	《艺文类聚》

时代	诗题	作者	引　诗	卷次	原诗篇幅	备　注
曹魏66首15人	于谯作诗	曹丕	绮歌奏新诗，游响拂丹阳。余音赴迅节，慷慨时激扬	106	14句	《诗纪》
	见挽船士兄弟辞别	曹丕	负笮引船行，饥渴常不食	138	14句	《乐府诗集》
	歌	曹丕	长安城西双员阙，上有一双铜雀。一鸣五谷生，再鸣五谷熟	156	4句	《三辅黄图》称古歌
	秦女休行	左延年	秦家有好女，自名云女休。休年十四五，为宗行报仇。左执白扬刀，右据宛景矛	123	30句	《乐府诗集》
	善哉行	曹叡	我徂我征，伐彼蛮虏。练师简卒，爰整其旅。赳赳桓桓，猛毅如虎。发桴若雷，吐气成雨。指麾进退，迭应长矩	114	36句	《宋书·乐志》
	清调歌	曹叡	飞舟沈洪波，旌旗蔽白日。楫人荷轻棹，腾飞造波庭	137		
	飞龙篇	曹植	晨游太山，云雾窈窕	150	16句	《乐府诗集》
	野田黄雀行	曹植	秦筝何慷慨，齐瑟且和柔	110	24句	《文选》
	怨歌行	曹植	为君既不易，为臣良独难	29	22句	《艺文类聚》
	名都篇	曹植	归来宴平乐，美酒斗十千	148	28句	《文选》
	美女篇	曹植	头戴金雀钗，腰佩翠琅玕。弱条日冉冉，落叶何翩翩。攘袖见素手，皓腕约金环	136	30句	《文选》

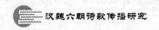

续表

时代	诗题	作者	引 诗	卷次	原诗篇幅	备 注
曹魏66首15人	妾薄命行	曹植	御巾粉于君傍，中有藿纳都梁	135	36句	《乐府诗集》
	飞龙篇	曹植	南经丹穴，积阳所生。煎石流铄，品物无形	158		
	乐府	曹植	市肉取肥，酤酒取醇。交觞接杯，以致殷勤	148	4句	《太平御览》
	乐府	曹植	鲂腾熊掌，豹胎龟肠	142		
	乐府	曹植	乌鸟起舞，凤凰吹笙	110		
	乐府	曹植	墨出青松之烟，笔出狡兔之翰	104		
	乐府	曹植	所畜千金剑，通犀间碧玙。翡翠饰鸡璧，标首明月珠	122		
	乐府	曹植	口厌常珍鹿曈，愿□百品异方	142		
	矫志诗	曹植	都蔗虽甘，杖之必折。巧言虽美，用之必灭	133	40句	《艺文类聚》
	正会诗	曹植	初岁元祚，吉日惟良。乃为嘉会，欢笑尽娱，乐哉未央。天家华贵，寿若东皇	155	24句	《太平御览》
	公燕诗	曹植	神飙接丹毂，轻辇随风移。明月澄清景，列宿正参差	140 150	14句	《文选》

续表

时代	诗题	作者	引　诗	卷次	原诗篇幅	备　注
曹魏66首15人	赠丁翼	曹植	嘉宾填城阙，丰膳出中厨。吾与二三子，曲宴此城隅。肴来不虚归，筋至反无余	82	20句	《文选》
	杂诗	曹植	美玉生盘石，宝剑出龙渊。帝王临朝服，秉此威百蛮。历刀不见贵，杂糅刀刃间	122		
	怨诗行	曹植	明月照高楼，流光正徘徊	150	28句	《乐府诗集》
	四言诗	曹植	华屏列曜，藻帐垂阴	132		
	诗	曹植	游鸟翔故巢，狐死反邱穴。我信归故乡，安得惮离别	158		
	诗	曹植	弹筝奋逸响，新声好入神	110		
	诗	曹植	秋商气转微凉	154		
	四言诗	曹髦	赫赫东伐，悠悠远征。泛舟万艘，屯骑千营	117		
	言志诗	何晏	浮云翳白日，微风轻尘起	150		
	百一诗	应璩	侍中主喉舌，万机无乱/散骑常师友，朝夕进规献/侍中主喉舌，万机无不乱。尚书揔庶事，官人乖法宪。彤管珥纳言，貂珰表武弁	58 127	12句	《艺文类聚》
	百一诗	应璩	汉末桓帝时，郎有马子侯。自谓识音律，请客鸣笙竽。为作陌上桑，乃言凤将鶵	110	8句	《太平御览》

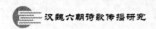

续表

时代	诗题	作者	引　诗	卷次	原诗篇幅	备　注
曹魏 66首 15人	百一诗	应璩	十室称忠信，观过必党里	73		
	百一诗	应璩	平生居□郭，宁丁忧贫贱。出门见富贵，灶下发牛矢，甑中装豆饭	144		
	百一诗	应璩	人才不能备，各有偏短长。稽可小人中，便辟必知芒	104		
	百一诗	应璩	丰隆赐美味，受嚼方呷呷。鹿鸣吐野华，独食有何甘	143		
	百一诗	应璩	有酒流如川，有肉积如岑	145 148		
	百一诗	应璩	岚山寒折骨，面目尽生疮	156		
	百一诗	应璩	沟渎皆决溢	151		
	百一诗	应璩	小儿抚尘	15		
	诗	应璩	司隶鹰扬吏，爪牙徒擢空。折翘跃毛距，宛颈还入笼。世人指为武，谁复励严冬	61		
	诗	应璩	京师何缤纷，车马相奔起。孝廉经术通，谁能应此举。莫言有所为	79	6句	《诗乘补遗》
	诗	应璩	治化贵简易，法令不欲多	27		

时代	诗题	作者	引　诗	卷次	原诗篇幅	备　注
曹魏66首15人	诗	应璩	酌彼春酒，上得供养亲老，下得温饱妻子	148		
	赠兄秀才入军石	嵇康	开户肃清，朗月照轩	150	12句	《文选》
	与孙奇诗	周昭	恂恂公子，美色无比。诞姿既丰，世胄有纪。平南之孙，威奋之子	63	6句	《太平御览》
西晋91首24人	诗	何桢	四时代谢	153		
	有女篇	傅玄	首戴金步摇，耳系明月珰	135	30句	《玉台新咏》
	云中白子高行	傅玄	童女掣飞电，童男挽雷车	152	36句	《乐府诗集》
	挽歌	傅玄	人生尠能百，哀情数万端。不幸婴笃病，凶候形素颜。衣衾为谁施，束带就阖棺。欲悲泪已竭，欲辞不能言。存亡自远近，长夜何漫漫。寿堂闲且长，祖载归不还	92		
	挽歌	傅玄	人生尠能百，哀情数万婴。路柳夹灵辖，旐旌随风征。车轮结不转，百驷齐悲鸣	92		
	挽歌	傅玄	灵坐飞尘起，魂衣正委移。茫茫丘墓间，松柏郁参差。明器无用时，桐车不可驰。平生坐玉殿，没归都幽宫。地下无漏刻，安知夏与冬	92		

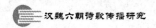

续表

时代	诗题	作者	引　诗	卷次	原诗篇幅	备　注
西晋91首24人	豫章行	傅玄	轻裘缀孔翠，明珂曜珊瑚	126	2句	《太平御览》
	乐府	傅玄	胡饭兼御，相国食前，方丈殊珍	145		
	乐府	傅玄	粉加甲煎，名香熏陆，艾纳回光	135		
	乐府	傅玄	穆穆三春节，天气暖且和	154		
	乐府	傅玄	男当进曰女适人，投心委命□受身	84		
	乐府	傅玄	昔有林号曰阴康，始教民舞，涕气以扬之	107		
	乐府	傅玄	东方将欲和，太白星飞芒，曜灵照照舒光	149		
	歌	傅玄	宝剑神奇，镂象龙螭。通犀文玉，月珠错地。光如电影，拟之则离	122		
	歌	傅玄	飞沉殊厥趣，草木以区别。鸾鹭乐山林，龙蛇安薮穴	158		
	歌	傅玄	歌者齐弦，舞者振铎。弦铮铮，铎琅琅	108		
	歌	傅玄	所乐亦非琴，唯言琵琶筝，能娱我心	110		
	雨诗	傅玄	屯云纯不解，长雷同四阿。霖雨如到井	150 151	12句	《艺文类聚》
	庭燎诗	傅玄	元正朝天子，万国执珪璋	155	4句	《艺文类聚》

时代	诗题	作者	引　诗	卷次	原诗篇幅	备　注
西晋91首24人	杂诗	傅云	珠汗洽玉体，呼吸气郁蒸	156 154	8句	《艺文类聚》
	杂诗	傅玄	习习谷风雨，回回景云飞。青天敷翠采，朝日含丹辉	149 154		
	杂诗	傅玄	旸谷发精曜，九日栖高枝	149	4句	《艺文类聚》
	诗	傅玄	未夕结重衾，崇朝不敢兴	156	8句	《太平御览》
	四言杂诗	傅玄	忽然长逝，火灭烟消	92		
	七哀诗	傅玄	杳杳三泉室，冥冥玄夜堂	92		
	拟马防诗	傅玄	徭役无止时，征发倾四海	41		
	杂诗	傅玄	浮萍敝绿水，杨柳何依依，繁华正葳蕤	154		
	杂诗	傅玄	浮云含愁气，悲风坐自叹	150		
	杂诗	傅玄	团团三五日，皎皎曜清晖	150		
	杂诗	傅玄	炎景时郁蒸，海沸沙石融	156		
	诗	傅玄	萧萧秋气升，凄凄万物衰。荣华尽零落，槁叶纵横飞	154		
	诗	傅玄	惊飙昼夜起	156		
	赠傅休奕	程晓	厥味伊何，玄酒瓠脯	145	8句	《艺文类聚》

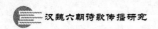
时代	诗题	作者	引　诗	卷次	原诗篇幅	备　注
西晋91首24人	晋武帝华林园集诗	应贞	幽人肆险，远国亡遐/峨峨列辟，赫赫虎臣。恭时贡职，入觐天人。备言锡命，羽盖朱轮	10 81	8句	《文选》
	华览崇文大夫唱	应贞	阴阳运潜，玄风扇厉。鹰隼腾扬，□狸搏噬	154		
	赠四王冠	应亨	济济四令弟，妙年才二九。令月维吉日，成服加元首。虽无觓角酌，杯醮传旨酒	84	8句	《初学记》
	新诗	裴秀	姬文发号令，哀穷先矜贱。齐景吐德音，益治一国半	39		
	新诗	裴秀	渴者易为饮，饥者易为食，方丈日在前	143		
	女怨诗	皇甫谧	婚礼既定，婚礼临成。施衿结帨，三命丁宁	84	4句	《初学记》
	诗	皇甫谧	□轮回路，骖服□半。驷车远驰，仆陈交乱。弃我旧庐，爰适他馆	84		
	五言诗	枣据	凉风动玄帐，明月皎素辉	131		
	从事华林园诗	王济	郁郁华林，奕奕疏圃。燕彼群后，郁郁有序	82		
	诗	傅咸	淫雨弥旬日，河流若奔渠	151		
	诗	傅咸	春敷和气百鸟鸣。	154		

时代	诗题	作者	引　诗	卷次	原诗篇幅	备　注
西晋91首24人	轻薄篇	张华	末世多轻薄，骄代好浮华。足下金薄履，手中双莫邪/北里献奇舞，大陵奏名歌/文轩树羽盖，乘马佩玉珂/横簪刻玳瑁，长鞭施象牙	136 106 126	60句	《乐府诗集》
	博陵王宫侠曲	张华	雄魏任气侠，声溢少年场。吴刀鸣手中，利剑严秋霜	123	18句	《乐府诗集》
	励志诗	张华	养由矫矢，兽号于林。蒲卢萦缴，神感飞禽。四时鳞次。商飙振落，熠耀宵流	125 153 154	9章	《文选》
	诗	张华	听朝有暇，筵命群臣。冠盖云集，罇俎星陈。	82	4句	《初学记》
	上巳篇	张华	春醴踰九酝，冬清过十旬/仁风道和气，勾芒御昊春。姑洗应时月，元巳启良辰	148 155	30句	《古今岁时杂咏》
	情诗	张华	北方有佳人，端坐鼓鸣琴。终晨抚管弦，旦夕不成音	109	18句	《玉台新咏》
	游仙诗	张华	游仙迫西极，弱水隔流沙。云榜鼓雾舵，飘忽凌飞波	138	4句	《太平御览》
	诗	张华	清晨登陇首，坎壈行山难。岭阪峻阻曲，洋肠独盘桓	157		
	诗	张华	青盖覆金鞍	126		

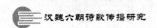

时代	诗题	作者	引　诗	卷次	原诗篇幅	备　注
西晋91首24人	为贾谧作赠陆机	潘岳	齐辔墦龙，光赞纳言。优游省闼，珥笔华轩	61	8句	《文选》
	于贾谧坐讲汉书	潘岳	笔下摛藻，席上敷珍。前疑既辨，旧史惟新	100	12句	《艺文类聚》
	金谷集作诗	潘岳	玄醴染朱颜，但数杯行迟	148	28句	《文选》
	在怀县作诗	潘岳	南陆迎修景，朱明送末垂。初伏启新节，隆暑方赫羲	155	26句	《文选》
	悼亡诗	潘岳	岁寒先与同，朗月何胧胧	150	28句	《文选》
	赠欧阳建	石崇	文藻譬春华，谈话如芳兰	100		
	日出东南隅行	陆机	扶桑升朝晖，照此高台端。高台多妖丽，嚭出房清颜	106	40句	《文选》
	挽歌诗	陆机	素骖仁辖轩，白骊挈飞盖。哀鸣兴殡宫，徘迟悲野外。魂舆寂无响，但见冠与带。备物象平生，长旐谁为旆。悲风激行轨，仰灵结流蔼	92	14句	《文选》
	庶人挽歌辞	陆机	死生各异方，昭非神色袭。贵贱礼有差，外相盛已集。魂衣何盈盈，旐旟何习习。念彼平生时，延宾陟此帏。宾阶有邻迹，我降无登辉。陶犬不知吠，瓦鸡焉能鸣。安寝重丘下，仰闻板筑声	92	20句	《太平御览》

时代	诗题	作者	引　诗	卷次	原诗篇幅	备　注
西晋 91首 24人	王侯挽歌辞	陆机	孤魂虽有识，良接难为符。操心玄芒内，注血治鬼区	92		
	苦寒行	陆机	凝冰结重涧，积雪被长峦	156	20句	《文选》
	祖会太极东堂诗	陆机	帝谓御事，及尔同欢。我有嘉礼，以寿永观。思乐华殿，祗承圣颜	82		
	从皇太子祖会东堂	陆机	魏王禅代，奄宅九围。帝在洛阳，光配紫微。八风应律，日月重晖	149		
	讲汉书诗	陆机	税驾金华，讲学秘馆。有集惟髦，芳风雅宴	98		
	祖道清正诗	陆机	□□□题，允藩克正。惟是喉舌，光翼明圣	60		
	拟明月何皎皎	陆机	安寝北堂上，明月入我牖/安寝北堂上，明月入我牖。照之有余晖，揽之不盈手	150	10句	《文选》
	园葵诗	陆云	寒露垂鲜泽，明日耀其辉	152	16句	《文选》
	芙蓉诗	陆云	夏摇比翼扇/衣用双绢，寝无绛帱	134 132		
	答陆士龙	郑丰	沈思渊洞，逸藻云浮	100	12句	《文馆词林》
	登高诗	嵇含	七月有七日，蠢动思登高。显首稀乾精，方类自相招	155		

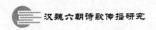
续表

时代	诗题	作者	引 诗	卷次	原诗篇幅	备 注
西晋91首24人	台中宴会	嵇含	殿中日□□□□，炜炜群龙吐芳兰。谦谦君子美曾颜	60		
	诗	牵秀	高宗梦岩穴，姬文兆渭滨。群分邈十里，感应用形神	158		
	诗	司马彪	秋节良可悲，百华咸萎落。堂前柳随风，疏林树萧索	154		
	诗	司马彪	左揽又翠羁，右抚犀象鞍	126		
	咏史诗	左思	梁习仕魏郎，秦兵不敢出。李牧为赵将，疆场得清谧	119		
	杂诗	左思	明月出灵崖，皎皎流素光	150	12 句	《文选》
	七哀诗	张载	秋风吐商气，萧瑟扫前林。朱光驰北陆，浮景忽西沉	154	22 句	《文选》
	诗	张协	天气清和，野有甘瓜	154		
	赠司空椽安仁	潘尼	颉颃将来，高猗王侯。华茂九春，实繁三秋。骋思泉涌，敷藻云浮	100	10 章	《文馆词林》
	七月七日侍皇太子宴玄圃园	潘尼	商风初授，大火微流。朱明送夏，少昊迎秋。嘉禾茂园，芳草被畴	154	8 句	《艺文类聚》

续表

时代	诗题	作者	引　诗	卷次	原诗篇幅	备　注
西晋 91首 24人	上巳日帝会天渊池	潘尼	青春暮月，六气和理。律应姑洗，日惟元巳	155	8句	《太平御览》
	皇太子上巳日诗	潘尼	玉衡连极，招摇指辰。太昊司方，句芒御春	155		
	诗	潘尼	八珍代羞，六饭迭举	142		
	三月三日洛水作诗	潘尼	朱轩荫兰泽，翠幕映洛媚。临岸濯素手，涉水褰轻衣	155	18句	《艺文类聚》
	迎大驾诗	潘尼	朝日从长涂，夕暮无所集。归云乘幰浮，凄风寻帷人	141	20句	《文选》
	逸民吟	潘尼	我愿遁居，隐身岩穴。宠辱弗荣，谁能羁绁	158		
	盘中诗	苏伯玉妻	羊千斤酒百斛，令君马肥肉与粟，醉借马蹄归不数	145	48句	《玉台新咏》
	陇上为陈安歌		垄上健儿字陈安，头小面狭腹中宽，丈八大矟左右盘	124	15句	《太平御览》
东晋 26首 18人	诗	张亢	昔吾好典籍，下帷慕董氏。吟咏仿余风，染轴舒素纸	104		
	春可乐	王廙	上禊兮三巳，临川兮荡饮。回波兮曲沼，夹岸兮道渠/若乃良辰三祖，祈始吉元。华坛峻宇，羽盖幢幡	155		
	七月七日	李充	北极躔众星，玉机运六纲。素云巡蒙汜，炎帝收离光	155		

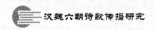

时代	诗题	作者	引　诗	卷次	原诗篇幅	备　注
东晋26首18人	美女诗	甄述	足蹑承云履，丰跌冒春锦	136		
	赠傅氏诗	朱德才	猗猗彼君子，逍遥集华堂。高喻逞玄妙，弹笔播文章	100		
	游仙诗	郭璞	振发戴翠羽，解褐披绛霄	151	14句	《广文选》
	游仙诗	郭璞	放浪林泽外，被发师岩穴。仿佛若士姿，梦相游列缺	158		
	诗	郭璞	杞梓生荆南，奇才应出世。擢颖盖汉阳，鸿声骇皇室。遂应四科选，朱衣耀玉质	128	6句	《艺文类聚》
	诗	郭璞	翩翩寻灵娥，眇然上奔月	150		
	咏冬诗	曹毗	缅邈冬昔永，凛厉寒气升	156	10句	《艺文类聚》
	郊公墓诗	曹毗	青松罗前隧，翠碑表高坟。玉颜无余映，蕙风有遗熏	102		
	箜篌诗	曹毗	东土君子，雅善箜篌	110		
	诗	孙绰	超超云端月，的烁霞间星。清霜激西牖，澄景至南楹	154		
	桃叶歌	王献之	桃叶复桃叶，渡江不用楫。但渡无所苦，我自楫迎汝	138	4句	《玉台新咏》
	七月七日咏织女	苏彦	火流凉风至，少昊协素藏。织女思北陆，牵牛叹南阳	155	18句	《古今岁时杂咏》

时代	诗题	作者	引　诗	卷次	原诗篇幅	备　注
	应晴诗	殷颙	景迟兮开明	151		
	秋怀诗	王珣	天悠云际，风辽气爽	154		
	神情诗	顾恺之	春水满四泽，夏云多奇峰。秋月扬明晖，冬岭秀孤松	150	4句	《艺文类聚》
	南林弹诗	桓玄	散带蹑良驷，挥弹出长林。飞翻赴旧栖，乔木转翔禽。轻丸承条源，纤缴截云寻	124	8句	《艺文类聚》
	诗	桓玄	鸣鹤响长阜	130		
东晋26首18人	酌贪泉赋诗	吴隐之	古人云此水，一饮怀千金。试令夷齐饮，终当不易心	38　72		
	诗	湛方生	仲秋有清气，始凉犹未凄。萧萧山间风，泠泠积石溪	154		
	燕诗	王升之	春风转节，万物增伤	154		
	元正诗	辛萧	元正启令节，佳庆肇自兹	155	4句	《艺文类聚》
	陇头歌		陇头流水，鸣声幽咽。遥望秦川，肝肠断绝	106	4句	《初学记》
	武陵人歌		仰兹山兮迢迢，层石构兮嵯峨。乐兹潭兮安流，缓子棹兮咏歌	106	10句	《太平御览》

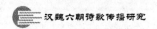
续表

时代	诗题	作者	引　诗	卷次	原诗篇幅	备　注
刘宋 12首 7人	赴中书郎诗	卞伯玉	大方信苞容，优渥遂不已。跃鳞龙凤池，挥翰紫宸里	57		
	九月九日诗	范泰	劲风肃林阿，鸣雁惊时候。篱菊熙寒藂，竹林不改茂	155		
	咏雪诗	范泰	玉山亘野，琼林分道	152		
	九日从宋公戏马台集宋孔令	谢灵运	季秋边朔苦，旅雁违霜雪。凄凄阳卉腓，皎皎寒潭洁	155	22句	《文选》
	登庐山绝顶望诸峤	谢灵运	扪壁窥龙池，攀枝瞰乳穴。积狭忽复启，平涂俄已闭	158	12句	《艺文类聚》
	登孤山诗	谢灵运	迥旷沙道开，威纤山径折。波□青密林，□映丹穴壁	158		
	入竦溪	谢灵运	平明发风穴，投宿憩云嶙。初时当薄木，迄今草已搴	158		
	诗	谢灵运	照涧凝阳水，潜穴□阴□。虽知视听外，用心不可无	158		
	雪诗	何承嘉	飘飘乘虚，纷纶随风	154		

时代	诗题	作者	引　诗	卷次	原诗篇幅	备　注
刘宋 12 首 7 人	咏寒雪诗	袁淑	鱼戢鳞兮鸟矜翰，虹蛰火兮龙藏金/凌霰交兮高冰合，浮波梗兮奔风流/霜雪滞兮潜天阳，浮澌结兮悲海阴	154 156		
	白雪诗	颜延之	翩若珪屑，晣如瑶粒	152		
	雪诗	任豫	寒鸢响雪啸，悲鸿哀夜号。箕飙振地作，毕阴骇曾高	156		
计	262 首	84 人				

注：本表以逯钦立《先秦汉魏晋南北朝诗》标注的诗歌出处为线索，复核《北堂书钞》原文，并适当补充逯《诗》未注而《书钞》实有收录者；表中编排顺序、诗题、作者均以逯《诗》为准，《诗经》《楚辞》及古谣谚概未统计；"引诗"指《书钞》引诗实际情况，"卷次"指引诗在《书钞》中的卷次；原诗篇幅以备注中其他文献对该诗的收录为准，他书未收者不注篇幅

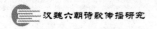

附录3

魏晋南北朝送别诗一览表

朝代	作者	篇名	有关行旅、赠别、寄送线索的诗句及相关记载	备　注
魏 12人 36首	王粲 （4首）	赠蔡子笃	子笃于荆州还会稽，仲宣作诗赠之	《文选》六臣注
		赠士孙文始	萌当就国，粲作诗以赠萌	《三辅决录注》
		赠文叔良	君子于征，爰聘西邻	
		赠杨德祖	我君饯之，其乐泄泄	
	刘桢 （5首）	赠五官中郎将诗四首	逝者如流水，哀此遂离分。追问何时会，要我以阳春。望慕结不解，贻尔新诗文	
		赠徐干	谁谓相去远。隔此西掖垣	
	徐干	答刘桢	与子别无几，所经未一旬。我思一何笃，其愁如三春	
	应玚 （2首）	别诗二首	悠悠涉千里，未知何时旋/远适万里道，归来未有由	
	邯郸淳	赠吴处玄	群子重离，首命于时。饯我路隅，赠我嘉辞。既受德音，敢不答之	
	杜挚 （2首）	赠毋丘俭	闻有韩众药，信来给一丸	
		赠毋丘荆州		
	曹植 （8首）	赠徐干	惊风飘白日，忽然归西山	
		赠丁仪		

续表

朝代	作者	篇名	有关行旅、赠别、寄送线索的诗句及相关记载	备　注
魏 12人 36首	曹植 （8首）	赠王粲	端坐苦愁思，揽衣起西游	
		赠丁翼		
		赠白马王彪	盖以大别在数日，是用自剖。与王辞焉，愤而成篇	诗序
		送应氏诗二首		
		离友诗三首	王师振旅，送余于魏邦，心有眷然，为之陨涕，乃作离友之诗	诗序
	毋丘俭	答杜挚	韩众药虽良，恐便不能治。悠悠千里情，薄言答嘉诗	
	郭遐周 （3首）	赠嵇康诗三首	离别在旦夕，惆怅以增伤	
	郭遐叔 （2首）	赠嵇康诗二首	如何忽尔，将适他俗/如何忽尔，时适他馆/如何忽尔，超将远迈	
	阮侃 （2首）	答嵇康诗二首	旦发温泉庐，夕宿宣阳城。不谓中离别，飘飘然远征	
	嵇康 （5首）	四言赠兄秀才入军	兄秀才公穆入军，赠诗	《文选》李注
		五言赠秀才		
		答二郭诗三首	今当寄他域，严驾不得停。本图终宴婉，今更不克并。二子赠嘉诗，馥如幽兰馨	

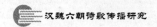

续表

朝代	作者	篇名	有关行旅、赠别、寄送线索的诗句及相关记载	备　注
晋25人66首	嵇喜（4首）	答嵇康诗四首	一作《答弟叔夜》	
	江伟	答贺蜡诗	家君在陈郡，余别在国舍	《艺文类聚》
	孙楚	征西官属送于陟阳候作	倾城远追送，饯我千里道	
	傅咸（2首）	赠褚武良	悠悠遐迈，东夏于征	
		答栾弘诗	余失和于府，当换为护军司马，赋诗见赠，答之云尔	诗序
	曹嘉	赠石崇诗	后嘉为东莞太守，崇为征虏将军，监青、徐军事，屯于下邳。嘉以诗遗崇	《三国志·楚王彪传》注
	潘岳（2首）	北芒送别王世胄诗五章	堪为成都王军司马，岳送至北邙别，作《诗》曰云	《潘岳集》
		金谷集作	亲友各言迈，中心怅有违	
	石崇（3首）	答曹嘉诗		见曹嘉赠诗
		赠枣腆诗	久官无成绩，栖迟于徐方	
		答枣腆诗	言念将别，睹物伤情。赠尔话言，要在遗名	

朝代	作者	篇名	有关行旅、赠别、寄送线索的诗句及相关记载	备　注
晋25人66首	陆机（11首）	赠顾令文为宜春令	翻飞名都，宰物于南/悠悠我思，托迈千里	
		赠武昌太守夏少明	拊翼负海，翻飞上国/悠悠武昌，在江之隈	
		赠冯文罴迁斥丘令（四言）	集云：文罴为太子洗马，迁斥丘令，赠以此诗	《文选》李注
		与弟清河云诗	士龙又先在西……衔痛东徂，遗情西慕，故作是诗，以寄其哀苦焉	诗序
		赠冯文罴（五言）	夫子茂远猷，颖诚寄惠音	
		于承明作与弟士龙	南归憩永安，北迈顿承明。永安有昨轨，承明子弃予	
		赠弟士龙诗	行矣怨路长，惄焉作别促。指途悲有余，临觞欢不足	
		赠顾交趾公真	发迹翼藩后，改授抚南裔	
		答张士然诗	戚戚多远念，行行遂成篇	
		赠从兄车骑诗	感彼归途艰，使我怨慕深	
		赠斥丘令冯文罴	凤驾出东城，送子临江曲	

377

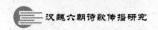

续表

朝代	作者	篇名	有关行旅、赠别、寄送线索的诗句及相关记载	备　注
晋 25 人 66 首	陆云 （6首）	赠汲郡太守	之子之远，悠悠我思。虽无赠之，歌以言志	
		赠鄱阳府君张仲膺	人道伊何，难合易离。会如升峻，别如顺淇	
		赠顾彦先	幽幽东嵎，恋彼西归	
		答兄平原诗（四言）		
		答兄平原诗（五言）	悠悠途可极，别促怨会长	
		答张士然诗	行迈越长川，飘遥冒风尘	
	曹摅 （2首）	赠石崇诗（四言）	美兹高会，凭城临川	
		赠石崇诗	人言重别离，斯情效于今	
	杜育	赠挚仲洽诗	之子于归，言秣其驹	
	挚虞 （3首）	赠褚武良以尚书出为安东		
		赠李叔龙以尚书郎迁建平太守	之子云往，我劳弥深	
		答杜育		

朝代	作者	篇名	有关行旅、赠别、寄送线索的诗句及相关记载	备　注
晋 25人 66首	潘尼 （6首）	赠司空掾安仁	歧路多怀，赋诗赠行	
		赠陆机出为吴王郎中令	今子徂东，何以赠旃	
		赠河阳诗	叔潘岳为河阳令	《诗纪》
		答杨士安	逝将辞储宫，栖迟集南畿/愧彼褒崇过，感此歧路悲	
		送卢弋阳景宣	杨朱焉所哭，歧路重别离	
		送大将军掾卢晏		
	枣腆 （2首）	答石崇（四言）	我舅敷命，于彼徐方	
		赠石季伦诗	朝游清渠测，日夕登高馆	
	刘琨 （2首）	答卢谌诗		
		重赠卢谌诗	琨为匹磾所拘，为五言诗赠其别驾卢谌	《晋书·刘琨传》
	李充	送许从诗	来若迅风欢，逝如归云征。离合理之常，聚散安足惊	
	郭璞	赠温峤诗	义结在昔，分涉于今	
	梅陶	赠温峤诗	勖尔远猷，迈尔英劭	
	卢谌 （5首）	赠刘琨诗		
		重赠刘琨		
		答刘琨诗		
		赠崔温诗	良俦不获偕，舒情将焉诉。远念贤士风，遂存往古务	
		答魏子悌诗	乖离令我感，悲欣使情惕	

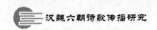

朝代	作者	篇名	有关行旅、赠别、寄送线索的诗句及相关记载	备 注
晋 25 人 66 首	张翼	赠沙门竺法颛三首	沙门竺法颛远还西山,作诗以赠	《广弘明集》
	王彪之	与诸兄弟方山别		
	殷仲文	送东阳太守	昔人深诚叹,临水送将离	
	谢混	送二王在领军府集	苦哉远征人,将乖萃余室	
	羊徽	赠傅长猷傅时为太尉主簿入为都官郎		
	陶渊明(6 首)	赠长沙公	经过浔阳,临别赠此。	诗序
		答庞参军	庞为卫军参军,从江陵使上都。过浔阳见赠	诗序
		答庞参军	且为别后相思之资	诗序
		赠羊长史	左军羊长史,衔使秦川,作此与之	诗序
		与殷晋安别	殷先作晋安南府长史掾,因居浔阳,后作太尉参军,移家东下,作此以赠	诗序
		于王抚军座送客	目送回舟远,情随万化遗	
宋	谢瞻(2 首)	九日从宋公戏马台集送孔令	逝矣将归客,养素克有终	

朝代	作者	篇名	有关行旅、赠别、寄送线索的诗句及相关记载	备　注
宋10人26首	谢瞻（2首）	王抚军庾西阳集别时为豫章太守庾被征还东	集曰：谢还豫章，庾被征还都，王抚军送至溢口南楼作	逯钦立注
	谢晦	彭城会	帝于彭城大会，命纸笔赋诗，晦恐帝有失，起谏帝，即代作曰	《宋书·谢晦传》
	谢灵运（8首）	赠从弟弘元	从弟弘元为骠骑记室参军，义熙十一年十月十日，从镇江陵，赠以此诗	逯钦立注
		赠从弟弘元时为中军功曹住京	子既祗命，饯此离襟。良会难期，朝光易侵	
		九日从宋公戏马台集送孔令	岂伊川途念，宿心愧将别	
		北亭与吏民别	前期眇已往，后会邈无因	
		酬从弟惠连	惠连西陵遇风献康乐诗	《诗纪》
		登临海峤初发疆中作与从弟惠连可见羊何共和之	与子别山阿，含酸赴修畛	
		答谢惠连	别时花灼灼，别后叶萋萋	
		送雷次宗		
	谢惠连（2首）	西陵遇风献康乐	饮饯野亭馆，分袂澄湖阴/昨发浦阳汭，今宿浙江湄	
		与孔曲阿别	凄凄乘兰秋，言饯千里舟	

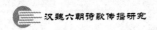

续表

朝代	作者	篇名	有关行旅、赠别、寄送线索的诗句及相关记载	备　注
宋 10人 26首	陆凯	赠范晔	陆凯与范晔交善，自江南寄梅花一枝，诣长安与晔，兼赠《诗》	《荆州记》
	丘渊之	赠记室羊徽其属疾在外		
	颜延之	赠王太常僧达	属美谢繁翰，遥怀具短札	
	王僧达	答颜延年		
	刘义恭	彭城戏马台集诗	骋骛辞南京，弥节憩东楚	
	鲍照 （8首）	吴兴黄浦亭庾中郎别	已经江海别，复与亲眷违	
		与伍侍郎别	送别王宣城	
			游子苦行役，冀会非远期	
			送从弟道秀别	
		赠傅都曹别		
		和傅大农与僚故别		
		送盛侍郎饯候亭	北临出塞道，南望入乡津	
		与荀中书别		
齐 8人 18首	王延	别萧谘议	忍兹君为别，如此岁方暄	
	王俭	赠徐孝嗣	抚物遐想，念别书情	

朝代	作者	篇名	有关行旅、赠别、寄送线索的诗句及相关记载	备　注
	王融（3首）	萧谘议西上夜集	徘徊将所爱，惜别在河梁	
		别王丞僧孺	如何于此时，别离言与面	
		饯谢文学离夜	所知共歌笑，谁忍别笑歌	
	孔稚珪	酬张长史	同贫清风馆，共素白云室	
	徐孝嗣	答王俭		
齐 8人 18首	谢脁（8首）	暂使下都夜发新林至京邑赠西府同僚	徒念关山近，终知返路长	
		别王丞僧孺	如何当此时，别离言与宴	
		新亭渚别范零陵云	心事俱已矣，江上徒离忧	
		忝役湘州与宣城吏民别		
		和别沈右率诸君	春夜别清樽，江潭复为客	
		送江水曹还远馆	高馆临荒途，清川带长陌	
		送江兵曹檀主簿朱孝廉还上国	挥袂送君已，独此夜琴声	
		临溪送别	怅望南浦时，徙倚北梁步	

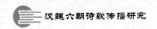
续表

朝代	作者	篇名	有关行旅、赠别、寄送线索的诗句及相关记载	备注
齐 8人 18首	虞炎	钱谢文学离夜	离人怅东顾，游子怆西归	
	刘绘 （2首）	钱谢文学离夜	悠然在天隅，之子去安极	
		送别诗	相思将安寄，怅望南飞鸿	
梁 25人 116首	萧衍 （2首）	答任殿中宗记室王中书别	武帝初仕齐，为随王镇西谘议参军，随王镇荆州，帝赴镇时，同列以诗送别	
		送始安王方略入关	梁武帝结好于魏，遣始安王方略入关，送之，作《诗》	《南史》
	范云 （6首）	赠张徐州谡	寄书云间雁，为我西北飞	
		钱谢文学离夜	分弦饶苦音，别唱多凄曲	
		别诗	别君河初满，思君月屡空	
		送沈记室夜别	扪萝忽遗我，折桂方思君	
		送别诗	东风柳线长，送郎上河梁	
		别诗	洛阳城东西，长作经时别	
	宗夬	别萧谘议	别酒正参差，乖情将陆离	
	江淹 （6首）	贻袁常侍诗	今君客吴坂，春色缥春泉	
		古意报袁功曹	黄鹄去千里，垂涕为报君	
		寄丘三公	安得明月珠，揽涕寄吴山	

朝代	作者	篇名	有关行旅、赠别、寄送线索的诗句及相关记载	备　注
梁 25人 116首	江淹 （6首）	卧疾怨别刘长史	吴山饶离袂，楚水多别情	
		应刘豫章别诗		
		无锡舅相送衔涕别	曾风漂别盖，北云竦征人	
	任昉 （6首）	赠王僧孺	王僧孺由治书侍御史出为唐令，昉赠诗	《梁书》
		赠徐征君	促生悲永路，早交伤晚别	
		答刘孝绰	孝绰为归沐诗赠任昉，昉报曰	
		寄到溉	时溉为建安太守，昉寄诗求二彩段	
		别萧谘议	离烛有穷辉，别念无终绪	
		出郡传舍哭范仆射	将乖不忍别，欲以遣离情	
	丘迟 （2首）	敬酬柳仆射征怨	惟见君行久，新年非故年	
		赠何郎	忧至犹如绕，讵是故人来	
	虞羲 （2首）	送友人上湘	濡足送征人，褰裳临水路	
		送别诗	唯有一字书，寄之南飞雁	
	沈约 （9首）	赠沈录事江水曹二大使	戒途在日，复路回舟。霜结暮草，风卷寒流	东阳郡时作
		赠刘南郡季连	结枝以赠，寄之飞鸿	东阳郡时作

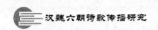

续表

朝代	作者	篇名	有关行旅、赠别、寄送线索的诗句及相关记载	备　注
梁 25 人 116 首	沈约 (9 首)	酬谢宣城朓	神交疲梦寐，路远隔思存	
		新安江至清浅深见底贻京邑游好	愿以潺湲水，沾君缨上尘	
		送别友人	君东我亦西，衔悲涕如霰	
		去东阳与吏民别	饰骖去关辅，分竹入河淇	
		饯谢文学离夜	以我径寸心，从君千里外	
		别范安成	及尔同衰暮，非复别离时	
		早行逢故人车中为赠	昨宵何处宿，今晨拂露归	
	柳恽 (5 首)	赠吴均诗三首	心知别路长，谁谓若燕楚	
		赠吴均诗二首	离念已郁陶，物华复如此	
	何逊 (18 首)	望廨前水竹答崔录事	相思不会面，相望空延颈	
		落日前墟望赠范广州云	遥遥长路远，寂寂行人疏	
		道中赠桓司马季珪	君渡北江时，讵今南浦泣	
		寄江州褚谘议	分手清江上，念别犹如昨	
		赠族人秭陵兄弟	愿子加餐饭，良会在何辰	何思澄为秭陵令
		仰赠从兄兴宁寘南	相思对森森，相望隔巍巍	

朝代	作者	篇名	有关行旅、赠别、寄送线索的诗句及相关记载	备　注
梁 25人 116首	何逊 （18首）	赠江长史别	离舟欢未极，别至悲无语	
		送韦司马别	送别临曲渚，征人慕前侣	
		南还道中送赠刘谘议别	握手分歧路，临川何怨嗟	
		与崔录事别兼叙携手	脉脉留南浦，悠悠返上京	
		别沈助教	一朝别笑语，万事成畴昔	
		与沈助教同宿溢口夜别	行人从此别，去去不淹留	
		与苏九德别	踟蹰暂举酒，倏忽不相见	
		赠韦记室黯别	故人悦送别，停车一水东	
		敬酬王明府	念别已零泪，况乃思故乡	
		从镇江州与游故别	历稔共追随，一旦辞群匹	
		与胡兴安夜别	方抱新离恨，独守故园秋	
		咏春雪寄族人治书思澄		
	朱记室	送别不及赠何殷二记室	即此余伤别，何论尔望家	
	吴均 （30首）	与柳恽相赠答诗六首	要途访赵使，闻君仕执珪	
		答柳恽	一见终无缘，怀悲空满目	
		酬萧新浦王洗马诗二首	萧子云封新浦侯，王筠为太子洗马	《诗纪》

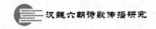
续表

朝代	作者	篇名	有关行旅、赠别、寄送线索的诗句及相关记载	备　注
梁 25 人 116 首	吴均（30 首）	答萧新浦	今夜杯酒别。明朝江水边	
		赠朱从事	我行欲何之，千里寻胶漆	
		赠王桂阳别诗三首	客子惨无欢，送别江之干	
		酬别江主簿屯骑	有客告将离，赠言重兰蕙	
		酬别诗	故人杯酒别，天清明月亮	
		赠别新林诗	仆本幽并儿，抱剑事边陲	
		发湘州赠亲故别诗三首	相送出江浔，泪下沾衣襟	
		同柳吴兴乌亭集送柳舍人	河阳一怅望，南浦送将归	
		同柳吴兴何山集送刘余杭	君随绿波远，我逐清风归	
		送柳吴兴竹亭集		
		寿阳还与亲故别	故人来送别，帐酒临行阡	
		江上酬鲍几	吾行别有意，不为君道之	
		酬闻人侍郎别诗三首	君住青门上，我发霸陵头	
		赠鲍春陵别	所忧别离意，白露下沾裙	
		别王谦	离歌玉弦绝，别酒金卮空	
		别夏侯故章	新知关山别，故人河梁送	
		送吕外兵	送君长太息，徒使泪沾巾	

朝代	作者	篇名	有关行旅、赠别、寄送线索的诗句及相关记载	备　注
梁 25 人 116 首	王僧孺（3首）	寄何记室	何由假日御，暂得寄风车	
		春日寄乡友	何时不悯默，是日最思君	
		送殷何两记室	掩袖出南浦，驱车送上征	
	陆倕	以诗代书别后寄赠	行者日超远，谁见别离心	
	萧琛	饯谢文学	相思将安寄，怅望南飞鸿	
	刘孝绰（5首）	江津寄刘之遴	欲寄一言别，高驾何由来	
		酬陆长史倕	度君路应远，期寄新诗返	
		答何记室	出洲分去燕，向浦逐归鸿	
		答张左西	相思如三月，相望非两宫	
		古意送沈宏	荡子十年别，罗衣双带长	
	到溉	答任昉	溉为建安太守，任昉寄诗求二衫段，溉答云	《南史》
	萧纲（3首）	饯临海太守刘孝仪蜀郡太守刘孝胜	念此一衔觞，怀离在惟旧	
		饯别诗	徒命衔杯酒，终成悯别离	
		送别诗	行行异沂海，依依别路歧	
	庾肩吾（3首）	送别于建兴苑相逢	眷然从此别，车西马复东	
		新林送刘之遴	欲持汉中策，还以赠征人	
		侍宴饯东阳太守范子云	东部资良守，北宫敦献酬	范当作萧

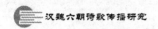

续表

朝代	作者	篇名	有关行旅、赠别、寄送线索的诗句及相关记载	备　注
梁 25人 116首	萧绎 （4首）	别荆州吏民	向解青丝缆，将移丹桂舟	
		别诗二首	欲觅行人寄消息，衣常潮水暝应还/莫复临时不寄人，谩道江中无估客	
		送西归内人	昔时慊慊愁应去，今日劳劳长别人	
	刘孝胜	冬日家园别阳羡始兴	四鸟怨离群，三荆悦同处	孝仪为阳羡令
	荀济	赠阴梁州	梁州刺史阴子春左迁，济作大诗赠之	
	王台卿	南浦别佳人	敛容送君别，一敛无开时	
	朱超 （3首）	赠王僧辩	各言献捷后，几处泣生离。	
		别刘孝先	复念夜分首，江上值徂秋	
		别席中兵	莫论行近远，终是隔山川	
	邓铿	和阴梁州杂怨	别离虽未久，遂如长别离	
北齐 2人 2首	高昂	赠弟季式	季式为济州刺史，敖曹发驿以劝酒，乃赠	《太平广记》
	郑公超	送庾羽骑抱	送君自有泪，不假听猿吟	
北周 2人 16首	王褒 （5首）	赠周处士	我行无岁月，征马屡盘桓	
		别陆子云	还看分手处，唯余送别人	
		别王都官	连翩悯流客，凄怆惜离群	
		送别裴仪同	河桥望行旅，长亭送故人	
		入关故人别	关山行就近，相看成远人	

续表

朝代	作者	篇名	有关行旅、赠别、寄送线索的诗句及相关记载	备　注
北周2人16首	庾信（11首）	任洛阳酬薛文学见赠别	北梁送孙楚，西堤别葛龚	
		别周尚书弘正	此中一分手，相逢知几年	
		别张洗马枢	别席惨无言，离悲两相顾	
		别庾七入蜀	由来兄弟别，共念一荆株	
		寄徐陵	故人倘思我，及此平生时	
		寄王琳	独下千行泪，开君万里书	
		送周尚书弘正	共此无期别，知应复几年	
		重别周尚书诗二首	阳关万里道，不见一人归	
		赠别诗	藏啼留送别，拭泪强相参	
		送卫王南征	风尘马足起，先暗广陵江	
陈8人20首	阴铿（3首）	奉送始兴王	背飞伤客念，临歧悯圣情	
		广陵岸送北使	行人引去节，送客舣归舻	
		江津送刘光禄不及	泊处空余鸟，离亭已散人	
	周弘正（2首）	答林法师	客行七十岁，岁暮远祖征	
		陇头送征客	一闻流水曲，行住两沾衣	
	张正见	别韦谅赋得江湖泛别舟	千里浔阳岸，三翼木兰船	

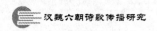

续表

朝代	作者	篇名	有关行旅、赠别、寄送线索的诗句及相关记载	备 注
陈 8人 20首	徐陵 (4首)	别毛永嘉	嗟余今老病，此别空长离	
		秋日别庾正员	青雀离帆远，朱鸢别路遥	
		征虏亭送新安王应令	凤吹临南浦，神驾饯东平	
		新亭送别应令	神襟爱远别，流睇极清漳	
	潘徽	赠北使	离情欲寄鸟，别泪不因猿	时为客馆令
	江总 (7首)	赠洗马袁朗别	奇才殊艳逸，将别更留连	
		赠贺左丞萧舍人	斗酒未为别，垂堂深自保	
		遇长安使寄裴尚书	太息关山月，风尘客子衣	
		别南海宾化侯	分歧泣世道，念别伤边秋	
		别袁昌州诗二首	客子叹途穷，此别异西东	
		别永新侯	送君张掖郡，分悲函谷关	
	何处士	别才法师于湘还郢北	明日分千里，相思非一条	
	贺力牧	乱后别苏州人	言离已惆怅，念别更踟蹰	
隋 10人 19首	卢思道 (2首)	赠别司马幼之南聘	幽人重离别，握手送征行	
		赠刘仪同西聘	灞陵行可望，函谷久无泥	

续表

朝代	作者	篇名	有关行旅、赠别、寄送线索的诗句及相关记载	备　注
隋 10 人 19 首	孙万寿 (2 首)	远戍江南寄京邑亲友	万寿坐衣冠不整，配防江南，郁郁不得志，为五言诗寄京邑知友，盛为当时之所吟诵	《隋书》
		别赠诗	将归动离恨，弥伤行路难	
	尹式 (2 首)	送晋熙公别	西候追孙楚，南津送陆机	
		别宋常侍	游人杜陵北，送客汉川东	
	杨素 (3 首)	赠薛内史	别离望南浦。相思在汉阳。山川虽未远。无由得寄音	
		赠薛播州	君见南枝巢，应思北风路	
	王胄 (3 首)	酬陆常侍	相知四十年，别离万余里	
		别周记室	别意凄无已，当歌寂不喧	
		赋得雁送别周员外戍岭表	旅雁别衡阳，天寒关路长	
	虞世基 (2 首)	秋日赠王中舍	江干不可望，徒此叹离忧	
		在南接北使	墙垣崇客馆，旌盖入王畿	
	孔德绍	送蔡君知入蜀诗二首	失路远相送，他乡何日归	
	鲁范	送别诗	去留虽有异，失路与君同	
	陈政	赠窦蔡二记室入蜀	飘然不系舟，为情自可求	
	刘梦予	送别秦王学士江益	江总长子益，入隋为秦王文学	《南史》
合计	102 人	319 首		

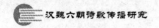

注：本表所选诗歌及数据以逯钦立《先秦汉魏晋南北朝诗》为准，其选择标准为：

第一，诗题中有"送""别""饯""寄"等字样者；

第二，诗题中有"赠""答""酬"等字样，且诗句中有关于行旅、送别、寄赠线索者；

第三，诗题有"送""别""饯""寄""赠""答""酬"等字样，且相关文献有关于诗歌的行旅、送别、寄赠等记载者

附录4

魏晋南北朝行旅诗一览表

朝代	作者	篇名	有关行旅的诗句	备 注
三国 3人 18首	王粲 （8首）	从军诗五首	朝发邺都桥，暮济白马津	
		七哀诗三首	复弃中国去，远身适荆蛮	
	曹丕 （6首）	黎阳作诗 三首	朝发邺城，夕宿韩陵	
		至广陵于马 上作	谁云江水广，一苇可以航	
		于明津作	驱车出北门，遥望河阳城	
		黎阳作诗	奉辞罚罪遐征，晨过黎山巉峥	
	曹植 （4首）	赠白马王彪	谒帝承明庐，逝将归旧疆	
		离友诗三首	腾余行兮归朔方，驰原隰兮寻旧疆/临渌水兮登崇基，折秋华兮采灵芝/日匿影兮天微阴，经回路兮造北林	诗序曰：王师振旅，送余于魏邦，心有眷然，为之陨涕，乃作离友之诗
西晋 8人 17首	刘伶	北芒客舍	缊被终不晓，斯叹信难任	
	孙楚	征西官属送于陟阳候作	晨风飘歧路，零雨被秋草	
	陆机 （4首）	赴太子洗马 时作	靖端肃有命，假楫越江潭。亲友赠予迈，挥泪广川阴	
		赴洛道中作 诗二首	远游越山川，山川修且广	
		遨游出西城	遨游出西城，按辔循都邑	

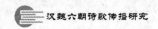

朝代	作者	篇名	有关行旅的诗句	备　注
东晋 3人 18首	李顒 （2首）	经涡路作	言归越东足，逝将反上都/且发石亭境，夕宿桑首墟	
		涉湖诗	旋经义兴境，弭棹石兰渚	
	庾阐	江都遇风	天吴踊灵鼇，将驾奔冥霄	
	袁宏	从征行方头山	峨峨太行，凌虚抗势	
	湛方生 （2首）	帆入南湖	彭蠡纪三江，庐岳主众阜	
		还都帆	寤言赋新诗，忽忘羁客情	
	陶渊明 （5首）	始作镇军参军经曲阿	眇眇孤舟逝，绵绵归思纡。我行岂不遥。登降千里余	
		庚子岁五月中从都还阻风于规林诗二首	鼓棹路崎曲，指景限西隅。江山岂不险，归子念前途。凯风负我心，戢枻守穷湖	
		辛丑岁七月赴假还江陵夜行途中	怀役不遑寐，中宵尚孤征	
		乙巳岁三月为建威参军使都经钱溪	我不践斯境，岁月好已积	
宋 5人 27首	谢灵运 （8首）	永初三年七月十六日之郡初发都	述职期阑暑，理棹变金素	
		邻里相送至方山	祗役出皇邑，相期憩瓯越	
		游南亭	久痗昏垫苦，旅馆眺郊歧	
		入东道路	整驾辞金门，命旅惟诘朝	
		初发石首城	出宿薄京畿，晨装抟曾飔	

朝代	作者	篇名	有关行旅的诗句	备　注
宋 5人 27首	谢灵运 （8首）	夜发石关亭	鸟归息舟楫，星阑命行役	
		入彭蠡湖口	客游倦水宿，风潮难具论	
		初往新安至桐庐口	不有千里棹，孰申百代意	
	谢惠连 （2首）	泛南湖至石帆	轨息陆途初，枻鼓川路始	
		西陵遇风献康乐	趣途远有期，念离情无歇	
	颜延之 （2首）	北使洛诗	伊洛绝津济，台馆无尺椽	《宋书》曰：延之至洛阳，道中作诗一首，文辞藻丽，为谢晦、傅亮所赏
		还至梁城作	眇默轨路长，憔悴征戍勤	
	谢庄	自浔阳至都集道里名为诗	崇馆非陈宇，茂苑岂旧林	
	鲍照 （14首）	从拜陵登京岘	晨登岘山首，霜雪凝未通	
		登翻车岘	畏途疑旅人，忌辙覆行箱	
		登黄鹤矶	岂伊药饵泰，得夺旅人忧	
		登云阳九里埭	宿心不复归，流年抱衰疾	
		从临海王上荆初发新渚	收缆辞帝郊，扬棹发皇京	
		还都道中诗三首	叹慨诉同旅，美人无相闻	
		上浔阳还都道中作	昨夜宿南陵，今旦入芦洲	

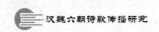

续表

朝代	作者	篇名	有关行旅的诗句	备　注
宋 5人 27首	鲍照 （14首）	还都至三山望石头城	关扃绕天邑，襟带抱尊华	
		还都口号诗	君王迟京国，游子思乡邦	
		行京口至竹里	兼途无憩鞍，半菽不遑食	
		发后渚	从军乏衣粮，方冬与家别	
		发长松遇雪	土牛既送寒，奠陵方浃驰	
齐 4人 11首	孔稚珪	旦发青林	孤征越清江，游子悲路长。二旬候已满，三千眇未央	
	谢朓 （8首）	暂使下都夜发新林至京邑赠西府同僚	徒念关山近，终知返路长	
		新亭渚别范零陵云	停骖我怅望，辍棹子夷犹	
		之宣城郡出新林浦向板桥	江路西南永，归流东北骛	
		休沐重还丹阳道中	薄游第从告，思闲愿罢归	
		京路夜发	扰扰整夜装，肃肃戒徂两	
		晚登三山还望京邑	去矣方滞淫，怀哉罢欢宴。佳期怅何许，泪下如流霰	
		将发石头上烽火楼	徘徊恋京邑，踯躅躇曾阿	
		出下馆	零落既难留，何用存华屋	

朝代	作者	篇名	有关行旅的诗句	备 注
齐 4人 11首	刘绘	入琵琶峡望积布矶呈玄晖	昔途首遐路,未获究清尘	
	刘琎	上湘度琵琶矶		
梁 21人 68首	范云 (4首)	渡黄河	不睹人行迹,但见狐兔兴	
		登三山	仄迳崩且危,丛岩耸复垂	
		之零陵郡次新亭		
		述行诗	振策出燕代,驱车背朔并	
	江淹 (7首)	从征虏始安王道中诗	结轩首凉野,驱马素寒城	
		渡西塞望江上诸山	南国多异山,杂树共冬荣	
		赤亭渚	一伤千里极,独望淮海风	
		渡泉峤出诸山之顶	行行诅半景,余马以长怀。南方天炎火,魂兮可归来	
		迁阳亭	揽泪访亭候,兹地乃闽城。万古通汉使,千载连吴兵	
		还故园	遽发桃花渚,适宿春风场	
		自乐昌郡溯流入郴	兹山界夷夏,天际横寥廓	
	任昉	济浙江	昧旦乘轻风,江湖忽来往	

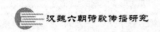
续表

朝代	作者	篇名	有关行旅的诗句	备 注
梁 21 人 68 首	丘迟 （2 首）	旦发渔浦潭	渔潭雾未开，赤亭风已飏	
		夜发密岩口	弭棹才假寐，击汰已争先	
	沈约 （2 首）	早发定山	夙龄爱远壑，晚莅见奇山	
		循 役 朱 方 道路	分缮出帝京，升装奉皇穆	
	何逊 （13 首）	落日前墟望 赠范广州云	遥遥长路远，寂寂行人疏。我心 怀硕德，思欲命轻车	
		道中赠桓司 马季珪	晨缆虽同解，晚洲阻共入／君渡北 江时，讵今南浦泣	
		入西塞示南 府同僚	伊余本羁客，重暌复心赏。望乡 虽一路，怀归成二想	
		南还道中送 赠刘谘议别	一官从府役，五稔去京华。遽逐 春流返，归帆得望家	
		初发新林	伊昔负薪暇，慕义游梁楚	
		渡连圻诗 二首	暮潮还入浦，夕鸟飞向家。寓目 皆乡思，何时见狭斜	
		下方山	望乡行复立，瞻途近更修。谁能 百里地，萦绕千端愁	
		入东经诸暨 县下浙江作	安邑乏主人，临卭多客子	
		还度五洲	我行朔已晦，溯水复沿流／以此南 浦夜，重此北门愁	
		宿南洲浦	解缆及朝风，落帆依暝浦	
		日夕出富阳 浦口和朗公	客心愁日暮，徙倚空望归	
		望 新 月 示 同羁	初宿长淮上，破镜出云明／望乡皆 下泪，非我独伤情	

朝代	作者	篇名	有关行旅的诗句	备　注
梁 21人 68首	吴均 （5首）	发湘州赠亲故别诗三首	君留朱门里，我至广江濆。城高望犹见，风多听不闻	
		寿阳还与亲故别	复有向隅泪，中肠皆涕涟	
		至湘洲望南岳	长安远如此，无缘得报君	
	刘峻	自江州还入石头	前望苍龙门，斜瞻白鹤馆	
	王僧孺 （2首）	中川长望	独写千行泪，谁同万里忆	
		至牛渚忆魏少英	枫林暧似画，沙岸净如扫	
	陆倕	以诗代书别后寄赠	行者日超远，谁见别离心。夕次沜洲岸，明登慈姥岑	
	徐勉	昧旦出新亭渚	驱车凌早术，山华映初日。揽辔且徘徊，复值清江谧	
	刘孝绰 （6首）	上虞乡亭观涛津渚学潘安仁河阳县	秋江冻雨绝，反景照移塘。	《说文系传》云："孝绰所言即别馆也。"
		太子泆落日望水	临泛自多美，况乃还故乡。榜人夜理楫，棹女暗成妆。欲侍春江曙，争途向洛阳	
		夕逗繁昌浦	疑是辰阳宿，于此逗孤舟	
		栎口守风	春心已应豫，归路复当欢	
		还渡浙江	解缆辞东越，接轴骛西徂	
		发建兴渚示到陆二黄门	客行裁跬步，即事已多伤。况复千余里，悲心未遽央	
	刘显	发新林浦赠同省	回首望归途，山川遥离异	

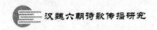

朝代	作者	篇名	有关行旅的诗句	备　注
梁 21人 68首	刘孝威 （3首）	登覆舟山望湖北	极望伤春目，回车归狭斜	
		帆渡吉阳洲	江风凌晓急，钲鼓候晨催。幸息榜人唱，聊望高帆开	
		出新林	故乡已可识，游子必劳情	
	伏挺	行舟值早雾	渔人惑澳浦，行舟迷溯沿	
	刘孝仪	帆渡吉阳洲	客行悲道远，唯须前路极	
	萧纲 （2首）	经琵琶峡	由来历山川，此地独回遭	
		入淑浦	泛水入回塘，空枝度日光	
	庾肩吾 （4首）	奉使北徐州参丞御	回天随辇道，驻日逐戈锋。路远大风积，山长佳气浓	
		乱后行经吴邮亭	邮亭一回望，风尘千里昏	
		奉使江州舟中七夕	九江逢七夕，初弦值早秋	
		被使从渡江	八阵引佳兵，三河总舻舳	
	王筠 （2首）	早出巡行瞩望山海	层楼亦攀陟，复道亦经过	
		东阳还经严陵濑赠萧大夫	子陵狗高尚，超然独长往	
	萧绎 （8首）	赴荆州泊三江口	丛林多故社，单成有危楼。	
		去丹阳尹荆州诗二首	分符苍闽越。终然惭励精/未尝辞昼室，谁忍去轩辕	
		泛芜湖		
		早发龙巢	征人喜放溜，晓发晨阳隈	

朝代	作者	篇名	有关行旅的诗句	备　注
梁 21人 68首	萧绎 （8首）	夜宿柏斋	烛暗行人静，簾开云影入	
		出江陵县还诗二首	朝出屠羊县，夕返仲宣楼	
	朱超	夜泊巴陵	淤泥不通挽，寒浦劣容舟	
北齐 3人 4首	裴让之 （2首）	从北征诗	沙漠胡尘起。关山烽燧惊	
		公馆谶酬南使徐陵	异国犹兄弟，相知无旧新	
	裴讷之	邺馆公燕	晋楚敦盟好，侨札同心赏	
	颜之推	从周入齐夜度砥柱	侠客重艰辛，夜出小平津。马色迷关吏，鸡鸣起戍人。露鲜华剑彩，月照宝刀新。问我将何去，北海就孙宾	《北史》曰:荆州为周军所破,大将军李穆送之推往弘农。遇河水暴涨,具船将妻子奔齐,经砥柱之险
北周 4人 9首	王褒 （2首）	渡河北	常山临代郡，亭障绕黄河	
		始发宿亭	送人亭上别，被马枥中嘶	
	赵王宇文招	从军行	辽东烽火照甘泉，蓟北亭障接燕然	
	滕王宇文逌	至渭源	源渭奔禹穴，轻澜起客亭	
	庾信 （5首）	将命至邺	无因旅南馆，空欲祭西门	
		入彭城馆	槐庭垂绿穗，莲浦落红衣	
		聘齐秋晚馆中饮酒	欣兹河朔饮，对此洛阳才	

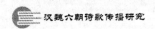

朝代	作者	篇名	有关行旅的诗句	备 注
北周 4人 9首	庾信 (5首)	将命使北始渡瓜步江	校尉始辞国，楼船欲渡河	
		反命河朔始入武州	寄言旧相识，知余生入关	
陈 6人 13首	沈炯	长安还至方山怆然自伤	虽还旧乡里，危心曾未平	
	阴铿 (5首)	渡青草湖	行舟逗远树，度鸟息危樯	
		渡岸桥	何必横南渡，方复似牵牛	
		晚出新亭	九十方称半，归途讵有踪	
		晚泊五洲	客行逢日暮，结缆晚洲中	
		五洲夜发	劳者时歌榜，愁人数问更	
	周弘正	入武关	武关设地险，游客好遵回	
	张正见 (2首)	秋晚还彭泽	游人及丘壑，秋气满平皋	
		还彭泽山中早发	空返陶潜县，终无宋玉才	
	何胥	被使出关	出关登陇坂，回首望秦川	
	江总 (3首)	南还寻草市宅	红颜辞巩洛，白首入轩辕	
		并州羊肠坂	三春别帝乡，五月度羊肠	
		于长安归还扬州九月九日行薇山亭赋韵	心逐南云逝，形随北雁来。故乡篱下菊，今日几花开	

续表

朝代	作者	篇名	有关行旅的诗句	备　注
隋 5人 14首	孙万寿 （2首）	早发扬州还望乡邑	乡关不再见，怅望穷此晨	
		东归在路率尔成咏	羁恨虽多绪，俱是一伤情	
	杨广 （4首）	早渡淮	会待高秋晚，愁因逝水归	
		临渭源	西征乃届此，山路亦悠悠	
		还京师	东都礼仪举，西京冠盖归	
		舍舟登陆示慧日道场玉清玄坛德众	莲舟水处尽，画轮途始半	
	薛道衡 （3首）	入郴江	征途非白马，水势类黄牛	
		渡北河	勿恨关河远，且宽边地愁	
		人日思归	人归落雁后，思发在花前	
	虞世基 （2首）	初渡江	敛策暂回首，掩涕望江滨。无复东南气，空随西北云	
		入关诗	陇云低不散，黄河咽复流。关山多道里，相接几重愁	
	孔德绍 （3首）	行经太华	疏峰起莲叶，危塞隐桃林	
		夜宿荒村	绵绵夕漏深，客恨转伤心	
		王泽岭遭洪水	思得乘槎便，萧然河汉游	
合计	62人	180首		

注：本表所选诗歌及数据以逯钦立《先秦汉魏晋南北朝诗》为准，其选择标准为：

第一，诗题中有"行""宿""赴""渡""发""还"等表示行旅内容者；

第二，诗题不明显，但诗句中有关于行旅线索者；

第三，少数诗歌兼有送别与行旅内容，则两表兼收；

第四，乐府及拟乐府诗中有关行旅主题者不收

参考文献

阮　元：《十三经注疏》，上海古籍出版社 1997 年影印本。

杨伯峻：《春秋左传注》，中华书局 1990 年标点本。

司马迁：《史记》，中华书局 1982 年标点本。

班　固：《汉书》，中华书局 1962 年标点本。

范　晔：《后汉书》，中华书局 1965 年标点本。

陈　寿：《三国志》，中华书局 1982 年标点本。

房玄龄等：《晋书》，中华书局 1974 年标点本。

沈　约：《宋书》，中华书局 1974 年标点本。

萧子显：《南齐书》，中华书局 1972 年标点本。

姚思廉：《梁书》，中华书局 1973 年标点本。

姚思廉：《陈书》，中华书局 1972 年标点本。

魏　收：《魏书》，中华书局 1974 年标点本。

李百药：《北齐书》，中华书局 1972 年标点本。

令狐德棻等：《周书》，中华书局 1971 年标点本。

李延寿：《南史》，中华书局 1975 年标点本。

李延寿：《北史》，中华书局 1974 年标点本。

魏徵等：《隋书》，中华书局 1973 年标点本。

刘　昫：《旧唐书》，中华书局 1975 年标点本。

欧阳修、宋祁等：《新唐书》，中华书局 1975 年标点本。

孙　楷：《秦会要》，中华书局 1959 年标点本。

徐天麟：《西汉会要》，上海古籍出版社 1977 年标点本。

徐天麟：《东汉会要》，上海古籍出版社 1978 年标点本。

钱仪吉：《三国会要》，上海古籍出版社 2006 年标点本。

许　嵩：《建康实录》，上海古籍出版社 1987 年标点本。

李林甫等：《唐六典》，中华书局 1992 年标点本。

杜　佑：《通典》，中华书局 1988 年标点本。

郑　樵：《通志》，中华书局 1987 年标点本。

司马光：《资治通鉴》，上海古籍出版社 1987 年影印本。

刘　安：《淮南子》，《诸子集成》本，上海书店 1986 年影印本。

葛　洪：《抱朴子》，《诸子集成》本，上海书店 1986 年影印本。

余嘉锡：《世说新语笺疏》，上海古籍出版社 1993 年标点本。

颜之推：《颜氏家训》，《诸子集成》本，上海书店 1986 年影印本。

释慧皎：《高僧传》，汤用彤校注，中华书局 1992 年标点本。

周祖谟：《洛阳伽蓝记校释》，上海书店 2000 年标点本。

王根林等：《汉魏六朝笔记小说大观》，上海古籍出版社 1999 年标点本。

严可均：《全上古三代秦汉三国六朝文》，中华书局 1958 年影印本。

逯钦立：《先秦汉魏晋南北朝诗》，中华书局 1983 年标点本。

萧　统：《文选》，李善注，上海古籍出版社 1986 年标点本。

萧　统：《文选》，六臣注，浙江古籍出版社 1999 年缩印本。

穆克宏：《玉台新咏笺注》，中华书局 1985 年标点本。

郭茂倩：《乐府诗集》，中华书局 1979 年标点本。

陈祚明：《采菽堂古诗选》，上海古籍出版社 2008 年标点本。

沈德潜：《古诗源》，中华书局 2006 年标点本。

赵幼文：《曹植集校注》，人民文学出版社 1984 年标点本。

黄　节：《曹子建诗注》，中华书局 2008 年标点本。

吴　云：《建安七子集校注》，天津古籍出版社 2005 年标点本。

王　巍：《曹植集校注》，河北教育出版社 2013 年标点本。

夏传才：《曹操集校注》，河北教育出版社 2013 年标点本。

陆　机：《陆机集》，金涛声点校，中华书局 1982 年标点本。

陆　云：《陆云集》，黄葵点校，中华书局 1988 年标点本。

胡之骥：《江文通集汇注》，中华书局 1984 年标点本。

李伯齐：《何逊集校注》，齐鲁书社 1988 年标点本。

虞世南：《北堂书钞》，学苑出版社 1998 年影印本。

徐　坚：《初学记》，中华书局 1962 年重印本。

欧阳询：《艺文类聚》，上海古籍出版社 1982 年重印本。

李昉等：《太平御览》，中华书局 1960 年影印本。

李昉等：《太平广记》，中华书局 1961 年影印本。

李昉等：《文苑英华》，中华书局 1966 年影印本。

应　劭：《风俗通义》，王利器校注，中华书局 2010 年标点本。

何文焕：《历代诗话》，中华书局 1981 年标点本。

丁福保：《历代诗话续编》，中华书局 1983 年标点本。

王夫之等：《清诗话》，上海古籍出版社 1999 年标点本。

郭绍虞：《清诗话续编》，上海古籍出版社 1983 年标点本。

胡应麟：《诗薮》，上海古籍出版社 1958 年标点本。

范文澜：《文心雕龙注》，人民文学出版社 1958 年标点本。

曹　旭：《诗品笺注》，人民文学出版社 2009 年标点本。

章学诚：《文史通义》，中华书局 1985 年标点本。

陈寅恪：《金明馆丛稿初编》，生活·读书·新知三联书店 2001 年版。

陈寅恪：《魏晋南北朝史讲演录》，万绳楠整理，黄山书社 1987 年版。

王仲荦：《魏晋南北朝史》，上海人民出版社 2003 年版。

唐长孺：《魏晋南北朝史论丛》，河北教育出版社 2002 年版。

吕思勉：《吕思勉说史》，上海古籍出版社 2000 年版。

黎　虎：《魏晋南北朝史论》，学苑出版社 1999 年版。

朱大渭等：《魏晋南北朝社会生活史》，中国社会科学出版社 1998 年版。

潘吉星：《中国造纸技术史稿》，文物出版社 1979 年版。

曹　之：《中国印刷术的起源》，武汉大学出版社 1994 年版。

曹　之：《中国传播史·先秦两汉卷》，武汉大学出版社 1996 年版。

曹　之：《中国古籍编撰史》，武汉大学出版社 1999 年版。

肖东发：《中国编辑出版史》，辽海出版社 2002 年版。

李致忠等：《中国典籍史》，上海人民出版社 2004 年版。

钱存训：《中国纸和印刷文化史》，广西师范大学出版社 2004 年版。

白寿彝：《中国交通史》，团结出版社 2007 年版。

周少川：《中国出版通史·魏晋南北朝卷》，中国书籍出版社 2008 年版。

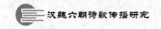

杨荫浏：《中国古代音乐史稿》，人民音乐出版社 1981 年版。

陆侃如、冯沅君：《中国诗史》，人民文学出版社 1956 年版。

马银琴：《两周诗史》，社会科学文献出版社 2006 年版。

赵敏俐：《汉代诗歌史论》，吉林教育出版社 1995 年版。

刘跃进：《秦汉文学编年史》，商务印书馆 2006 年版。

曹道衡、刘跃进：《南北朝文学编年史》，人民文学出版社 2000 年版。

刘永济：《十四朝文学要略》，黑龙江人民出版社 1984 年版。

曹道衡、沈玉成：《南北朝文学史》，人民文学出版社 1991 年版。

曹道衡：《中古文学史料丛考》，中华书局 2003 年版。

曹道衡：《中古文学史论文集》，中华书局 1986 年版。

罗宗强：《魏晋南北朝文学思想史》，中华书局 1996 年版。

陆侃如：《中古文学系年》，人民文学出版社 1985 年版。

刘知渐：《建安文学编年史》，重庆出版社 1985 年版。

张可礼：《三曹年谱》，齐鲁书社 1983 年版。

罗根泽：《乐府文学史》，东方出版社 1996 年版。

萧涤非：《汉魏六朝乐府文学史》，人民文学出版社 1984 年版。

梁启超：《中国之美文及其历史》，东方出版社 1996 年版。

黄　节：《汉魏乐府风笺》，中华书局 2008 年版。

余冠英：《汉魏六朝诗论丛》，商务印书馆 2010 年版。

王运熙：《乐府诗述论》，上海古籍出版社 1996 年版。

张永鑫：《汉乐府研究》，江苏古籍出版社 1992 年版。

钱志熙：《汉魏乐府艺术研究》，学苑出版社 2011 年版。

赵敏俐：《汉代乐府制度与歌诗研究》，商务印书馆 2009 年版。

吴大顺：《魏晋南北朝乐府歌辞研究》，上海古籍出版社 2009 年版。

朱自清：《中国歌谣》，复旦大学出版社 2004 年版。

吴同瑞：《中国俗文学概论》，北京大学出版社 1997 年版。

黄　侃：《文心雕龙札记》，上海古籍出版社 2000 年版。

刘师培：《刘师培中古文学论集》，中国社会科学出版社 1997 年版。

陆侃如：《陆侃如古典文学论文集》，上海古籍出版社 1987 年版。

曹道衡：《南朝文学与北朝文学研究》，江苏古籍出版社 1999 年版。

赵　辉：《先秦文学发生研究》，人民出版社 2012 年版。

刘跃进：《门阀士族与永明文学》，生活·读书·新知三联书店 1996 年版。

郭建勋：《汉魏六朝骚体文学研究》，湖南教育出版社 1997 年版。

刘跃进：《玉台新咏研究》，中华书局 2000 年版。

胡大雷：《宫体诗研究》，商务印书馆 2004 年版。

胡大雷：《诗人、文体、批评——中古文学新语》，人民文学出版社 2001 年版。

张可礼：《东晋文艺综合研究》，山东大学出版社 2001 年版。

［美］宇文所安：《中国早期古典诗歌的生成》，生活·读书·新知三联书店 2012 年版。

张可礼：《建安文学论稿》，山东教育出版社 1986 年版。

（台湾）洪顺隆：《魏文帝曹丕年谱暨作品系年》，台湾商务印书馆 1989 年版。

吴小平：《中古五言诗研究》，江苏古籍出版社 1998 年版。

木　斋：《古诗十九首与建安诗歌研究》，人民出版社 2009 年版。

葛晓音：《先秦汉魏六朝诗歌体式研究》，北京大学出版社 2012 年版。

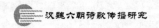

刘跃进：《秦汉文学地理与文人分布》，中国社会科学出版社 2012 年版。

朱立元：《接受美学》，上海人民出版社 1989 年版。

文　言：《文学传播学引论》，辽宁人民出版社 2006 年版。

甘　锋：《洛文塔尔文学传播理论研究》，东南大学出版社 2014 年版。

马银琴：《周秦时代诗的传播史》，社会科学文献出版社 2011 年版。

尚永亮：《庄骚传播接受史综论》，文化艺术出版社 2000 年版。

王　玫：《建安文学接受史论》，上海古籍出版社 2005 年版。

王兆鹏、尚永亮：《文学传播与接受论丛》，中华书局 2006 年版。

王兆鹏：《宋代文学传播探原》，武汉大学出版社 2013 年版。

李德辉：《唐宋时期馆驿制度及其与文学之关系研究》，人民文学出版社 2008 年版。

柯卓英：《唐代的文学传播研究》，中国社会科学出版社 2009 年版。

王金寿：《中国古代文学传播概论》，甘肃教育出版社 2009 年版。

王友胜等：《中国文学传播与接受研究——2010 年中国文学传播与接受国际学术研讨会论文集》，岳麓书社 2013 年版。

谭新红等：《2014 年中国文学传播与接受国际学术研讨会论文集》（上、下），马来亚大学马来西亚华人研究中心 2014 年。

陈传万：《魏晋南北朝图书业与文学》，合肥工业大学出版社 2008 年版。

钟肇鹏：《古籍丛残汇编》，北京图书馆出版社 2001 年版。

谢桂华等：《居延汉简释文合校》，文物出版社 1987 年版。

甘肃省文物考古研究所等：《居延新简》，文物出版社1990年版。

睡虎地秦墓竹简整理小组：《睡虎地秦墓竹简》，文物出版社1990年版。

胡平生、张德芳：《敦煌悬泉汉简释粹》，上海古籍出版社2001年版。

张家山汉墓竹简整理小组：《张家山汉墓竹简》，文物出版社2006年版。

刘广生：《中国古代邮驿史》，人民邮电出版社1986年版。

马楚坚：《中国古代的邮驿》，商务印书馆国际有限公司1997年版。

廖生训：《魏晋南北朝时期馆驿建置探论》，硕士学位论文，首都师范大学，2002年。

王树金：《秦汉邮传制度考》，硕士学位论文，西北大学，2005年。